KB268200

# 현대시와 신화적 상상력

— 서정주, 박재삼, 김춘수,
전봉건, 신동엽을 중심으로 —

이 명 희

새미

# 神話와 新話를 오가며

인간은 그들의 한계를 느끼게 되면서부터 현실을 벗어나고픈 충동과 싸우게 된다.

현실이 당위의 세계라면 현실을 벗어난 그 밖의 세계는 인간이 머물고픈 세계가 될 것이다. 따라서 그곳은 가공의 세계요, 인간의 동경이자 몽상의 세계이기도 하다. 다시 말해 우리가 살아가는 세계는 끝없는 한계에 대한 도전이자 금기에 대한 도전의 연속이며, 설혹 그 도전들이 실패로 끝났다 할지라도 사람들은 그들이 만들어 놓은 유토피아에서 위안을 받게 되는 것이다.

U-topia, 그곳은 있기도 하고 없기도 하다. 그런 세계는 이미 인간의 영역이 아닌지도 모른다. 있다면 그것은 神話속에 나오는 곳 인양, 마냥 신비스럽기만 하다.

최근 들어 사람들의 관심이 인간의 이야기보다 신화 속 주인공들의 영웅담에 관심을 기울이는 이유도 현실의 한계상황을 극복하기 위한 방편으로 볼 수 있다. 신화 속 주인공들은 영웅이 되어 자신의 욕망을 관철시키기도 하고, 그 속에서 아름다운 사랑을 쟁취하거나 빼앗기기도 한다. 그곳은 마치 인간들의 세계와 다를 바 없지만, 우리가 직접 체험하기 이전에 그들의 욕망과 상실의 구도를 읽음으로써 독자는 미네르바의 올빼미가 될 수 있는 것이다.

따라서 신들의 이야기는 단순히 神話여서만이 아니라 神話를 읽는 개인의 新話로 만들어나가기 위한 나침반이 되어 줄 수 있다. 그 속에서 자신의 길을 찾고 자신의 정체성을 찾아가는 길이야말로 문학이 우리에게 주는 혜택 중의 하나가 되기도 한다. 다시 말해 신화의 세계로 다가가기 위한 상상력의 발로는 인간이 좀 더 풍요롭고 지혜롭게 살아가기 위한 장치가 되는 셈이다.

그 동안 우리 민족사는 참으로 척박했었다. 존재가 의식을 규정한다던 마르크스의 독설이 한국역사의 행보였기에 역사과 문학은 피와 눈물로 얼룩져 있었다. 시인들은 고단함과 수고로움을 잊거나 극복하기 위해 그들의 상상력이 만났던 세상을 펼쳐 보였다. 그곳은 우리에게 현실에서 더욱 당당할 것과 아름다울 것과, 그리고 슬기로울 것을 종용하였다.

서정주와 박재삼이 따뜻했고, 김춘수는 반짝거렸고, 신동엽은 씩씩했으며 전봉건은 뜨거웠었다. 이들의 개인적 한계점을 차치 해 두고라도 그들은 나름대로 서성이며, 아름다워야 할 세상을 그려내고 있었던 것이다.

그들이 각자의 한계상황을 극복하기 위해 어떤 신화적 상상력을 그려내고 있는 것인가를 고찰하는 것은 쉬운 일이 아니었다. 그러나 한결같이 그들은 우리의 신화 속에서 꿈틀거리는 상상력의 동력을 제공받고 있었다. 그들이 만들어 가는 씨실과 날실은 거대한 천체와 대지의 울림으로 엮여 있었다.

결국 이들의 상상력을 따라가다 보면 신화는 결국 우리가 살고 있는 삶의 공명임을 알게 되었다.

글을 만드는 과정 중에 많은 이가 있었으나, 더러는 떠나거나 돌아왔다.

대개 반짝이는 햇살이 비추었지만 가끔씩은 눈비가 왔었고, 새해를 두 번 맞았다.

두 해 동안 눈을 맞았지만 함께 하는 사람들의 특징은 쉽게 기뻐하거나 동요하지 않는다는 점이었다. 그들은 하나의 결과물이 나오기까지 얼마나 많은 수고로움을 나누어야 하는지를 알기에 과정과 결과물에 대해 시리도록 냉정하기까지 하였다.

끝까지 무게중심을 잡을 수 있도록 이끌어주신 지도교수 김영철 선생님과, 이 책이 나오기까지 독려해주신 최승호 선생님께 누구보다 먼저 감사드리고 싶다. 좋은 글이 될 수 있도록 길잡이가 되어주신 강인숙, 오세영, 박호영 선생님께도 고개 숙여 감사드린다. 뒷바라지 해주신 부모님은 물론이고, 인생의 스승이자 초야의 은둔지사인 정노숙 선생님께는 무릎꿇어 큰 절 올린다.

함께 가고픈 유나, 승이, 그리고 음으로 양으로 공부할 수 있도록 배려해준 친구들과 남은 자와 떠난 자 모두에게 감사드린다.

가는 길이 힘들 수 있지만, 힘들다고 마다 할 수 없는 일이다. 이제 어떻게 살아야 하는 지 알게 되었다.

하루하루, 살아간다는 건 책임을 지는 일이라는 걸, 그걸 아는 것이 저자에게는 新話가 되었다.


2003년, 피고 지는 세상이 있음을 알게 된 새털 같은 날.


이 명 희

# 차 례

# Ⅰ. 서 론

## 1. 문제제기 및 연구 목적

한국 현대시의 정신은 현실을 어떻게 담보해 내느냐는 문제와 긴밀하게 연관되어 있다. 일제 시대부터 해방공간, 한국전쟁 그리고 전후시대를 온몸으로 겪어내고 정신적 충격을 이겨내야 하는 시인들에게는 존재의 정립, 즉 주체성 바로 세우기와 함께 곧바로 4·19, 5·16의 혁명의 공간으로 숨 쉴 겨를 없이 질곡의 역사로 나아가야 했다. 그들의 시세계는 김수영이 지적한 바 있듯이 '온몸으로 밀고 나아가야' 하는 급박한 상황에 부딪혔던 것이다. 따라서 현실과 역사의 문제는 많은 시인들에게 하나의 시적 화두가 되어버렸고, 그 문학적 형상화의 과제는 한국시가 짊어져야 하는 멍에이자, 당위적 이데올로기로 떠올랐다.

시인은 시인이기 이전에 한 인간으로서의 現存者에 대한 사유를 해야하고, 역사적 현실의 주체로서 현실 대응 방식을 모색해야 한다. 그렇다면 한 시대를 살아가며 인간이 시를 쓴다는 행위는 과연 어떤 의미가 있는 것인가.

시인은 시인이기 이전에 한 자연인으로서의 삶을 유년기부터 어떻게 영위해 왔느냐에 따라 세상을 바라보는 의식과 방법이 다른 양상을 띨 수밖에 없게 된다. 따라서 시인의 유년기의 체험 속에 묻어 있는, 혹은 그들이 세상을 영위해 나가면서 얻은 경험의 소산물을 어떻게 갈무리했느냐를 살피는 것은 시인의 세계관을 이해하는 지름길일 수밖에 없다. 이때 무의식은 시세계에 드러난 상징적 요소와 상상력의 세계를 통해 드러나게 되는데, 이는 시인이 지향하고자 하는 궁극적인 세계의 원형질을 형성한다.

그러므로 한국 현대시의 시세계에 드러난 상상력과 상징의 원형 탐구는 시인의 은밀한 내면세계와 그들의 시대의식을 귀납적으로 추리할 수 있는 길이 된다. 아울러 시인이 살아 온 외재적 환경과의 대응관계, 유아기의 성장과정은 상상력의 투사를 읽어내는 데 중요한 단서가 된다.

한국문학의 출발은 <단군신화>를 비롯한 영웅신화의 출발과 함께 한다고 해도 과언이 아니다. 단군신화 및 우리의 신화 속에 내재한 신화적 상상력은 하늘과 인간이 하나라는 '人乃天' 사상의 발로이며 인간의 성정 속에 천성이 숨어 있음을 의미하는 것이기도 하다. 문학 속에 드러난 인간은 천차만별이다. 작가는 그들을 통해서 자신의 이야기를 풀어내려는 의지를 가지고 있다. 이는 세상과의 교통이자, 우주와의 대화를 의미하는 작가의 세계관이기도 하다.

그렇다면 상상력의 무게를 가늠하는 일은 시인의 세계관과 내면의식을 탐구하는 일에 해당될 것이다. 따라서 상상력을 검증해내는 일은 그의 현실인식과 역사의식의 깊이를 살필 수 있는 계기를 마련해 줌과 동시에 문학이 지향하는 궁극적 세계를 점검하는 일에 해당된다. 본고에서는 상상력의 여러 양상 중 한국 현대시에 나타난 신화적 상상력의 개념소를 상정하여 상상력 속에 어우러진 신화적인 요소와 설화, 역사 속의 인물의 변용을 통한 상상력의 형상화 양상을 살펴보는 데 목적이 있다.

신화적 상상력은 유토피아의 공간이나 낙원의식을 동반한 우주적 상상력으로 변용 되는 경우가 대부분인데 현대시의 연구는 신화적 상상력의 개념을 직접적으로 다루고 있지는 않다. 고전문학에서 현대문학에 이르기까지 유토피아와 이상향은 하나의 일관된 주제로 이어져 왔다. 홍길동의 율도국이나 허생의 '빈섬', 한시의 '別有天地非人間'의 무릉도원이 우리가 가지고 있는 낙원의식이며 이는 '우주적 질서' 혹은 '자연의 질서'에 조응하며 살아가는 건강한 인간의 꿈인 것이다. 따라서 신화적 상상력을 통한 근원적 질서에 대한 탐구와 삶의 원리를 추적하려는 시인의 의지는 보다 평화롭고 조화로운 현실세계를 갈구하는 무의식의 세계에 연결되는 것이다.

토인비가 신화를 '보편적 진리를 이해하고 표현하는 직관적 형식'[1]이라고 지적한 것과 같이, 문학의 많은 장르 중에서 가장 풍부한 상상력이 용해되어 있는 장르가 신화라고 본다면, 신화를 다루고 있거나 신화적인 요소를 접목시킨 상상력은 결국 '진정한 인간'의 삶을 이루고자 하는 인간의 근원적 욕망의 표현인 것이다. 그러므로 한국 현대시에 나타난 신화적 상상력을 고찰하고 탐구하는 일은 진정한 삶이 나아가고자 하는 세계를 살펴보는 일이며, 한 걸음 더 나아가 역사의식의 성찰을 마련하는 계기가 될 수 있다.

신화적 상상력이 현대시에 노출되는 과정은 치열한 현실인식과 자아의 이상적 세계와의 갈등 속에서 이루어지고 있다. 현실의 암울한 시대적 상황이 실존적 자각과 반성을 불러일으키고 이에 대한 해결책의 모색이 신화적 상상력의 세계로 열리게 된다.

한국 근대시인들은 식민지 시대와 한국전쟁, 그로 인한 가난과, 질병, 억압, 불우한 유년의 기억과 같은 심리적 상흔들이 인간에게 주는 본질적 의미를 끝없이 묻고 있다. 이러한 질곡의 시대를 서정주, 박재삼, 김춘수,

---

1) 노명식, 『토인비의 문명사관-史觀이란 무엇인가』, 차하순(편), 청람, 1991, p.176.

신동엽, 전봉건은 신화적 상상력으로 극복하고 있다.

서정주는 '질마재 신화'를 중심으로 신화적 양식의 세계를 접목시키려는 흔적이 엿보인다. 서정주의 전통성을 이어받고 있는 박재삼의 '춘향', 김춘수의 '처용'은 유한자적 한계의식이 존재탐구와 접목되고 있다. 반면 신동엽의 '아사녀'가 금강의 역사와 전쟁의 상흔을 신화적 상징으로 극복하려는 노력을 보이고 있다.

서정주, 박재삼, 김춘수, 신동엽, 전봉건은 식민지 시대부터 최근까지 시대상황과 밀접한 상관관계 속에서 상상력의 세계를 펼치고 있으며, 그들의 상상력의 거점이 '신화적 상상력'으로 드러나는 점에서 일치하고 있으나 시인별로 다소간의 편차가 보이고 있다. 서정주, 박재삼은 전통지향적인 특징과 함께 민요적 율격, 고전 소재의 차용을 동시에 보여주고 있어 한국정서에 보다 밀착된 정서를 드러내고 있다.

전봉건은 신화적 요소에 담긴 고전 속의 '여성'을 현대시에 계승, 혹은 재창조하여 역동적이고 관능적인 이미지를 드러내고 있다. 또한 김춘수는 초기시에서 실존의식과 민요풍의 노래를 부르고 있으며, 이후 「타령조 기타」와 「처용단장」에서 초현실주의 기법으로 무의식의 세계를 드러내고 있다. 김춘수의 「처용단장」은 특히 '무의식의 시'라고 평가받는 모더니즘 계열의 시로 구분될 수 있다. 김춘수 시의 무의식의 발로는 일종의 원형적 기법이 아닌 의식의 뿌리를 비춰준다는 점에서 신화적 상상력과 연결된다. 신동엽은 이야기 시, 담시를 통하여 고전적 인물을 불러내는 데 성공하였다. 그러나 그의 상상력은 낭만적 이상주의 건설에 편향되어 다수의 논자에게 현실인식과 동떨어진 망상으로 폄하되기도 하였다.

본고는 이러한 상이한 평가가 내려지는 시인들의 시세계를 신화적 상상력을 통하여 시인들이 궁극적으로 드러내려고 했던 의식과 세계관을 살피고자 하는데 일차적 목적이 있다.


## 2. 연구사 검토 및 연구 방법

　'신화적 상상력'이란 주제 하에 쓰여진 기존의 독립된 연구물은 찾아보기 힘들다. 물론 개별 시인의 작품을 분석하는 자리에서 단편적으로 논의된 것은 자주 발견된다. 신화적 상상력의 개념은 현대문학과 고전문학간의 접목을 통하여 '신화'와 '상상력' 간의 개연성이 연구돼야 그 의미가 분명해진다. 그러나 고전의 영웅신화나 영웅서사시를 연구하는 자리에서 논의되는 신화의 개념과 현대문학에서 논의되는 신화적 상상력의 개념은 다소 의미의 차이를 보인다.

　우선 신화의 개념을 정리한 논문2)으로는 원형갑, 나경수의 글을 들 수 있는데, 특히 원형갑은 '신화란 인간 관계의 이야기에 다름 아닌 것'이라는 관점으로 인간과 신화의 친밀성을 제시하고 있으며 박종성, 김범부, 서대석은 한국 신화에 견들인 민족주의적 성향을 고전문헌을 통하여 검증하여 역사서에 충실한 신화적 개념을 이끌어 내고 있다.3) 특히 박종성은 창세서사시의 전승의미를 통해 신화적 의미를 도출함으로써 신화적 상상력에 접근하고 있다. 이밖에 이수자, 조현설, 홍태한, 김열규, 남진우 등은 신화 속에 내재한 원형 탐구를 통하여 신화의 의의를 살피고 있다.4)

---

2) 원형갑, 「문학과 신화-原型과 批評考」, 『현대문학』, 1965.11.
　나경수, 「신화의 개념에 대한 攷」, 『한국 민속학』26, 1994.2.
3) 박종성, 「한국 창세서사시의 신화적 의미와 시대적 변천」, 서울대(박사), 1999.2.
　김범부, 「풍류정신과 신라문화」, 『한국사상 강좌 2』, 1959.
　서대석, 「한국신화에 나타난 天神과 水神의 상관관계」, 『國史館論叢』31輯, 1992.
4) 이수자, 「제주도 무속과 신화 연구」, 이화여대(박사), 1989.
　조현설, 「건국신화 형성과 재편에 관한 연구」, 동국대(박사), 1997.

신화에 관한 연구는 현대문학에서보다 고전문학에서 설화연구와 함께 더 활발한 연구가 진행되고 있으며 그밖에 외국의 이론을 번역한 신화서와 회화와 조각에 드러난 신화적 상상력에 대한 다수의 논문이 발표되고 있다.[5]

이밖에 상징적 체계를 원형비평적 방법으로 천착해 들어간 논문들도 눈에 띈다. 따라서 본고에서는 상상력의 범주를 항목화하여 신화적 의미를 조망할 것이며, 작품에 드러난 신화적 소재와 제재간의 원형적 탐구를 통하여 상상력의 뿌리를 찾는 데 주력할 것이다.

상상력과 이미지의 연구는 프로이트(Freud)의 무의식이나 융(C.G.Jung)의 집단 무의식, 그리고 바슐라르(G.Bachelard)의 물질적 상상력과의 접목을 통하여 어느 정도 그 심리적 근저를 찾아내는 데 도움이 될 수 있다.

기존의 논문에서는 김동리를 연구하는 논문 등 내용상의 분석을 위하여

---

홍태한, 「敍事巫歌 <바리공주> 연구」, 경희대(박사), 1997.
김열규, 『한국의 신화』, 일조각, 1976.
남진우, 「남녀 양성의 신화」, 『시운동』, 1987.3.
5) 일례를 들자면,
최승리, 「오브제를 통한 신화적 정신세계의 표현연구」, 숙명여대 서양화전공, 1996.6.
이윤복, 「신화적 상상을 조형화한 조각작품 제작 연구」, 경원대 환경조각 전공, 1998.
박진열, 「신화적 상징체계를 통한 서술적 표현에 관한 연구」, 홍익대 회화전공, 1996.
신희진, 「캇시러 철학에 있어서 상징형식으로서의 신화적 사유에 관한 연구」, 한국교원대(석사), 1995.
쿠르트 휘브너, 『신화와 진실』, 이규영(옮김), 민음사, 1995.
M. 엘리아데, 『聖과 俗』, 이은봉(옮김), 한길사, 1998.
캐스린 흄, 『환상과 미메시스』, 한창엽(옮김), 푸른나무, 2000.
C, G, Jung, *Aion, Collected Works*, Princeton University, 1971.
데이비드 폰테너, 『상징의 비밀』, 최승자(옮김), 문학동네, 1998.
조셉 캠벨, 『신화의 힘』, 이윤기(옮김), 고려원, 1992.
말리노우스키, 『원시신화론』, 서영대(옮김), 1996.

소재론적 측면의 고찰을 시도한 바 있지만 신화적 상상력의 개념은 소극적으로 사용되고 있다. 그 밖에 예이츠가 아일랜드의 시를 연구하는 자리에서 '신화적 상상력'6)이란 개념을 사용하고 있어 외국 논문에서는 신화의 개념과 상상력의 개념간에 연계가 왕성하게 이루어지고 있음을 알 수 있다. 따라서 본고에서 신화적 상상력의 개념은 광의적 의미의 신화적 상상력으로 설정하고 그 하위 범주를 각각 항목화 하여 소극적 의미와 적극적 의미의 신화적 상상력을 살펴보고자 한다.

본고에서 논하게 될 서정주, 박재삼, 그리고 김춘수의 경우는 무의식적 탐구와 함께 한국 문화 속에 깊이 뿌리내리고 있는 상상력의 근저를 살필 수 있는 중요한 인물이 된다. 왜냐하면 그들이 드러내고자 하는 심리적 기저는 한국의 설화나, 신화적 요소가 강하게 드러나고 있기 때문이다. 이러한 신화원형의 탐구 방법은 신화를 분석해 낼 수 있는 장점과 동시에 원형 archetype을 드러낼 수 있는 양가적 가치가 있다. 또 시공간을 초월한 신비주의적 의미를 유추할 수 있다는 장점이 있지만 지나친 소재주의로 빠지거나 문학의 내재적 요소를 간과할 수 있다는 위험성도 함께 수반하고 있다. 따라서 본고는 이러한 점을 수지하면서 논의를 이끌어 나가고자 한다.

우선 서정주의 시는 초기시와 후기시로 나누어 살펴 볼 수 있는데 산문성이 강해지는 담론구조는 후반기로 갈수록 우세해진다. 신화적 상상력은 고향에 관한 기억으로 이어지는 경우가 대부분인데 이에 해당하는 대표작

---

6) 그는 자신이 전통 신화를 변용시켜 자신의 신화체계를 독특하게 만들어 나가는 일련의 과정을 신화적 상상력이라는 개념을 언급하면서 진행시키고 있다. 동시에 신화체계를 나타낸 상징과 심상들을 시와 극 작품에 투영시킬 때 창의적으로 나타내 보이는 상상력을 '신화적 상상력'이라고 간주한다.
신현호, 「W. B. Yeats의 신화적 상상력」, 한국외대 영어과(박사), 1998, pp.5-7 참조.

품으로는『질마재신화』7)를 들 수 있다. 따라서 본고에서는 상상력의 근저를 따지기 위해 이전의 작품인『冬天』과 병행하여 신화적인 요소를 변별하는데 초점을 맞출 것이다.

서정주의 신화적 상상력과 관련된 논문8)으로는 정유화, 고형진, 이경희, 김주연, 김옥순, 나희덕, 김지향의 연구가 있다. 특히 정유화, 이경희, 김지향은 서정주의 시세계를 N. Frye의 순환원리와 관련시켜 우주적 상상력의 접근을 시도하고 있는 점이 돋보인다. 이는『질마재 신화』에 나타나는 물과 달의 심상, 바다와 대지의 심상으로 드러나는 천체적, 우주적 상상력의 확장은 유년의 기억과 개연성 있게 진행되어 始原의 공간으로 이어지기 때문에 효과적으로 분석될 수 있다.

무의식의 세계를 연구한 논문9)으로는 원형갑, 김열규, 김지연의 연구를 들 수 있다. 이들은 역설적 상징으로 환기되고 있는 무의식의 세계를 바다

---

7) 본고에서는 1994년에 발간된『미당 시전집』(민음사)에 수록된 작품을 분석 대상으로 한다.
8) 정유화,「서정주 시의 기호학적 연구-이항대립과 매개항을 중심으로」, 중앙대(박사), 1996.
고형진,「서정주의 <질마재 신화>의 '이야기 시'적 특성 연구」,『예술논문집』, 예술원, 1994.
이경희,「서정주의 시 <알묏집 개피떡>에 나타난 신비체험과 공간: 달-바다(물)-여성 원형론」, 이화어문논집 12권, 1992.3.
김주연,「신비주의 속의 여인들…詩? 詩-서정주의 후기시세계」,『작가세계』, 1994. 봄.
김옥순,「서정주 시에 나타난 우주적 신비체험-화사집과 질마재 신화의 공간 구조를 중심으로」,『이화 어문논집』, 1992, 12.
나희덕,「서정주의 <질마재 신화>연구-서술시의 특성을 중심으로」, 연대(석사), 1999.12.
김지향,「서정주 시에 나타난 巫俗信仰的 特性-그 신화적 접근 試考」,『한양여전 논문집』8권, 1985.2.
9) 원형갑,「서정주론-續, 서정주의 신화」,『현대문학』, 1965.11.
김열규,「俗信과 神話의 서정주론」,『한국의 신화』, 일조각, 1978.
김지연,「서정주 시의 상징 연구」,『영주어문』제1집, 1999.2.

와 꽃의 이미지로써 분석하고 있다. 이밖에 공간과 시간의 거세를 통하여 원시의 세계로 돌아가려는 시인의 의지를 考究[10]한 정유화, 변해숙, 손보은의 논문이 있다. 한편 정현종, 육근웅, 차호일의 글은 여성성을 드러내고 있는 원형적 이미지를 분석함[11]으로써 서정주의 신화적 세계를 읽어나가고 있다.

「질마재 신화」에 대한 기존 논의는 모두 상징적인 소재의 분석을 통한 형식과 내용의 합일을 찾으려는 흔적이 엿보이기는 하지만, 총체적인 상상력의 분석은 개별적인 언급에 그치고 있어 상상력에 대한 구체적인 연구는 미흡한 편이다.

박재삼은 서정주와 함께 한국의 전통서정을 뿌리내리게 한 면에서 한국 시단에 기여하는 바가 크다. 그럼에도 불구하고 그에 관한 연구는 주로 서정적인 측면으로 편향돼왔다. 가난과 한의 이미지가 서정주와 김춘수와는 대별되는 박재삼 시에서 무의식은 제1시집『춘향의 마음』을 위시하여 마지막 시집까지 노정 되어 있음을 발견할 수 있다.

그 중 본고와 관련 있는 연구물들은 주로 '햇빛'과 '바람'에 관한 원형적 이미지의 심상을 밝혀냄으로써 우주적 상상력과의 연계성을 찾는데 주력하고 있다. 우선 '춘향'과 관련 있는 논문[12]으로는 오세영, 민병욱, 이경수,

---

10) 정유화, 「<질마재 신화>의 공간구조에 나타난 매개항의 기능 고찰」, 『국어교육』, 1995.6 .
　　변해숙, 「서정주 시의 시간성 연구」, 이화여대(석사), 1987.
　　손보은, 「서정주 시의 시간성 연구」, 경북대(박사), 1995.
11) 정현종, 「식민지시대의 젊음의 초상-서정주의 초기시 또는 여신으로서의 여자들」, 『작가세계』, 1994. 봄.
　　육근웅, 「시와 원형-서정주시의 한 해석」, 『한양대 한국학 논집』 26, 1995.2.
　　차호일, 「미당 시에 나타난 여인상 연구」, 경남대(박사), 1999.6.
12) 오세영, 「고전의 시적 변용」, 『현대시와 실천비평』, 1983.
　　민병욱, 「박재삼의 서사시세계와 서사정신」, 『한국 서사시와 서사시인 연구』, 태학사, 1998.

김현수의 글들이 있는데 그들은 '춘향'으로 대변되는 화자의 의식의 근저를 살피고 있으며, 김명희, 이상숙은 시에 드러난 원형적 이미지를 분석하여 '춘향'의 성격을 규명[13]하고 있다. 오탁번[14]은 모성과 결합한 강물의 심상을 연구하여 본고와 연구방향을 같이 하고 있다.

임문혁[15]은 서정주와 김춘수, 전봉건의 시에 드러난 설화의 수용양상을 분석하는 자리에서 서정주가 신화, 전설, 민담 등 모든 종류의 설화를 수용하였다고 밝히고 있으며, 전봉건은 설화적 배경을 가진 소설 특히 <춘향전>에, 김춘수는 <처용설화>에 관심을 보였음을 결론적으로 지적하고 있다.

본고에서는 박재삼의 시 중 연구의 목적과 합일을 이루는 시편을 다루되,『춘향이 마음』,『햇빛 속에서』,『천년의 바람』을 중심으로 분석하기로 한다.

김춘수의 시적 상상력은 유년기의 바다로 집중되고 있다. 이는 전봉건의 바다, 서정주의 고향과 동일한 상상력의 구조를 갖고 있으며, 박재삼의 바다와도 궤를 같이 하고 있다. 따라서 본고에서는「처용단장」[16]을 중심으로 신화적 상상력의 수용양상을 밝히는 데 주력할 것이다. 그밖에 신화

---

이경수,「서정주와 박재삼의 춘향 모티프 시 비교연구」,『고려대 민족 문화연구』, 1996.

김현수,「박재삼 자세히 읽기-<춘향이 마음(신구문화사, 1962)을 중심으로>」,『한국문학연구 제21집』, 1999.3.

13) 김명희,「박재삼 시론-바다와 저승의 이미지-」,『새 국어교육 36호』, 1982.12.
이상숙,「박재삼 시의 이미지 연구-초기시에 나타난 '물'을 중심으로」, 고려대(석사), 1993.

14) 오탁번,「母性이미지와 和合의 시정신」,『고려대 교육대학원 교육 논총』27, 1997.12.

15) 임문혁,「한국 현대시의 전통 연구-설화의 수용을 중심으로」, 한국교원대(박사), 1992.

16) 본고에서는『김춘수전집1 시』(문장 1982)를 기본 텍스트로 삼는다.

적 상상력의 흔적이 엿보이는 시편 『구름과 장미』, 『김춘수 시선』 등도 아울러 살피기로 한다.

김춘수에 대한 연구 역시 많은 성과를 거두고 있다. 신화적 상상력에 밑바탕이 되는 논문[17]으로는 김현, 문혜원, 신정순을 들 수 있는데 특히 김현은 식물적 상상력을 통한 원형심상을 통하여 근원적인 상상력의 기저를 밝히고 있다. 문혜원은 '이중섭'과의 연관관계를 통한 시적 자아의 무의식을 천착하고 있어 신화적 상상력의 단초를 제공해 주고 있다. 그에 대한 연구는 '무의미의 시'에 편중된 편이나, 「처용단장」에 관한 논문도 두드러지고 있다. 그러나 대부분의 연구가 시적 방법을 통한 '무의미의 시'에 관한 고찰로 끝나고 있어 '신화적 상상력'의 연구는 이루어지지 않고 있다.

신동엽의 시세계 역시 신화적 상상력이 주류를 이루고 있다. 그의 시는 원수성—차수성—귀수성의 세계로 범주화되며 궁극적으로 원수성의 세계를 지향하고 있다. 始原의 세계에 대한 동경과 건강한 삶의 의지가 넘치는 원수성의 세계는 '신화적 상상력을 통하여 '대지'로 표출되고 있는데 본고는 이러한 양상이 두드러진 「이야기하는 쟁기꾼의 대지」와 「금강」을 중심으로 살펴보고자 한다.

신동엽에 대한 연구는 작가론과 문학사적 연구가 대부분인데 '상상력'을 다루고 있는 논문[18]으로는 오윤정, 김석환, 김창완, 이가림, 이동하,

---

17) 김현, 「김춘수의 시적 변용」, 『김춘수 연구』, 김춘수 연구 간행 위원회, 1982.
   문혜원, 「김춘수론」, 『문학사상』, 1990.9.
   신정순, 「빛, 불, 돌의 이미지와 상상력의 질서」, 이화여대(석사), 1981.
18) 오윤정, 「신동엽 시 연구-물질적 상상력과 귀수성의 시학」, 서강대 석사논문, 1992.
   김석환, 「신동엽 시의 기호학적 연구-식물성 기호의 기호작용을 중심으로」, 『한국문예비평연구』, 한국 현대문학비평회 편, 1997.12.
   김창완, 「신동엽 시 연구」, 한남대 박사논문, 1994.
   이가림, 「만남과 同情-신동엽에 있어서의 '歸鄕'의 의미」, 『민족시인 신동엽』, 소

강형철 등의 글에서 나타나고 있다. 이들은 '대지'와 '강물'을 중심으로 원수성의 특성을 고찰함으로써 역사의식과의 관계를 도출하고 있다. 역사의식의 규명은 궁극적으로 현실인식과 존재에 대한 탐구[19]로 이어지는데 이는 최하림, 유성호, 백낙청, 김주연, 서익환의 글에서 확인된다.

신동엽의 대지적 상상력이 다소 관능적인 이미지로 드러나고 있는 반면 전봉건은 에로스적 상상력으로 표출된다.

전봉건의 시의식은 신화적 상상력 이전에 에로스적 상상력으로 집중된다.[20] 이러한 경향은 홍신선, 이승훈, 박민영, 문해경, 박주현, 이성모 등의 논문에서 그 면모가 다소 밝혀졌다.

바다의 변주는 「춘향연가」로 이어져 전쟁으로 인한 실존적 의식을 이미지에 담아내고 있다. 김춘수와 이어령의 50년대 전봉건 시에 대한 평가는 '이미지를 통한 시대적 현실에의 대응과 참여'로 요약된다. 즉 전봉건은

---

명출판, 1999.

이동하, 「신동엽론-역사관과 여성관」, 위의 책.

강형철, 「신동엽 시의 텍스트 연구-<이야기하는 쟁기꾼의 大地>를 중심으로」, 위의 책.

19) 최하림, 「60년대 시인의식」,『현대문학』, 1974, 8

유성호, 「1950년대 후반 시에서의 '참여'의 의미-박봉우, 신동문, 신동엽을 중심으로」,『민족문학연구』, 제10호, 1997.

백낙청, 「살아있는 신동엽」,『민족시인 신동엽』, 소명출판, 1999.

김주연, 「시에서의 참야 문제-신동엽의 <금강>을 중심으로」, 위의 책.

서익환, 「신동엽의 시세계와 휴머니즘-시적 감수성과 역사의식을 중심으로」, 위의 책.

20) 홍신선, 「꽃, 혹은 생명에의 원초적 집착」,『현대시학』, 1974.5.

이승훈, 「히메로스와 페이소스」,『현대시학』, 1974.10.

______, 「추락과 상승의 시학」,『새들에게』, 고려원, 1983.

______, 「6·25 체험의 시적 극복」,『문학사상』, 1988.8.

박민영, 「피와 꽃의 변증법」,『현대시학』, 1990.6.

문해경, 「전봉건 시연구」 경희대(석사), 1992.

박주현, 「전봉건 시의 역동적 상상력 연구」, 서울대(석사), 1997.

이성모, 「전봉건 시 연구」, 경남대(박사), 1998.12.

시대상황을 '춘향'이 獄에 갇힌 상황으로 설정하여, 춘향의 변용인 여성의 이미지와 에로스적 상상력으로 이를 극복하고 있다. 따라서 본고에서는 『속의 바다』, 『춘향연가』를 통하여 역동적인 원형의 이미지가 닿아 있는 신화의 세계를 중점적으로 분석할 것이다.


## 3. 신화적 상상력의 개념

신화에 대한 관심과 예술의 근원인 상상력의 문제는 문학의 범주에서는 숙명과도 같은 상관관계를 갖는다. 신화에 대한 관심은 곧 인간 존재의 구현의 문제와 관련이 있으며, 이것은 삶의 본질을 어떻게 풀어나가느냐 는 문제이기도 하다. 즉 상상력은 인간 심리의 또 다른 발현이며[21] 근원적 에고이즘의 저장고라고 말할 수 있다.

인간의 상상력은 다양한 모습으로 드러나고 있으나 그 기저에는 공통적 인 인간의 심리를 내포하고 있다. 융은 이를 '집단 무의식'이라는 이름으로 무의식의 하위범주에 두고 설명하고 있다.

여기서 상상력의 범주를 어디까지 다루어야 하는가는 사실상 의미가 없다. 상상력의 지평은 무한대이자 시간과 공간의 의미마저 초월하고 있기 때문이다. 또 상상력은 사물을 단순히 재결합하는 형식이 아니라 사물의 원형을 꿰뚫어 보는 의미를 증폭시켜 나가는 판도라의 상자이기도 하다.

---

21) 가스통 바슐라르는 상상력을 생의 구현이라고 보았는데 이의 의미는, "상상력은 인간 심리 속에서 열림의 경험 자체이자 새로움의 경험, 그 자체로 하나의 상태 가 아닌 '인간의 실존' 그 자체이다. 상상력의 절대성 및 독자성을 주장하는 가 스통 바슐라르(Gaston Bachelard: 1884-1962)는 상상력을 지각의 모험으로 인간의 가장 원초적인 정신현상으로 보았던 것이다."라고 보았다.
박진열, 「신화적 상징체계를 통한 서술적 표현에 관한 연구」, 홍익대(석사), 서양 회화, 1996.12, p.7 재인용.

M. H. Abrams는 나름대로 상상력의 법칙을 제시하는데, 그는 곧 상상력을 '생성과 생산의 힘'[22]으로 보고 있다. 이 때 생성과 생산의 힘은 단순한 공상이나 망상과 다른 의미로서의 상징적 의미를 가진다고 볼 수 있다. 이러한 상상력의 구현은 수직적인 공간과 수평적인 공간을 넘고, 시간과 공간을 넘어서기도 하며, 순환하기도 한다. 이 때 순환적인 상상력은 인간의 삶의 원형회복의 또 다른 모습이 되기도 한다.

순환적인 상상력은 뫼비우스의 띠와도 같다. 안과 밖이 구별되지 않고 돌고 도는 유한자이자, 현존자의 슬픔의 이야기가 되기도 한다. 따라서 출구가 보이지 않는 순환적인 상상력을 본고에서는 '복원적 상상력' 또는 '회귀적 상상력'으로 규정지으려 한다. 또한 이것은 천상적인 것, 즉 인간의 이야기가 아닌 신이 되어버린 인간의 이야기를 통해 또 한번 삶의 비상을 꿈꾸는 상상력이 삶의 버팀목이 되는 것이다. 이러한 역동적인 상상력만이 인간의 존재에 활기를 불러일으킴과 동시에 철학적 반성을 이끌어내는 계기를 제공하게 된다. 바슐라르는 역동적 상상력이 인간의 정신활동 가운데 새로운 경험을 만들어가며 존재의 근본적인 움직임의 동력이 되며, 무의식의 충동과 의식 속에서 노출되는 것이라고 보았던 것이다.[23] 이는 신화적인 요소로 귀결되는 경우가 대부분이다.

신화는 신의 이야기만을 의미하는 것이 아니라 인간의 무의식 속에 내재되어 있는 천상적인 울림과 대지적 울림에 귀 기울이고자 하는 욕망의 비상구라 할 수 있다. 신화는 서양적 신화에 연루된 것이 대부분인 것처럼 보이기도 하지만 신화에 관한 이야기는 동서고금을 가리지 않는다.

---

22) M. H. Abrams, 『문학 용어사전』, 대방출판사, 1985, pp.95-96.
23) 정신재, 「한국 현대시의 신화적 원형연구」, 『정신재 문학비평집』, 국학자료원, 1995, p.79.

정신재는 "신화는 신들의 이야기지만 근본적으로는 인간 자체를 위하여 존재하듯이 신화적 구조체제가 창작체계 속에서 얼마든지 승화, 발전시킬 수 있다."[24]고 보면서 신화의 내용과 범주를 탄력있게 확장 혹은 축소시켜 살펴보고 있다.

신화의 사전적 의미를 '신화에만 남아 있는 유사이전의 시대'로 설정하거나 신화의 기원, 성립, 발전, 분포 및 기능을 살펴보는 것은 신화의 내용을 규명하는 일차적인 작업이 될 수 있다. 신화는 인간이 현실에서 실현하고자 하는 꿈의 구현이자, 주술적인 공간으로 대변되기도 한다. 그것은 곧 인간의 한계를 실감한 현존자의 슬픈 노래이거나, 희망을 갈구하는 절규가 되기도 하며, 은근과 끈기의 고백으로 나타나기도 한다. 따라서 이러한 신화는 어느 민족에게는 설화에 녹아 있기도 하고 서사적인 구조를 띠고 있는 담화구조의 시 속에 융해되기도 한다. 또는 주술적인 내용을 담은 무가가 되기도 한다.

그렇다면 왜 인간은 그토록 신화적인 세계에 빠져드는 것일까? 21세기가 시작되는 오늘날, 사람들은 그리스 로마 신화 혹은 역사서에 관심을 보이거나 주술적인 이야기를 정사(正史)보다 좋아하는 이유는 유한자로서의 한계와 불안함이 자리잡고 있기 때문이다. 모호함 속에 인간의 정체성을 규명하고자 하는 욕구가 더할수록 대상은 더욱 모호해지자, 존재적

---

24) 그의 타당성 있는 견해를 본고는 견지하고 있으므로, 그 내용을 좀 더 서술하기로 한다.
  우리가 전혀 빈 공간을 0의 세계라고 하고 신의 뜻대로 절대적으로 이루어진 세계를 1의 세계라 한다면 문학은 완전한 0도 완전한 1도 아닌 0과 1의 세계 사이에서 경험과 상상력에 의해 이해될 수 있는 한 얼마든지 무한한 상황을 전개시켜 나갈 수 있다. 말하자면 외부적 인간, 이웃 마음, 사회, 민족, 얼마든지 확대, 축소 가능하다.
  정신재, 앞의 책, pp.18-19.

한계에 다다른 인간은 역사 속의 거울을 빌려 자신의 현재를 반추하고자 노력하기에 이르른 것이다. 따라서 신화적 상상력이란 바로 신화 속의 신이 되고픈 인간의 욕망에 이카루스의 날개를 단 상상력의 총체적 산물인 것이다.

「신화와 진실(Die Wahrheit des Mythos)」을 쓴 프라하 출신의 석학 쿠르브 휘브너(Kurt Hubner)는 책의 서문에서 이렇게 말하고 있다.

> 신화는 과학기술 세계에서 점차로 잊혀져가고 있고, 이런 세계의 안목에서 보면 이는 이미 오래 전에 극복한 과거지사처럼 보인다. 이 사실은 신화가 변함없이 모호한 동경의 대상으로 남아 있다는 생각의 계속일 뿐이다. 그래서 신화와의 관계는 오늘 날 분열의 관계이다.[25]

그는 신화와 인간과의 관계의 다양한 위도를 설정하여 인간의 신화적 상상력을 예견하고 있다. 따라서 본고에서는 신화와 상상력의 접합을 신화적 상상력이라고 규정하고 동양적 신화의 상상력을 설화적 상상력의 일환으로 보고 서양적 신화의 상상력, 그리고 그 신화적 상상력의 원형적 상징성을 공간적 의미와 시간적 의미로 이원화하여 살펴보고자 한다. 또 앞에서 언급한 항목의 신화적 범주는 결국 사차원적 의미의 '복원적 상상력'으로 귀속되고 있는데, 이는 인간의 본원의 원형회귀와도 밀접한 관련이 있음으로, 시간과 공간이 거세된 회귀적 공간으로서의 신화적 상상력으로 범주화시킬 수 있다.

신화적 상상력은 인간에게 무한한 꿈을 실현시켜 준다. 문학은 현실에서 지친 인간의 마음을 달래줄 수 있는 허구적 장치인 상상력을 동원하여 신화적인 공간 속으로 그들을 영입한다. 동양적 신화관과는 달리 서양적

---

25) 주강현, 『주강현의 우리문화기행』, 해냄, 1997, p.32 재인용.

의미의 신화적 사유와 상상력은 신비스러움과 종교적 상상력으로 구현되는 경우를 종종 만날 수 있다.

그리스 로마 신화에 입각한 상상력은 주로 신들의 이야기로 채워져 있는데, 서양의 대부분의 학자들은 이러한 신화적 세계관을 인간의 문제로 귀결시키기 위한 보조수단으로 삼고 있다. 결국 문학의 상징성이나, 원형의 문제는 인간의 문제이기도 하다. 즉 신들의 역사는 인간 역사의 거울이었으며, 그 내용은 신들의 전쟁사로 귀결될 수밖에 없는 것이다.

신화적 상상력의 근원에 대한 사유체계의 공통점을 알아보기 위하여 이와 관련된 저명한 학자나 문인들의 진술을 살펴보기로 한다..

① 조셉 캠벨: 신화는 인간의 육체와 정신의 활동에서 나타날 수 있는 모든 것에 대한 표상이며 동시에 우리에게 무한한 영감을 주는 매개체이다. 따라서 신화는 다함 없는 우주의 에너지가 인류의 문화를 창출하게 하는 통로가 되어 종교, 철학, 예술, 역사, 사회적 양식, 과학, 기술의 으뜸가는 발견 등을 이룩하게 하였다.26) 신화는 인간에게 내면으로 돌아가는 길을 가르쳐 준다.27)

② 엘리아데: 신화는 신성한 역사를 이야기하고 있으며 그것은 원초의 때(primordial time)에, 始原한 신화적인 때(fabled time of the beginnings)에 발생한 하나의 사건과 관련된다. 달리 말해 신화는 초자연적 존재의 행위를 통하여 우주라는 모든 실재를 말하는 것이거나 (하나의 섬, 식물, 특정한 인간행동, 제도와 같은) 부분적인 실재이거나 그 실재가 어떻게 하여 존재하게 되었는지를 말하고 있다. 그리하여 신화는 항상 '창조'를 설명하며 어떤 존재가 어떻게 만들어졌는지 존재의 시초를 말하고 있다. 신화는 즉 '실제로' 일어난 모든 것(which really happened), 완전히 현현한 것(which manifested itself completely)만을 말하고 있다.28)

---

26) Joseph Cambell, "*The Hero with a Thousand Faces*", Prinston University Press, 1949, p.10.

27) 조셉 캠벨·빌 모이어스, 『신화의 힘』, 이윤기(역), 고려원, 1992, p.36.

28) Mircia Eliade, *Myth and Reality*, translated from the French by Willard R. Trask, Harper & Row, Publishers New York, Hagerstown, San Francisco, London, 1963, pp.5-6.

또 신화란 성스러운 것이 세계 속으로 다양하게 때때로 극적으로 침투되는 것을 묘사하는 것이다.[29]

③ 토인비: 신화를 가리켜 '보편적 진리를 이해하고 표현하는 직관적 형식' 또는 '달리 표현할 길이 없는 역사적 진실을 전달하는 데 필요하고도 불가피한 표현의 양식'이라고 단정했다.[30]

④ 캇시러: 신화는 인간 표현의 원형이며 동시에 다른 문화형식들의 기초가 되는 것으로 전제하고, 신화적 사유에 대한 철학적 접근을 시도하였다. 또 인간은 이제 다시는 한갓 물리적인 우주에 살지 않고 상징적인 우주에 산다. 언어, 신화, 예술 및 종교는 이 우주를 이루고 있는 것이다.[31] 또 인체의 이미지와 조직화로 전체를 보려는 경향이 있으며, 이것은 인간의 삶의 기원에 관한 신화적 물음에 대한 답이 실제로 되고 또한 이렇게 해서 모든 신화적 우주형태지(mythical cosmography)와 우주론(cosmology)이 결정되는 것이다.[32]

⑤ 괴테: 신화는 모든 것을 창조하며 유기화시키는 자연의 힘 안에 투사되는 환상이나 공상의 결과라는 이야기이며, 세계를 심오한 곳에 응집시키는 역할을 한다.[33]

⑥ 융: 신화는 인간의 영적 삶의 그 어떤 근본모형이나 구조를 반영하고 있으며, 모든 문화권에서 주기적으로 나타나는 原像과 <典型

---

(신용철, 「엘리아데의 신화연구」, 『숭실대 논문집 인문사회과학』 16, 1988.11, p.124 재인용.)
또 이는 그의 저서 *The Myth of the eternal Return*에서도 명시되어 있다.
"The abolition of profane time and the individual's projection into mythical time do not occur, of cource, except at essential periods- those, that is, when the individual is truely himself: on occasion of rituals or of important acts (alimentation, generation, ceremonies, hunting, fishing, war, work).
Miecea Eliade, *Myth and History, The Myth of the eternal Return*, Princeton University, 1954, p.35.

29) 이혜원, 「현대시의 욕망과 이미지」, 『이혜원 시론집』, 시와 시학사, 1998, p.109.
30) 나경수, 「신화의 개념에 대한 攷」, 『한국 민속학』 26, 1994.12, p.150.
31) 신희진, 「캇시러 철학에 있어서의 상징형식으로서의 신화적 사유에 관한 연구」, 한국교원대학교 대학원(석사), 1995.8, pp.3-4.
32) 전준활, 「신화 비평의 고조와 한계」, 『동의대학교 동의논집 제14권』, 인문사회과학(편), 1987, p.197.
33) 쿠르트 휘브너, 이규영 (옮김), 『신화의 진실』, 민음사, 1995, pp.54-55.

(Archetype)>에 묘사됨을 발견할 수 있다.34) 또 신화는 '집단 정신이지 개별적인 정신이 아니며', '당혹감에 빠져 있는 인간에게 그의 무의식에서 무엇이 일어나고 있으며 왜 그가 그것에서 벗어날 수가 없는 가35)'를 설명하고 있다.

⑦ 마크 쇼러: 신화란 우리들의 가장 속 깊은 본능적인 생과 우주에 있어서의 인간의 최초의 지식을 근본적이고도 극적으로 제시한 것이며 이 본능적인 삶과 우주에 대한 지식은 모든 특수한 의견과 태도가 의존하는 심리상태를 가능하게 하는 것이다.36)

⑧ 노드롭 프라이: 신화는 문학 구조(literary design)의 한 수단이며 사실주의(realism)는 다른 수단이며 그 중간에 romance가 놓인다. 로망스는 신화가 인간적인 방향으로 치환되어 가는 경향의 한 과정이다.37) 상상력을 바탕으로 형성되는 신화는 대립적 성격을 띠고 있는 실제생활의 재료들을 변형시켜 단순하고 유용한 양식 속에서 삶의 거의 모든 영역에 대한 함축적 의미를 지닐 수 있는 가능한 모형을 축적한다.38)

---

34) 위의 책, p.65.

35) K. K. Ruthven, 김명열 (옮김), 『Myth』, 서울대학교 출판부, 1997.

36) 정창범, 「정신분석고-비평과 신화원형비평을 중심으로」, 『20세기 문학비평의 방법』, pp.115- 116.
정창범은 신화비평을 논하는 자리에서 신화를 헛된 이야기가 아닌 시간을 초월한 생생한 살아 움직이는 이야기로 설정하고 있어 역동적 상상력으로서의 신화성을 살피고 있다.

37) Northrop Frye, 『*Anatomy of criticism*』, Princeton University Press, p.136,
그러나 오세영은 프라이의 이미지를 한국 현대시 분석에 적용하는 어려움을 밝히고 있는데, 그의 비평방법이 성서나 그리스 신화에 근거를 두고 있다는 점, 한국의 이미지와 서양의 이미지가 서로 상충되는 경우가 있다는 예를 들어 반증하고 있다. 예컨대 용의 미지가 동양에서는 신성을 상징하지만 서구에서는 악마적인 이미지로 사용된다는 점이 그것이다.
오세영, 「한국 현대시의 두 세계-이상과 김소월의 이미지」, 『신화와 원형』, 신동욱(외), 고려원, 1992, p.185.
그러나 여기서는 시를 분석하는 자리가 아니므로, 신화적 개념소만을 차용하기로 한다.

38) N. Frye의 이와 같은 견해를 옮기면 다음과 같다.
Myth, then, is one extream of literary design ; naturalism is the other, and in between lies the whole area of romance, using that term to mean, not the historical mode of the assay, but the tendency, noted later in the same essay, to displace myth in a

⑨ 예이츠: 그는 자신의 신화적 상상력을 전통신화를 변형시켜 개념을 설명하고 있는데, 전통적인 의미에서의 신화적 상상력이란 역사의 기원에 관계하고 원시사회로부터 구전으로 전승되어 왔으며, 사람들에 의해 글로 기록된 것이고 여러 갈래의 신화는 선행하는 신화의 변형에 불과하다는 것이다. 전통신화는 우주와 생명의 창조와 관련이 있으며 생명의 원천은 始原으로의 복귀를 통하여 반복적으로 재창조된다. 반면에 그의 개인적 의미의 신화적 상상력은 프라이와 같은 맥을 유지하고 있는데 始原으로의 복귀로써 과거를 재현해 내고 이상적인 모델을 상기시키며 신화가 허구가 아니라 '실재'로 믿어지는 것으로 범주화시켰다.39)

⑩ M. H. Abrams: 고전 시대의 그리스에서 'mythos'는 사실이거나 거짓이거나 간에 하나의 이야기 또는 플롯을 의미했다. 현대적인 의미에서 신화는 과거에 어떤 특정 집단에 의해서는 사실이라고 믿어졌고 세계는 왜 현상대로 되어 있고 사물은 왜 현상대로 되어 가는가 하는 것을 설명해 줄 수 있는 것은 물론이고 (초자연적인 행동에 의하여) 사람들이 인생을 영위해 나감에 있어서 의지하는 법칙의 모습과 사회적 관습과 수칙에 대한 근본 원리를 설명해 줄 수 있는 전승적인 이야기의 한 체제로서의 신화 중의 한 이야기이다. 대부분의 신화는 의식을 포함한다.40)

⑪ 바르트: 신화를 '함축 의미의 체제'라고 정의하고, 함축의미의 연쇄고리를 구축함으로써 하나의 신화를 만들 수 있으며 여기서 신화라는 것은 설화에서 말하는 민담, 전설, 신화 등과 다른 개념으로 신화란 '하나의 이야기' 혹은 '하나의 특수한 언술'을 가리킨다. 즉 이차기호

---

human direction and yet, in contrast to "realism", to conventionalize content in an idealized direction.

N. Frye, 「*third essay: archetypal criticism*」, 『*Anatomy of criticism*』, Princeton University Press, 1971, p.137.

39) 신현호, 한국외대(박사), 앞의 책, pp.5-7.

40) M. H. Abrams, 『문학용어사전』, 최상규 (옮김), 대방출판사, 1985, pp.175-177.
그는 또 만약에 주인공이 초자연적인 존재가 아니라 인간일 경우에 그 이야기는 신화가 아니라 '전설'(legend)이라고 설정하며, 그 이야기가 초자연적 존재에 관한 것이기는 하지만 하나의 체계로서의 신화의 일부가 아닐 경우에는 통상 '민담'(folktable)이라고 구별하여 말하고 있다.

의 기표를 수사적인 것으로 본다면 이차 기호의 기의는 신화가 된다. 그러므로 신화는 함축 의미의 연쇄고리를 만드는 과정의 체제라고 할 수 있다.[41]

⑫ 클로드 레비스트로스: 신화란 자기도 모르게 자기한테 들어온 생각으로 신화적인 이야기는 변덕스럽고 무의미하며 불합리하게 보이지만 전세계적으로 반복해 나타나고 있으며, 우리의 마음 속에 존재하는 신화와 역사 사이의 간극은 신화와 완전히 분리된 것이 아니라 신화의 연속으로서 역사를 연구할 때 극복될 수 있는 것이다.[42] 또 신화는 하나의 전체로서 이해해야만 하며, 신화의 근본적인 의미는 사건의 연속적인 순서에 의해 전달되는 것이 아니다. 오히려 일단의 사건들의 총체적인 묶음으로써 의미가 전달된다고 얘기할 수 있다.[43]

조셉 캠벨, 엘리아데, 그리고 캇시러는 문화사적인 입장에서 신화적 상상력을 수용하여 개인적 상상력의 문제와 사회적 상상력의 열린 구조로 파악하고 있어 넓은 의미의 토인비의 신화적인 의미와 궤를 같이 하고 있다. 그 중 엘리아데의 초자연적인 범주로서의 신화적 상상력은 예이츠의 개인의 신화적 상상력과 공통점을 보이고 있다. 그에게 있어 실재란 결국 인간의 복원적 능력을 의미하는 것이다.

예이츠가 받아들인 서양의 신화에서 보이고 있는 전봉석인 신화직 상성력의 수용양상은 인간의 무한한 상상력에 기폭제가 될 뿐만 아니라 우주 창조와 신화의 구조와 함께 존재의 믿음을 굳건히 만들어주는 역할을 한다. 따라서 예이츠의 신화적인 상상력은 고대의 신화적 상상력에서 진일보한 존재론의 규명까지도 거론될 수 있는 단초를 제공해주고 있다. 그의 신화적 상상력의 개념은 원형적 체계를 구상한 노드롭 프라이와 함께 문

---

41) 정유화, 「서정주 시의 기호학적 연구-이항대립과 매개항을 중심으로」, 중앙대(박사), 1996.12, p.11.
42) 클로드 레비스트로스, 『신화와 의미』, 임옥희(옮김), 이끌리오, 2000, p.15.
43) 클로드 레비스트로스, 위의 책, pp.92-93.

학의 원형적 상징성을 통한 신화적 세계로의 출구를 개척했다고 해도 과언이 아닐 것이다.

반면 사회학적인 입장에서의 신화적 상상력은 좀 더 탄탄하고도 정밀한 방법으로 구체화를 실현하려는 면모를 보이고 있다. 융의 경우만 하더라도 신화적 개념의 도입이라든지 상상력의 범주를 설정하는 작업 속에서 이미 프로이트적 사유체계가 실패한 지엽적인 상상력의 범주를 지양하고 있다. 그는 인간의 군상을 좀더 세밀하게 관찰한 집단 무의식과 연관시켜 신화적 상상력의 근저에 자리잡은 인간의 궁극적인 심리를 잡아내어 사회학적 측면에서 고찰하려고 애를 썼다.

이러한 사회학적인 고찰은 바르트의 총체적인 사유방식과 궤를 같이한다고 볼 수 있으며, 이에 단서를 제공해 준 또 다른 이론으로 구조주의적 측면에서의 상상력을 연구한 레비스트로스를 꼽을 수 있다. 마크 쇼러처럼 우주론적인 입장에서 상상력을 이야기한 학자나 시인들은 대부분의 그들의 작업에서 보여주는 초반적인 상황을 장식하고 있다. 우주론적인 상상력의 방식은 서양과 동양에 공통적으로 드러나는 방식이다. 이들은 곧바로 순환적인 상상력의 모습이나, 복원적 상상력의 모습으로 원초적인 고향으로 회귀하게 되거나 회향하게 된다.

이상에서 살펴 본 신화적 상상력에 관한 사유체계의 공통점은 인간심리의 기저를 연구하고자 하는 일련의 노력이다. 신화를 아는 것은 인간에게 세계와 세계 안에서 올바른 삶의 방법을 배우는 일일 뿐만 아니라 신화를 기억, 재연함으로써 신, 영웅, 선조가 한 일을 반복할 수 있으며, 사물의 기원에 대한 비밀을 배우는 것이기도 하다.44)

---

44) 마르세이아 엘리아드, 『신화와 현실』, 성균관대 출판부, 1985, p.24.

# II. 신화적 상상력의 유형

## 1. 설화적 상상력

설화적 상상력은 이야기의 구조로 전개되는 경우가 많다. 물론 서사적인 산문시나 담화시의 구조를 포함하여 재담론의 이미지로 구성된 시들도 이에 포함된다.

설화적 상상력은 신이 되고픈 인간의 이야기에 초점을 맞추고 있다. 신과 인간이 서로 공생의 관계, 조화의 관계, 합일의 관계를 갖고 있으며 삼라만상 하나 하나가 신성을 가지고 있다는 것을 깨닫고 개인의 신성성을 인정하고 있는 것이다. 인간 개인의 신성성을 인정하는 설화적 상상력은 삶의 원형 속에서는 누구든 평등하다는 것과, 삶이 고통스럽다는 깃과 사회적인 신분의 차이를 떠나 드러내는 것, 또는 개인차에 따라 삶의 무게를 이겨내지 못하거나 신성이 부족한 사람들의 이야기를 좀더 인간적으로 풀어내기에 이른다. 즉 설화적 상상력은 화해로운 우주 공동체의 모습을 통한 신성성을 가진 인간들의 이야기가 다름 아닌 신화의 세계로 나타나고 있는 것이다.

서양의 신화적 상상력이 신의 모습을 발현시켜 그 속에서 교훈적인 요소를 찾으려는 종교적, 도덕적인 상상력이라고 한다면 설화적 상상력은 인간의 삶으로 육화된 이야기를 풀어내는 인간적 상상력이라 할 수 있다.

서정주, 박재삼의 경우가 그 대표적인 경우로 이들의 시에 나타난 사람들의 모습은 언뜻 보면 신들의 이야기와는 아무런 관계가 없는 것 같지만 설화적인 요소를 차용함으로써 신화의 장르가 일정 정도 기여할 수 있는 신성성의 모습을 그들의 삶 위에 더해주고 있다.

이들의 이야기는 대부분 설화구조를 차용하는 경우가 많은데[45] 이것은 민중들의 애환이나 삶의 노고를 이야기한다. 이들의 시에는 대부분 별이 뜨고 달이 뜨고 해가 뜬다.(본고에서는 우주적 의미의 신화적 상상력에서 다루기로 한다.) 또한 역경의 바람이 불기도 하고 하늘로 올라 가버린 사람들의 이야기로 채워져 있다.

이러한 수직적 공간을 바라보는 인간은 좀더 천체와 가까워지려는 욕망을 가지게 되며 때로는 하늘의 이야기를 전달하는 영매자로 현신하기도 한다. 또한 일련의 과정을 통한 신화적인 상상력은 주술적 혹은 무속적인 색채를 띠기도 한다.

---

45) 장덕순 교수는 신화, 전설, 민담으로 나누고 있으며 한국 설화의 유형적 분류는 <삼국사기>, <삼국유사> 등의 문헌에 수록된 분류법을 따르고 있다.
　　신화는 우주의 기원, 인간의 기원, 관습의 기원을 살피고 太古의 사실에 의하여 현실세계를 만들기 때문에 신성시되는 경우로 우주기원 신화, 인류기원 신화, 문화기원 신화로 나누어 살펴 볼 수 있으므로 신화에 나타난 자연의 모습은 초자연적인 모습으로 나타나고 있다. 반면 설화는 신화, 전설에 이어 발생하는데 시간적, 공간적인 거세가 공통적으로 이루어지기도 하며 神性性과 事實性의 여부에서 자유로운 흥미위주의 이야기로 볼 수 있다.
　　김우준, 「서동설화의 신화적 성격연구」, 경기대학교 교육대학원(석사), 1999, pp.12-14.
　　우리 나라에서는 서동설화, 처용설화 등으로 나타나고 있다. 이러한 흥미성을 위주로 한 이야기는 소설의 전단계로서 본고에서는 <처용설화>를 모티브로 삼거나 <춘향전>에 나타난 인물을 통해 구현되는 인간의 신성화된 욕망을 설화적 상상력의 전제조건으로 삼고 기술해 나가고자 한다. 본고의 연구대상인 김춘수, 서정주, 박재삼, 전봉건이 모두 이러한 조건을 만족시키는 시인들로서 고전적 범주의 이야기 속에서 신화적인 인간유형을 찾으려는 그들의 신화는 질펀한 의미의 개인적 신화인 동시에 민족적 신화로 유형화될 수 있다.

서정주는 그의 소년시절의 경험을 「질마재 神話」를 통해서 이야기하고
있다.

정효구는 그의 시가 이야기 시일 수 있는 가능성으로 '신화의 차원으로
부상해 있다는 점'을 꼽으면서 마침내 그의 시가 평면적인 이야기의 수준
에서 입체적인 시적 공간으로, 또는 상징적인 울림의 공간으로 도약하는
자질을 보이고 있다고 언급하고 있다.46)

서정주에게는 일상적인 사람들의 이야기도 흥미 있는 이들의 축제로
바뀌게 된다. 그에게 차용된 '춘향'은 애절한 사랑을 갈구하고 있지만 수동
적인 자세로 앉아서 노래만을 읊조리는 독백형식이 아닌 누군가가 구체적
인 화자가 되어 들어주는 대화체의 이야기로 드러나거나 1인칭 관찰자의
시점에서 세상을 바라보는 화법을 택하고 있어 세상을 바라보는 주관성과
객관성이 효과 있게 전달되고 있다.

서정주의 이야기시에 관해서는 긍정적인 평가와 부정적인 평가로 나뉘
고 있는데47) 본고에서는 전통적인 기억을 되살려 놓을 수 있는 기회를

---

46) 정효구, 「현대시의 진단-이야기 시의 가능성」, 『현대문학』, 86.5, pp.354-356.
　　서정주는 인간 삶의 공간에서 일어날 수 없는 상황들을 목도한 비현실적 요소를
　　통해 신화적인 내용과 연결시키는 소박함을 보이고 있는데 바로 이 점이 그에게
　　서 발견되는 이야기의 신화성이 되고 있다.
47) 고형진은 「서정주의 <질마재 神話>의 '이야기 시'적 특성 연구」에서 미당의 이
　　야기 시에 대한 찬반론을 다음과 같이 정리하고 있다.
　　조창환은 '시에 대한 기존의 합의를 완전히 무시하는 非詩의 형태를 지녀서, 시
　　와 잡문과의 구별을 무색케 하고 있다' 고 보며 황동규는 ' 언어의 긴장감도 없
　　고 시편 전체가 想이나 리듬이나 짜임새에 있어 너무 정적으로 진전이 없다' 라
　　는 입장으로 부정적인 견해를 보이고 있는 반면 정효구, 유종호는 긍정적으로 평
　　가하고 있다.
　　정효구의 '의미의 일탈을 보여 이야기가 상징적인 울림을 가지고 있다' 라는 의
　　견과 유종호의'과감하게 산문지향의 모습을 보여주고 있다' 는 긍정적인 의견을
　　제시하고 있는데 이는 「질마재 神話」가 가난한 문화와 낡은 인습 속에 담겨 있
　　는 긍정적 대목을 산문의 형태로 그려내고 있기 때문이다.
　　고형진, 앞의 글, pp.32-33.

제공한다는 점에서 긍정적인 입장에서 살피고자 한다.

전봉건 역시 「춘향전」에서 시적 소재를 빌려와 「春香戀歌」라는 이야기, 즉 장시[48]를 통해 그가 복원하고 싶어하는 이상세계를 꿈꾸고 있다. 그가 꿈꾸는 이상세계란 '우주와의 일체화'[49]라는 모습으로 구현되고 있다.

김춘수는 윤회적이며 신화적인 세계관을 역사체험[50]을 통해 얻게 됨으로써 고향으로의 회귀를 꿈꾸고 있기도 하며,[51] 설화적 요소인 '처용'을

---

48) 오세영은 「장시의 다양성과 가능성」에서 장시의 개념을 다음과 같이 규정하고 있다.
'장시란 다수의 정서적 갈등을 인위적으로 통일시켜 시인의 이념으로 하여금 형식성을 끌고 가게 하는 어느 정도 이상의 길이를 지닌 시'이다. 시인의 메시지가 형식성을 끌고 나가는 방법 중 하나는 시간적 질서에 의존하는 것인데 이를 서술적 시간 (narrative form)으로 시에 주인공을 등장시켜 하나의 이야기를 만듦으로써 시인의 이념을 형상화시키는 반면 공간적 질서에 의존하는 공간적 형식(spatial form)으로 주인공이나 스토리의 설정 없이 이질적인 이미지들과 정서들을 일관된 주제의식 아래서 공간적으로 배열시킴으로써 이끌어 가고 있다.
전봉건의 시 중 <사랑을 위한 되풀이>는 공간적 형식으로서의 장시이며 「春香戀歌」는 서술적 형식으로서의 장시라고 설정하고 있다.
오세영, 「장시의 다양성과 가능성」, 『현대시학』, 1988.8, pp.52-53.
본고는 '이야기시'를 담화구조를 취하고 있는 장시와 동일한 개념으로 사용하고 있다는 점을 밝혀둔다.
49) 김현은 『책읽기의 괴로움』 중 「전봉건에 대한 두 개의 글」에서 이러한 입장을 밝히고 있다.
신상철, 「전봉건 시연구」, 경남대(박사), 1998.12, p.15 재인용.
50) '나는 20세가 조금 넘자 일제 군국주의의 압력을 직접적으로 경험하게 된, 나로서는 우연이라고 밖에는 할 수 없는 어떤 사건에 휘말리게 되었다. 헌병대와 경찰서 고등계의 지휘하에서 몇 달의 영어생활을 하게 되었지만 나는 참으로 억울했다. 그들이 함부로 내 몸과 자존심을 짓밟아 버린 것도 그랬지만, 내 자신 어이없이 무너지고 만 자존심을 눈 앞에 보았을 때 한없이 억울하기만 했다.'
김춘수, 『김춘수 전집2, 시론』, 문장, 1986, p.573.
51) 고향에 대한 이야기의 노정은 사차원적 의미의 신화적 상상력에서 본격적으로 다루겠지만 이러한 김춘수의 입장은 전쟁을 전후로 한 시적 전개의 존재론적 귀향의 모습이었다고 보는 견해와 입장을 같이 한다.
하희정은 「1950년대 시에 나타난 '부재 의식'의 형상화 양상 연구」에서 김춘수와 김종삼을 중심으로 그들의 부재의식을 비교하면서 '존재론적 고향'이라는 개념을 언급하고 있는데, 이는 존재 탐구의 관념적인 형상화가 실현되는 고향이라는 입

차용하기도 한다. 이 때의 처용은 그의 입으로 직접 말하지 않는[52] 3인칭 화법으로 서술하고 있으며 그에게 있어서의 '처용'의 의미는 忍苦行의 보살로[53] 상상력의 날개를 달고 출현한 것이다.

박재삼의 시에 나타나는 퍼소나(persona)는 설화적 인물인 '춘향', '흥보', '심봉사' 등 다양한 인물로 이들의 삶이 한을 어떻게 극복하는가의 모습을 현대인의 모습 속에 투과시켜 재현해 내고 있다. 그들의 생, 노, 병, 사의 모습은 다름 아닌 자연의 모습이 하나로 어우러진 그 자체이며, 그런 자연의 모습을 닮은 인간의 모습을 통해 현실의 아픔을 달래고 의지 가득한 삶의 모습으로 전진하는 힘을 얻게 된다. 그의 설화 속의 인물들은 유년의 기억 속에서 만나 봄직한 인물들로 설정되어 있는데, 서정주나 김춘수에게 보여지는 인물들과는 약간의 차이가 드러난다.

서정주의 설화적 요소의 인물들이 시인 자신의 유년의 기억을 통해 부활된 유형이라는 점에서는 박재삼과 동일한 요소로 작용하고 있는 반면, 서정주의 인물들은 재기 발랄함이 겸비된 인물들이라는 사실에서 차이점을 갖는다. 박재삼의 설화적 이야기 속의 인물들은 유년의 기억을 불러일으키는 데까지는 성공하였으나 슬프고도 한스러운 형식의 어조로

---

장이다. 신화적인 상상력의 출발점이 인간의 존재론적 고민과 밀착되었다면 바로 원형으로 돌아가고픈 복구적 상상력의 공간으로서의 출현이 바로 '고향'의 모습으로 현신할 수밖에 없다.
하희정, 「1950년대 시에 나타난 '부재 의식'의 형상화 양상 연구-김춘수와 김종삼을 중심으로」, 서울대(석사), 1995.2, p.14.

52) 김현은 「신화적 인물의 시적 변용-처용의 의미」에서 김춘수의 '처용'과 서정주의 '사소'나 신석초의 '처용'과 함께 신라시대의 신화적 인물을 현대시화하여 성공한 희귀한 예 중의 하나라고 보면서, 김춘수의 「처용단장」은 내부의 흔들림이 완전히 외부정경묘사로 환치된 시라고 언급하고 있다.
김현, 「신화적 인물의 시적 변용-처용의 의미」, 『문학과 지성사』, 1970.가을, pp.338-339.

53) 김현, 위의 책, p.344.

읊조린다.

이상 살펴 본 설화적 상상력의 대부분의 테마는 설화적인 인물의 차용으로 이야기가 진행됨을 알 수 있다.

서정주, 박재삼, 전봉건이 '춘향'에 관심을 기울였고, 김춘수는 윤회적인 인생관을 '처용'의 모습을 통해서 나타내고 있다. 카시러의 '신화적 의식으로 생각한다면 과거는 결코 지나간 것이 아니라 항상 이 곳에 지금 존재한다.'[54]는 말처럼 그는 그의 역사의식을 '처용'을 통하여 드러내고 있는 것이다. 작품 속의 인물은 삶의 현장성을 구현하는 직접적인 요소로서 작가의 세계관을 역추적하기에 적합한 장치이다. 인물 설정을 염두에 두는 작가들에게는 명명법 하나도 범상치 않은 것이다.

고전설화에서 인물을 차용하면서도 시적 허용의 범위 내에서 자신의 상상력을 투영시키는 것은 불만족스런 현실을 신화적인 상상력으로 극복하고자 하는 의지의 발현이라고 할 수 있다.


## 2. 공간적 상상력

상징은 인간의 내면의식의 표현이며 현실인식의 기호체계이기도 하다. 인간의 무형식적인 심리나 정서를 잡아내려면 바로 이러한 기호체계, 즉 드러난 코드를 읽을 수 있느냐 없느냐에 따라 인간과 인간, 인간과 대지, 인간과 우주의 꿈을 이해할 수 있어야 한다. 즉 자아와 他者간의 원활한 의사소통과 역사의 이해를 위해서도 상징적 코드로 사용된 이미지를 해독할 수 있는 상상력이 필요하다.

---

54) E.캇시러, 『인간과 문화』, 청태진(옮김), 탐구당, 1981.

또 이러한 상징체계를 밝혀내는 과정에서 신비주의적인 요소가 가미되는 것이 바로 신화적 상상력의 특징으로 꼽히고 있다. 융은 인간 사이키 psychy-의식적, 무의식적 마음 활동의 총합-가 어떤 실제적인, 분간할 수 있는 구조를 갖고 있다고 믿었다.[55] 그는 또한 이미지들과 동서양의 종교, 신화, 전설, 제의에 나타나는 상징들, 특히 연금술 같은 *秘敎的* 경향에 나타나는 상징들 사이의 유사성에 따라 우주적 의미, 상징적 표현이 심리에 많은 영향을 주고 받는다고 보고 있다.[56]

이러한 상징적 요소를 바탕으로 본다면, 공간의 개념을 뛰어 넘는 것이 신화적 상상력이지만, 수평적인 공간에서 이루어지는 상상력은 주로 대지, 흙, 그릇, 바다, 물, 술, 꽃, 불의 이미지나 상징으로 드러나고 있다.

대지적인 상상력이나 분자인 흙, 그것으로 주조한 그릇은 곧 어머니를 상징하는 모계적 상상력을 수반함과 동시에 바다, 물의 역동적 이미지로 변화되어 드러나기도 한다.[57]

대지는(terre) 신화 속에서 여인과 동일시되고 있는데 이는 풍요와 관련이 있기 때문이다.[58] M. 엘리아데에 의하면 고대 시기에 대지는 나무와 미찬가지로 사람을 산출해 냈고, 그래서 이를 어머니에 비유하고 있는 것이다. 대지는 생명력이 넘치는 인간의 생명을 책임지는 공간으로 설정된다. 대지에서 태어나 대지로 돌아간다는 사실을 통해 순환적인 우주의

---

55) 데이비드 폰테너, 『상징의 비밀』, 최승자(역), 문학동네, 1998, p.11.
56) 데이비드 폰테너, 위의 책, p.11.
57) 문제가 되는 술, 꽃, 불의 이미지는 관점에 따라서 수직적인 상상력의 개념이나 순환적인 상상력에 분류되는 경우도 있으나 바슐라르의 물질적 상상력이라는 입장으로 묶어서 기술하고자 한다.
58) 대지는 일제시대의 시인들의 '조국'의 개념으로 사용된 상징성과 그 밖의 토지적 개념으로서의 전원적 상상력, 그리고 고향의식으로서의 유년기적 회귀의 그리움으로 각각 증폭되어 사용되고 있다.

원리를 도출해 낼 수 있을뿐더러 인생의 섭리를 발견하게 되는 철학적 사유의 공간으로 자리잡기도 한다.

또 대지에 씨를 뿌리는 행위는 생산의 의미를 내재하고 있으며, 씨와 밭의 결합은 성적인 결합을 의미하는 우주의 원리를 그대로 재현하고 있는 것으로 인류역사의 통과기제요 축제인 것이다. 이 때 대지의 축제에 참여하게 되는 상징적 요소가 물의 이미지로 나타난다. 물은 따라서 대지와 마찬가지로 모성을 의미하며, 이러한 여성적인 이미지가 전봉건에게는 에로스적인 상상력으로, 서정주에게는 넉넉한 삶을 이끌어가는 인간적인 모습과 동시에 관능적인 이미지와, 토속적인 이미지로 혼재되어 나타나기도 한다.

물은 우주의 씨앗이며, 태초의 생명체의 직접적 요인이자 어머니의 자궁이다. 강의 이미지나 바다의 이미지는 따라서 범위가 확대되면 될수록 생명력의 고양이자 삶의 편력으로 드러난다. 박재삼이나 김춘수를 비롯한 여러 시인들의 유년의 기억은 시 속에서 신화적 상상력의 옷을 입고 부활하고 있는데, 물에 관한 기억이 큰 몫을 차지하고 있다.

한의 이미지로 대표되는 박재삼의 시세계를 차지하고 있는 물은 슬픔의 초월의지로 표현되고 있다. 또 강물이 한의 초월적 이미지로서의 긍정적인 삶을 꿈꾸는 매개항이 된다면 바다를 어린 날의 추억의 공간으로 재생되기도 한다.

M. 엘레아데는 바다를 실제적인 전 우주로 지칭하였다. 이는 '모든 잠재능력의 저장소로서 모든 형태는 그로부터 이룩되어 나온다.' 라고 규정했으며 '죽음과 재생'을 의미하기도 하고, '재생과 조화되는 공간'으로 보기도 하였다.59)

---

59) N. Frye(외 16인), 『문학과 신화』, 김병욱(외 옮김), 대방출판사, 1981, p.74.

사실 바다의 이미지는 수직적 의미의 신화적 상상력에서 다루게 될 달(lunar system)의 상징성과 긴밀한 관계에 놓이게 된다. 달과 물 그리고 대지는 불가분의 관계로 생명 탄생의 과정에 공조체계를 이루게 되며 이러한 생명탄생은 다름 아닌 여성 이미지로 재생되는 것이다.

'아기를 갖게 되기를 바라는 여인들이 정월 대보름 날 우물에 비쳐 있는 달 그림자를 바가지에 떠서 마시는 풍습이 우리에게 있었다[60]는 사실을 상기해 볼 때 이러한 상상력은 설화에 투영되어 그대로 한 민족의 삶의 모습으로 형성되어 시 속에 드러나는 것이다. 여성을 비롯한 바다도 달의 주기에 따라 변화를 가져오게 되는 순환체계를 찾게 된다. 이처럼 여성과 달과 물은 밀접한 관계가 있다.

농경생활을 하는 민족에게 대지와 물의 관계만큼 소중하게 다루어지는 요소는 없다. 단군신화에 나타나는 '비'의 의미도 바로 씨앗을 잉태하게 되는 환경을 제공하고 있다. 깊이와 넓이를 동시에 가지고 있는 바다의 의미는 우주적 상상력을 수반하고 있다.

바슐라르는 이러한 바다가 때로는 하늘과 맞닿아 있거나 대지와 맞닿아 있어 상호 교류적인 모습으로 상징화하고 있어 순환적인 상상력의 체계와 연계될 수 있음을 반증하였다. 결국 물질적인 상상력은 대지나 물, 그리고 증폭된 바다, 이와 관련된 생명 탄생의 신비감이 투영된 모습으로 신화성을 보여주고 있다.

서정주의 시에 나타나는 알묏댁이나 「海溢」의 외할머니, 신라 박혁거세의 아내인 알영이나 주몽의 어머니인 柳花, 신라 水路夫人, 沈淸이는 모두 물로부터 태어난 여성[61]으로 우주적 삶의 제전을 벌이고 있는데 그녀들의

---

60) 김열규, 『한국의 신화』, 일조각, 1978, p.15.
61) 김열규, 「韓國民俗信仰의 牛牛象徵研究」, 『亞細亞研究』, Vol.IX 통권 22호.

춤과 노래의 공간은 바로 신화적이며 시적인 신비체험의 현장인 것이다.[62]

반면 대지와 물의 심상이 어우러져 하나의 생명이 꽃피는 공간에서 신화적 상상력은 움트기 시작한다. 꽃은 동시에 에로스적 상상력의 화두가 되기도 하며 탄생과 죽음의 여실한 생명의 주기를 통하여 인간의 삶을 반추시키기도 한다. 중심으로부터 피어나는 개화의 모습은 태양의 이미지를 창출하기도 하여 천상적인 이미지로 승화되거나 불의 이미지로 재창조되기도 한다.

또 나무는 인류의 가장 강력한 상징들 중의 하나로 생명의 구현물이며 하늘, 지상, 바다의 통합점이며 전 우주가 그 주변으로 조직화되는 세계축이 된다.[63] 단군신화에 나타나는 신단수의 의미도 새로운 국가건설을 위한 중요한 소재가 되고 있어, 근기(根氣)를 상징하는 생명력으로 현신화되고 있다.

나무는 남성과 여성성을 동시에 취하고 있는 이미지로 등장하고 있다. 고대 그리스에서 딱총나무는 판신에게, 담쟁이는 바쿠스 신에게, 베이 나무는 아폴로 신에게, 월계수는 디오니소스 신에게 바치는 것으로 보았으며 고대 중국에서는 묘소나 사원 주위의 나무는 죽은 자와 신의 영이 그 안에 머물고 있다고 보아 보호의 대상이 되기도 했다.[64]

---

62) 이경희, 「서정주의 시 <알묏집 개피떡>에 나타난 신비체험과 공간: 달-바다(물)-여성 원형론」, 이화어문논집 12권, 1992.3, p.224-225.
   이경희는 '강강술래'를 圓의 이미지로 보고 우주적 상상력과 맞닿아 있음을 설명하고 있다. 이러한 원형의 운동이 바람의 형성으로 우주의 숨결을 느낄 수 있는 새로운 공간으로 인식된다. 따라서 그는 바다와 바람은 동일한 이미지로 물로 된 무한세계가 바다이며 공기로 된 무한세계가 하늘이라고 보았다.
63) 데이비드 폰테너, 앞의 책, p.100.
64) 위의 책, p.100.

　김현은 꽃이나 나무를 통한 상상력을 '식물적 상상력'[65]으로 규정하고 있다. 이처럼 현대시에는 전봉건, 김춘수의 시에 주로 꽃의 이미지가 많이 나타나고 있다. 꽃의 변형인 나무나 화초, 난초의 상징적 의미도 꽃과 유사성을 발견할 수 있다.

　김춘수의 시에서는 '꽃'의 이미지가 극한적인 현실 상황에 부딪쳐 살아가는 인간의 실존적인 모습으로 대변된다.

　　가자. 꽃처럼 곱게 눈을 뜨고 아버지의 할아버지의 원한의 그 눈을
　　뜨고 나는 가자. 구름 한점 까딱 않는 여름 한나절, 四方을 둘러봐도
　　一面의 熱砂, 이 알알의 모래알의 짜디짠 갯내를 뼈에 새기며 나는 가자.
　　꽃처럼 곱게 눈을 뜨고, 不毛의 이 땅바닥을 걸어가 보자.

- <序詩> 전문 -

　위의 시에서 나타나는 모습은 개인적 상징의 모습이며, 그에게 꽃은 장미, 패랭이 꽃, 탱자꽃, 오랑캐 꽃 등 여러 가지 이미지로 드러나고 있다.

　꽃은 내면의 모습을 개화하는 순간 드러냄의 미학으로 하늘을 향해 불꽃이 되어 피어오르는 구도를 가지고 있다. 「꽃의 소묘」에 나타난 시들은 김춘수의 원론적인 문제인 존재론적 탐구로 귀결된다. 실제로 나르시서스(Narcissus)의 비극적인 자기애를 소재로 수선화가 된 그리스 신화를 소재로 한 시도 보인다.

---

65) 김현은 식물적 상상력을 설명하는 자리에서 다음과 같이 이야기 하고 있다.
　'식물을 선택한다는 것은 대지에 뿌리박는다는 것과 창공으로 솟아난다는 이중성을 선택한다는 것을 의미한다는 것뿐이다.
　김현, 「신화적 인물의 시적 변용-처용의 의미」, 『문학과 지성』, 1970.가을, p344.
　이 이중성은 바슐라르에 의해 무거움과 가벼움, 강함과 악함, 억셈과 연약 등의 대위법으로 지적되기도 한다.

여기에 섰노라. 흐르는 물가 한송이 水仙되어 나는 섰노라

구름 가면 구름을 따르고, 나비 날면 나비와 팔랑이며, 봄 가고 여름
가는 온가지 나의 양자를 물 위에 띄우며 섰으량이면,

뉘가 나를 울리기만 하여라, 내가 뉘를 울리기만 하여라.

( 아름다왔노라
아름다웠노라 )고.
- 「날씨스의 노래-살바돌 다리의 그림에」 중에서 -

꽃은 일종의 윤회적인 세계관과 어우러져 한국시에 전형이 되고 있다.
전봉건의 시에서도 윤회적이며 에로스적인 상상력과 함께 전쟁의 상황을
유추해낼 수 있는 이미지가 도출되고 있다.

1950년 / 6월의 어느 날 / 동틀 때 날아온 총알 맞아 죽은/
한 어린 아기 / 나는 이름 없는 그 아기의
썩은 살 / 썩은 피 /  먹고 / 핀
꽃인 것이다.
- 「고전적인 속삭임 속의 꽃」 11 중 -

전쟁때문에 못 다 이룬 삶의 넉넉함과 온전한 삶을 꽃피울 수 있음을
기약하는 소망은 인간으로서의 본능적인 바람의 일부이기도 하다. 재생과
부활, 이 때의 재생이란 '어떤 것이 몰락에 떨어져도 본질적으로 변화를
받지 않고 그 작용이 이윽고 상승하게 되는 것으로 정신과 육체는 좌절과
회복, 전진과 후퇴라는 과정이 항상 일어나는 과정'[66]으로 볼 수 있다.
역사의 수레바퀴가 그렇듯이 전진과 후퇴라는 편력 속에서 전진을 꿈꾸는

---

66) 문덕수, 『현대한국시론』, 삼우사, 1975, p.104.

神의 후예들이 취해야 할 삶의 모습은 죽음을 넘어서는 초월적이며 강건한 神의 피내림으로 이어지는 것이다.

또 그에게는 이밖에도 돌과 불의 꽃과 이미지가 같이 어울어져 에로스적 상상력으로 비상을 꿈꾸기도 하고 있다. 이밖에 그릇이나 항아리, 그리고 대지와 바다에서 공존하고 있는 여러 물질적 상상력과 어울어져 신화적 상상력을 자아내는 상징소는 풍부하다. 본론에서는 전거된 상징성들을 중심으로 시인들의 시세계에 구현된 의미를 중점적으로 다루어 보고자 한다.

이상에서 나타난 모습의 대부분은 수평적 의미의 신화적 상상력의 상징 유형으로서 대지, 흙, 물, 바다, 강, 꽃, 나무 등으로 구현됨을 알 수 있었다. 이들의 유형은 서로 공조를 이루며 시인들의 유년기의 기억에 따라 수직적 상상력과 함께 어울어 지기도 하고, 천상적인 이미지와 조화를 이룬다.

신화적 상상력은 이러한 소재들로서 시인 자신이 찾고자 하는 낙원으로 혹은 고향으로, 혹은 이상향으로 돌아가고픈 회귀적 상상력으로 귀결되고 있다.

천상적인 것에 대한 그리움은 인간이 가진 神性의 발현이기도 하다. 우주적 상상력과 신화에 대한 호기심은 근원적인 것에 대한 회귀적 상상력을 의미하며 , 神과 혹은 천상과 좀더 가깝고자 하는 욕망은 수직적인 상징성으로 발현되고 있다.

천체적인 상상력에 의한 이미지들은 하늘, 해(또는 빛), 달, 별, 새, 바람, 산 등으로 유형화시켜 살펴볼 수 있다. 이때 달은 여성성을, 태양은 남성성을 의미하는 것으로 그 의미를 유추할 수 있다. 잉카인들에게 태양은 神의 조상이다. 그들은 사원을 태양과 가까운 밀접한 색깔인 황금색으로 장식하였다. 따라서 금의 의미도 태양과 밀접한 의미를 지니고 있다.

한국의 창세 서사시에도 해와 달을 금과 은에 빗대고 금벌레, 은벌레가 창세의 거인신에 의해 인간이 되었다고 하는 발상을 하며, 몽골의 창세 신화에서도 금과 은에서 일월이 만들어졌다는 내용이 전해지고 있다.[67] 태양이 남성을 상징하는 것만큼 영웅을 의미하기도 하는데 이것은 전쟁사 속에서 좌절하는 인간들의 군상들을 재생시키는 강인한 영웅 출현의 인간 적 희구가 반영된 것이다.

사냥민족이나 농경민족에게 동시에 중요한 것은 해와 달의 이미지이다. 이들은 우주를 주관하는 으뜸神이기도 하다. 달은 부활, 불멸, 만물의 주기 적 본능을 상징하여, 변화를 주관하는 신으로 변덕스러운 여성적인 이미 지와 함께 강한 숙명을 조정하는 신으로 구체화된다. 보편적으로는 조류, 기후, 강우, 계절을 조정하기도 한다.[68]

서양적 의미의 해와 달이 주요한 우주의 관장을 의미하는 신들이라고 한다면 별은 여신에게 바치는 존경으로 볼 수 있다.[69] 동양적 의미의 해와 달은 인간의 삶과 먼 동경의 이미지나 권위주의적 이미지가 아닌 인간의 삶 속에 융해되어 있는 천상의 소품으로 등장하기도 한다.

제례적인 의미로 볼 때 감정의탁의 대상이 되는 달의 의미는 곡식의 풍요로움을 비는 소박한 소망으로 구현되고 있으며 생성과 소멸, 반복과 재생, 기다림과 그리움의 이미지로 구현되고 있다.

하늘은 인간이 도달할 수 없는 근원적인 공간으로 태양과 달의 공간적 개념으로 등장하고 있으나 서양에서 바라보는 거리감의 존재가 아니라, '하늘이 곧 사람이다' 라는 동학정신의 사상에서 볼 수 있는 것처럼 우리

---

67) 박종성, 「한국 창세서사시의 신화적 의미와 시대적 변천」, 서울대(박사), 1992, p.51.
68) 데이비드 폰테너, 앞의 책, p.120.
69) 데이키드 폰테너, 앞의 책, p.120.

민족의 對하늘관은 인간적이자 조상의 공동체로 인식하고 있는 공간의 의미를 띠고 있다. 서양적 의미의 하늘이 일회적 종교관을 가진 신화관의 투영이라면 동양적 의미의 하늘은 순환적 공간의 대기소로 나타난다.

높이를 갖는 하늘은 최고이자 최상의 궁극적 지향점이 된다. 하늘과 대지, 바다와 산의 이원론적 가름의 의미는 인간이 추구하는 닿을 수 없는 공간이자 지향하고자 하는 유토피아적 의미의 상상력을 자극하는 원인소로 등장한다.

하늘은 비상의 꿈을 실현시켜 주는 공간이자 죽음의 공간 너머의 신화의 세계를 구축하는 공간이기도 하다. 또 하늘은 원시 공동체의 모습을 간직하고 있는 전설 속의 공간이자, 인간이 초월할 수 없는 신비한 비밀을 간직한 공간이며 신들의 공간이자, 승천한 인간들이 입성할 수 있는 유일한 공간이기도 하다.

따라서 빛, 새의 상징성으로 하늘의 모습이 몸을 낮추기도 하고 산의 상징성으로 하늘과 닿으려는 수직적인 깊이를 이끌어내는 동기가 되기도 한다. 서정주, 박재삼에게 나타나는 하늘과 빛의 이미지는 각각의 유토피아를 이끌어내는 중요한 성성력의 소재로 구현된다. 박재삼의 시세계에 드러나는 하늘의 이미지는 그들의 상승적 욕구가 내재한 발현체의 심상이다.

빛은 불과 공기의 물질적 상상력의 결합으로 욕망의 기호이기도 하다. 즉 상승은 차원의 단절, 피안으로의 이해, 인간적 조건의 초월로서 '높이'라는 위치에서 절대성과 신성성을 갖는다.[70]

한국 현대시에 등장하는 산의 이미지는 조선 전, 후기를 통하여 형성된 심미적 대상 혹은 관조적 대상으로서의 자연적 이미지로 나타난다. 물아

---

70) 오윤정, 「신동엽 시연구,- 불질적 상상력과 귀수성의 시학」, 서강대(석사), 1997.1, p.47.

일체, 즉 자연과의 합일을 꿈꾸는 경지는 세속적인 세계의 모습을 탈피하기 위한 도량을 닦는 공간으로서 존재하고 있는 자연의 일부로서 산의 모습인 것이다. 따라서 고전적 상상력을 동원한 산의 이미지는 이상향으로서의 공간으로 설정되며 산의 상징성도 앞에서 거론한 바다와 하늘의 심상과 동일한 깊이와 넓이를 공유하는 개념으로 사용되는 것이다.

산은 생명력을 잉태하고 있는 화합의 공간이자 자연의 불변성을 상징하는 공간으로 바다의 변화무쌍한 이미지와는 또 다른 의미로서의 깊이를 간직한 신화소가 되기도 한다. 굴이나 항아리, 그릇, 물병 등이 여성의 **자궁을 의미하는 상징소라면** 굴을 담고 있는 산의 생리는 여성성을 상징한다. 또 산은 지상(대지)으로부터의 점진적 상승을 꿈꾸는 매개항이 되기도 하며 천상과 지상을 연결시켜주는 역할을 해낸다.

서정주의 시에 나타난 산의 이미지는 포용과 친근한 모습으로 다가오고 있다.

山아 푸른 산아 나보다는 덜 닳아진
上代 三皇氏 ㅅ적부터 닳은 나보다는 덜 닳아진,
나보다는 젊고 키가 큰 山아

내가 살다가 마침내 네 속으로 들어가면
바람은 우릴 안고 돌고 돌아서,
우리는 드디어 차돌이라도 되렷다.
(중략)
그렇거든 山아
그때 우린 또 같이 누워
출렁이는 벌판의 풀을 기르는
제일 오래고도 늙은 것이 되리니

- 「無題」 일부분 -

거리감 없는 친근한 공간으로 설정된 산의 모습은 공동체적 삶의 모습을 재현해 내는 어린 시절의 고향의 모습이거나 자신이 자연의 일부처럼 살아가기를 갈구하는 성장 토대의 공간으로 드러나고 있다.

이러한 수직적 상승의 개념은 비상을 꿈꾸는 새의 상징성이나 빛의 이미지로 변화되어 현신하기도 한다. 비상은 구속으로부터의 자유를 의미함과 동시에 더 큰 세계로의 진입을 의미한다. 데이비드 폰테너는 신비체험을 통해서든 죽음을 통해서든 비상이라는 것 자체가 영혼이 神들에게 올라감을 말하며, 새는 使者의 역할을 담당하기도 한다고 보았다.[71]

서정주 시에 등장하는 동양적 이미지의 학의 모습은 禪的 구원의 이미지로 나타나기도 하고 그림자의 상징인 부엉이의 모습으로 현신하여 자신의 욕망을 드러내는 상징적 요소로 나타난다.

이상에 드러난 하늘, 태양, 달, 새 등의 수직적 의미의 상징요소들은 수평적 상상력의 개념소보다 훨씬 강도 높은 신화적인 요소를 지니고 있으며, 인간의 천상적, 우주적 일렁임이 가득 찬 의미들이기도 하다.

설화적 상상력의 세계에서는 수직적이든 수평적이든 인간과의 친화적인 모습으로 설화 속에서 재구성되는 공간으로 설정된다. 반면에 서양적인 상상력은 신과 인간의 이야기가 분리됨으로써 인간의 전형성을 발견하는 모델이 되기는 하지만 다소 긴장감이 감도는 대상으로서의 공간적 상상력으로 드러나고 있음을 알 수 있다.

지금까지 살펴 본 설화적 상상력과 서양적 의미의 신화적 상상력, 그리고 수직적, 수평적 의미의 상상력들의 총체물이 바로 순환적이자 입체적 의미 혹은 사차원적 세계로 구현되는 상상력의 공간이다.

인간의 무의식의 세계나 심리적 근저를 연구하는 많은 학문들이 상징이

---

71) 데이비드 폰테너, 앞의 책, p 86.

나 이미지들을 분석하는 이유는 바로 이러한 상징성이 형성된 유년기의 중요성을 부각시키기 위함인 것이다. 그러므로 시간과 공간이 거세되고 영원히 죽지도 살지도 않는 재생이자 부활의 공간이 바로 사차원적 세계의 신화적 상상력의 개념이라고 볼 수 있는데 이는 인간에게 있어서 영원히 돌아가고픈 어린 시절 유년의 기억의 공간, 마모되는 시간 속에서도 영원한 인간의 고향으로의 복귀를 의미한다.

따라서 복원적 혹은 복고적 상상력을 神性을 닮은 원래의 세계로 돌아가고자 하는 원형회귀적, 원형적 상상력의 준 개념으로 설정, 그 근저에 이르는 인간의 심리를 통해 신화적 상상력은 중요한 의미를 띠며 본고는 이를 중심으로 논의를 전개하고자 한다.


## 3. 시간적 상상력

신화적 시간은 항상 자연과 인간생활의 사건들을 이해하는 생리학적-우주적 시간이다. 그리고 시간의 이러한 성격은 수에 관한 신화적 관점과 관련된다.[72]

질마재 신화가 우리에게 의미를 부여하고 처용에 관한 소고들이 많은 사유를 불러일으키는 것은 고전의 공간과 현대의 공간이 진리와 보편성을 담고 있기 때문이다. 따라서 이 시대의 원형은 움직이지 않는 고정 불변의 것이 아니라 '새로운 것을 구조해 나가는 움직이는 원형'으로[73] 본다면

---


72) 신희진, 「캇시러 철학에 있어서의 象徵形式으로서의 신화적 사유에 관한 연구」, 한국교원대(석사), 1995.8, p.63.
73) 김열규, 「근대문학과 전통」, 『한국문학의 전통과 변혁』, 이재선(공저), 『서강대학교 인문과학 연구소』, 1976, p.6.

이는 초시간적 개념으로 이해할 수 있게 된다.

　신들의 세계에 공통적으로 나타나는 것은 공간과 시간의 개념을 적용받지 않는다는 것과 인간의 기억 속에 영원히 부활되고 있다는 점이다. 이러한 초월적 시공간의 개념은 우주론적인 개념과 관련있으며 이는 부활, 재생의 이미지로 드러나는 경우가 대부분이다. 시간과 공간을 초월하는 방법은 永生不死하는 방법과 神性을 획득하는 방법으로 이어지기 때문이다. 아울러 이러한 영생불사의 개념은 낙원이나 이상향의 공간에서만 가능하거나 기억이라는 장치를 통한 어린 시절의 회상공간에서 드러난다.

　서정주 시에 등장하는 현실 초월의 우주적 상상력은 여러 시편에서 공통적으로 발견된다. 「海溢」은 대표적인 시로 신비체험을 느낄 수 있는 요소들로 이루어져 있다. 비현실적 상황의 설정과 그 속에서 주인공들이 엮어내는 삶의 이야기들이 현실성과의 조화를 이루어내어 진실과 사실, 왜곡을 통한 진실의 가능성을 이끌어내는 신비로운 이야기로 구성된 시라고 볼 수 있다.

　이러한 자유연상을 통해 그의 유토피아의 세계는 모두 유년기의 기억들이 고스란히 살아 있는 공간으로 나타나지만 나이를 거슬러 현재의 시간 속에서 부활되는 재생의 기억으로 환원되기도 한다. 재생의 공간에는 생산을 담당하는 여성의 이미지로 가득하다. 그가 생활했던 시간과 공간은 농경적 삶의 방식과 밀착된 곳이었으며 개인주의적인 요소보다는 공동체 운명의식이 지배했던 삶의 공간이었다. 그곳에는 이성보다는 감성이, 감성보다는 본능이 우월했던 곳으로 자리잡고 있으며, 정착보다는 방랑의 이미지가 더 강하게 나타난다. 즉 방랑과 정착의 구조가 반복되면서 열린 우주의 세계로의 지향을 꿈꾸고 있는 것이다.

　이러한 구조는 순환적인 이미지로 드러나게 되는데 바람의 상징적 의미라든가, 우주의 섭리인 생산의 이미지에 관심을 기울이게 된다. 따라서 그가 유년기에 받아 들였던 공간에서는 재미있고 신비한 체험들이 소개되면서 자연 친화적인 우주의 물상들로 이루어져 있다.



> 그래「在坤이는 우리들이 미안해서 모가지에 연자맷돌을 단단히 매어달고 아마 어디 깊은 바다에 잠겨 나오지 안는 거라」마을 사람들도「하여간 죽은 모양을 우리한테 보인 일이 없으니 趙先達 영감님 말씀이 마음 的으로야 불가불 옳기야 옳다」고 하게는 되었습니다. 그래서 그들도 두루 그들의 마음속에 살아서만 있는 그 在坤이의 거북 모양 양쪽 겨드랑이 두 개씩의 날개를 안 달아 줄 수는 없었습니다.
>
> -「神仙 在坤이」 뒷부분 -

신체적인 결함을 통해서 삶의 고통을 감당했을 재곤이의 모습은 바로 우리들의 삶의 원형 그대로의 모습이다. 이 시는 비참한 삶을 신화적 상상력을 통하여 건강하게 재생하기를 기원하고 있다. 이렇게 죽음을 부정적으로나 슬픔으로 남겨두지 않고 긍정적으로 이야기를 할 수 있는 이유는 죽음이 다른 의미의 재생이라는 소박한 믿음을 갖고 있기 때문이다. 神仙에 대한 상상력이 발휘되는 또 다른 이유는 인간에게 날개를 달 수 있는 현실적인 능력의 한계를 절감하고 있기 때문이다. 가장 극한적인 한계상황에서 날개를 달 수 없다는 것만으로는 그들이 자포자기를 했는지에 대해서 알 수 없다. 다만「신선 재곤이」라는 제목에서 암시하고 있는 바, 신선에 대한 재치 있는 상상력을 통해 죽음을 존재의 끝으로 여기지 않는 자세를 엿볼 수 있다.

이 시 속에 시간과 우주가 거세된 또 다른 공간만이 재생을 가져다 줄 수 있다는 것을 발견하게 된다. 시 속에 설화적인 인물을 차용하는 방법은 영원히 죽지 않는 법을 익힌 시인들의 대부분의 방법이며, 자신의 현실적 욕망을 우주로 실어다 줄 수 있는 또 다른 자아의 구현방법인 것이다. 따라서 설화 속 인물들이 살게 되는 공간은 단순한 공간이 아니라 '내 넋의 시골', '고구려에 사는 듯'에서 보여지는 의식의 본질적인 공간[74]으로 나타난다.



　　　　　　　　　　　　　　　　　- 「눈들 영감의 마른 명태」 일부 -

　신화는 여러 가지로 정의될 수 있지만, 개인적 상징이 허용되는 문학 장르 속에서는 유일무이하다고 생각되는 이야기들로 채워져 신비스러움을 더 해 간다. 신화적 세계에 대한 역사성이 미흡한 것이 사실이라 할지라도 한 민족에게 가장 쉽게 공유될 수 있는 이유는 시간이나 역사를 넘어선 자리로 시공을 초월한 상징형식이자 자기 동일성의 맥이 될 것이기 때문이다.

　그리하여 서정주를 비롯한 박재삼, 김춘수는 물의 세례가 물상을 정화시킴과 동시에 과거의 세계와의 매개역할을 해준다고 보았다. 일종의 씻김굿과도 같은 역할을 하는 물의 심상은 강물을 거슬러 유년의 풍요로운 기억의 공간으로 시인을 인도해 줌으로써 그들의 의식을 정화시켜 주는 것이다.

　물과 달, 혹은 바다와 달은 순환적인 상상력을 동원하여 주기적인 재생을 실현시키는 공간과 시간을 작품속에서 재현해 내고 있다. 재생 혹은 부활은 이념적 금기가 없으며, 욕망의 터부도 없으며, 상상력의 제한도

---

74) 변해숙, 「서정주 시의 시간성 연구」, 이화여대(석사), 1987.5, p.12.

존재하지 않는다.

전봉건은 우주와의 일체감을 통한 에로스적 상상력을 구가하고 있다. 그에게 있어서의 에로스는 열린 세계를 지향하는 동시에 육화된 (incarnation) 그 자체로 우주와의 일체화를 꿈꾸는 친화의 성취이자 무한한 생명력75)을 드러내고 있다. 영원히 죽지 않는 고전 속의 인물 '춘향'이를 불러낸 것도 그렇고 움직이는 원형을 설정한 개인적 의미의 신화를 이끌어 낸 것도 그렇다.

하늘과 구름과 바람은 공통적인 현상으로 모두 흘러가는 것으로 변화무쌍함을 드러내는 모습으로 나타나기도 한다. 김춘수에게 있어서의 바람은 존재의 의미를 되묻는 의미론적 측면에서 접근을 시도하는 계기를 마련해 준다. 또한 꽃은 神性을 내재한 상상력으로 드러나고 있다.

> 바람은 陰 六月에는 / 無花果나무에 /
> 맛있는 무화과도 익게 하겠지만, /
> 이 고장의 젊은이들은 마음이 시들하다 /
> (중략)
> 내 지금은 아니 무너진 성이 없고 /
> 無垢한 아무 것도 없는데 / 왜 /
> 유구한 하늘 아래 어디서는 /
> 새봄의 속잎들도 돋아나고 있을까. /
>
> - 「귀향」 일부분 -

삶의 의미를 환기시켜 주는 바람은 젊은이들까지 인생의 속성을 깨닫게 되는 계기를 마련해 주는 것이다. 진부했던 삶이 갑자기 바람을 타고 생명의 공간으로 들어서는 순간 역동적 의미의 삶으로 전환되고 있다. 그의

---

75) 이성모, 「전봉건 시 연구」, 경남대(박사), 1998.12, p.118.

시에 나타나는 귀향의 의미는 존재자로서의 자각의 실현이다. 神性을
찾으러 방랑하는 서정주와는 달리 자신의 유년기의 기억속[76]에서 되도록
차분히 자연을 조응하고 성찰하는 자세로 일관하고 있다. 흔히 무의미시
라고 정형화되어 논의되는 「꽃」이나 「꽃을 위한 서시」에서 드러나는 존재
탐구의 자세를 존재론적 사유방식의 한 체계나 그 너머의 神性에 대한
도전으로 보아도 무방할 것이다.

> 우리들은 모두 / 무엇이 되고 싶다 /
> 너는 나에게 나는 너에게 /
> 잊혀지지 않는 하나의 눈짓이 되고 싶다.
>
>            - 「꽃」의 일부 -

하이데거는 '예로부터 신들의 말은 눈짓인 것이다. 시인이 말한다고
하는 것은 이러한 눈짓을 포착해서 다시 자기 민족에게 눈짓으로 전하는
것이다.' 라고 진술한 바[77] 있다. 삶의 의미를 파악하는 일이나 우주의
섭리를 이해하는 총명함은 상징성의 해독여부에 따라 의미부여가 달라짐
을 알 수 있다.

유가적인 영향을 많이 받고 자라난 박재삼의 유년의 고향은 윤회적인
상상력이 돋보이는 '춘향'을 중심으로 순수했던 시절로 회귀하고 있다.
그는 또 자연동화의 의지를 '바람'의 이미지를 실어 고향 앞으로 달려가고
있다.

---

76) 실제로 그는 자신의 고향에 대한 언급을 다음과 같이 진술하고 있다.

이 시에 나오는 場面들은 아득한 幼年時節에 내 고향에서 겪은 것들이다 … 꿈
에 나는 동백의 푸른 잎을 보고, 아침에 눈을 뜨자 내 손발의 따스함을 느껴 본
다. 그것은 무엇과도 바꿀 수 없는 내 生의 진실이다.
김춘수, 「한밤에 우는 겨울 바다」, 『김춘수 전집2』, 문장, 1986, pp.356-357.

77) M. Heidegger, 「횔더린 시의 본질」, 『시와 철학』, 소광희(옮김), 박영문고, p.56.

천년 전에 하던 장난을
바람은 아직도 하고 있다.
소나무 가지에 쉴새 없이 와서는
간지러움을 주고 있는 걸 보아라.
아, 보아라 보아라
아직도 천 년전의 되풀이다

- 「천년의 바람」 3 중에서 -

천년 전의 밀어를 알아듣는 인간은 생의 비밀을 알고 있는 신비스런 존재자나 **賢者**일 것이다. 인간은 현자가 되려고 노력을 하면서 존재의 의미를 탐구하게 되는데, 우주의 신비스러움을 바람이 전하는 것으로 역시 순환적인 입장에서 기술하고 있는 것이다.

김춘수에게서 뿐만 아니라 박재삼의 경우에도 유한자로서의 한계인식이 뚜렷하게 드러나 있고, 자연과의 융화를 꿈꾸며 새, 빛, 바람의 상징성으로 고향회귀적인 인식이 드러나고 있다.

이렇게 볼 때 사차원적 세계관, 혹은 순환적 혹은 원형회귀적인 상징성은 수평적, 수직적 의미의 신화적 상상력의 총체적 산물로 규정된다. 따라서 서정주, 김춘수, 박재삼, 전봉건의 시세계에 구현된 신화적 상상력의 연계작업을 통해 한국 현대시의 신화적 상상력의 보고를 획득할 수 있는 단서를 제공할 수 있다고 판단된다.

# Ⅲ. 현대시에 나타난 설화적 상상력의 시세계

## 1. 전통지향 시인의 설화적 상상력

### 1) 서정주의 시세계

#### (1) 이야기 구조와 에피소드

동양적 상상력의 의미망은 보통 이야기 구조로 전개되어 나가고, 대부분 고전 설화나 전설, 신화에서 그 소재를 차용하고 있다.

본고에서 주로 다루고자 하는 서정주의 작품세계는 신화적 상상력의 얼개를 갖추고 있다고 판단되는 『화사집』부터 『귀촉도』, 『서정주 시선』, 『신라초』, 『동천』, 『서정주 문학전집』 그리고 『질마재 신화』가 중심이 된다. 『질마재 신화』는 그의 유년기의 추억을 다루고 있는 바 시적 공간은 신화적 공간과 보편적 의미차원을 넘어서는 공간으로 이원화되고 있다. 후에 나오는 『떠돌이의 시』를 비롯한 여러 시집들에서도 기본적인 신화적인 의미소가 발견되지 않는 것은 아니지만, 초기시집을 비롯한 『질마재 신화』가 보여주는 기본 이미지들이 대부분 이야기 형식을 빌은 원형적 상징성을 중심으로 전개되기에 이에 범위를 한정시키고자 한다.

『질마재 신화』를 평가하는 데 있어 대부분 산문적 구조로 이루어졌다는 평가에는 이견이 없으나, 시적 형상화에 관한 부분에는 문제를 삼는 경우가 있기도 하다. 본고에는 시적 형상화의 의미보다는 신화적 상상력의 의미소를 도출하기 위한 일련의 과정이기 때문에 문학성을 심의하는 내재적 접근방법은 다음 기회로 미루고자 한다.

이야기(story)와 담화구조(discourse)를 오가는『질마재 신화』의 시들은 일종의 연행방식으로[78] 구성되어 있다. 앞에서도 언급했듯이 정효구는『질마재 신화』가 이야기 구조의 흥미유발에 집중되어 있음을 지적하고 있다.

시인의 상상력을 유년기의 고향으로 바짝 끌어 당겨 자신만의 이야기로 시를 이끌어 나가는 것은 모든 시인의 공통적인 소망이기도 하다. 유년기의 고향이란 인간이 추구하고자 하는 근원적 고향을 의미하는 것으로 궁극적으로 인간이 돌아가야 하는 곳을 지시하는 것이다. 이때 이야기 형식을 빌려 온 시 속에 융해된 어린 시절의 고향은 주술의 공간이자 신화의 공간이며 동화의 공간으로 인식된다.

시간과 공간이 거세된 공간 속에 구현된 그의 공간의 시점의 시작은 설화 속의 주인공들과 현실을 살아가는 보통의 마을 사람들과의 축제로 맞닿아 있다. 누가 누구인지를 알 수 없을 정도로 윤회를 여러 겹 거치는 인물 유형 속에서 자신의 퍼소나를 발견할 수 있게 된다.

신화적 상상력은 현실적인 한의 감정들을 어루만질 수 있는 주술적 능력이 미치는 마법을 상징한다. 신라시대의 김유신, 선덕여왕, 사소부인,

---

78) 나희덕은 그의 석사논문에서 서정주의 담화구조를 연행(perform ance) 또는 구연(oral presentation)으로 설정하면서 이는 서술자가 구체적인 상황 속에서 특유한 억양이나 음성적 변화, 표정, 몸짓 등을 구사하면서 이야기를 전달하는 것으로 텍스트와 독자 사이의 상호작용이 가장 적극적으로 발현된 형태라고 보고 있으며『질마재 신화』를 연행의 방식으로 보는 이유는 병렬적 총체인 동시에 새로운 배열을 통해 일련의 체계를 이루는 것으로 이야기꾼으로서의 역할을 톡톡히 하고 있다고 보고 있다.
나희덕, 「서정주의『질마재 신화』연구-서술시적 특성을 중심으로」, 연대(석사), 1999, p.4.

수로부인부터 춘향이가 유서를 쓰는 슬픔의 도솔천까지 상상력의 끝을
가늠할 수 없다. 그의 이야기 시는 주로 마을 사람들의 주술적인 상상력과
아픔을 달래려는 민중들의 삶의 모습에 날개를 달아주려는 근본의식에서
출발하고 있다.

『질마재 신화』를 비롯한 신화적 상상력이 드러나는 시편들의 편린 속에
는 주로 이런 고전 속의 인물들의 이야기로 진행되고 있다.

> ① 옛날 옛적에 하누님의 아들 환웅님이 新婦감을 고르려고 白頭山
> 중턱에 내려와서 어쩡거리고 있을 적에 곰하고 호랑이만 그 新婦감
> 노릇을 志望한게 아니라, 사실은, 까치도 그걸 志望했던 것이라는 이야
> 기가 있습니다.
> 곰하고 호랑이고 쑥하고 마늘을 먹으면서, 쓰고 아린 것 잘 견디는
> 사람되는 연습을 하고 있을 때, 사실은 까치도 그 옆에 따로 한 자리
> 벌이고 그걸 해 보기로 하고 있긴 있었지마는, 쑥은 그대로 먹을 수가
> 있었어도, 진짜 마늘은 너무나 아려서 차마 먹지를 못하고 안 아린 까치
> 마늘이라는 걸로 代用을 하고 있었다는 이야기가 있습니다.
>
> - 「까치 마늘」 중에서 -79)

> ② 옛날 예적에 中國이 꼬내 점잖했던 시절에는 <수염 쓰다듬는
> 時間>이라는 時間單位가다 사내들한테 있었듯이, 우리 질마재 여지들
> 에게는 <박꽃 때>라는 時間單位가 언젠가부터 생겨나서 시방도 잘
> 쓰여져 오고 있습니다.
> 「박꽃 핀다 저녁밥 지어야지 물길러 가자」 말 하는 걸로 보아 박꽃
> 때는 하로낮 내내 오물었던 박꽃이 새로 피기 시작하는 여름 해으스름
> 이니, 어느 가난한 집에도 이 때는 아직 보리쌀이라도 바닥 나진 안해
> 서, 먼 우물물을 동이로 여나르는 여인네들의 눈에서도 肝臟에서도 그
> 그득한 純白의 박꽃 時間을 우그러뜨릴 힘은 하늘에도 땅에도 전연
> 없었습니다. 그렇지만, 혹 興夫네같이 그 겉보리쌀마저 동나버린 집안

---

79) 본고에서 참고한 미당의 시는 민음사판 『미당 시전집』, 2001년도 판을 참고로 하
였음을 밝혀둔다.

이 있어 그 박꽃 時間의 한 구퉁이가 허전하게 되면, 江南서 온 제비가
들어 그 허전한 데서 파다거리기도 하고 그 파다거리는 춤에 부쳐「그
리 말어, 興夫네. 五穀百果도 常平通寶도 金銀寶貨도 다 그 박꽃 열매
바가지에 담을 수 있는 것 아닌갑네」잘 타일러 알아듣게도 했습니다.
　그래서 이 박꽃 時間은 아직 우구러지는 일도 뒤틀리는 일도, 덜어지
는 일도 더하는 일도 없이 꼭 純白의 金質量 그대로를 잘 지켜 내려오고
있습니다.

- 「박꽃 時間」 전문 -

　③ 우리가 옛부터 만들어 지녀 온 세 가지의 房-溫 房과 마루房과
土房 중에서, 우리 都市 사람들은 거의 시방 두 가지의 房 - 溫 房하고
마루房만 쓰고 있지만, 질마재나 그 비슷한 村마을에 가면 그 土房이
또 따로 있었지만, 요즘은 번거로워 그 따로 하는 대신 그 土房이 그리
워 마당을 갖다가 代用으로 쓰고 있지요.
　그리고 거기 들인 정성이사 예나 이제나 매한가지지요.
　陰 七月七夕 무렵의 밤이면, 하늘의 銀河와 北斗七星이 우리의 살에
직접 잘 배어들게 왼 食口 모두 나와 딩굴며 노루잠도 살풋이 부치기도
하는 이 마당 土房. 봄부터 여름 가을 여기서 말리는 山과 들의 풋나무
와 풀 향기는 여기 저리고, 보리 타작 콩타작 때 연거푸 연거푸 두들기
고 메어 부친 도리깨질은 또 여기를 꽤나 매끄럽겐 달도 다져서, 그렇지
廣寒樓의 石鏡 속의 春香이 낯바닥 못지 않게 반드랍고 향기로운 이
마당 土房. …생략…

- 「마당房」 중에서 -

　①, ②, ③에서 발화의 시작방법은 '옛날 옛적에'라는 서두로 자기체험
의 설화수용을 직접적으로 언급하면서 진행된다. 화자가 직접 서술하고
있는 이런 이야기의 구조는 청자가 친근감 있게, 사실적으로 시세계로
영입될 수 있도록 이끌어 주며 실제와 사실을 적당히 혼합하여 심리적
실재를 존립시킨다.
　①은 단군신화를 모티브로 삼아 독자의 호기심을 자극하고 있는데, 기

존의 질서체계에 존재하는 신화이야기가 아닌 새로운 의미의 신화를 만들어 내고 있다. 이러한 새로운 신화로서의 「檀君」은 다음과 같은 작품에서도 발견된다.

> 곰같이 어리석기만 했던 처녀가 그 마음을 잘 닦아서 나오는 것을 환웅이 보니, 비로소 하늘의 안 끝나는 마음을 그득히 그네 마음 속에 담아도 좋을 것 같아서 그렇게 하시고 그러고 나니 그네의 으젓함에 환웅께서도 그리움이 생겨, 가까이 한 나머지 곰 처녀는 마침내 애기를 갖게 되었는데, 그 이름이 당굴-檀君이었지요. 당굴은 아주 먼 우리 옛말로 하늘이란 뜻이니, 사람은 언제나 두루 하늘다와야 한다는 속셈을 이 이름은 간직하고 있는 것이지요
>
> - 「檀君」 중에서 -

신화의 일차적 의미가 앞에서 서술했듯이 고대의 이야기를 전범으로 삼아 기술하는 것이 대부분의 관례이지만 신화 속의 패러디나 다시 쓰는 신화의 이야기 속에는 시인이 바라는 새로운 상상력의 세계가 드러나게 된다. 개인적 상상력으로서의 서정주의 신화적 상상력은 하늘과 대지, 우주적인 소재를 사용하여 자연을 닮고 싶어하는 자연 친화적인 경향이 돋보이고 있다.

또 곰의 통과기제를 축복하고, 신화 속에 투영된 곰의 의미가 과연 무엇인지를 되짚어 보는 작업을 진지하게 고민하고 있는 것이다. 이처럼 신화적 상상력은 설화의 흥미로운 요소를 사용하거나, 신성을 다루고 있는 신화를 찾아내어 다시 각색하거나 새로운 의미를 인간에게 제시해 주는 기회를 제공해 주게 된다.

신화의 개념은 고대에 기원한 것을 기준으로 삼는 것이 원칙이겠지만, 대다수 민중의 기억 속에 존재하는 이야기를 재구성하여 회자되는 것을

신화의 근간으로 삼을 수 있다. 이런 대부분의 내용들은 전설이나 민담으로 분류되어 신화와는 성격이 상이하게 취급되는 것이 범례이지만, 상상력을 다루는 범위에서는 포괄적으로 아우를 수 있는 개념으로 규정될 수 있다.

질마재 신화 ②는 질마재 사람들의 시간관념을 엿볼 수 있는 단초를 제공해 주고 있다. 그들은 평이한 자연관에 입각하여 시간을 유추하고 있는데, 박꽃과 흥부전의 박을 연결시켜 새로운 의미의 이야기를 재구성하고 있는 것이다. 질마재 공간에 나타난 평화롭고 자연 추수주의적인 안분지족의 시간관을 통하여 기존의 우주론적 질서관을 따르고자 하는 주제의식이 구현되고 있다. 즉 박꽃의 개화 상태를 보고 삶의 리듬을 맞추어 가는 평이한 사람들의 이야기와 설화나 소설의 주인공인 흥부의 고난상을 환기시켜 현실적 고난을 잊게 하는 주술적 시간이 전개된다.

그리하여 ②에서처럼 현실적인 배고픔을 이웃집 흥부의 삶을 빗대어 '一體唯心造' 라는 아포리즘으로 귀결됨으로써 신화 속의 잊혀진 시간과 공간 속으로 청자를 안내하고 있는 것이다. 이와 같은 일상적 모습인 밥을 짓고 노동을 하는 구체적인 삶이 신화적 의미를 획득하는 것은 이 시의 상상력의 발현으로 가능했던 것이다.

③은 친근한 대화적 형식을 통하여 마당 방에서 환기되는 고향을 그리워하고 있는 시점으로 돌아가고 있다. 독자와의 친근함을 유지하면서, 자신의 고향이야기를 들려주는 형식은 한국적 사고방식에서 흔히 이야기되는 공동체적 삶의 모습으로 다가와 실질적인 유대감을 더욱 공고히 지켜나갈 수 있는 계기가 된다. 토방을 그리워하는 고향 회귀적 상상력은 어린 시절의 안락함을 통한 근원적인 곳으로의 원형회귀 본능과 궤를 같이한다.

자아실현 또는 현실과의 합일된 자신을 때로 발견하기 위해서 인간은 근원적인 사유공간으로의 여행을 감행하게 된다. 그 과정 속에서 인간은 神性을 닮은 자신의 모습과 만나게 되거나 또 다른 모습으로 살아왔던 유년기의 자신의 기억과 재회하게 되며, 일련의 과정 속에서 자신의 아니마, 혹은 아니무스와 해후하게 되는 것이다.

서정주 시 속에 나타나는 인물의 유형이 신화 속의 인물이거나, 현실과는 다소 동떨어진 이야기를 하고 있는 것으로 보는 관점은 그가 순간적인 삶의 모습이 아닌 순환적인 사유방식에 관심을 나타나기 때문이라고 할 수 있다. 불교적 사유방식과 밀접한 관계가 있는 서정주의 시세계는 원형회귀적인 상상력을 통하여 현실에서도 살고 고전 속에서도 살았음직한 자신의 모형을 드러낸다. 즉 현실을 삶을 반추하는 역설적인 상상력의 세계로 구가하고 있는 것이다.

## (2) 재창조된 설화 속 주인공

### ① 凡人型

서정주가 신화적인 상상력의 공간으로 불러들인 설화적 인물의 유형은 ①, ②에서 보여 준 인물 외에도 다양한 계층의 사람늘로 나타난다. 식접적으로 神이라고 명명을 하는 「李三晩이라는 神」, 「神仙 在坤이」에서 神性을 닮은 인간을 형상화하기도 한다.

> ①
> 질마재 사람들 중에 글을 볼 줄 아는 사람은 드물지마는, 사람이 무얼로 어떻게 神이 되는가를 요량해 볼 줄 아는 사람은 퍽이나 많습니다.
> 李朝 英祖 때 남몰래 붓글씨만 쓰며 살다 간 全州 사람 李三晩 이도 질마재에선 시방도 神 노릇을 잘하고 있는데, 그건 묘하개도 여름에 징그러운 뱀을 쫓아내는 住所으로섭니다.

陰 正月 처음 뱀 날이 되면, 질마제 사람들은 먹글씨 쓸 줄 아는 이를 찾아가서 李三晩 석 字를 많이 많이 받아다가 집 안 기둥들의 밑둥마다 다닥다닥 붙여 두는데, 그러면 뱀들이 기어 올라 서다가도 그 이상 더 넘어선 못 올라온다는 信念 때문입니다. 李三晩 이가 아무리 죽었기로서니 그 붓 기운을 뱀아 넌들 행여 잊었겠느냐는 것이지요.

글도 글씨도 모르는 사람들 투성이지만, 이 요량은 시방도 여전합니다.

- 「李三晩이라는 神」 전문 -

②

땅 위에 살 자격이 있다는 뜻으로 <在坤> 이라는 이름을 가진 앉은뱅이 사내가 있었습니다. 성한 두 손으로 멍석도 절고 광주리도 절었지마는, 그것만으론 제 입 하나도 먹이지를 못해, 질마재 마을 사람들은 할 수 없이 그에게 마을을 돌며 밥을 빌어먹고 살 권리 하나를 특별히 주었었습니다. 「在坤이가 만일에 제 목숨대로 다 살지를 못하게 된다면 우리 마을 人情은 바닥난 것이니, 하늘의 罰을 면치 못할 것이다」 마을 사람들의 생각은 두루 이러하여서, 그의 세 끼니의 밥과 추위를 견딜 옷과 불을 늘 뒤대어 돌보아 주어 오고 있었습니다.

그런데, 그것이 甲戌年이라던가 乙亥年의 새 無窮花 피기 시작하는 어느 아침 끼니부터는 在坤이의 모양은 땅에서도 하눌에서도 一切 보이지 않게 되고, 한 마리 거북이가 기어다니듯 하던 살았을 때의 그 무겁디 무거운 모습민이 산 채로 마을 사람들의 마음 속마다 남았읍니다. 그래서 마들 사람들은 하늘이 줄 天罰을 걱정하고 있었읍니다.

그러나, 해가 거듭 바뀌어도 이 天罰은 이 마을에 내리지 않고, 農事도 딴 마을만큼은 제대로 되어 神仙道에도 약간 알음이 있다는 좋은 흰수염의 趙先達 영감님은 말씀하셨읍니다. 「在坤이는 생긴 게 꼭 거북이같이 안 생겼던가. 거북이도 鶴이나 마찬가지로 목숨이 千年은 된다고 하네. 그러니, 그 긴 목숨을 여기서 다 견디기는 너무나 답답하여서 날개 돋아나 하늘로 神仙살이를 하러 간 거여…」

그래 「在坤이는 우리들이 미안해서 모가지에 연자맷돌을 단단히 매어 달고 아마 어디 깊은 바다에 잠겨 나오지 안는 거라」 마을 사람들도 「하여간 죽은 모양을 우리한테 보인 일이 없으니 趙先達 영감님 말씀이

마음的으로야 불가불 옳기사 옳다,고 하게는 되었읍니다. 그래서 그들
도 두루 그들의 마음 속에 살아서만 있는 그 在坤이의 거북이모양 양쪽
겨드랑에 두 개씩의 날개들을 안 달아 줄 수는 없었읍니다.

- 「神仙 在坤이」 전문 -

　서정주의 언어에는 주술적인 색깔이 때로는 진하게 배어 나오는 경우가
있다. 죽음 이후에도 불사조처럼 살아 숨쉬는 주술의 힘은 신화가 갖는
미덕이기도 하다.

　서양에서의 뱀은 신비로움을 의미하지만 물질의 한계를 극복하고 정신
의 건조한 영역으로 들어가는 사람들이 마주치는 '유혹'을 상징하기도
한다.80) 따라서 뱀은 지상과 천상을 오가며 부정적 가치를 보이는 모습으

---

80) 이승훈은 『문학상징사전』에서 다음과 같이 뱀을 정의하고 있다.
　① 뱀은 에너지 자체, 곧 단순하고 순수한 힘을 상징
　② ①의 상징적 의미를 토대로 뱀은 양가성과 다가성을 암시
　③ 뱀의 상징성은 다양한 거주 방식과 관련. 나무, 숲, 모래, 물 속, 호수, 연못,
　　우물, 샘 등에 걸쳐 다양하게 존재
　④ 인도의 경우 뱀은 생명 샘의 수호자 그리고 불멸성을 상징하며, 숨어 있는
　　보석들이 그렇듯이 탁월한 풍요를 상징
　⑤ 블라바스키가 뱀의 상징적 의미를 이브에 의해 아담이 속거나 옴팔에 의해
　　헤라클레스가 속듯이 물질에 의한 유혹의 힘으로 정의하는 것도 이런 이유
　　때문이다. 그런 점에서 뱀은 열등한 세계가 우월한 세계 속에 숨어 있는 방
　　식을 상징한다.
　⑥ 엘리아데가 관찰한 바에 의하면 이브는 지하에 사는 원형으로서의 여신을 의
　　미하며, 그녀는 비록 자신을 유혹하는 적인 뱀과 동일시된다고 해석되기도
　　하지만, 좀더 엄격하게 말하면 뱀으로 인격화된다.
　⑦ 이집트는 뱀이 흔한 것으로 간주. Z라는 문자는 뱀의 운동을 재현한다. 이 상
　　형 문자는 원초적 발생 단계의 힘이나 우주적 힘을 상징한다. 일반적으로 말
　　해서 여신들의 이름은 뱀이 재현하는 기호에 의해 결정되는 바 이는 뱀이 물
　　질과 악의 세계로 전락한 정신, 곧 여성과 동일시 되기 때문이다. 다른 파충
　　류가 그렇듯이 뱀은 또한 원초성, 곧 생명의 가장 원시적인 단계를 상징한다.
　　뱀이 암시하는 악마성은 투와트라는 인물로 드러나는 바 그가 지닌 악령은
　　뱀으로 그려진다.
　⑧ 융은 기독교 초기의 신비주의자들이 뱀을 가시로 된 밧줄과 관련시키고 그런
　　점에서 뱀은 정수를 암시하며 따라서 무의식이 갑자기 스스로를 표현하는 탁

65

로 형상화되고 있다. 또 神의 개념을 거리감이 있는 신의 모습이 아닌, 인간과의 삶 속에 용해되어 친근감 있는 주술적 의미의 신으로 표상되기도 한다. 이때의 신은 주술적인 힘으로 마을 사람들의 어려움을 두루두루 살펴주는 대지의 神이자 무당의 다른 모습인 것이다.

일반사람이 神이 될 수 있다고 믿고 있는 마을 사람들의 소박한 神에 대한 믿음은 착한 일을 많이 하면 누구나가 신의 세계로 영입될 수 있음을 보여준다. 이는 신화적 상상력의 범위가 하늘과, 땅, 신과 인간의 이원론적인 구조가 아닌 합일적 구조 또는 순환 구조를 배태하고 있음을 보여주는 것이다.

따라서 이삼만이 죽고 나서도 그런 주술적인 능력은 죽음의 공간을 넘어서 늘 신화처럼 다시 살아나고 있는 셈이 된다. 즉 신화적 상상력은 과거의 신비스러운 주술로만 남아 있는 것이 아닌 현재의 삶 속에서 부활하고 있다.

②의 神仙 在坤이의 모습을 통하여서도 일반인의 신에 대한 부활의 믿음이 묘사된다. 거북은 극동에서는 우주적 의미로 해석된다. 껍질 위는 둥근 하늘을 재현하며 껍질 아래는 정방형으로 되어 있어 지상을 재현한다. 즉 거북이는 우주의 표상인 것이다. 또한 거북은 장수를 의미하며 때로

월한 이미지로 간주한다는 사실에 대해 말한다. 그는 이에 덧붙여 심리학적으로 뱀은 무의식적으로 비정상적인 혼란, 곧 파괴적 점재력에 대한 반동을 고통스럽게 표현한다고 말하고 있다.
⑨ 나무와 관련되는 뱀은 통합적인 존재로 이른바 남성원리를 상징한다.
⑩ 나무와 뱀은 신화 속에서 아담과 이브의 원초적인 초상으로 간주. 뱀은 복합성을 띠고 있다. 이 때 뱀은 도덕적 이중성 혹은 도덕적 이원론을 상징한다.
⑪ 서정주의 경우 뱀은 표제인 「화사」가 암시하듯이 힘의 균형, 곧 선과 악, 미와 추, 여성과 남성, 정신과 관능의 균형을 상징한다. 「꽃」이 밝은 정신의 세계나 승화를 암시한다면 「뱀」은 이와는 대립되는 어두운 관능의 세계나 타락을 상징
이승훈, 『문학상징사전』, 고려원, 1995, pp.208-215.

는 <시경>의 경우에서처럼 우주적인 원리를 암시하기도 한다.81)

'在坤이가 만일에 제 목숨대로 다 살지를 못하게 된다면 우리 마을 人情은 바닥난 것이니, 하늘의 罰을 면치 못할 것이다' 에서처럼 일반인들의 인과응보적인 사고방식을 구현함으로써 주술적인 믿음을 나타낸다. 이러한 정의적인 측면을 강조하고 있는 의식체계는 서정주의 불교적 세계관을 드러내고 있는 것으로 재생과 순환의 논리를 의미하는 것이다.

또 서정주는 神仙道의 세계를 인간적인 삶의 방식 그대로 재현하고 있다. 하늘과 땅의 삶이 현격한 차이가 있는 것이 아닌 인과응보적인 원리에 입각해 있다. 이는 하늘로 올라가 신선이 된 사람들의 모습이 땅위의 삶의 모습을 고스란히 반복하고 있음을 의미하고 있다.

또한 "在坤이는 생긴 게 꼭 거북이같이 안 생겼던가. 거북이도 鶴이나 마찬가지로 목숨이 千年은 된다고 하네. 그러니, 그 긴 목숨을 여기서 다 견디기는 너무나 답답하여서 날개 돋아나 하늘로 神仙살이를 하러 간 거여……"라는 구절을 통해 죽음과 삶을 선택적으로 취사할 수 있는 상상력을 발휘하고 있다. 이는 결코 죽음이 삶의 저편의 슬픔의 세계가 아닌 또 다른 의미에서의 삶을 의미하며 이러한 삶은 신과 어울릴 수 있는 소박한 의미의 마을 공동체적 삶을 의미한다.

두 작품을 통해 그의 신화적 상상력은 인간의 재생과 부활을 소재로 다루고 있으며 우주적 의미의 신화적 상상력으로 구현되고 있음을 알 수 있다.

---

81) 거북 점을 치는 것은 우주의 원리를 묻는 것으로 거북을 싸고 있는 껍질이 하늘을, 그 속이 땅을 재현하기 때문이다. 진거비의 경우 거북이 장수를 상징하고 <구지가>의 경우도 생명의 원리를 구현한 것으로 우주의 논리를 고스란히 재해석하고 있는 의미의 반복으로 정리 할 수 있다.
이승훈, 앞의 책, pp.22-23.

② **특정 인물형**

앞서 살펴 본 평범한 인물을 유형화하여 신화 속의 기층민의 모습을 드러내는 경우가 대부분이지만 이른바 신라정신을 다루고 있는 시세계에는 설화나 역사 속의 인물을 부활시키고 있어 주목된다.


①
우리들의 사랑을 위하여서는 / 이별이, 이별이 있어야 하네 //
높었다, 낮었다, 출렁이는 물ㅅ살과 / 물ㅅ 몰아 갔다오는 바람만이
있어야하네 //
오- 우리들의 그리움을 위하여서는 / 푸른 銀河ㅅ물이 있어야 하네. //
도라서는 갈수없는 오롯한 이 자리에 / 불타는 홀몸만이 있어야 하네! //
織女여, 여기 번쩍이는 모래 밭에 / 돋아나는 풀싹을 나는 세이고… //
허이언 허이언 구름 속에서 / 그대는 베틀에 북을 놀리게. //
눈섭같은 반달이 중천에 걸리는 / 七月 七夕이 도라오기까지는, //
검은 암소를 나는 먹이고 / 織女여, 그대는 비단을 짜ㅎ세. //
- 「牽牛의 노래」 전문 -


②
어이 할거나 / 아- 나는 사랑을 가졌어라 / 남 혼자서 사랑을 가졌어라! //
천지엔 이제 꽃닢이 지고 / 새로운 녹음이 다시 돋아나 / 또 한번
나- ㄹ 에워싸는데 // 못견디게 서러운 몸짓을 허며 / 붉은 꽃닢은 떨어져
나려 / 펄펄펄 펄펄펄 떨어져 나려 // 新羅 가시내의 숨결과 같은 / 新羅
가시내의 머리털 같은 / 풀밭에 바람속에 떨어져 나려 // 올해도 내앞에
흩날리는데 / 부르르 떨며 흩날리는데… // 아- 나는 사랑을 가졌어라/
꾀꼬리처럼 울지도 못할 / 기찬 사랑을 혼자서 가졌어라 //
- 「 新綠 」 전문 -


③
대수풀의 바람에 서걱이는 소리를 듣고 있으면, 우리들 귀엔 - 「비밀
입니까 비밀이라니요 / 내게 무슨 비밀이 있겠읍니까 / 내 비밀은 덜리
는 가슴을 통해서 당신의 觸覺으로 들어갔읍니다」 / 韓龍雲 스님의 「비

밀」瞬이라는 詩句節을 소근거리고 있는 것같이만 들리는데, 新羅 사람
들 귀엔 / 그런 抽象일 필요까지도 없는 순 實吐로 「우리 임금님 귀는
당나귀 귀…」니 하는, / 숨긴 사실을 막 집어서 폭로하고 있는 소리로만
들렸었읍지요./ 新羅 景文王은 마누라가 / 너무 밉게 생겨서, 밤엔 이뱀
閤氏들을 가슴 위에 널어 놓아 핥게 하고 지내다가설라문 / 쭈뼛쭈뼛한
짐승 業報로 긴 당나귀 귀가 되어 幞頭로 거길 가려 숨기고 지냈는데,
/ 이걸 혼자만 알고 있는 幞頭쟁이 놈이 끝까지 가만 있지를 못하고,
죽을 때 대수풀로 / 가서 「우리 임금님 귀는 당나귀 귀다」 한마디 소근
거려 놓았기 때문에 대수풀이 / 그 다음부터는 그렇게 소근거린다든지
그런 實談의 폭로 소리였읍죠.

- 「竹窓」 중에서 -

④

新羅聖代 昭聖代 / 阿達羅의 임금 때
해는 延烏의 아내 細烏의 베틀에 가 매달려서도 살았다.
하늘에다 잉아를 이 女人이 먼저 걸어 놓았기 때문이다.
그래 이 女人과 그 緋緞이 어딜 가며는, 해도 그리로 따라 다녔다.
新羅人들은 이것을 모두 알고 있었기 때문에
어느날은 돌이 업고 日本으로 간 것을 쫓아가서 緋緞배만 찾아다가
놓았다.

- 「해」 전문 -

⑤

脫의 무덤은 푸른 嶺 위의 欲界 第二天
피 예 있으니, 피 예 있으니 어쩔 수 없이
구름 엉기고, 비터잡는 데-그런 하늘 속.

피 예 있으니, 피 예 있으니,
너무들 인색치 말고
있는 사람은 病弱者한테도 더러 노느고
홀어미 홀아비들도 더러 찾아 위로코,
瞻星臺 위엔 瞻星臺 위엔 그중 실한 사내를 놔라

살(肉體)의 일로써 살의 일로써 미친 사내에게는
살 닿는 것 중 그중 빛나는 黃金 팔찌를 그 가슴 위에,
그래도 그 어지러운 불이 다 스러지지 않거든,
다스리는 노래는 바다 넘어서 하늘 끝까지.

하지만 사랑이거든
그것이 참말로 사랑이거든
서라벌 千年의 知慧가 가꾼 國法보다도 國法의 불보다도
늘 항상 더 타고 있거라.
脫의 무덤은 푸른 嶺 위의 欲界　第二天.
피 예 있으니, 피 예 있으니, 어쩔 수 없이
구름 엉기고, 비 터잡는 데 - 그런 하늘 속.

내 못 떠난다.

- 「善德女王의 말씀」 전문 -

⑥

　햇볕 아늑하고 / 永遠도 잘 보이는 날 / 우리 데이트는 인젠 이렇게
해야지 - // 내가 어느 절간에 가 佛典을 하면 / 그대는 그 어디 돌塔에
기대어 / 한 낮잠 잘 주무시고, // 그대 좋은 낮잠의 賞으로 / 나는 내
金팔찌나 한 짝 / 그대 자는 가슴 위에 벗어서 얹어 놓고, // 그리곤
그대 깨어 나가던 / 시원한 바다나 하나 / 우리둘 사이에 두어야지.
// - 우리 데이트는 인젠 이렇게 하지. / 햇볕 아늑하고 / 永遠도 잘 보이는
날. //

- 「우리 데이트는-善德女王의 말씀」 2 전문 -

⑦

　新羅 善德女王이 女子라고 업신여기고 逆賊놈의 새끼들이 수근거리
고 있다가 마침 밤하늘에 流星이 흘러내리는 걸 보고 「宮中에 떨어지더
라, 女王때문에 나라가 망할 징조다」 파다한 소문을 퍼뜨려 대단이 形
而上學的인 國民들의 마음을 평안치 못하게 하고 있었을 때. 金庾信이
역시 밤하늘에 불붙인 짚 제웅을 매달은 종이鳶을 날려 올리며 「그
고약한 별이 내려왔다 무서워서 다시 올라간다. 보아라!」 널리 왜장을

치게 해 감쪽같이 그 國民의 不安을 없이해 버렸다는 이얘기는 三國遺
事에도 들어 있어 책 볼 줄 아는 사람은 두루 잘 알지만, 우리 질마재에
서 똥구녁이 찢어지게 가난한 미련둥이 총각 녀석 하나가 종이鳶 아니
라 진짜 매 발에다가 등불을 매달아 밤하늘에 날려서 마을 長者의 쓸개
를 써늘케 해 그 이뿐 딸한테로 장가를 한번 잘 든 이얘기는 아마 잘
모르는 모양이기에 불가불 여기 아래 아주 심심한 틈바구니 두어 字
적어 끼워 두노라.

- 「金庾信風」 일부분 -

①에서 ⑦까지 나타난 인물 유형은 각양각색으로 드러나고 있다.

①은 견우의 노래로 전설 속의 인물인 견우와 직녀의 플롯을 설정하고
②부터 ⑦까지는 모두 신라시대의 인물을 차용하고 있다.

②에서 나타난 '新羅 가시내의 숨결과 같은 / 新羅 가시내의 머리털
같은' 사랑을 가진 화자는 작가의 상상력 속에서 꾀꼬리처럼 울지도 못
할 기찬 사랑의 상대인 신라인의 모습 속에 이미 한국인의 서러움이 은연
중에 배어 있는 것으로 재현되고 있다. 즉 신라 가시내의 숨결과 가슴은
선덕여왕으로 드러난다. 반면 ⑤와 ⑥은 선덕여왕의 이야기를 다루고 있
는데 이는 사람이 사는 일반적인 공간과 천상적인 공간의 매개항으로 설
정된 첨성대와 연인들의 사랑을 연계시켜 계급과 시간을 뛰어넘는 에로스
적 상상력을 펼쳐내는 것이다.

고대 설화 중의 하나인 지귀설화가 모티브가 되고 있는 「善德女王의
말씀」 속에 나타난 지귀설화는 본래의 영역이 가지고 있는 뜨거운 사랑의
이야기가 주는 설화적인 흥미와 함께 국법을 이끌어 나가는 정치판의 질
서가 아닌 우주적 질서를 다루고 있다. 이는 사랑의 이야기를 善德女王이
라는 최고의 계층성을 투영시켜 사랑은 누구도 벗어날 수 없는 운명적
질서라는 것을 은연중에 드러내고 있는 것이다.

에로스적인 상상력은 이후에 전봉건에서 다루겠지만, 신들의 영역에서도 빼놓을 수 없이 등장하는 고전적인 모티브로 등장하고 있다. 서라벌의 지혜가 사랑의 지혜보다 뜨거울 수 없는 진리가 '피'의 이야기로 펼쳐져 있다.

⑥에서도 드러나 있듯이 선덕여왕은 여성이자 인간으로서의 이미지가 더 강하게 나타난다. 여느 여성의 심리와 같은 선덕여왕의 바람은 곧 인간의 기본적인 소망과는 다를 바가 없는 것이다.

'내가 어느 절간에 가 佛典을 하면 / 그대는 그 어디 돌塔에 기대어 / 한 낮잠 잘 주무시고'에서처럼 불교적 세계관을 지닌 서정주에게 불전을 공부하는 선덕여왕과 그 사이에 잠을 자는 사모하는 님의 설정은 인생은 한바탕 꿈과 같다는 空사상에 입각한 인생의 구도로 안착된다.

불전 속의 삶의 원리를 읽은 善德女王의 생각을 통해 서정주는 육적인 사랑을 포함한 현실적인 사랑의 한계를 나름대로 인정하고 이야기를 시작한다. 한계를 인정하는 이들의 이에게는 상상력 속의 사랑을 펼칠 수 있는 공간이 확보될 수밖에 없다. 그리하여 '그대 좋은 낮잠의 賞으로 / 나는 내 金팔찌나 한 짝 / 그대 자는 가슴 위에 벗어서 얹어 놓고' 에서처럼 현실적인 사랑과 상상력 속의 사랑이 다를 바가 없다는 믿음으로 자신의 금팔찌82)를 님의 가슴 위에 올려놓는 것이다.

이때 금은 영원한 사랑, 변하지 않는 약속을 상징할뿐더러, 순환적인 상상력을 이끌어가는 모티브가 된다. 영원히 끝나지 않는 이 둘의 사랑

---

82) 선덕여왕이 지귀에게 남기고 간 금팔찌는 지귀가 사랑의 대상으로 원하던 여왕과의 세속적인 만남을 의미하기도 한다. 황금팔찌는 살에 닿는 것으로 여왕의 시각에서는 인간의 세속적이며 육체적인 욕망을 다스리는 사물의 의미를 지닌다. 여기서 금은 육체성과 정신성 사이를 매개하는 순수성을 상징하고 있다. 『한국문화상징사전』, 동아출판사, p.96.

이야기가 금팔지, 圓形的 이미지를 형상화한 소도구를 이용하여 영원하리라는 것을 암시하고 있다. 물론 근원설화는 지귀설화에서 차용한 것이지만 서정주는 나아가 '바다'라는 푸른 해원을 이 둘의 가슴 사이에 들여놓아 윤회될 이야기로 재현하고 있다.

'그리곤 그대 깨어 나가던 / 시원한 바다나 하나 / 우리둘 사이에 두어야지.', ' 햇볕 아늑하고 / 永遠도 잘 보이는 날' 속에서 바다는 모성의 이미지이자 생명의 잉태요, 영원한 대지이자, 소우주로 나타난다. 끝나지 않는 이들의 영원한 사랑을 상징하는 바다와 금팔찌를 통해서 현실적 사랑의 한계를 결코 슬픈 이야기로 전락시키지 않는 상상력은 결국 '햇볕 아늑하고 永遠도 잘 보이는 날일수록' 더욱 증폭되는 양상으로 전개된다.

따라서 그의 시 속에 등장하는 선덕여왕은 인간적인 모습과 함께 문수보살의 현신이며 우주의 지혜를 드러내는 현자의 부활인 것이다. 인간의 사랑과 여왕의 사랑은 신화적 상상력 속에선 계급을 뛰어넘은 진리의 바다로 이어지고 있다. 바다의 충만한 이미지로 둘 사이를 메운 거대한 사랑은 결국 인간이 감당해야 할 삶의 폭이자 깊이를 가진 바다로 나타나고 있는 것이다.

⑦에서 간접적으로 드러나고 있는 선덕여왕은 참요 속의 주인공으로 설정되어 있다. 카리스마의 소유자이자 지혜의 화신이 된 김유신은 실제의 역사 속의 이미지와는 다른 모습으로 구현되어 있다. 그의 시에서는 이처럼 원래의 모습에서 패러디된 설화나 자신의『질마재 신화』에서 등장하는 마을 사람들의 이야기를 설명하기 위하여 각색된 역사 속의 주인공들을 끌어내고 있다.

「金庾信風」은 김유신의 지혜와 쌍벽을 이룰 만한 담력과 지혜를 갖춘 '똥구녁이 찢어지게 가난한 미련둥이 총각 녀석'의 구애작전을 '鳶(kite)'이라는 상징적 소재를 통하여 접근하고 있다. 연은 소망의 부활이자, 모든 액을 날려 버리는 부정의 소멸이며, 상승의 이미지를 통한 의지의 구현을 상징한다.

『질마재 신화』에 등장하는 미련둥이 총각녀석은 '대단히 형이상학적인 국민'과는 다른 지혜와 용기를 갖춘 총각으로 역사 속의 김유신의 재현이자 부활로서 존재하게 되며, 이들의 관계 설정의 우위는 사실『질마재 신화』속의 주인공들의 승리가 된다.

『질마재 신화』의 주인공들 자체가 역사와 설화 속의 주인공들의 부활이자, 서정주에 의해 날개를 달은 神性性을 소유한 이들의 공동체로 이미 설정되어 있기 때문이다.

③에 등장하는 신라인들의 모습은『질마재 신화』속의 주인공들의 고전적 삶과 다름 아님을 실감나게 보여주고 있다. 어렸을 적 들었던 <만파식적>의 주인공이나 동화 속에 구현된 신라인들은 시간과 공간을 초월한 인물들로 영원히 살아있는 '설화'가 될 수 있는 가능성을 시사해 주고 있다.

또 ④에서는 '연오랑 세오녀' 설화가 패러디되고 있다.

세오녀가 하늘에다 잉아를 달았기 때문에 해도 세오녀의 베틀에 가서 매달렸다는 인과응보적인 사유방식 속에서 구현되는 '연오랑과 세오녀'83)

---

83) 삼국유사에는 그 이름이 까마귀를 뜻하는 연오랑(燕烏郎)과 세오녀(細烏女) 부부의 신화가 전해진다.
   신라 아달라왕 4년 (158), 동해변에 사는 연오랑 세오녀 부부는 바위를 타고 일본으로 건너가서 왕과 왕비가 되었다. 이들은 각각 해와 달의 정(精)이었기 때문에 신라에는 해와 달이 빛을 잃었다. 그리하여 신라의 왕은 사신을 보내 그들을 오게 했으나 그들은 오지 않고 세오녀가 짠 비단을 주면서 하늘에 제사 지내게 하였다. 사신이 돌아와 그대로 했더니 그대로 해와 달이 빛을 찾았다. 이 신화에서 달의 정기인 세오녀는 여성이며, 달은 여성을 상징하고 있다.
   『한국문화 상징사전』, 동아출판사, 1992, p.192.

의 이야기가 해와 달의 신화적 상상력과 결합되고 있다. 이처럼 서정주는
<삼국사기>나 <삼국유사> 등의 고전에서 상상력을 동원하여 아름다운
인간이나 그들의 삶을 현실로 끌어내고 있는 것이다.

서정주는 신라시대의 인물 유형에 따라 소박한 의미의 역사의식을 나름
대로 세워보려고 노력하였다.

> 나는 <三國史記>와 <三國遺事> 속의 이야기들하고도 눈이 잘 맞
> 아 그것들을 漢文 再修겸해서 예쁜 카아드들에 한 이야기씩 한 이야기
> 씩 또박또박 정성을 다해 가는 글씨로 옮겨 베끼고는 특별히 마음에
> 드는 구절엔 붉은 빛의 貫珠를 쳐 갔다. 여기서 이렇게 시작하여 내가
> 만들어 지니고 다닌 이 카아드 다발이 뒤에 내가 하게 된 그 新羅의
> 기초가 된 것이다.[84]

여기에서 드러나고 있듯이 신라인들과의 교감을 통해 현세 인간들의
이야기를 구현하고 있다. 그의 시 속에 이야기들은 잠재된 전통의식이
드러나고 있는 것이다.

⑧
암소를 끌고 가던 / 수염이 흰 할아버지가 //
그 손의 고삐를 / 아조 그만 놓아 버리게 할만큼, //
소 고삐를 놓아 두고 / 높은 낭떠러지를 //
다람쥐 새끼 같이 뽀르르르 기어오르게 할만큼, //
기어 올라 가서 / 진달래 꽃 꺾어다가 //
노래 한 수 지어 불러 / 갖다 바치게 할만큼, //
(중략)
왼 고을의 말씀이란 말씀이 / 모조리 한꺼번에 롤려 나오게 할만큼, //
「내놓아라
우리 水路

---

84) 서정주, 「무등 밑에서」, 『서정주 문학전집 3권』, 일지사, 1972, p.323.

내놓아라」

여럿의 말씀은 무쇠도 녹인다고 / 물 속 천리를 뚫고 //

바다 밑바닥까지 닿아가게 할만큼 //

                  - 「水路夫人의 얼굴」 美人을 찬양하는 新羅的 語法 일부 -


나이를 잊고 헌화가를 부르는 보통 사람의 이야기도 등장하며, 한 걸음
더 나아가 '여러 말씀은 무쇠도 녹인다'는 아포리즘적 요소도 나타난다.
무속 신화 세경 본풀이에서는 진달래가 여인의 시름을 달래는 꽃으로 등
장하고 있으며 또 여성의 문장(紋章)으로써 아름다운 여자는 진달래 꽃으
로 비견되기도 한다.85)

이 시에서 아름다움의 정점을 이룬 자연미와 인간중의 꽃으로 피어난
수로부인과의 연계 속에서 완벽미를 추구하려는 서정주의 상상력 구조가
드러나고 있다.


### ③ 주술적 인물형

최고와 최선의 아름다움은 『질마재 신화』 이후로는 일반적인 사람들의
평범한 아름다움으로 대체되고 있다. 『질마재 신화』에 등장하는 사람들의
모습은 서정주기 이런 시절에 만났음직한 사람들의 모습이기도 하다.

> ①
> 질마재 上歌手의 노랫소리는 답답하면 열두 발 상무를 짓고, 따분하
> 면 어깨에 고깔을 쓴 중을 세우고, 또 喪輿면 喪輿머리에 뙤악볕 같은
> 놋쇠 요령 흔들며 이승과 저승에 뻗쳤읍니다.
> 그렇지만, 그 소리를 안 하는 어느 아침에 보니까 上歌手는 뒤깐
> 똥오줌 항아리에서 똥오줌 거름을 옮겨 내고 있었는데요.
> 왜, 거, 있지 않아, 하늘의 별과 달도 언제나 잘 비치는 우리네 그

---

85) 『한국문화 상징사전』, 앞의 책, pp.551-552.

참 재미있는 오줌 항아리, 비가 오나 눈이 오나 지붕도 앗세 작파해
버린 우리네 그 참 재미있는 똥오줌 항아리, 거길 明鏡으로 해 망건밑에
염발질을 열심히 하고 서 있었습니다.
　　망건 밑으로 흘러내린 머리털들을 망건 속으로 보기좋게 밀어넣어
올리는 쇠뿔 염발질을 점잖게 하고 있어요.
　　明鏡도 이만큼은 특별나고 기름져서 이승 저승에 두루 무성하던 그
노랫소리는 나온 것 아닐까요?

- 「上歌手의 노래」 전문 -

이남호는 '서정주의 시를 읽는 맛의 버금이 그 귀신들린 언어와 수작하
는 재미라면 그 으뜸 가는 맛은 그 속에 표현된 겨레의 아름다운 마음은
만나는 감동'[86]이라는 평가를 내리고 있다. 그의 언어는 우선 감칠맛나는
토속어로서 자신의 유년의 공간을 기억해 내고 있다.

산문시 혹은 이야기 시로서의 형식적인 특성을 지니고 있는 『질마재
신화』의 이야기는 말 그대로 이야기(story) 위주의 서사구조를 갖고 있다.
'明鏡도 이만큼은 특별나고 기름져서 이승 저승에 두루 무성하던 그 노랫
소리는 나온 것 아닐까요?' 에서 보여지는 것처럼 이승과 저승을 넘나드는
보편적인 감정상태야 말로 인간의 마음을 움직일 수 있는 진정한 의미의
시라고 볼 수 있다.

즉 시·공간을 넘나드는 노랫소리야말로 그가 추구하는 시세계의 본질
로 작용하고 있는 것이다. 저승세계는 그리 먼 슬픔의 공간으로 인식하는
것이 아닌, 이웃집 이야기와도 같은 풋풋한 감정의 대상으로 표현하고
있다.

이때 일상적인 삶과 진리가 묻어 있는 공간이란 다름 아닌 '뒤깐 똥오줌
항아리에서 똥오줌 거름을 옮겨내고' 있는 평범한 삶의 공간을 의미하며

---

86) 이남호, 「겨레의 말, 겨레의 마음」, 『미당 연구』, 민음사, 1994, p.411.

동시에 달과 별이 뜨는 신화적 공간이기도 하다.

똥(오물)과 천체적인 이미지의 병치, 항아리와 같은 질그릇이 상징하는 자궁의 공간은 생명의 공간이자 또 다른 의미의 재생과 부활의 공간으로 거듭나고 있다.

오물은 오물만으로 멈추어져 있는 것이 아닌, 재생의 공간으로 반복되는 순환구조를 이루고 있다. 즉 극과 극은 통한다는 논리처럼 똥오줌을 걸러내는 잡스러운 일상인의 삶의 모습과 죽음을 관장하는 소리꾼 上歌手의 변신을 통해 신화적 상상력은 신비스럽고 주술적인 모습으로 드러나고 있다.

그의 시 속에 투영된 신의 이미지는 일상 속에서는 지극히 평범한 삶을 누리거나 아니면 오히려 천한 삶을 살아가는 고단한 생활을 영위하는 군중의 모습으로 나타난다. 또 때로는 일정한 계기를 통해 그들의 주술적 능력이 빛을 발휘하는 변신의 신성성을 구현하는 이미지로 전달되기도 한다.

②

小者 李 생원녠 무밭은요. 질마재 마을에서도 제일로 무성하고 밑둥거리가 굵다고 소문이 났었는데요. 그건 이 小者 李 생원네 집 식구들 가운데서도 이 집 마누라님의 오줌 기운이 아주 센 때문이라고 모두들 말했음니다. 옛날에 新羅 적에 智度路大王은 연장이 너무 커서 짝이 없다가 겨울 늙은 나무 밑에 長鼓만한 똥을 눈 색시를 만나서 같이 살았는데, 여기 이 마누라님의 오줌 속에도 長鼓만큼 무밭까지 鼓舞시키는 무슨 그런 신바람도 있었는지 모르지.

마을의 아이들이 길을 빨리 가려고 이 댁 무밭을 밟아 질러가다가 이댁 마누라님한테 들키는 때는 그 오줌의 힘이 얼마나 센가를 아이들도 할수없이 알게 되었습니다.

-「네 이놈 게 있거라. 저 놈을 사타구니에 집어 넣고 더운 오줌을 대가리에다 몽땅 깔기어 놀라!」 그러면 아이들은 꿩 새끼들같이 풍기어 달아나면서 그 오줌의 힘이 얼마나 더울까를 똑똑히 잘 알 밖에 없었습니다.

'-ㅂ니다, -요'와 같이 구어체와 문어체를 혼합시키고 있는 이 시의 특성은 『질마재 신화』에서 공통적으로 다루고 있는 것처럼 친근감 있는 어조에 있다. 토속적인 소재를 동원한 서정주의 이야기는 금기시되어 왔던 민중의 성에 대한 기층의식과 심리상태를 적나라하게 드러냄으로써 인간의 내면성을 드러내고 있다.

그의 시에 등장하는 여성의 이미지는 보편적 인물을 바탕으로 하고 있다. 즉 『질마재 신화』의 주인공들은 흔히 서양의 신화에서 만나게 되는 아름답고 지혜로운 여성의 이미지보다 원시적이고 건강한 여성들의 이미지로 나타나고 있다. 그들은 건강한 성적 매력과 함께 신비주의적이고도 태고스러운 매력을 지니고 있다. 그의 시의 성적인 매력들은 에로스적 상상력으로 귀결되기도 하지만, 그 보다는 건강한 생명력을 발현시키고자 하는 모티브로 작용한다.

그녀들은 성적인 쾌락을 추구하는 음탕한 여인의 모습이 아닌 생명력을 잉태할 수 있는 모성의 이미지의 소유자로 나타나며 때로는 불모의 한을 지닌 여성의 이미지로 구현되기도 한다. 이는 강인한 생명력과 여성성으로 발현된 다산의 본능, 즉 원시적 욕망이 얼마나 인간의 삶 속에 깊이 뿌리 깊이 박혀 있는가를 보여주는 것이다.

③

아이를 낳지 못해 自進해서 남편에게 小室을 얻어 주고, 언덕 위 솔밭 옆에 홀로 살던 한물宅은 물이 많아서 붙여졌을 것인 한물이란 그네 親庭 마을의 이름과는 또 달리 무척은 차지고 단단하게 살찐 玉같이 생긴 女人이었읍니다. 질마재 마을 女子들의 눈과 눈썹 이빨과 가르마 중에서는 그네 것이 그 중 端正하게 이쁜 것이라 했고, 힘도 또 그 중 아마 실할 것이라 했읍니다. 그래, 바람부는 날 그네가 그윽한 옥수수 광우리를 머리에 이고 모시밭 사이 길을 지날 때, 모시 잎들이 바람에 그 흰 배때기를 뒤집어 보이며 파닥거리면 그것도 「한물宅 힘 때문이다」고 마을 사람들은 웃으며 우겼읍니다.

그네 얼굴에서는 언제나 소리도 없는 엣비식한 웃음만이 玉 속에서 핀 꽃같이 벙그러져 나와서 그 어려움으론 듯 그 쉬움으론 듯 그걸 보는 男女老少들의 웃 입술을 두구 위로 약간씩은 비끄러올리게 하고, 그 속에 웃이빨들을 어쩔 수 없이 잠깐씩 드러내놓게 하는 莫强한 힘을 가졌었기 때문에, 그걸 당하는 사람들은 힘에 겨워선지 그네의 그 웃음을 오래 보지는 못하고 이네 슬쩍 눈을 돌려 한눈들을 팔아야 했읍니다. 사람들뿐 아니라, 개도 고양이도 보고는 그렇더라는 소문도 있어요. 「한물宅같이 웃기고나 살아라」 모두 그랬었지요.

그런데 그 웃음이 그만 마흔 몇 살쯤하여 무슨 지독한 熱病이라던가 로 세상을 뜨자, 마을에는 또 다른 소문 하나가 퍼져서 시방까지도 아직 이어내려오고 있읍니다.

그 한물宅이 한숨 쉬는 소리를 누가 들었다는 것인데, 그건 사람들이 흔히 하는 어둔 밤도 궂은 날도 해어스럼도 아니고 아침 해가 마악 올라올락말락한 아주 밝고 밝은 어떤 새벽이었다고 합니다. 그리고 그 것은 그네집 한 치 뒷산의 마침 이는 솔바람 소리에 아주 썩 잘 포개어 져서만 비로소 제대로 사운거리더라고요.

그래 시방도 밝은 아침에 이는 솔바람 소리가 들리면 마을 사람들은 말해 오고 있읍니다. 「하아 저런! 한물宅이 일찌감치 일어나 한숨을 또 도맡아서 쉬시는구니!

오늘 하루도 그렁저렁 웃기는 웃고 지낼라는 가부다」고……

- 「石女 한물宅의 한숨」 전문 -

한물댁은 마을의 수호신과 같은 역할을 하는 여인이다. 아이를 낳지 못하는 여인의 한을 통해서 바다와 같은 고뇌의 깊이를 재어 보려 했던 서정주는 인간의 웃음과 울음의 의미가 궁극적으로 동일한 심리적 뿌리를 가지고 있는 것으로 인식한다. 石女로 대변되는 한물댁, 그는 그 이름이 시사하는 바대로 불모성을 상징하는 여인이다. 인간의 삶이란 한물댁에게 주어졌던 멍에처럼 운명과 싸워 나아가야 존재할 수 있는 것이다. 그러나 그녀는 마을 사람들에게는 신비스럽고도 행복을 주는 천사의 이미지로 부각된다.

‘오늘 하루도 그렁저렁 웃기는 웃고 지낼라는 가부다’ 에서처럼 하루하루를 최선을 다해가며 살아가는 범인들에게 한물댁은 상상만으로도 행복을 주는 여성으로 구현된다. 그녀의 울음과도 같은 웃음이 마을 사람들에게는 신비주의적 주술로 바뀌게 된다. ‘옥수수’는 다산을 의미하는 식물로서, 한물댁의 생산에 대한 소망을 구현하는 이미지로 등장하게 된다. 서정주는 개인적 한을 인내하면서 인고주의적이며 유교주의적인 질서에 복종하는 여인상을 통해 인간의 절망과 한을 승화시키기 위한 반전의 장치를 준비하고 있는 것이다.

④

　姦通事件이 질마재 마을에 생기는 일이 물론 꿈에 떡 얻어먹기같이 드물었지만 이것이 어쩌다가 走馬疾 터지듯이 터지는 날은 먼저 하늘은 아파야만 하였읍니다. 한정없는 땡삐떼에 쏘이는 것처럼 하늘은 웨-하니 쏘여 몸써리가 나야만 했던 건 사실입니다.

　「누구네 마누라허고 누구네 男丁네허고 붙었다네!」 소문만 나는 날은 맨먼저 동네 나팔이란 나팔은 있는 대로 다 나와서 <뚜왈라랄 뚜왈랄랄> 말 불어자치고, 꽹과리도, 징도, 小鼓도, 북도 모조리 그대로 가만 있지 못하고, 퉁기쳐 나와 법석을 떨고, 男女老少, 심지어는 강아지 닭들까지 풍겨져 나와 외치고 달리고, 하늘도 아플 밖에는 별 수가 없었읍니다.

　마을 사람들은 아픈 하늘을 데불고 家畜 오양깐으로 가서 家畜用의 여물을 날라 마을의 우물들에 모조리 뿌려 메꾸었읍니다. 그러고는 이 한해 동안 우물물을 어느 것도 길어 마시지 못하고, 山골에 들판에 따로 따로 生水 구먹을 찾아서 渴症을 달래어 마실 물을 대어 갔읍니다.

- 「姦通事件과 우물」 전문-

간통사건이 벌어진 마을은 혼돈의 세계(chaos)를 의미한다. 혼돈의 세계 속에서 신화는 제 자리를 찾게 된다. 신화란 결국 혼돈과 질서의 반복이자 우주 질서를 운행하는 위성이기도 하다. 간신히 자리를 잡은 마을의 질서 속에 인간의 문제는 언제나 반복되어 일어나기 마련이다. 이러한 삶의 질서에 충격을 가한 하나의 간통사건은 혼돈으로 상징화되고 있다.

성적 질서의 문란은 신화의 세계에서도 응징이 따르는 법이며, 헤라의 질투를 불러 일으킬 만한 도전의 세계와 가혹한 징벌이 기다리기 마련이다. 유교주의적 질서가 강하게 실현되는 마을의 질서는 개인의 변론을 인정할 수 없을뿐더러 간통은 궁극적으로 하늘의 질서를 망각한 패륜적 행동으로 비추어진다.

'한정없는 땡삐떼에 쏘이는 것처럼 하늘은 웨-하니 쏘여 몸써리가 나야만 했던 건' 바로 우주적 질서의 도전으로 인한 신화의 붕괴인 것이다. 일단 간통의 기별을 알리는 소문이 나게 되면 '나팔이란 나팔은 있는 대로 다 나와서 <뚜왈라랄 뚜왈랄랄>말 불어자치고, 꽹과리도, 징도, 小鼓도, 북도 모조리 그대로 가만있지 못하고, 퉁기쳐 나와 법석을 떨고, 男女老少, 심지어는 강아지 닭들까지 풍겨져 나와 외치고 달리고, 하늘도 아플 밖에는 별 수가 없었습니다' 처럼 자연과 인간의 세계가 혼연일체가 되어 함께 고통을 나누는 모습으로 드러난다.

결국 인간과 자연의 질서가 하나가 되어 운행되고 있음을 역설하고 있는 것이다. 이는 우주적 질서가 인간의 삶의 전부이며 부분이 될 수 있음을 시사하는 것이다. 이 때 물은 여성의 이미지를 강조하는 상징성이자 여성의 욕망을 드러내는 매개체로 나타난다. 질서의 반동에 대한 처벌은 마을의 우물을 매립함으로써 수맥을 단절시켜 욕망의 그루터기를 발본색원하는 것으로 막을 내린다.

개인의 욕망을 억제하지 못한 응징으로 마을 사람들마저 그 고통을 분담하는『질마재 신화』의 구조는 인간의 근원적인 욕망의 모습도 궁극적으로 극복되어야 할 신화에 대한 도전이라는 의미를 내포하고 있는 것이다. 이는 샤머니즘과 불교적 상상력이 빚어낸 또 다른 의미에서 이상향의 재건으로 보인다.

石女라서 한스러운 여성의 모습이 어느 새 간통사건을 저지르는 구질서의 반동으로 구현됨으로써 인간의 삶은 제로썸 게임과도 같은 양상으로 전개된다. 결국 나름대로의 자정작용을 거쳐 질서의 순응(한물댁의 한숨) → 구질서의 반동, 전복(간통사건) → 질서의 회복 (응징과 처벌) 순으로 정리되고 있는 것이다.

⑤
　　알뫼라는 마을에서 시집 와서 아무것도 없는 홀어미가 되어버린 알뫼댁은 보름사리 그뜩한 바닷물 우에 보름달이 뜰 무렵이면 행실이 궂어져서 서방질을 한다는 소문이 퍼져, 마을 사람들은 그네에게서 외면을 하고 지냈읍니다만, 하늘에 달이 없는 그믐께에는 사정은 그와 아주 딴판이 되었읍니다.
　　陰 스무날 무렵부터 다음 달 열흘까지 그네가 만든 개피떡 광주리를 안고 마을을 돌며 팔러 다닐 때에는「떡맛하고 떡 맵시사 역시 일뫼집 네를 당할 사람이 없지」모두 다 흡족해서, 기름기로 번즈레한 그네 눈망울과 머리털과 손 끝을 보며 찬양하였읍니다.
　　손가락을 식칼로 잘라 흐르는 피로 죽어가는 남편의 목을 추기었다는 이 마을 제일의 烈女 할머니도 그건 그랬었읍니다.
　　달 좋은 보름동안은 外面당했다가도 달 안좋은 보름 동안은 또 그렇게 理解되는 것이었지요.
　　앞니가 분명히 한 개 빠져서까지 그네는 달 안 좋은 보름 동안을 떡 장사를 다녔는데, 그 동안엔 어떻게나 이빨을 희게 잘닦는 것인지, 앞니 한개 없는 것도 아무 상관없이 달 좋은 보름 동안의 戀愛의 소문은 여전히 마을에 파다하였읍니다.

태양과 달은 앞서 살펴 본 바다나 물의 이미지와 긴밀한 연관관계에 놓여 있다. 달은 모든 생명의 주기를 관장하는 母神的 이미지를 뜻하는데 보름달이 떴을 때 서방질을 하는 여인의 행동을 통하여 인간의 근원적 욕망을 적나라하게 제시하고 있는 것이다.

그러나 보름달이 진 음력 스무날 무렵부터 다음 달 열흘까지는 그녀는 요조숙녀가 되어 남들이 찬양할 수밖에 없는 여신으로 거듭나게 된다.

그런데 가만히 살펴보면 비단 알묏집네 뿐만이 아니라 열녀라고 칭송받는 이 마을의 할머니도 달의 주기에 따라 욕망의 자리로 모습을 바꾸는 것은 알묏댁과 같은 삶의 순환원리(life cycle)를 암시하는 것으로 볼 수 있다. 서정주는 아무리 곰살스럽게 뜯어보아도 여우가 재주를 부리는 것이 아닌 동일인물이 서방질도 하고 떡도 만든다는 믿기지 않는 사실을 통하여 신비스러운 성의 본질에서 삶의 이치를 깨닫고 있다. 게다가 알묏집의 요령은 끝가는 데를 알 수 없어 남자들을 홀리는 재간이 보통이 넘는 신비스러운 존재인 것이다.

⑥

바닷물이 넘쳐서 개울을 타고 올라와서 삼대 울타리 틈으로 새어 옥수수밭 속을 지나서 흥건히 고이는 날이 우리 외할머니네 집에는 있었습니다. 이런 날 나는 당동이 새우 새끼를 거기서 찾노라고 이빨 속까지 너무나 기쁜 종달새 새끼 소리가 다 되어 알발로 낄낄거리며 쫓아다녔습니다만, 항시 누에가 실을 뽑듯이 나만 보면 옛날이야기만 무진장 하시던 외할머니는, 이 때에는 웬일인지 한 마디도 말을 않고 늙은 얼굴이 엷은 노을빛처럼 불그레헤져서 바다쪽만 멍하니 넘어다보고 서 있었습니다.

그 때에는 왜 그러시는지 나는 아직 미처 몰랐읍니다만, 그분이 돌아

가신 인제는 그 이유를 간신히 알긴 알 것 같습니다. 우리 외할아버지는
배를 타고 먼 바다로 고기잡이 다니시던 漁夫로, 내가 생겨나긴 전 어느
해 겨울의 모진 바람에 어느 바다에선지 휘말려 빠져 버리곤 영영 돌아
오지 못한 채로 있는 것이라하니. 아마 외할머니는 그 남편의 바닷물이
자기집 마당에 몰려 들어오는 것을 보고 그렇게 말도 못 하고 얼굴만
붉어져 있었던 것이겠지요.

- 「海溢」 전문 -

죽어서 해일이 되어 다시 할머니를 보러 온다는 재생의 의미구조를
가지고 있는 시 「海溢」은 죽은 할아버지가 마치 거대한 바다의 신 포세이
돈의 모습처럼 기골이 장대한 남성적인 모습으로 부활하고 있다. 이토록
남성적인 이미지 앞에서도 할머니는 '노을 빛을 닮은 얼굴만 붉어져 새색
시처럼' 죽은 할아버지를 기다리고 있는 것이다. 그렇다면 인간의 약속이
란 무엇을 말하는 것인가. 서정주는 끝없이 인간의 시간을 묶었다 풀었
다—죽음과 재생—함으로써 인간이 지켜가야 하는 질서의 굳은 약속에
대해서 묻고 있는 것이다.

약속은 지켜져야만 하는 것으로 유교적인 질서원리나 인간의 생노병사
로 이어시고 있다. 이러한 우주저 질서에 복병처럼 등장하는 운명의 장난
은 인간과 인간을 갈라놓고 있는데, 이는 일종의 '약속'이 깨지는 순간을
말한다. 약속이 깨어지는 순간 카오스의 세계로 돌입하게 되며 주인공들
은 우왕좌왕하며 우주의 또 다른 질서의 본능의 약속에 충실하려는 반동
을 일으키게 되나, 달이 지고 물이 빠지게 되면 다시 삶의 원형으로 돌아가
게 되는 총체적 질서의 원소들로 남게 된다.

따라서 신의와 사랑을 지켜나가는 남은 자들의 약속은 인간의 질서가
숨쉬는 마을이 아닌 시간과 공간이 거세되고 신화가 살아 숨쉬는 '질마재'
공간으로 거듭나게 된다. 그들은 죽은 자를 기다리게 되며, 영원의 약속을

믿으며 그 약속을 지켜가는 인간으로서의 삶의 복역자들이다. 그들은 일제히 주술적인 신성을 가진 영원히 사는 인물로 거듭 부활하고 있는 것이다.

바닷물이 지닌 근원적인 생명력은 포용과 관용의 이미지, 그리고 자유의 이미지이기도 하다. 바다가 해일이 되어서 할머니를 만나러 넘쳐 들어오는 과정은 산 자와 죽은 자가 만나는 신화의 시간과 공간이 된다. 죽은 할아버지가 살아 있는 할머니를 만나는 것은 죽음을 초월한 사랑의 이야기로 귀결될 수도 있지만 인간이 가진 근원적인 욕망의 자리와 인간적인 유대감이 죽음을 넘어선 그 너머의 세계에 영원히 존재한다는 것을 상징하고 있는 것이다. 이는 죽으면 모든 것이 끝나버리고 심판을 받고, 지옥과 천국의 길로 각각 유랑하는 종교적 사유방식이 아닌 재생과 순환의 논리구조이기도 하다.

따라서 진정한 의미의 소멸은 존재하지 않는 것으로 업장의 두께에 따라 모든 것이 다시 시작될 수 있으며, 이 때 현생의 인간적인 유대감은 저 세상너머의 질서에 영향을 미치게 된다.

그의 시세계에 등장한 여인들, 즉 개피떡을 만드는 알묏집네도 열녀 할머니, 간통을 저지르는 부정한 여인네, 할아버지를 먼저 보내고 죽음을 기다리는 할머니 능등의 모습으로 나타나고 있다. '질마재'에서의 삶은 달의 주기, 즉 천체의 주기 혹은 우주의 원리와 연관된다.

이는 불교적 세계관을 보여주고 있는 서정주의 시세계에서 대단히 중요한 의미를 띠고 있다. 서정주는 인간의 몸뚱이를 받고 태어난 그 자체를 인간의 형역으로 인식하고, 인간의 色慾을 고뇌의 근간으로 보고 있다. 색욕으로 상징되는 인간의 번뇌를 극복하려는 것은 우주의 질서를 거스르는 것만큼 어려운 일인 것이다.

서양의 신화 속에 나타나는 색정에 관한 이야기는 일회성으로 끝나는 경우가 대부분이다. 서양의 신화는 벌을 받고 응징됨으로써 신으로 남던 지옥으로 떨어져 다시는 신이 될 수 없는 이들의 신과 인간과의 갈등구조, 즉 단절적, 순간적, 선민적 의식이 충만한 공간의 이야기 구조를 취하고 있다.

따라서 그들의 공간 속에 나타난 신화적 상상력은 해피엔딩이거나 불행한 결말구조의 이원론적 결론을 맺고 있음에 비해 서정주의 공간에 나타난 상상력은 지극히 평범한 사람들의 이야기로 설정되어 있음을 알 수 있다. 그들의 계층은 다양해서 설화나 역사 속의 실제 인물을 삽입하거나 패러디를 통해 재창조된 인물들로 가득 차 있다.

또한 이때의 인물은 윤회적인 인물들로, 과거의 우리의 기억 속에 살아 있던 어머니이자 나의 모습이기도 하다. 그들은 마을 공동체가 모두 부담하며 잘못을 뉘우칠 수 있는 형벌의 시간을 공동 분배함으로써 인간다운 인간으로 살아 갈 수 있도록 갱생의 길을 열어 주고 있는 너그러운 신들로 거듭 태어나고 있다.

서정주의 상상력은 신비스럽고 고혹적이다. 대체적으로는 평범하지도 못한 사람들에게 날개를 달아주는 이야기이기도 하다. 삶의 구조에서는 인간답게 살 수 없는 구조로 재편되었지만, 그들의 능력이라든지 인간성이라든지는 평범한 사람들이 따를 수 없을 만큼의 神性性을 내재하고 있기도 하다.

하지만 인간의 몸을 받고 태어난 주인공들의 근원적 욕망은 때로는 우주론적 질서에 위해되는 행동을 초래하여 카오스의 세계로 빠져들게 된다. 이는 영웅신화에서도 보이는 것으로 통과의례(initiation)를 이겨내야 하는 부활과 재생의 공간을 의미한다. 만약 이들이 통과의례를 빠져 나오게 되면 곰이 동물에서 신성성을 부여받은 인간으로의 재생을 누릴 수 있는 것처럼 주인공들에게도 고난의 구조는 여지없이 부활의 공간으로 이용되는 것이다. 신화는 고난의 극복으로 이루어져 있다. 고난을 극복하는 자가 신화를 만들어 낼 자격이 있는 것이다. 신화는 따라서 매일 매일 새로운 기록처럼 쓰여질 수도 있으며 개인에 따라 신화는 다른 의미를 지니게 될 수도 있다.

서정주의 신화는 여성의 신으로 구현된다. 물과 달의 모습으로 혹은 선화공주와 세오녀의 모습으로, 때로는 수로부인과 춘향이의 모습으로 부활되고 있으며, 그녀들이 지니고 있는 지혜의 문을 서정주는 끝없이 들어가려 서성거리고 있는 것이다.

> 노래가 낫기는 그중 나아도
> 구름까지 갔다간 되돌아오고,
> 네 발굽을 쳐 달려간 말은
> 바닷가에 가 멎어버렸다.
> 활로 잡은 山돼지, 매(鷹)로 잡은 山새들에게도
> 이제는 벌써 입맛을 잃었다.
> 꽃아, 아침마다 開闢하는 꽃아.
> 네가 좋기는 제일 좋아도,
> 물낯바닥에 얼굴이나 비취는
> 혜엄도 모르는 아이와 같이
> 나는 네 닫힌 門에 기대 섰을 분이다.
> 門 열어라 꽃아. 門 열어라 꽃아.
> 벼락과 海溢만이 길일지라도
> 門 열어라 꽃아. 門 열어라 꽃아.
>
> - 「꽃밭의 獨白- 娑蘇 斷章」 전문 -

이 때 꽃의 이미지는 여러 가지로 해석되는 의견도 있지만 형이상학적으로 읽히는 이 시는 꽃과 문에 대한 은유로 조합되어 있다. 이 때의 꽃은 인간이 탐구하고자 하는 진리나 진실의 모습이다.

인간은 순수하고 순진한 아이와 같은 존재로서 아무리 세상의 진실이나 진리의 그 어떤 세계에 다가서려고 해도 현존재로서의 한계성을 안고 있는 것이다. 독백체의 형식을 가진 이 시는 처녀의 몸으로 아이를 잉태한 박혁거세의 어머니 사소의 이야기로, 한국판 성모마리아와 같은 신화적 상상력을 발현한 것으로 보인다. 이 시는 로맨스적인 요소가 드러나 있는 시임과 동시에 끝없는 수직상승의 욕구를 표현하고 있다. 이 시에서 꽃은 수직적 의미의 신화적 상상력이 드러나는 소재로 사용되고 있다.

문은 단절과 연계를 의미하는 동시에 새로운 세계로의 출구로 사용되며 새로운 만남[87]을 상징하기도 한다. 또 꽃은 낙원을 나타내는 이미지로 유토피아나 이상향을 의미하기도 하여, 서정주가 꿈꾸는 총체적인 이상향의 의미로 이용되기도 한다. 이 시는 천상적인 공간을 설정하고, 인물 역시 설화적인 주인공을 차용함으로써 그가 꿈꾸는 이상향을 때로는 탐미적 상상력과 형이상학적 상상력을 병치하고 있어 시의 신화적 세계를 구축했다고 볼 수 있다.


## 2) 박재삼의 신화적 상상력

### (1) 춘향과 남평문씨의 그리움의 노래

흔히 박재삼의 시세계를 한의 응결체로 보아왔던 연구는 이미 설진한 상태에 이르렀다. 또한 그의 시세계에 공통적으로 나타나고 있는 '빛과 바람'의 이미지에 관한 연구도 활발하게 진행되어 왔다.[88]

---

87) 이승훈(편저), 『문학상징사전』, 고려원, 1995, p.173.
88) 1955년 이래 첫 시집 『춘향이 마음』을 필두로 『햇빛 속에서』, 『천년의 바람』, 『어린 것들 옆에서』, 『뜨거운 달』, 『비 듣는 가을 나무』, 『추억에서』, 『대관령 근처』, 『내 사랑은』, 『찬란한 미지수』, 『사랑이여』, 『해와 달의 궤적』, 『꽃은 푸른빛을 피

본고에서는 박재삼의 시세계에 나타난 설화적 상상력의 일환으로 고전 설화나 역사에서 차용된 인물의 유형과 재담구조를 중심으로 그의 신화적 상상력의 특징을 고찰하기로 한다. 이에 해당하는 16권의 시집 중『춘향이의 마음』을 중점적으로 서술하기로 하며 각각의 유형소의 출현이 보이는 시집도 고려의 대상에 넣을 것이다.

서정주의 서정적 분위기를 그대로 이은 박재삼의 시세계는 서정주보다 한 차원 더 세속화된 여성 이미지를 빚어내고 있다. 여기서 세속화란 일상적인 삶을 살아가는 인물로서의 세속화를 의미한다. 따라서『질마재 신화』에서 서정주의 주술적인 능력을 갖은 세속적인 여성 이미지와는 다소 차이가 있다.

그는 고전 작품에 등장하는 주인공 중 특히 '춘향'이를 중심으로 판소리 체 어조와 방언에서 사용하는 구어체 등을 복합적으로 혼용함으로써 서정주와 같이 고향 회귀적인 상상력을 환기시키고 있다.

또한 '흥보'나 '춘향'이는 서민적인 이미지를 구술하거나 인간으로서의 한계를 고백할 줄 아는 기층민으로서의 모습이 더욱 선명하게 부각되고 있다. 이는 서정주의 시가 다소 신비주의적이고 흥미위주의 뷰위기를 고양시키는 반면 박재삼의 주인공들은 모두 현실적인 어려움을 스스럼없이 현재의 독자에게 고백하는 형식으로 표현되기 때문이다.

오탁번이 언급한 '40년의 시력 가운데서 초기, 중기, 후기 혹은 전기와 후기로 딱히 구분 짓기 어려울 만큼 시종 일관하여 시대의 흐름과는 동떨어진 자리에서 한국시의 근원과 맞닿는 고독한 작업을 수행하였기 때문에 그의 시적 기법이나 지향성의 변모과정을 논하는 것은 작위적인 작업에

---

하고』, 『허무에 갇혀』, 『울음이 타는 가을 강』, 『다시 그리움으로』(1996)에 이르기까지 동양적 이미지에 어울리는 그리움의 시를 썼다고 해도 과언이 아니다.

지나지 않을 지도 모른다'[89]는 말은 적절한 표현이다. 따라서 그가 지적한 대로 '한국시의 근원과 맞닿는 고독'이란 그의 시세계를 대변하는 어조로서 전체적인 주제의 형상화와도 긴밀한 관계가 있다.

그의 시는 하강적인 이미지와 상승적인 이미지의 복합체로서 현란한 이미지보다는 노을 속에 묻어 있는 이미지로 흘러가고 있다. 「울음이 타는 가을 강」에서 보여지고 있는 일련의 공감각적인 이미지가 그의 고독의 이미지와 혼재되어 고독의 강도를 더해주고 있다. 따라서 고전에서 부활된 '춘향'이의 마음과 각박한 현실을 살아가는 '흥부'의 웃음살 속에서 박재삼은 삶의 이치를 읽어내려는 노력을 기울인 것이다.

그의 시집 『춘향의 마음』은 연작시로서, 「춘향이의 마음」에서의 '춘향'과 2부 「남해안」, 3부 「원한」에서의 남평 문씨와 흥부, 심봉사 등 설화 속의 주인공으로 이루어져 있다. 이는 역시 서정주에게 드러나고 있는 상상력과 유사한 모습으로 나타나고 있으며 이러한 설화 속 인물은 현실에 적응하고 있는 현대인들의 심리적 원형을 읽어내는 데 도움이 된다. 따라서 그의 시 속에서도 시간과 공간의 거세가 이루어지고 있으며, 설화적 상상력으로 분별될 뿐, 내재해 있는 원형적 이미지의 의미소는 대동소이하다.

①에서 ⑥까지는 춘향이의 모습을 형상화하고 있는데, 그에게 나타나는 '춘향'의 모습은 개인적 상상력의 총아로서 약간의 변형된 인물유형의 모습을 담고 있다.

박재삼의 '춘향'은 고전적 의미로서 넋을 잃고 무작정 기다리는 순종의 유형이 아니라 자신의 정체성 가운데 기다리는 님에 대한 정절의 표상을 정리해 나가는 '신춘향'의 모습을 전개시키고 있다.[90] 즉 그의 시에 나타나

---

89) 오탁번, 「모성 이미지와 화합의 시정신」, 『현대문학』, 1977.8, p.120.

는 춘향의 모습은 비관적인 현실 속에서도 희망을 잃지 않는 여인의 모습을 형상화하고 있는 것이다. '춘향'이라는 고전적 소재는 진부한 소재론적 측면의 답보를 의미하거나, 유교주의적인 정절을 고수하고자 하는 계몽형 문학의 징표로 사용되는 경우가 대부분이다.

그러나 박재삼은 자신의 독특한 발화형식을 통해 이러한 계몽성을 벗어나려는 흔적을 보인다. 『춘향의 마음』의 「自然」, 「無縫天地」, 「待入詞」는 춘향이 직접 구술하는 형식이며, 나머지 7편은 제 3자의 서술형식을 구사하고 있어 춘향의 주관적인 감정에 치우쳐 노래하기보다는 신유형의 인물을 재창조하는 데 적합한 발화형식을 취하고 있다.

그의 시에 전반적으로 드러나는 이미지는 서정주의 시에 나타나는 전반적인 물의 이미지와 공통적인 요소를 보이고 있다. 물의 이미지는 통상 원형적 심상으로 손꼽히는 것으로 죽음과 탄생, 이별과, 생명력을 의미함과 동시에 모성적인 성향이 강한 상징소로 드러난다. 그의 시에서 드러나

---

90) 오세영은 박재삼을 다루는 「아득함의 거리」에서 사적 소재와 공적 소재의 유용성에 관하여 이분법적으로 나누어 설명하고 있다.
첫째는 시인 자신이 독창적으로 만들어낸 사적 소재이고 다른 하나는 시인만이 아니라 더불어 독지들도 널리 알고 있는 공적인 소재로 캐내드 버크는 전자를 내적 소재(intrinsic matter)라고 하고 후자를 외적 소재(extrinsic matter)라고 한다. 이러한 외적인 소재를 사용하는 이유로는,
① 할 이야기가 많을 경우 외적 소재를 쓰면 많은 부분이 절약될 수 있어 메시지를 강조하기 쉽고, ② 보편적인 정서나 감정을 형상화시키는 데 유용하며, ③ 독자와 공유된 소재이므로 의미의 이차적 전용을 손쉽게 이용할 수 있으며, ④ 소재 자체의 정보나 의미를 새삼 독자들에게 주지키실 필요가 없어 시의 미학적 효과를 극대화할 수 있다는 것이다.
위의 분류 방법에 따라 「수정가」, 「화상보」, 「녹음의 밤에」, 「대인사」, 「포도」, 「바람 그림자를」, 「무봉천지」, 「매미 울음에」, 「자연」, 「한낮의 소나무에」, 「홍부부부상」 등은 외적 소재가 구조적으로 형상화 된 예의 시로 나뉘어 졌다.
오세영, 「아득함의 거리-박재삼론」 『현대시』 , 1991.7, pp.145-146.
본고에서 다루는 <신춘향>의 개념은 사적 소재의 내용에 해당되는 것이지만, 공적 소재의 후광효과를 내재한 의미 분할로 볼 수 있다.

는 물의 이미지는 주로 '눈물'로 상징화되고 있는데, 여느 여염집 여인네의 모습에서 발견되는 한스러움의 이미지를 극복하려는 매개로 활용된다.

따라서 이별과 재회의 과정을 주요 테마로 삼고 있는 고전소설 <춘향전>의 유형을 그대로 답습하는 것이 아닌, 과감한 줄거리의 삭제와 새로운 이야기 전개 방식을 취하고 있다.

> ①
> 어지간히 구성진 노래 끝에도 눈물나지 않던 것이 문득 머언 들판을 서성이는 구름그림자에 눈물져 울 줄이야.
>
> 사람들아 사람들아,
> 우리 마음 그림자는, 드디어 마음에도 등을 넘어 내려오는 눈물이 아니란 말가.
>
> -문득 李道令이 돌아오자, 참 가당찮은 세월을 밀어버리어, 天地에 넘치는 바람의 화안한 그림자를 春香은 눈물 속에 아로새겨 보았을 줄이야.
>
> - 「바람 그림자를」 전문 -

그의 시에 드러나고 있는 구름과 눈물의 이미지는 유사한 개념의 확장으로 보여지는데, 이것은 모두 번뇌의 소산으로 인간의 유한적이고 근원적인 아픔이나 사랑의 시련 등의 등가물이라고 할 수 있다. 사랑하는 님의 해후를 통해 지나간 시련의 보상물로 빚어진 눈물이 바로 바람의 그림자이자 삶의 그림자인 것이다. 여기서 '-말가'라는 판소리체 말투는 응어리진 감정의 유입을 재빨리 청자에게 전달할 수 있는 장점으로 부각될 수 있다.

'사람들아 사람들아, 우리 마음 그림자는, 드디어 마음에도 등을 넘어

내려오는 눈물이 아니란 말가'에서는 춘향이가 발화하는 것이 아닌 제3자의 어조를 빌어서 이야기하고 있는 일종의 아포리즘 형식을 취하고 있다. 특히 '들판을 서성이는 구름 그림자에 눈물져 올 줄이야'에서처럼 일상에서 느끼지 못했던 감정들이 어느 순간 삶의 교훈처럼 뒤늦게 찾아오는 것이라는 사실을 시인은 깨닫고 있다. 즉 시인 박재삼은 삶의 교훈을 단지 기다림만이 삶의 덕목으로 여겼던 설화 속의 주인공 '춘향'의 어조로 읊고 있는 것이다.

> ②
> 목이 휘인채 꽃진 꽃대같이 조용히 春香이는 잠이 들었다. 칼 위에는 눈물방울이 어룽져 꽃이파리의 겹쳐진 그것으로 보였다. 그렇다. 그것은 달밤일수록 영롱한 것이 오히려 아픈 꽃이파리 꽃이파리, 꽃 이파리들이 되어 떨고 있었다.
>
> 참말이다. 春香이 一片丹心을 생각해 보아라, 願이라면, 꿈속엔 훌륭한 꽃동산이 온전히 제 것이 되었을 그것이다. 그리고, 그것을 가꾸는 슬기 다음에는 마치 저 하늘의 달에나 비길 것인가. 한결같이 그 둘레를 거닐어 제자리 돌아오는 일이나 맘대로 하였을 그것이다. 아니라면 그 많은 새벽마다를 사람치고 그렇게 같은 때를 잠깨인 수는 도무지 없는 일이란 말이다.
>
> - 「華想譜」 전문 -

시 ②는 춘향의 아픔을 '꽃이파리'에 비유하면서 그의 일편단심을 해와 달의 천상적인 이미지와 견주고 있다. 옥고를 치룬 춘향의 모습은 전통적인 설화 속의 춘향이의 모습으로 재현되고 있으나 2연에서 구술된 일종의 편집자적 논평조의 해설을 통해 슬기로운 춘향의 모습과 당찬 여인의 모습을 객관적으로 묘사하고 있다.

여기서 '참말이다'라는 단정적인 어조로 굳이 이야기를 끌어내고 있는 이유는 허구적 인물인 '춘향'에게 진실성을 부여하고자 함이며, 그 진실성의 비유대상을 바로 최상의 이미지를 상징하는 하늘의 달에 비유하여 신성성을 부여하고 있다. 이는 고전문학 작품에서 드러나는 자연물을 일종의 신성을 닮은 대상으로 인식하는 것과 유사하다. 가스통 바슐라르의 '가장 깊은 꿈은 본질적으로 시각의 휴식과 언어의 휴식현상이다'[91]라는 말처럼 2연은 꿈과 새벽을 오가는 춘향의 기다림을 통해 슬픔 속에서도 역설적인 아름다움의 모습을 빚어낼 수 있는 모습을 구현하고 있다.

꿈은 인간의 무의식을 담고 있는 세계로 인간의 가장 소망스런 고향으로 데려다 주는 공간으로 설정되는 것이 상례이다. 꿈은 현실 속에서 상처받고 위로 받지 못하는 이들이 부활하려는 의지의 세계가 펼쳐지는 공간이다. 따라서 이상을 꿈꾸는 인간의 현실적 한계는 꿈 속의 이상형을 통하여 자신의 내면세계를 여지없이 드러내기도 한다. 결국 문학은 꿈의 세계와 가장 닮아 있는 장르이자 꿈과 현실의 매개체인 것이다.

박재삼이 부활시킨 춘향의 모습은 고전적 이미지의 춘향이의 모습보다 훨씬 더 강하고 훨씬 더 현실적이며 구체적인 인간의 모습으로 형상화되고 있다.

③
저 칠칠한 대밭 둘레길을 내 마음은 늘 바자니고 있어요. 그러면, 훗날의 당신의 구름같은 옷자락이 不誨스레 보여 오는 것이어요. 눈물 속에서는, 반짝이는 눈물 속에서는, 당신 얼굴이 여러 모양으로 보여 오다가 속절없이 사라지는, 피가 마를만큼 그저 심심할 따름이어요. 그러니 이 생각밖에는요.
「당신이 오실 땐 그 많은 다른 모양의 당신 얼굴을 한 얼굴로 다스리시고, 또한 대밭 둘레길에 사무친 恨의 내 눈물일랑은 당신의 옷자락에

---

91) 가스통 바슐라르, 『공기와 꿈』, 정영란(옮김), 민음사, 1993, p.62.

載陽치듯 환하게 하시라」고요.

-「待人詞 」전문 -

위 시는 춘향의 기다림을 형상화 한 작품으로 한 여인의 사랑하는 임에 대한 기다림과 그리움을 구체적인 일상의 사물과 자연물로 형상화하고 있다.

박재삼은 특히 『춘향이의 마음』을 기다림의 구조로 파악하고 그들의 계급성에 따른 사랑의 고난이라든지, 열 여덟 사랑의 애틋한 마음을 형상화 한 것이 아닌, 이별의 구조 속에서 한 인간의 고통의 이미지가 어떻게 형상화될 수 있는지를 독백체 형식으로 보여주고 있다.

신화 속의 인물들은 고난의 극복과정에서 신성성을 부여받는 것이 관례이며 이러한 통과의례를 거친 자들만이 천상의 세계를 살아갈 수 있는 특권을 부여받아 사랑하는 이들과 복된 세계를 누리게 된다.

푸쉬케는 에로스를 믿지 않았기 때문에 에로스를 찾아 헤매고, 그가 다시 찾을 수 있을 때까지 방황하게 되는 이별을 통과의례로 겪게 된다. 이때 사랑하는 이와 이별을 통해 얻어지는 고통의 관례는 사랑의 기본 구성요소로서, 사랑하는 이들이 반드시 해결해 가야 하는 과정으로 설정되어 있다.

'당신이 오실 땐 그 많은 다른 모양의 당신 얼굴을 한 얼굴로 다스리시고, 또한 대밭 둘레길에 사무친 恨의 내 눈물일랑은 당신의 옷자락에 載陽치듯 환하게 하시라고요'에서는 자신의 고난과 아픔 따위는 아랑곳하지 않는 춘향의 모습이 드러나고 있다. 그래도 당신이 돌아와 주신다면 대신 한 얼굴로 다스리시고 돌아오라는 일설로서 춘향은 모든 상황을 감내하는 인간적인 춘향의 모습임과 동시에 여신과도 같은 모습으로 구현되고 있다.

'눈물 속에서는, 반짝이는 눈물 속에서는, 당신 얼굴이 여러 모양으로 보여 오다가 속절없이 사라지는, 피가 마를 만큼 그저 심심할 따름이어요' 는 춘향의 마음을 최고의 역설로써 표현한 부분이다. 이는 눈물 반으로 생활을 한 춘향이의 현실을 그대로 묘사한 것으로 '피가 마를 만큼 심심하 다'라는 극단적인 역설을 통하여 죽음과 삶의 경계를 넘나드는 기다림의 심정을 묘사하고 있다. 이러한 역설적 의미는 '가장 슬픈 것을 노래하는 것이 가장 아름답다'는 것과 함께 '가장 아름다운 것이 가장 슬픈 것이다' 라는 명제를 추정케 한다.

이처럼 박재삼의 신화적 상상력은 해피엔딩 구조로 이루어져 있기 보다 는 고난과 역경을 이겨내는 역동적 이미지들로 이루어져 있다. 박재삼의 어린 시절의 가난의 경험들이 물 흐르듯 그의 시에 눈물로 녹아 있는 것이 고, 그 눈물의 이미지로 형상화된 최고의 여성이 바로 '춘향'이로 현신한 것이다.

④
뉘라 알리, / 어느 가지에서는 연신 피고 /
어느 가지에서는 또한 지고들 하는 / 움직일 줄을 아는 내 마음 꽃나
무는 /
내 얼굴에 가지 뻗은 채 / 참말로 참말로 /
바람 때문에 / 햇살 때문에 /
못이겨 그냥 그 / 웃어진다 울어진다 하겠네. //

- 「自然」 전문 -

그러나 이 「自然」이라는 시 역시 서정주의 「추천사」에서 드러나는 현실 적 한계에 부딪친 여성의 심리를 그린다기 보다는 오히려 자신의 감정

앞에서 당당해지려는 옹골찬 심정을 우주의 원리인 자연의 현상에 빗대어
서 표현하고 있다.

'어느 가지에서는 연신 피고 / 어느 가지에서는 또한 지고들 하는 / 움직
일 줄을 아는 내 마음 꽃나무' 처럼 사랑은 연신 피고 지는 자연의 이치이
며, 한 남성을 사랑하는 자신의 감정도 자연의 이치와도 같은 것으로 그
외에 어떤 장애물도 존재할 수 없다는 믿음을 표출하고 있다. 사랑이란
의도화된 구현체가 아닌, '바람 때문에 햇살 때문에 못 이겨 그냥' 저절로
만들어지는 감정의 소산인 것이다.

반영론적 입장에서 <춘향전>을 분석하면, 그의 현실적인 계급의 한계
성과 이룰 수 없는 사회적 현실을 반영한 주인공으로 파악할 수 있지만,
본래의 의미인 사랑의 감정에 충실한 내재적 의미의 해석은 역시 사랑의
화신인 아름다운 푸쉬케의 반영이라고 볼 수 있다.

⑤

집을 치면 精華水 잔잔한 위에 아침마다 새로 생기는 물방울의 선선
한 우물집이었을레. 또한 윤이 나는 마루의, 그 끝에 平床의, 갈앉은
뜨락의, 물냄새 창창한 그런 집이었을레. 서방님은 바람간단들 어느때
고 바람은 어려올 따름, 그 옆에 順順한 스러지는 물방울의 찬란한 春香
의 마음이 아니었을레.

하루에 몇 번쯤 푸른 산 언덕들을 눈아래 보았을까나. 그러면 그때마
다 일렁여오는 푸른 그리움에 어울려, 흐느껴 물살짓는 어깨가 얼마쯤
하였을 까나, 진실로, 우리가 받들 山神靈은 그 어디 있을까마는, 산과
언덕들의 萬里같은 물살을 굽어보는, 春香은 바람에 어울린 水晶빛 임
자가 아니었을까나.

- 「水晶歌」 전문 -

「수정가」는 서술체 형식으로써 독특한 종결어미를 구사하고 있다. '우

물집이었을레', '그런 집이었을레', '아니었을레', '보았을까나', '하였을까나', '아니었을까나'처럼 영탄적 서술어미가 그 특징인데, 그의 말에 따르면 이는 관습적인 어투에서 벗어나 새로운 어투를 사용해서 시의 정서에 생기를 불어넣으려고[92] 노력한 의도적 어법인 것으로 보인다.

『춘향이 마음』의 첫 시편인 「수정가」는 '정화수'의 이미지로 변화되는데 이는 정결한 춘향이의 사랑으로 순수함의 징표로 사용된 것이다. 또한 순결한 춘향의 마음은 물냄새 창창한 집이었으며 바람에 어울리는 水晶빛 임자이기도 하다. 즉 박재삼이 받들고자 했던 최고의 가치는 산신령적인 존재로서 그 존재는 바로 눈에 보이지 않는 순수하고도 고결한 수정 같은 춘향이의 마음으로 형상화되고 있다.

그의 신화적 인물인 산신령의 변신체는 형이상학적인 의미를 획득한 범인이자 여인의 몸을 받은 '춘향'으로 거듭 나게 된다.


⑥
죽은 南平文氏 夫人의
밀물결 치마의 사랑에
속설없이 묻어버리기 마련인

---

92) 대담 「시인을 찾아서-박재삼 편」, p.24
그는 비교적 자신의 시작법에 대하여 초기 시절에 진부성의 탈피를 구가하려 노력한 흔적을 서술하고 있다.
나는 시를 쓸 때 「이 말이 들어맞는 말인가 」 또는 「발의 배치가 제대로 되었는가」에 많은 관심을 갖는다 … 내가 많이 시험해 본 것 중에서 하나 예를 들자면 어미 처리에 관한 것을 들 수 있다. 산문작가들이 많이 부딪치는 것 중에서 「-다」로 끝나는 데 대한 상투성과 진부성에의 반발이 있는데, 시에서도 그런 것이 없는 것이 아니었다. 그것은 「-다」와 「-라」에서인데, 여기서의 탈피를 시도 해보자는 것이었다. 이 어미가 너무나 한정되어 있다는 것은 그만큼 우리말이 발달을 덜한 증거인지 모른다. 그래서 나는 비교적 초기 시절에 「-것가」, 「-었을레」, 「-었을까나」, 「-면서」 등으로 써보았다.
박재삼, 「체험의 시론」, 『너와 내가 하나로 될 때』. (김영민, 「서정시의 새로움을 위한 求道-박재삼론」, 『문학사상』, 1988.6, pp.116-117, 재인용)

모래밭에 우리의 소꿉질인 것이다.

우리의 어린 날의
날 샌 뒤의 그 夫人의
한결로 새로웠던 사랑과 같이
조촐하고 닿을 길 없는 살냄새의
또다시 썰물진 모래밭에

우리는 마을을 완전히 비어버린 채
드디어는 무너질 宮殿같은 것이나
어여삐 지어 두고
눈물고인 눈을 하고 있던 일이다.

- 「밀물결 치마」 전문 -

⑦
시방도 안 죽은 것 같은
南平文氏 夫人의 마음가에 사랑일로서
햇무리로 손잡고 놀던 날 생각하면
왜 안 기뻐, 세상은 왜 안 기뻐야.

하늘 가운데 해 있고
그 밑에 바다는 자고 있는데,
자다가도 우리 생각 해설까, 웃으시던 그 부인의,
보면 알거, 보면 알거,
바다는 때로 때로 반짝이누나.

그 물살 엷은 잠 오는 바닷가에서
손가락 활짝 편, 어린 부끄럼이 해 가리고,
이승끝이랴, 잠자는 정신이 뻗은 가지 끝
우리는 눈부신 은행잎으로 달린 것일까.

- 「光明」 전문 -

⑧

화안한 꽃밭같네 참.

눈이 부시어, 저것은 꽃핀 것가 꽃진 것가 여겼더니, 피는 것 지는
것을 같이한 그러한 꽃밭의 저것은 저승살이가 아닌 것가. 실로 언짢달
것가, 기쁘달것가.

거기 정신없이 앉았는 섬을 보고 있으며,

우리가 살았다 해도 그 많은 때는 죽은 사람과 산 사람이 숨 소리를
나누고 있는 반짝이는 봄바다와도 같은 저승 어디쯤에 호젓이 밀린
섬이 되어 있는 것이 아닌것가.

우리가 소시적에, 우리까지를 사랑한 南平文氏 夫人은, 그러나 사랑
하는 아무도 없어 한낮의 꽃밭 속에 치마를 쓰고 찬란한 목숨을 풀어헤
쳤더란다.

確實히 그때로부터였던가, 그 둘러썼던 비단치마를 새로 풀며 우리
에게 까지도 설레는 물결이라면 우리는 치마 안자락으로 코훔쳐 주던
때의 머언 향내 속으로 살달아 마음달아 젖는단것가.

돛단배 두엇, 해동갑하여 그 참 흰나비같네.
- 「봄바다에서」 전문 -

⑥, ⑦, ⑧은 '남평문씨'로 형상화된 주인공을 통해 죽음의 미학을 드러
내고 있다. 실제로 남평문씨는 어린시절 박재삼의 이모를 형상화한 것으
로서 실제의 이름이 남평문씨를 의미하는 것은 아니며, 연고를 알 수 없이
물에 빠져 죽은 기억을 불러 일으켜 시적 모티브로 형상화하였다. 따라서
그의 시에 나타나는 주인공은 이렇게 여인의 모습을 통하여 삶의 한과
기다림을 응수하고자 했던 철학이 신화적 주인공으로 재생되고 있다.

신화는 모든 사물에 신성성과 함께 인간적인 모습을 재생시킨 이야기들
의 구현체이다. 또 시인의 기억 속에 남은 유년의 흔적들의 표상이자 근원
적 그리움의 무의식이기도 하다. 이 때 기억은 순환적인 상상력의 산물로

서 휘발성이 강한 상징소들을 드러낸다. 대개의 신화에서 여성신이 가지고 있는 특징 중의 하나는 지혜와 용기를 겸비한 신성성의 모습으로 구현되지만, 이는 남성신 보다는 한 단계 낮은 이미지로 드러나고 있으며, 생산력의 소유자로 재생되기도 한다.

우리의 시에 등장하는 서정주의 신화적인 상상력이나 박재삼의 시에 나타나는 여성들의 이미지는 범인들의 모습으로 드러나고 있는데, 특히 남평 문씨의 경우는 의문의 죽음과 죽음의 이미지가 바다와 맞닿아 있어 그의 특유한 눈물의 이미지와 함께 신비주의적 분위기를 환기시키고 있다.

따라서 '사랑하는 아무도 없어 한낮의 꽃밭 속에 치마를 쓰고 찬란한 목숨을' 끊은 남평문씨는 우리의 이웃에서 사랑 때문에 목숨을 끊는 이들의 표상이며, 이처럼 찬란한 순수를 가진 이들이 죽음의 공간으로 선택한 곳은 바다가 아닌 꽃밭이라고 할 수 있는 것이다.

박재삼의 시에 나타나는 바다가 꽃의 이미지와 병행하여 사용되고 있는 것도 순수한 영혼들이 안식을 부리는 곳으로 설정한 공간이기 때문인 것이다. 이처럼 처절한 죽음이 오히려 죽음과 삶의 공간을 遊泳하며 해동갑[93]하고 있는 것으로 죽음과 삶의 경계를 넘나드는 여유 있는 관조의 이미지를 자아내고 있다. 이는 아랑의 설화[94]에서 등장하고 있는 대체적

---

93) 오탁번은 '해同甲'은 '해가 질 때까지의 동안'을 뜻하는 말이며 '해동갑하다'라는 동사는 '어떤 일을 해가 질 때까지 계속한다'라는 의미로 두 돛단배를 이승과 저승의 깃발을 단 돛단배로 해석, 이 두 척의 배의 동선이 마치 흰 나비가 꽃밭에서 유영하는 것과 같은 이미지를 만들어 내는 것으로 해석하고 있다.
오탁번, 「母性 이미지와 和合의 시정신-박재삼의 시세계」, 고려대 교육학원 교육논총 27, 1997.12, p.132.
94) 아랑의 설화는 경남 밀양 지방의 영남루와 관련하여 전해지는 설화로서, 그 내용은 다음과 같다.
고을 원님의 딸 아랑이 어느 날 행방 불명이 되었다. 관청의 한 사내가 짝사랑하

인 이미지와 궤를 같이 하고 있는 것이다.

죽은 사람의 영혼이 나비로 환생하는 설화는 한국인의 윤회사상을 엿볼 수 있는 소재가 되기도 한다. 나비는 마음대로 날아 다니는 한을 지닌 여성성의 이미지로서 「사미인곡」의 화자가 죽어서 범나비가 되고 싶다는 한의 정형성을 이루는 소재로 이미 나타난 바 있다.

## (2) 가난한 흥부의 노래

이 밖에 박재삼은 설화에서 다루는 흥부의 모습을 통해 현실적인 삶의 고통—박재삼에게는 가난의 한으로 형상화된 부분이지만—을 다루고 있거나 춘향에게서 보여진 설화적 재생을 통하여 그만의 신화소를 창조하

---

다가 아랑을 꿰어 냈으나, 말을 듣지 않자 죽여 버렸다. 그 뒤로 이 고을에 부임하는 원님마다 첫날밤을 넘기지 못하고 귀신에 놀라 죽곤 하였다. 그런데 무인출신의 한 늙은이가 아무도 나서지 않는 그 고을의 원으로 자원해 갔다. 그날 밤, 가슴에 칼이 꽂힌 아랑의 귀신이 나타나서, 억울하게 죽은 사정을 호소했다. 그리고 나비로 환생하여 자기를 해친 자를 지적할 것이니 원수를 갚아 달라고 했다. 다음 날, 동헌 뜰에 관속을 모두 불러 모으자, 나비 한 마리가 날아와서 한 관속의 벙거지 위에 날아 앉았다. 원님은 그 자에게 범행 일체를 자백 받고 대밭 속에 버려진 아랑의 시신을 수습하여 안장하였고, 그 후로는 이 같은 변고가 일어나지 않았다고 한다.
이 외에도 죽은 이의 나비로의 환생설화는 일반적인 환생의 내용을 이루고 있다. 중국인들에게는 금실이 좋음을 상징하는 큐피드의 상징이며, 연인 또는 연인과의 행복을 상징하는 것이 동양적 상상력의 근간을 이루고 있다. 그러나 홀로 떨어진 나비는 외로움의 구현체이기도 하다.
나비는 여성을 찾는 남성으로 표현되기도 하는데 춘향전에서는 이리 오라고 부르는 이몽룡에게 춘향은 '도령이 나를 찾아와야 도리'라는 뜻으로 접수화(蝶隨花: 나비가 꽃을 따른다)라고 응수하기도 했다. 또 나비는 그 변모에서도 특징지어지는 상징성으로 번데기의 변형체인 나비는 부활의 상징이기도 하다. 이러한 상징론은 프쉬케신화에서도 사용되는데 프쉬케는 나비의 날개를 달고 에로스를 애타게 찾아 다니는 것으로 영혼을 의미하는 프쉬케는 애타는 에로스의 구현이기도 하다.
『한국문화 상징사전』, 앞의 책, pp.142-144.

고 있다. 그의 작품 속에서 흥부는 고통스러운 현재의 자신의 분신이기도
하며, 자신의 발화를 맡고 있는 대리자이기도 하다.

> ⑨
> 흥부夫婦가 박덩이를 사이하고
> 가르기 前에 건넨 웃음살을 헤아려 보라.
> 金이 문제리,
> 黃金 벼이삭이 문제리,
> 웃음의 물살이 반짝이며 정갈하던
> 그것이 확실히 문제다.
> **없는 떡방아소리도**
> 있는 듯이 들어 내고
>
> 손발 닳은 處地끼리
> 같이 웃어 비추던 거울面들아.
>
> 웃다가 서로 불쌍해
> 서로 구슬을 나누었으리.
> 그러다 금시
> 절로 面에 온 구슬까지를 서로 부끄리며
> 먼 물살이 가다가 소스라쳐 반짝이듯
> 서로 소스라쳐
> 本웃음 물살을 지었다고 헤아려 보라,
> 그것은 확실히 문제다.

- 「흥부 夫婦像」 전문 -

  문학적 상상력이 본질적으로 주관적이라는 바슐라르의 명제에서도 나
타나듯이, 설화 속의 인물의 차용은 주제를 구현하는 적극적인 장치이며,
상상력으로 인한 주제전달의 측면에서 배가의 효과를 올리는 능동적인
장치이기도 하다.

흥부는 박재삼 존재의 전환95)이며 분신이기도 하다. 흥부의 현실적인 궁핍을 웃음살로 헤아려야 하는 독자의 몫은 설화 속의 궁핍한 흥부의 모습을 기억해 내는 것이 아닌, 신화가 된 사나이의 모습을 재창조해야 하는 과제로 남겨지게 된다.

이러한 집체적 상상력은 동일한 문화권에서 자란 창작자와 독자에게 공동의 신화와 함께 박제가 된 동일한 인물들의 해후를 제공한다. 이 때 설화 속의 주인공들은 독자와의 간극을 메우며 원형적 상상력의 근저를 공유하고 있기에, 독자는 창작자가 유도하는 대로 그가 만들어낸 새로운 신화 속으로 빠져 들게 되는 것이다.

이러한 과정이 바로 시적 교감이며, 클로델(Claudel)이 말의 유희로 표현한 <함께 태어남co-naissance>으로서의 <앎 con-naissance>으로 구현되는 순간인 것이다.96)

어린 시절 그토록 발목을 잡았던 가난에 대한 기억은 흥부의 해학적인 웃음살을 통해서 다소 관조적인 모습으로 재창조되고 있다. 이는 많은 시간의 할례를 통해서만 얻을 수 있는 교훈으로 금도 황금 벼이삭도 문제

---

95) 존재의 전환은 바슐라르가 말한 부분으로 그의 주세의 전달 측면에서 효과적인 전달을 '울림'이라는 단어로 명시하였다. 보다 효과적인 울림은 문학이 추구하는 기본적인 방법론이다.
  본고에서는 원형적 상상력의 측면에서 주제 구현에 효과적인 전달방법으로 신화적 상상력을 살피고 있기에 바슐라르의 물질적 상상력을 연구방법의 일환으로 지향하고자 한다.
96) 이는 일종의 언어유희로 같이 태어난 다는 것은 함께 아는 것, 혹은 알아간다는 것과 동일하다는 개념이다.
  존재의 전환을 통해서 새롭게 창작된 흥부의 모습은 박재삼의 어린 시절의 지독한 가난의 경험을 구현시키기에 더없이 알맞은 주인공이었다. 그는 시 속에서 자신의 못 다 했던 삶의 철학을 조금씩 알아가면서, 다시 태어남과 동시에 독자에게 전달되는 과정에서 흥보의 출현과 함께 흥보의 궤적을 알게 되는 과정이 바로 con-naissance로 대변 되고 있는 것이다.
  곽광수, 『가스통 바슐라르』, 민음사, 1995, p.136.

가 되지 않는다는 일종의 배금주의적인 의식의 단초이기도 하다. 아울러 삶의 무상성을 깨닫는 순간에서만 공유할 수 있는 달관의 지혜이기도 하다.

> ⑩
> 골목골목이 바다를 向해 머리칼같은 달빛을 빗어내고 있었다.
> 아니, 달이 바로 얼기빗이었었다. 홍부의 사립문을 通하여서 골목을
> 빠져서 꿈꾸는 숨결들이 바다로 간다, 그 程度로 알거라.
>
> 사람이 죽으면 물이 되고 안개가 되고 비가 되고 바다에나 가는
> 것이 아닌 것가. 우리의 골목 속의 사는 일 중에는 눈물 흘리는
> 일이 그야말로 많고도 옳은 일쯤 되리라. 그 눈물 흘리는 일을
> 저승같이 잊어버린 한밤중, 참말로 참말로 우리의 가난한 숨소리는
> 달이
> 하는 빗질에 빗어져, 눈물 고인 한 바다의 반짝임이다.
>
> - 「가난의 골목에서는」 전문 -

가난은 사람을 철들게 한다. 극한적 삶은 현자를 만들어 내며, 어른을 만들어 낸다. 목숨처럼 붙어 있던 가난은 인생이라는 바다를 항해하는데 순항은 되지 못하겠지만 돛을 내리게 히지는 못했다. 너구나 현실을 옭아매고 있던 가난의 고통이 상상력의 날개까지 꺾지는 못했던 것이다. 가난의 골목이 시작될 무렵, 상상력은 신화의 통로를 통해 삶을 지탱해주는 활로가 되어 독자와 시인의 앞에 그 모습을 드러내고 있는 것이다.

2연에서 보여주는 아포리즘의 독백은 가난을 통해서 얻은 시인의 신화적 상상력의 총아이기도 하다. '사람이 죽으면 물이 되고 안개가 되고 비가 되고 바다에나 가는 것이 아닌 것가. 우리의 골목 속의 사는 일 중에는 눈물 흘리는 일이 그야말로 많고도 옳은 일쯤 되리라'에 나타나는 순환적

인 상상력과 원형회귀적인 상상력은 죽음과 삶의 경계를 넘어서고 있다.

박재삼은 죽음 이후의 상상력을 통하여 사람의 모습으로 살았던 시절의 번뇌에서 진정 벗어날 수 있음을 은연중에 시사함으로써 불교적 윤회사상을 드러내고 있다. 비로소 생의 고통마저 긍정하는 慧眼을 얻게 되는 것이다.

'우리의 골목 속의 사는 일 중에는 눈물 흘리는 일이 그야말로 많고도 옳은 일쯤 되리라' 라는 문구는 바로 인간의 세상이 고통의 연속이라는 것을 의미하며 화자는 이러한 과정을 통하여 그것이 당연한 삶의 이치라는 달관의 세계에 이르고 있는 것이다. 결국 그의 바다는 눈물 고인 삶의 바다인 것이다.

그런데 '흥부의 사립문을 통하여서 골목을 빠져서 꿈꾸는 숨결들이 바다로 간다. 그 程度로 알거라 '라는 대목에서부터 신화적 상상력은 제 기능을 발휘하고 있다. 화자는 흥부가 가난했던 삶의 기억을 가진 현실에 저당 잡힌 궁핍의 인물이 아니라는 사실과 함께 상상력의 매개로 바다[97]로 이끌고 있다.

'그정도로 알라'는 딩부는 따라서 독자에게 호기심을 유발시킴과 동시에 신화적 상상력에 적극적으로 동참하라는 선동성의 당부이기도 하다.

이러한 집체적 상상력의 유도는 개인적 신화에서 빚어질 수 있는 상상력의 비현실적 내용을 어느 정도 걷어냄으로써 인간적인 신화를 만들어 내는 장점을 이끌어 내고 있다. 따라서 그의 시에 드러난 신화적 상상력은

---

97) 박재삼의 시에 나타난 바다와 강물은 바닷가(삼천포)에서 보낸 그의 유년시절의 체험으로부터 비롯된 것인데 바다가 저승의 세계를 상징적으로 암시하고 있다면 강물은 슬픔의 초월의지를 감당하고 있다. 특히 바다는 어린 날의 추억 속에 삽입되어서 일정한 분위기를 형성하는 데 큰 몫을 담당하고 있다.
유진화, 「박재삼 연구」, 명지대(석사), 1999, p.84.

고전 소설이나 인물들을 차용하여 삶의 지혜를 전달시키는 凡人의 신화로
승화되어 전달되고 있다.

　서정주의『질마재 신화』에 등장하는 유형의 인물들이 범인들의 모습을
띠고 살아가는 마을 사람들이로되, 신비주의적 요소가 강하다면 박재삼의
시에 등장하는 설화 속의 주인공들은 더욱 현실적인 삶을 살아가는 생활
인에 가깝다는 인상을 강하게 심어준다.

⑪
감나무쯤 되랴,
서러운 노을빛으로 익어가는
내 마음 사랑의 열매가 달린 나무는!

이것이 제대로 뻗을 데는 저승밖에 없는 것 같고
그것도 내 생각하던 사람의 등뒤로 뻗어가서
그 사람의 머리 위에서나 마지막으로 휘드려질까본데,

그러나 그 사람이
그사람의 안마당에 심고 싶던

느껴운 열매가 될는지 몰라!
새로 말하면 그 열매 빛깔이
前生의 내 줄설움이요 줄소망인 것을
알아내기는 알아낼는지 몰라!
아니, 그 사람도 이세상을
설움으로 살았던지 어쨌던지
그것을 몰라. 그것을 몰라!

- 「恨」 전문 -

　한은 박재삼의 시세계를 구축하는 기본적인 요소로서 설화적 인물의

차용은 가난과 한이 절제되고 내재화되었던 인물들의 유형으로 집약된다. 그들의 삶의 깊이는 서러움의 깊이와 동일하며, 이러한 깊이는 자연의 빛과 바다의 깊이로서 구현되고 있음을 알 수 있다. 그에게 있어서 바다는 유년기의 기억임과 동시에 수정과도 같은 순수한 마음씨를 소유한 구원의 여성으로 드러나는 공간이기도 하다.

> 우리 시에서 전통을 굳이 한마디로 한다면 '한'의 미학을 들고 싶다.
> 내가 그려내고 있는 한이란 영원히 지워지지 않는 슬픔의 정감에 있다.
> 슬픔의 정감의 연속성에 한이 있는 것이다[98]

위의 글에서 알 수 있듯이 한이란 刻骨痛恨으로서의 내재된 한의 모습이 아니다. 그의 한은 반드시 극복되어야 하고 인생의 구조로서의 한의 내재 자체를 인정하고 있기 때문에 한의 극복 자체가 생의 화두로 인식된다. 이때 한의 내재화는 작가의 미의식과도 연관관계에 놓여 있는데, 객관적이고도 절대적인 시간을 살아가는 현대인에게 인간으로서의 한계를 극복하는 일은 일종의 생의 과제이기도 한 것이다. 매일 매일의 신화가 갱신되고 있는 삶의 구조 속에서 개인의 현실적인 고통은 갈수록 형이하학적인 모습으로 떨어져 남게 되고 영혼의 고양은 생각조차 할 수 없는 고통의 무게로 남아 현대인의 한의 응결체로 남게 된다.

객관적인 시간을 중시 여기는 현대성의 단점을 극복하는 방법으로 박재삼은 주관적 통찰을 통한 신화적 상상력의 세계로 바늘을 돌려 놓는다. 이러한 현대성의 부정, 혹은 미적 저항이 그의 시세계의 근간을 이루고 있으며 신화적 상상력의 공간 속에서 우리는 그가 만들어 낸 새로운 인물들과 만날 수 있게 되는 것이다.

---

98) 박재삼, 「특집 현대시의 계보」, 『심상』, 1976.10, p.78.

'이것이 제대로 뻗을 데는 저승밖에 없는 것 같고 그것도 내 생각하던 사람의 등뒤로 뻗어가서 그 사람의 머리 위에서나 마지막으로 휘드려질까본데'에서 보여지는 것처럼 한의 깊이는 죽음과 삶의 경계를 밀어낼 만큼 그에게 있어서는 어려운 화두였기에 제대로 뻗을 곳은 저승밖에 없다는 관조적인 어조로 기술되고 있는 것이다.

시인의 상상력은 일종의 제의와도 같다. 새로운 상상력을 환기시키는 것은 끊임없이 현실 의식을 죽여야지만 가능한 일이기도 하다. 신화는 일종의 시간에 대한 도전이자 금기에 대한 극복이기도 하다.

이와 같이 우주적 질서 속에서 거대한 담론들은 자연의 이야기로 귀결되고 있는데, 박재삼의 시세계에 나타난 설화적 인물의 유형 속에서는 우주질서에 대한 담론보다는 개인적 차원의 한의 극복의지와 관련되는 양상으로 전개되는 경향을 엿볼 수 있다.

서정주가 우주론적인 담론에 기대어 끝없이 신비스런 신화적 상상력을 전개시켜 나가고 있다면 박재삼의 상상력은 현실의 무게와 고통을 파헤쳐 나가는 한의 이야기를 형상화하고 있는 것이다.


## 2. 모더니즘 시인의 설화적 상상력

### 1) 김춘수의 시세계

#### (1) 이야기 구조와 에피소드

김춘수는 생존해 있는 시인 중 자신의 시세계를 존재 탐구의 문제를 통해 드러내려고 한 시인이다.

70년대 모더니스트이자, 무의미시로 알려진 그의 작품세계가 단편적인

‘무의미시’라는 칭호 아래 분석되어 온 경우가 대부분이며, 기존의 논문 역시 총체적인 접근방법보다는 초기의 ‘무의미시’를 통한 이해를 시작으로 출발하고 있는 것으로 평가된다.[99]

그러나 그의 시를 ‘무의미시’라고만 단정 짓기에는 허무주의적인 요소도 여러 곳에서 발견되고 있어, 그의 시를 ‘허무의 시’라고 평가하는 것도 무시할 수 없는 한 경향이다.[100] 바람과 꽃에 대한 이야기가 그러하며,

---

[99] 대부분의 논문이 그의 초기 시에 관한 언술로 시작되는 경우가 많은데, 권혁웅의 논문은 돋보이는 부분이 있다.
그는 김춘수, 김수영, 신동엽의 시를 詩作方法으로 나누어 살피는 자리에서 김춘수와 신동엽을 다음과 같이 비교하여 살피고 있다.
“김춘수가 하나의 언술과 다른 언술을 접속하면서 내면 풍경을 드러내는 시를 구성한 것과 달리, 신동엽은 하나의 언술 다음에 그와 相反되는 다른 언술을 내세우는 방식으로 시를 구성하였다. 김춘수의 시는 인접한 언술들이 접속되어 만들어진 반면 신동엽은 찬반의 자리가 분명한 두 계열의 언술들이 대립하는 방식으로 시를 제작하였다. 그래서 김춘수의 시에서는 연속된 대상들이 배열되며 신동엽의 시에서는 이항대립적인 대상들이 배열된다”고 보았다.
권혁웅, 「한국 현대시의 시작방법 연구」, 고려대(박사), 2000.6, p.134.
김춘수가 자신이 그의 시를 무의미의 시라고 명명한 이후로 그에 대한 연구가 더욱 밀집되어 있는 것으로 보인다.
[100] 정효구는 그의 시를 ‘스미는 듯하다가 냉정하게 되돌아 가 버리는 매우 독특한 특성’이 있는 시로 명명하면서, 그의 초반기 시를 허무주의적 경향의 시로 분류하고 있다. 김춘수 전집에 나타난 시들이 그러하고, 열정적인 모습을 보인 초기 시들이 그러하다는 이야기이다.
그는 이를 ‘생명이란 도대체 무엇인가, 인간만이 아니라 이 우주 속에 존재하는 삼라만상 하나하나의 실존과 그 행위의 의미는 무엇이며, 삼라만상 하나하나의 상호관계는 무엇이며 인간과 그들 존재와의 관계는 무슨 의미를 갖는 것인가를 고민하는 자리에서 시작되었다고 지적하고 있다.
또 이러한 분위기의 흐름은 「타령조」연작에서부터 본격적인 무의미의 성향을 보이다가 「처용단장」에서 마무리를 짓고 있다고 고찰하였으며, 이러한 잠정적 결론에 대부분의 논문들이 동의를 표하고 있다고 보았다.
정효구, 「물음, 허무, 자유, 삶」, 이남호(편), 『김춘수 문학앨범-고독한 무의미 시인이 낳는 빛나는 처용』, 웅진출판, 1995, pp.65-79.
본고에서는 그의 시작 데뷔부터 본고의 신화적 상상력을 다룬 시로 「처용단장」을 중심으로 함께 기술하기로 한다. 또 그의 신라정신에 관한 준비작업은 초반기에 드러나고 있으며 「처용단장」을 제외한 많은 작품 속에서도 그의 상상력의

「처용단장」을 중심으로 한 설화적 요소가 보이는 '무의미시'에서도 그의 신화적 상상력의 단초는 발견된다.

정효구가 '그의 허무의식과 신화가 어떤 관계를 맺고 있는지에 대해서는 분명하게 설명할 수 없으나 분명한 것은 허무의 심연에서 그가 일종의 구원을 얻고자 발견한 것 혹은 허무를 견딜 수 있는 그 무엇으로 발견한 것이 신화적인 세계의 처용'[101]이었다고 지적하고 있듯이 설화적 세계의 몰입은 일종의 도피적 상상력으로 간주할 수 있다.

현실적인 삶의 지평에 서서 자신의 이야기를 못 다 한 이들의 정신세계는 현재의 부정이나 도피적 행각으로 드러나는 경우가 대부분이며, 김춘수는 자신의 일종의 도피적 상황을 무의미의 차원에서 복구하려고 했던 것이다. 의미의 거세와 함께 이미지의 도입을 다루어왔던 그에게 있어서 현실은 버겁기만 하였다.

김춘수의 허무에 관한 의식은 이승훈의 연구를 통하여 밝혀진 바 있듯이 "허무를 안다는 것은 시간의 부재를 안다는 것이고 시간의 부재를 안다는 것은 고독을 안다는 것이며 이 고독 속에서 시쓰기가 가능하다. 그런 시쓰기는 무언가를 쓰는 것이 아니라 블랑쇼 식으로 밀하면 '지금 끝나지 않는, 끊임없는 그 무엇'을 의미하는 것이다."[102]라는 말은 결국 시간과 공간을 거슬러 신화적 세계로의 유입이 결코 부자연스러운 일이 아님을 상기시키는 대목이라고 할 수 있다.

그의 무의식은 김수영과의 끊임없는 정신적 줄다리기에서 그를 이겨내고야 말겠다는 의식이 줄달음치고 있다. 세계와 자신과의 싸움[103]에서

---

편린이 나타난다고 판단되기에 선별적으로 작품을 취하여 다루기로 한다.

101) 정효구, 위의 책, p.80

102) 이승훈, 「시간의 부재, 그 고독의 매혹」, 이남호 편, 『김춘수 문학앨범-고독한 무의미 시인이 낳은 빛나는 처용』, 웅진출판, 1995, p.98.

벗어나려는 움직임이 결국 의미를 버리고 과거로의 회귀를 선택한 것이라고 본다면 그에게서 '무의미 시'는 확실히 승산있는 방식이었다. 즉 '처용' 설화를 차용함으로써 자신의 모습을 객관적으로 볼 수 있다고 인식한 것이다.

> 처용설화를 나는 폭력, 이데올로기, 역사의 삼각 관계 도식틀 속으로 끼워 넣었다. 안성맞춤이었다. 처용은 역사에 희생된 (짓눌린) 개인이고 역신은 역사이다. 이 때의 역사는 역사의 악한 의지, 즉 악을 대변한다. 여기서 처용 설화는 N. 베르자예프의 역사관과 손을 잡게 된다. 개인을 파괴하는 역사의 악 또는 이데올로기의 악을 내 자신의 경험과 처용을 오보 랩시키면서 드러내려고 한 것이 나의 시적 주제이다. 통상적인 뜻으로서의 주제와는 다르다. …… 즉 이데올로기가 거세되어 있다. 어떤 네거티브한 현실이 그대로 거기 드러나고 있을 뿐이다. 그것을 드러내고 하는 것이 나의 시적 주제가 된다.

---

103) 세계와의 싸움이란 현실과의 괴리감과 함께 찾아온 역사적 허무주의를 말한다. 김춘수는 프로이트와 마르크스 사이에서 오랜 동안 방황을 한 것으로 보여지며, 실제로 마르크스에 대한 중압감을 무척이나 많이 받았던 것으로 드러나고 있다. 또 자신의 순탄치 못했던 유년 시절로 인하여 역사를 악으로 보게 되고 그 악이 바로 이데올로기라는 등가물로 파악하게 된다. 결국 그는 폭력, 이데올로기, 역사의 삼각 관계를 도식회하게 되고 차츰 역사 허무주의로 그리고 미침내는 역사를 부정하는 지경에 이르게 된다고 고백하고 있다.
김춘수는 역사 속에 자신의 모습을 투영시켜 고찰하는 방식으로 객관적인 역사의식이 아닌 자신만의 주관적 역사의식에 갇히게 됨으로써 현실적인 대안을 찾지 못하게 되며 이러한 의식의 발로가 일정정도 김수영과의 불편한 감정으로 글빚을 지게 된 것으로 파악하고 있다. 김춘수에게 역사란 이데올로기의 허구성으로 인하여 희생된 개인으로서의 인간으로 점철된 역사였으며, 이러한 과정 속에서 희생양은 자신이라는 사실과 따라서 어쩔 수 없는 패시미스트로 전락한 자신이 찾을 길은 고통 속에서 찾은 기교였으며, 기교가 놀이에 연결되면서 생(고통)을 어루만지는 위안이 된다는 것을 깨닫는 순간 무의미의 시로 질주하게 되는 것이다. 이렇게 하여 쓰여진 「처용단장」1부와 특히 제 2부는 그의 트레이닝 끝에 만들어진 연작시라는 것과 허무감이 짙어질 때 손을 대게 된 2부는 그의 허무를 영원의 빛깔로 채워주기에 안성맞춤이었다는 것이다.
김춘수, 「장편 연작시 <처용단장>시말서, 1960년대 후반에서 1991년까지의 나의 詩作주변」, 『김춘수 시전집』, 민음사, 1994, pp.519-521 참조.

> 처용은 동해 용의 아들로 심해에서 유소년기를 보내다가 어느 날
> 갑자기 인간 세계에 참여하게 되자 봉변을 당하고 처참한 꼴이 된다.
> 나의 장편 연작시 「처용단장」의 제1부와 제2부는 처용의 유소년기 즉
> 바다 밑의 생활을 그리고 있다. 의식의 미분화 상태이다. 한시 절구의
> 구성으로 말하면 기와 승에 해당한다. 기교와 스타일(문체)도 이에 대응
> 한다. 이미 말한 대로 철저한 물질시의 시도로 제1부를 끌고 가다가
> 제2부에서는 그것의 연장으로 극단적 의미배제, 즉 이미지로서의 이콘
> 의 파괴로 나아간다. 리듬만이 남게 되는 일종의 주문이 되게 한다.
> 생의 카오스로 전개된다. 역사 허무주의자. 더 나아가서는 역사 부정주
> 의자가 되고 있었던 나는 고전의 현대화를 통한 신화적 세계에 시선이
> 모일 수밖에 없었다. 세계는 직선으로 앞만 바라고 전진해 간다는 역사
> 주의자들의 낙천주의적 비젼에 따라 움직이는 것이 아니라, 세계는 윤
> 회하면서 나선형으로 돌고 있다는 비역사 내지는 반역사적 생각을 하
> 고 있었던 나로서는(시인으로서의 나로서는 더욱) 신화 쪽으로 시선이
> 갈 수밖에 없었다.104)

위의 내용은 그가 '신화'에 관심을 쏟은 배경에 대해 고백하고 있는
것이다. 이때 처용은 짓눌린 역사 속의 개인의 모습으로 드러나고 있다.

어쨌든 <처용단장 시말서>라고 붙인 글 속의 역사의식을 통하여 화자
가 상당한 피해의식을 느끼고 있으며 김춘수는 이를 해결하기 위한 분출
구로 고전 속의 설화를 차용하고 있다. 이 때 바다 밑의 생활이 '의식의
분화 이전의 상태'라는 말은 카오스의 상황을 리듬으로 잡아내는 일종의
주문, 즉 제례의식을 통하여 자신의 무의식을 불러일으키는 작가의 의지
의 표명이다.

리듬의 반복을 통한 주문은 인간 의식의 밑바닥을 건져 올리는 행위로
의식을 거세시키는 작업이며, 현실적 고통을 망각하게 해주는 절차이기도
하다. 이성적 의식을 밀어냄으로써 몰려오는 의식이 바로 작가에게는 무

---

104) 김춘수, 위의 책, pp.523-524.

 현대시와 신화적 상상력

의미로 전이되었으며 그것이 대상을 잡아내는 이미지로 변화를 일으키고 있는 것이다.

따라서 그의 시에 나타나는 신화의 세계는 무의식의 세계이며, 무의식을 통하여 살펴 본 세계는 신화 속의 인물이 투쟁하고 있는 현실로 대리만족할 수밖에 없는 유토피아의 세계이다.

진화론적 역사관을 소유할 수 없었던 그에게 현실 속의 역사는 고통의 윤회이며, 이러한 윤회의 고리를 끊어버리려고 불러들인 인물은 처용을 통하여 부활되고 있다. 따라서 처용의 거센 위용을 통하여 김춘수는 현실 속으로 다시 재생하고 있는 것이다.

김춘수의 신화는 자신의 삶을 회고하여 유토피아의 세계로 돌아가려는 근원적 회귀의식이며 신화 밖의 자신의 서성거림을 반성하는 주술행위이기도 하다. 그는 신화 속의 자신과 만나기도 하며 만나지 못하기도 한다. 때로는 무의식의 읊조림이 생경하게 노출됨으로써 자신의 명료한 이성을 제압하려는 몸짓이 배어 나오기도 한다. 또 현실과 과거의 조응이 불규칙적으로 수면 위로 떠오르고 있음을 발견할 수 있다. 이렇게 그의 상상력 속의 우주론적인 순환고리는 윤회의 고리를 넘어서려는 의지의 구현이며, 동심의 세계로의 귀환으로 이어져 있다.

그러므로 설화적 상상력에 차용된 '처용'의 이미지를 통하여 그의 신화적 상상력을 유출하는 것은 서정주, 박재삼, 그리고 전봉건에게서 보이는 설화적 요소와 어떻게 다른지 변별할 수 있는 좋은 계기가 될 것이다.

1969년부터 1991년까지 제4부에 걸쳐 이루어진 연작시 『처용단장』은 김춘수의 무의미의 시를 이해할 수 있는 좋은 텍스트가 되기도 하거니와 엄밀한 의미에서 '처용'이 전면에 등장하지 않는 시이기도 하다.105)

---

105) 김현은 「신화적 인물의 시적 변용」이라는 글에서 '처용'에 관한 논의를 미당과

1, 2부보다 3, 4부에 이르러서는 실험의식도 돋보이며, 무의미의 시적 기법을 그대로 보여주고 있어 설화적 요소를 잡아내기에 어려움이 따르는 것도 사실이다. 따라서『처용단장』이전의 신화적 상상력의 단서를 제공하는 시들을 병행하여 분석함으로써『처용단장』과의 연계적 토대를 구축하는 것이 본고의 목적이기도 하다.

김두한106)이 고찰한 바 있듯이 신화적인 상상력은 무의식적 열망의 세

---

비교하여 정의하고 있다.

'김춘수씨의 '처용'은 서정주씨의 <娑蘇>, 신석초씨의 '처용'과 함께 신라시대의 신화적 인물을 현대시화 하여 성공한 희귀한 예 중의 하나이다. 그러나 김춘수씨의 '처용'은 徐씨의 <娑蘇>나 申씨의 '처용'과 표면상으로 완전히 다르다. 徐씨의『娑蘇 두 번째의 斷片』에서나 申씨의『처용은 말한다』에서는 娑蘇와 처용이 직접 말하지만, 金씨의 처용은 직접 말하는 법이 없다 …중략…<처용>을 이해하지 못한다면 씨의 처용시의 대부분은 이해되기 힘들 정도이다……소설「처용」에는 뒤의『처용단장』의 중요한 이미지를 이루는 濠洲宣敎師, 바다 속의 군함, 무릎팍에 피를 흘리며 죽어가는 아이 등이 산문으로 처리되어 있다. … 이처럼『처용단장』에 나오는 중요한 이미지들의 대부분이「처용」에 그대로 미리 쓰여져 있는데 그것으로 우리는『처용단장』에서 씨가 숨기려고 애를 쓴 많은 것들을 알 수 있게 된다. <씨가 숨기려고 애를 쓴>이라고 나는 썼는데, 그 이유는 이렇다.『처용』이나『처용단장』은 김씨의 자전적 소설이며 자전적시이다.
김현,「신화적 인물의 시적 변용-처용의 의미」,『문학과 지성』, 1970. 가을, pp.338-344.

106) 김두한은「김춘수의 시세계」,에서 무의미 이진의 시세계를 다음과 같이 나누어 살피고 있다.
① 동물 및 원시적 인간 조상의 원초적 충동 및 경험과 관련되는 층, ② 원시 신앙의 세계와 관련되는 층, ③불교적 세계와 관련되는 층, ④유교적 세계와 관련되는 층, ⑤ 기독교적 세계와 관련되는 층으로 집단무의식이 드러나며, 이러한 의식은 원시적 삶의 추구, 애니미즘적 감수성의 세계, 윤회전생의 세계관, 유교적 가풍, 기독교적 소재의 정서적 차용 등으로 드러나고 있다고 보고 있다.
김두한,『김춘수의 시세계』, 문창사, 2000, p.15.
본고에서는 이와 ①, ②, ③의 항목설정과 동일한 생각이며, 이러한 의식의 단초를 보이는 무의미 이전의 시세계를 고찰하는 것은 결국 시세계의 유연적 관계를 살피는 것과 궤를 같이 한다고 본다. 무의식은 특히 화자의 생각의 잠재적인 기층을 차지함으로써 시간과 함께 도색되거나 돌출되는 예가 흔하기 때문에 분절적으로 의식을 바라보는 것보다 무의미 이전의 시를 살피는 것은 상상력의 효과적인 흐름을 고찰하는 방법이기도 하다.

계와 닮아 있다. 즉 신화란 현실이면서 열망이며, 이야기이면서, 비논리적 성격을 구현하는 것이며 이것이 정상적인 신화의 체계다.[107]


①
1.
무엇으로도 다스릴 수 없는 아버지는 나이들수록 더욱 소나무처럼 정정히 혼자서만 무성해 가고,
그 절대한 그늘 밑에서 어머니의 야윈 가슴은 더욱 곤충의 날개처럼 엷어만 갔다.


2.
모란이 지고 나면 작약이 피고, 작약 이울 무렵이면 낮에는 아니 핀다던 파아란 처녀꽃을 볼 수 있었다.
그 신록이 푸른 잎을 펴어 놓은 마당가에서 나는 어머니를 닮아 가슴이 엷은 소년이 되어 갔다.


3.
아버지는 장가 간 지 다섯 해 만에 나를 낳았다.
나는 할머니의 귀여운 첫 손주였다.
스물 난 새파란 소년 과수로 춘향이의 정절을 고시란이 지켜 온 할머니는 나의 마음까지도 약하고 가늘게만 기루워 주셨다.


4.
그 집에는 우물이 있었다.
우물 속에는 언제 보아도 곱게 개인 계절의 하늘이 떨어져 있었다.
언덕에 탱자꽃이 하아얗게 피어 있던 어느 날 나는 거기서 처음으로

---

107) A myth always refers to events alleged to have taken place long ago.
But what gives the myth an operational value is that the specific pattern described is timeless ; it explains the present and the past as well as the future.
조영학, 「신화비평의 성립과 희랍비극의 영향」, 경기대 논문집 11, 1982.12, p.162.
(*The structual study of myth* , Vernon W. Gras, (ed), Op.cit., p.292) 재인용

그리움을 배웠다.

　　나에게는 왜 누님이 없는가? 그것은 누구에게도 물어 볼 수 없는
내가 그토록까지 내 혼자의 속에서만 간직해 온 나의 단 하나의 아쉬움
이었다.

　　5.
　　무엇이 귀할 것인가도 모르고, 나를 사랑하는 사람들 곁에서 한사코
어딘지
　　달아나고 싶은 반역에로 시뻘겋게 충혈한 곱지 못한 눈매를 가진,
나는 차차 청년이 되어 갔다.

- 「집1」 전문 _108)

　『旗』에 실린 「집1」은 독백체의 산문시로 되어 있다. 화자는 실제의
가족구조를 아버지, 어머니 그리고 할머니에 대한 그리움과 어린 시절에
대한 회고담으로 드러내고 있다. 유년의 기억을 더듬고 있는 이 시는 절대
적인 그리움과 상실감이 동시에 드러나 있다.

　이때 어린 화자의 유년에 대한 기억은 허무주의적 역사의식을 만들어내
는 근간이 되고 있으며 유년기의 성장 배경은 패시미스트로서 자신의 삶
을 부정하는 상상력으로 귀환된다. 따라서 김춘수의 '춘향'은 여섣의 춘향
으로 정절의 대표성을 드러내는 설화 속의 인물로 인용되고 있다. 다시
말해 춘향은 가부장적 질서에 반기를 들어보고자 하는 저항의식과 순응의
식 속에서 갈등하는 자신의 모습을 형상화한 것이다.

　①의 시에서 아버지는 절대 권력의 모습으로 인식됨과 동시에 세계의
이데올로기요, 역사의 주체로 나타나 있고, 할머니를 비롯한 어머니와 어
머니를 닮은 자신은 역사의 수레바퀴 속에서 거듭 도는 약자의 모습으로
인식되고 있다. 특히 4연의 또렷한 유년의 기억은 소년으로서의 열망, 즉

---

108) 본고의 김춘수의 작품은 『김춘수 전집』(민음사, 1983.)을 기본 텍스트로 한다.

누이를 갖고 싶은 소박한 열망마저 이룰 수 없는 비애감이 드러나고 있어
그 열망의 공간 속에 우물은 더욱 눈부신 그리움을 키우는 공간으로 설정
되어 있다.


②
1.
밀림을 잃은 초원을 잃은
어쩌노 우리들의 살결은 造花의 생리를 닮아 간다.

힘은 어디로 갔노?
산악을 움직이던 원시의 그 힘은 어디로 갔노?

저녁에만 피는, 새하얀 꽃잎을 보고 있는 듯 우리들의 살결은 너무
슬프다.


2.
모든 이브에게는 아담만이 알고 있는 비밀이 있다.
모든 아담에게는 이브만이 알고 있는 비밀이 있다.

(오- 비밀은 연애처럼 달더라.)

그리하여 우리들은
다스릴 수 없는 원시의 알몸은, 저 동굴 같은 방 속에다 가두워야
했다.


3.
어둠 속에서 비밀을 따 먹고 우리들의 살결은 이다지도 가냘프게
고와졌는가?

볕에 쪼이면 창백한 모양이 백혈구 같다.
해를 못 봐서, 수목같이 싱싱하던 우리들의 피는 가슴에 응결하여
병이 되겠다.

4.
우리들 원시의 건강을 찾아
아! 초원으로 가자.

- 「집2」 전문 -

이 시는 역시 ①과 마찬가지로 독백조의 산문시로 회고적인 어투로 이루어져 있다.

1연은 원시적인 상상력을 중심으로 인공적인 문화를 거부하고 건강성의 회복을 갈구하는 화자의 열망을 드러내고 있다. 즉 밀림과 초원을 잃은 **현대인의 슬픔은 고발의 어조로 드러나고 있다.**

2연은 신화적 상상력이 구체적으로 드러나는 부분으로 비밀을 통하여 독자의 상상력을 자극하고 있다. 금기와 도전은 인간의 역사이기도 하며 김춘수에게는 반역사적 의식의 맹아를 예고하는 부분이기도 하다. 늘 금기에 억눌려 갇혀 있던 무의식의 감금이 어둠과 동굴로 점철되고 있으며 비밀은 「집1」에서 보이고 있는 모종의 배신과 반란의 이미지로 형상화되고 있다. '어둠 속에서 비밀을 따 먹고' 비로소 건강성을 찾아가는 슬픈 운명 속에 화자의 모습은 곧바로 억눌린 자들의 역사로 이어지고 있다.

4연에서 조원을 찾아 떠나자는 부르짖음은 결국 건강한 역사의 회복을 꿈꾸는 열망으로 김춘수의 '원시림'을 통하여 드러나고 있다.

이는 「숲에서」에서도 같은 이미지로 노출되고 있다.

이리와 배암떼는 흙과 바윗틈에 굴을 파고 숨는다. 이리로 오너라,
비가 오면 비맞고, 바람 불면 바람을 마시고, 천둥이며 번갯불 사납게
흐린 날엔, 밀빛 젖가슴 호탕스리 두드려 보자.
아득히 가 버린 萬年! 머루 먹고 살았단다. 다래랑 먹고 견뎠단다.
… 질푸른 바닷내 치밀어 들고, 한 가닥 내다보는 보오얀 하늘 … 이리로
오너라. 머루 같은 눈알미가 보고 싶기도 하다. 단둘이 먼 산울림을

들어 보자. 추우면 나무 꺾어 이글대는 가슴에 불을 붙여 주마.

- 「숲에서」 일부분 -

　원시적인 생명의 그리움을 그리고 있는 이 시는 신화적 상상력에서 보이고 있는 '통과의례'가 선명하게 노출됨으로써 인내의 모습과 함께 태고의 이상향을 동경하고 있는 시인의 시선을 발견할 수 있다.

　위 시에 나타나 있는 이상향은 바다와 하늘이 함께 하고 다래와 머루의 소박한 음식이 존재하는 시원의 공간으로 설정되어 있다. 이러한 이상향은 어떠한 환경이라도 가슴에 불을 붙여줄 수 있을 만큼의 열정과 건강성, 왜곡되거나 더럽혀지지 않은 원초적인 세계의 희구를 의미한다. 건강한 원시적 동경에 대한 열망은 다음과 같이 이어지고 있다.

①
아, 꽃병은 / 벽과 창과 /
창 밖의 푸른 하늘에 부딪쳐 가는 /
제 스스로의 모습을 보아야 합니다.//
그것은 어쩔 수 없는 /
저 시원의 충동이어야 합니다. //

- 「최후의 탄생」 일부분-

②
푸르고 푸른 줄 알았단다.
푸르고 푸른 것이 그치면
복사꽃 외얏꽃 냉이꽃
향기로운 꽃밭인 줄 알았단다.
바다!
바다!

- 「여자」 일부분 -

③
2.
숨가빠
스스로의 몸뚱어리에서 사프란처럼 익어 가는
계절의 이 대낮은
미칠 듯 숨이 가빠
불꽃 토하는 불꽃 토하는 아가리의
바늘같이 찌르는 이빠디로
네 살을 네가 뜯어 피흘리며
늘어져라 배암!
눈 감고 징그럽게 늘어져라
배암!

- 「蛇」 일부분 -

①, ②, ③에서 공통적으로 느낄 수 있는 始原의 세계의 갈구는 초기시에서 발견되는 공통적인 특징이며 강한 의지에 의한 희구만이 진정한 생명력을 얻을 수 있음을 드러내고 있다. 그러기 위해서는 끊임없는 자아성찰과 탐구가 필요한 것이며, 이 같은 자세가 바로 '무의미시'를 일구어 내는 데 일조를 하고 있는 것이다.

②의 바다는 생명력이 충만한 푸른 바다로 신화적 상상력이 숨쉬는 공간으로 설정되고 있다. ③의 시에 나타난 뱀은 원초적 생명을 상징하는 뱀으로 서정주의 「화사」와 같이 정열을 담고 있는 가학적 욕망의 덩어리로 형상화되어 있다. 이때 화자는 자신을 뱀과 동일시하여, 가혹하리만큼 충일된 공간으로 넘어서려는 열망을 빚어내고 있다.

(2) 처용의 노래

원형은 모든 사람에게 내재되어 있는 무의식이며 상상력은 그것을 매개로 새로운 이야기를 만들어 내는 매개체라고 본다면 신화는 어디까지나 재구성되고 재해석될 수 있는 가능성을 안고 있다.

따라서 '처용'은 '춘향'과 함께 늘 회자되는 인물유형 중의 하나로, 관용적이고 포용적인 이미지로, 어떤 역경에도 굴하지 않는 은근한 도전자로서의 면모를 보여주는 인물로 설정되어 있다.[109]

N.프라이는 신화가 반복적 표현인 제의에 원형적 의미를 제공하고 있다고 보면서 신화적인 상상력은 사회적 노력의 목적이나 욕망이 충족된 순진 무구의 세계 혹은 자유로운 인간 세계에 관한 비전을 제시하는 기능을 가지고 있다고 보았다. 그런 의미에서 처용의 부활은 자유롭고, 초월적인 신화적 인물로 재창조됨으로써 화자의 현실적인 한계를 극복하는 인물로 세상에 다시 태어나게 된 것이다.

처용이 처음으로 등장하는 것은 『타령조, 기타』(1976)에 수록되어 있는 「처용」이며, 「처용삼장」은 그가 처용에게 바라는 생의 태도가 집약적으로 형상된 시편으로 평가되고 있다.

> ①
> 인간들 속에서
> 인간들에 밟히며
> 잠을 깬다.
> 숲속에서 바다가 잠을 깨듯이

---

109) 처용은 아내와 疫神의 간통장면을 목격하고도 춤을 추고 노래를 부르면서 물러난 신화적 인물로 간통 앞에서 <歌舞而退>라는 충격적인 행위로 인해 처용은 숱한 학자들의 관심을 받아 왔으며 그 결과 그의 정체는 갖가지 이름으로 명명되고 그의 이러한 행위는 체념, 인욕, 초월, 도피, 저항, 해학, 진노, 자학, 관대 등의 다양한 해석이 내려졌다. 그러나 처용은 아직 우리에게 미완의 가능체적 존재로 남아 있으며 문학에 있어서는 무한한 시적 개성으로 창조되는 원형적 존재인 것이다.
김준오, 「처용시학」, 『김춘수 시 연구』, 흐름사, 1989, p.266.

젊고 튼튼한 상수리나무가
서 있는 것을 본다.
남의 속도 모르는 새들이
금빛 깃을 치고 있다.

- 「처용」 전문 -

②

1.

그대는 발을 좀 삐었지만
하이힐의 뒷굽이 비칠하는 순간
그대 순결은
쩰이 좀 틀어지긴 하였지만
그러나 그래도
그대는 나의 노래 나의 춤이다.


2.

유월에 실종한 그대
칠월에 山桃花가 피고 눈이 내리고,
난로 위에서
주전자의 물이 끓고 있다.
西村 마을의 바람받이 서북쪽 늙은 홰나무,
맨발로 달려간 그 날로부터 그대는
내 발가락의 티눈이다.


3.

바람이 인다. 나뭇잎이 흔들린다.
바람은 바다에서 온다.
생선 가게의 납새미 도다리도
시원한 눈을 뜬다.
그대는 나의 지느러미 나의 바다다.
바다에 물구나무선 아침 하늘,
아직은 나의 순결이다.

- 「처용삼장」 전문 -

①과 ②는 모두 처용을 소재로 하고 있지만 처용이라는 구체적 인물이 구현되고 있는 것은 아니다. 처용의 이미지를 찾는 것은 ②의 시에서는 더욱 어렵다.

①은 처용의 관용적인 태도가 새로운 모습으로 형상화되고 있는데, 이는 '인간들에 밟히며 잠을 깨는' 현실적 고통을 감내하는 모습으로 구현되고 있다. 숲 속에서 바다가 잠을 깬다는 의미는 결국 始原의 세계를 갈구하는 신화적 상상력이 깃들여진 이미지이며 '젊고 튼튼한 상수리나무'는 무한한 생명력을 가진 영원한 처용의 위용을 암시한다.

나무110)는 신화적 상상력의 공간에서는 남성적인 이미지로 등장한다. 이는 대지를 뚫고 나오는 일종의 생명력과 함께 여성적 대지 속의 생명력을 뿌리내리고 있는 강건한 남성의 구현체로 유추할 수 있다. 또한 이 시는 처용을 금빛 깃을 치는 새들과 병치시키고 있다.

금색은 영원한 부와 권력의 상징체111)로서 처용의 카리스마적 위용 아

---

110) 모든 문화에 일반적으로 나타나는 나무는 생명성을 상징하는 상징소로 볼 수 있는데, 이 오래된 상징은 세 영역(하늘, 지상, 바다)의 통합점이며 전 우주가 그 주변으로 조직화되는 세계축이다 옛날 사람들은 나무를 도인이 의식적으로 이용하여서 존재의 다른 상태와 접하게 해 주었으며 따라서 신의 창조적 에너지가 풍부하게 스며들어 있는 것으로 널리 믿었다.
나무의 종류는 여러 가지로 상록수의 영원함부터 생명의 나무, 지식의 나무, 그리고 여성과 남성을 각각 의미하는 상징소로도 사용되었다. 외면적으로는 양육하는 여성원리, 대지모를 상징한다. 그러나 내면적으로는 바람, 비, 태양의 남성 에너지에 의해 수정될 때까지 대지 안에 잠들어 있는 보이지 않는 생명력을 보여주는 것이기도 하며, 남성으로서의 나무는 가장 힘찬 생식력 상징들 중의 하나로서 대지에 생명을 잉태시키지만 그 자체는 쇠락과 쇄신의 영원한 사이클에 처해진 남성 에너지를 상징한다. 이러한 상징성은 판 신에서부터 사냥꾼 헤르네에 이르기까지 다양한 모습으로 나타난다.
데이비드 폰테너, 앞의 책, pp.100-103.
건국신화에는 신단수가 등장함으로써 모든 것을 정화시켜주고 포용해주는 역사적인 증거물로 상징화되기도 한다.

래 후광을 입은 다른 생명력이 깃들 수 있음을 보여주고 있다. 이는 번영된 공동체의 힘을 도모하고자 하는 김춘수의 의지가 무의식 속에 내재되어 있음을 상징하는 것이다.

결국 처용을 만날 수는 없지만, 보이지 않는 처용을 통해 상상력은 더욱 증폭되고 있으며 그로 인한 후광 효과도 배가되고 있다. 즉 처용은 화자의 무의식적 투사를 통한 허무주의적 역사의식이 반영된 이미지다.

①에 관한 김춘수의 생각은 다음과 같다.

> 이 詩는 내가 오래 전부터 長詩로 쓸 것을 생각해 오다가 이런 모양의 것이 되고 말았다. 이 詩에서 독자들은 스토이시즘을 알아 볼 수가 있을까? 아마 없을는지도 모른다. 내 자신 생각해 보아도 그것이 선명하게 나타나 있는 것 같지가 않다. 제 3行과 제 4行에서 내가 보기에도 想이 흐려져 있기 때문이다. 제 4行은 처음에는 다음과 같이 되었던

---

111) 금색은 태양의 빛깔이며, 존엄성의 상징이자 물질을 통해 표현되는 신적 원리의 상징이다. 이집트인들에게는 태양신과 그리고 생명이 의존해 있는 곡식과 연결되어 있기도 하다. 힌두교도에게 황금색은 진리의 상징이기도 하고 고대 그리스인들은 황금을 이성과 불멸성의 상징으로 보았는데 불멸성은 신화에서 이아손이 생명의 나무에 걸려 있는 것을 찾아냈던 황금양모로 나타나 있다.
데이비드 폰테너, 앞의 책, p.66.
우리 나라 건국신화에 나타난 황금은 건국 시조들의 계보를 태양의 화신 또는 천손으로 연결시키는 상징물이다. 예를 들면, 김알지의 탄생신화에서 그가 있던 곳이 황금궤이며, 가야의 김수로왕 역시 이와 비슷한 형태로 탄생하였다. 수로왕을 비롯한 6가야의 시조는 홍색의 보자기에 싸인 금합 속에 든 황금알의 형태로 자색의 줄을 타고 하늘에서 내려왔다.(三國遺事, 卷2 記異2駕洛國記)
이와 같은 황금궤나 금알, 황금알 등은 태양 숭배 사상에서 발원한 '태양=금알'이라는 동일성의 신화소로 규정할 수 있다. 즉 건국시조들의 정통계보를 모든 생명의 원동력으로 상정하던 태양과 연결시킴으로써 왕권이 가지는 신성성과 절대성을 강조한 것이다.
이밖에 금은 逐鬼, 또는 辟邪의 상징성으로도 사용된다. 또 최고의 순수함을 드러내는 문학적 상징으로도 사용되기도 하며, 세속적인 부를 나타내기도 한다.
『한국문화상징사전』, 앞의 책, pp.94-95.
이렇게 금이 환기시키는 빛깔을 드러냄으로써 금빛이 상징하고자 하는 모든 영원성과 절대적 가치를 신비스러움과 함께 표출하고 있는 것이다.

것을 고쳤다.

늙고 炳든 상수리나무가 서 있다.

　이것을 <젊고 튼튼한>이라고 하고, <서 있는 것을 본다>로 한
대 대한 理由를 내 자신 뚜렷이 의식하지 못하고 있다. 이 부분에서
나의 의식은 計算하고 있었던 것이 아니라 흐르고 있었는지도 모른
다.112)


　애당초 자신의 의지와는 상관없는 일들이 벌어지고 있는 것이 역사적인
현실이라고 여긴 김춘수는 자신의 모습을 늙고 병든 상수리나무와 같다고
생각한 것이다. 그렇지만 현실과 화합하려는 의지가 무의식적으로 표출됨
으로써 젊고 튼튼한 상수리나무113)로 현신하게 되는 것이다.

　즉 그는 늙고 병든 상수리나무에서 젊고 튼튼한 상수리나무가 되는
데는 성공했으나 시대와의 불화를 이기지 못함으로써 서 있는 것을 '보기'
만 하며, 남의 속도 모르는 새들이 그토록 눈부신 금빛 깃을 치고 있는
것을 방관자적으로 볼 수밖에 없었던 것이다. 그는 이 부분을 의식이 '흐르
고 있었다'라고 설명함으로써 자신의 의지와 무의식과의 갈등을 직접적으
로 고백하고 있다. 즉 처용이 된 그에게는 더 이상 자신의 의지대로 세상을

---

112) 김춘수, 「시론」, 『김춘수전집』, 문장, 1986, p.460.

113) 김현은 김춘수씨의 시세계를 동물적 상상력 대신에 식물적 상상력에 몸을 내맡
　　긴다는 것을 대립, 저항, 반항으로 삶을 이해하려는 태도의 소산이 아니라 이해
　　타협, 관용의 정신으로 삶을 살겠다는 태도의 소산으로 보았다. 또 삶의 부조리
　　와 기이성을 식물적 상상력으로 보았으며 이를 바람과 햇빛의 조화라고 파악함
　　으로써 이 점이 김씨를 '처용'이라는 고대 인물로 이끌고 간 중요한 심적 요소
　　라고 파악하고 있다.
　　또한 부유함에 대한 부끄러움이 여성적 태도로 일관하게 하였고 그럼으로써 식
　　물적 상상력으로 예술적 등가물로 표현되는데 그것이 곧 '처용'이며 인고행의
　　보살로 드러나는 것으로 지적하였다.
　　김현, 앞의 책, p.344

풍미할 수 없었음을 처용을 통해서 토로함과 동시에 처용과 같은 인물이
되기를 끊임없이 갈구함으로써 역사적 현실에 한 발자국씩 다가서려는
욕망을 보여주고 있는 것이다.

「처용단장」에 대한 그의 설명은 많은 부분을 시사하고 있다.

> 내가 이 재료에 관심을 가지게 된 動機는 倫理的인 데 있다. 즉 惡의
> 문제-惡을 어떻게 처리해야 할 것인가에 있었다. (중략) 「처용삼장」은
> 각각 독립된 세 편의 시로 쓰여진 것이다. 물론 거기 어떤 有機的 관련
> 이 없다는 것은 아니다. 處容을 두고 내가 생각해 온 한둘의 생각을
> (그러니까 同一體의 異質的 面) 정리해 본 것이다. 제 1장은 純潔을 잃은
> 者와 純潔을 빼앗은 자를 함께 놓고 양쪽의 입장을 서로 비교해 보려고
> 처음에는 생각했던 것이지만, 잘 되어지지가 않아서 지금 모양으로 純
> 潔이 무엇을 의미할 수 있을까 하는 측면으로 각도를 돌렸다. 純潔을
> 잃는다는 것은, 특히 그를 사랑하는 사람에게 커다란 人間的인 苦惱를
> 안겨 준다. 실상 處容의 아내의 背信은 肉體的으로는 조그마한 하나의
> 事件에 지나지 않는다. …중략… 제2장은 처음부터 處容을 염두에 두고
> 쓴 것은 아니다. (중략) 제3장의 첫머리는 말라르메의 시의 1절이 연상
> 되어 좀 어떨까도 했으나 그냥 두기로 했다. (중략) <바다>는 물론
> 상징으로 쓰인 것이고 <純潔>이란 마지막 행에 보이는 낱말은 의도를
> 설명해 주고 있는 것 같은 느낌이라 내 자신 안심이 안되기는 하나.
> 이 낱말을 빼어 버리면 시의 긴장이 상당히 죽을 것 같다.114)

위의 글을 통해서 그는 상당히 의식적으로 시의 기법에 관한 고민을
하고 있는 것으로 보이며, 「처용단장」에 관한 고민을 자신의 삶에 대한
태도와 관련시켜 드러내고 있음을 알 수 있다.

윤리적인 고민은 그의 세계를 떠받들고 있는 커다란 기둥이기도 하며,
그의 순결한 현실인식과도 관련된다. 이때 <바다>가 상징하는 것은 결국

---

114) 『김춘수 전집-詩論』, 문장, 1986, pp.468-469.

그가 그리고 싶어하는 세상 즉 원시적 삶의 세계이며 순리가 지배하는 평범한 삶의 공간체이다.

그의 이러한 소박한 소망은 처용에게서 느꼈던 동질감과 동시에 처용이 될 수 없는 현실적인 자신의 한계를 인정하는 계기를 마련하게 된다. 또 설화 속의 인물들에게 던져진 당대의 윤리적 삶의 고민들을 자신에게 던짐으로써 자신이 가야 할 유토피아를 이끌어 낸 것으로 보인다.

'그대의 하이힐의 뒷굽이 비칠하는 순간'의 비윤리적인 모습이 처용에게는 '좀 틀어지긴 하였지만'이라는 관용적인 모습으로 수용되고 있으나 행과 행 속에 담긴 처용의 인간적인 고뇌를 김춘수는 애써 숨기고 있는 것이다. 결국 '그래도 그대는 나의 노래, 나의 춤이다' 라고 받아들이는 태도 속에서 화자는 자신의 현실을 감내하고 극복하려는 모습으로 거듭나고 있다.

즉 그의 무의식은 처용처럼 받아들여지지 않는다는 상관관계를 자신도 모르게 드러내고 있는 것이다. 즉 '火爐'와 '酒煎子의 물이 끓고 있는 것'은 화자의 심리상태를 의미하며, '맨말로 달려간 그날로부터 그대는 내 발가락의 티눈이다' 라고 외치는 비명은 결국 내 몸의 일부이면서, 내 몸 같지 않은, 화합할 수 없는 자신과 의식의 분열상태이자, 용서할 수 없는 아내의 모습을 형상화하고 있는 것이다.

끓고 있지만 움직일 수 없는 늙은 홰나무, 그것은 결국 「처용」에서 구현하려 했던 '늙고 병든 상수리나무'의 현신이자, 움직일 수 없는 자신의 심리상태를 의미한다.

이처럼 현실적인 자신의 한계와 아내와의 관계를 통한 끊임없는 순결의식의 추구는 다음 시에서도 드러나 있다.

①
남의 집을 / 누가 /
울타리를 걷어차고 구둣발로 / 짓밟는다 /
남의 넋은 / 내 발의 고린내라는 말이 /
있다고는 하지만 /
걷어차이고 짓밟히는 것은 /
남의 뼈 남의 살인데 /
누가 어디서 /
소리 죽이고 이 갈며 /
울고 있다. /

- 「처용단장」 제31부 17 전문 -

②
돌려다오
불이 앗아 간 것, 하늘이 앗아 간 것, 개미와 말똥이 앗아 간 것,
여자가 앗아 가고 남자가 앗아 간 것,
앗아 간 것을 돌려다오.
불을 돌려다오, 하늘을 돌려다오, 개미와 말똥을 돌려다오.
여자를 돌려주고 남자를 돌려다오.
쟁반 위에 별을 돌려다오.
돌려다오.

- 「처용단장」 제2부 1 전문 -

   ①과 ②의 시는 처용의 설화가 그대로 드러난 현대판 「처용단장」으로
화자의 목소리는 울화를 토해내고 있다. 아내를 유린당한 처용의 심정이
'소리 죽이고 이 갈며 / 울고 있다 /와 돌려다오, …… 앗아 간 것을 돌려다오'
라는 독백 속에 그대로 묻어나고 있지만 그 어떤 항거조차 하지 못하는
무기력한 자신의 모습이 투영된 처용으로 드러나고 있다. ②는 여자가
남자에게서 앗아간 믿음과 남자가 여자의 순결을 앗아간 피해의식의 극치
를 직설적으로 들려주고 있다.

특히 ②는 그의 말대로 고전의 현대화를 통한 신화적 세계는 상처받지 않고 살아 갈 수 있는 원초적인 공간으로 그려지고 있으며, 현실은 허무의 연속으로 파악되고 있다. 또한 반복을 통한 '탈이미지화'를 시도하게 되는 이는 리듬의 반복, 즉 주술적 제문이 주는 효과로 현실과 대응하고 있는 것이다.

즉 상동증을 환기시키는 '돌려주오'의 지속적 반복은 주술적인 힘을 획득하고 있으며 리듬의 반복이 주는 의미의 창조는 무의미시의 의미시로의 전환을 꾀하게 된다.

> 팔다리를 뽑힌 게가 한 마리
> 길게 파인 수렁을 가고 있었다.
> 길게 파인 수렁의 개나리꽃 그늘을
> 우스꽝스런 몸짓으로 가고 있었다.

- 「처용단장」 제 1부 9 -

위 시에서 '게'는 정조를 유린당한 아내의 모습으로 그려지고 있으며 이때 '우스꽝스럽다' 라는 도식화된 결론을 통하여 순결의식의 견고함을 드러내고 있다.

결국 그는 순결하지 못한 여성으로서의 아내와 처용이 됨으로써 역사인식의 한계성을 우회적으로 표출하고 있는 것이다. 유교주의적 사고방식이 내재해 있는 김춘수는 순결인식이 곧 올바른 역사인식이라고 보고 있다. 따라서 그에게 올바른 역사인식은 보수주의적 순결의식과 병치됨으로써 자연스럽게 드러나고 있다.

제3장은 <바다>와 관련된 이미지들로 이루어지고 있다. 이때 '바람은 바다에서 온다' 라는 상상력은 우주적인 상상력이자 신화적인 상상력의 발현이기도 하다. '지느러미'는 날개와 동일한 상징체로 세상을 자유 의지

대로 유영할 수 있는 상승적 출구의 역할을 하고 있다.

이상에서 살펴보았듯이 김춘수는 끝없이 펼쳐진 유년의 기억과 맞닿아 있는 바다를 통해 출구를 찾으려 했다. 물구나무를 선다는 것은 현실의 가역반응 중의 하나로 제자리를 잡을 수 없는 자신의 무의식적 발로이기도 하다. 그런 그가 '순결'에 집착하고 있는 것은 결국 유토피아적 세계가 순결을 지향하는 시원의 공간임을 밝혀줌과 동시에 바다를 통한 현실의 과오를 씻어내려는 세례이자, 영원한 안식처임을 환기시켜 주는 상징적 요소로 작용하고 있는 것이다.

그에게 있어서의 순결이란 악의 대립적 심상이며, 그것이 미치는 처용과의 관계는 순결을 빼앗긴 아내와의 사이에서 갈등하는 처용과 현실을 살아가는 현존재로서의 화자 자신과의 문제로 고스란히 남겨지게 된다. 그가 이토록 처용에 관심을 쏟은 것[115]도 순결의 문제와 맞닥뜨리기 위한 것이었으며, 이러한 순결의식이야말로 역사의식과 궤를 함께 할 수 있다고 판단하였기 때문이다.

김춘수는 우주적 상상력을 통해 「처용단장」을 현실적이면서 동시에

---

115) 김춘수는 처용의 관심에 관한 부분을 다음과 같이 기술하고 있다.
　　'처용의 설화와 처용이 읊은 한 곡의 노래와 처용을 모델로 한 또 한 곡의 노래-이런 것들을 제재로 장편 서사시를 구상해 본 것은 벌써 7-8년이나 전이다. 그 동안 이 제재를 잊고 있었던 것은 물론 아니다. 그뿐 아니라 2년 전에는 이 재료를 현대의 상황 속에 풀어놓고 장편소설을 시도한 일도 있다. 그 첫머리 약 100매를 발표까지 하였다.
　　고대 가요인 「처용가」에는 처용을 <羅睺羅處容아비>라고 하고 있다. <羅睺羅>는 범어 Rahula의 借音인 듯한데, 그것은 인고행의 보살을 의미하는 듯하다. 역신에게 아내를 빼앗기고도 노래로 자기를 달랬다는 설화의 주인공을 고려의 불교가 그렇게 받아들이고 명명했다는 것은 당연한 일이다. 그리고 이 처용설화가 실린 『삼국유사』의 저자가 僧 일연인 이상 포교나 설교의 뜻을 은연 중 가미했으리라는 것도 짐작할 수가 있다. 내가 이 재료에 관심을 가지게 된 동기는 윤리적인 데 있다. 즉 惡의 문제 -惡을 어떻게 대하고 처리해야 할 것인가에 있었다.'
　　『김춘수전집2-시론』, 앞의 책, p.468.

무의식적 심리상태와 관련된 신화의 세계를 구축하고 있으며 서정주와 박재삼은 보다 개인적인 신화의 세계로 귀착되고 있다.

## 2) 전봉건의 시세계

### (1) 이야기 구조와 에피소드

전봉건의 시에는 역동적인 힘이 넘친다. 그의 시적 이미지의 변용을 보고 있노라면 생명력이 충일한 물상들로 넘쳐흐른다. 그런 의미에서 그의 시는 의미가 아닌 이미지, 즉 노래인 것이다.116)

1950년대의 전후의 암울한 그림자에서 벗어나고자 했던 문단의 상황을 고려해 볼 때 어두운 상황에서도 「사랑을 위한 되풀이」와 「춘향연가」를 노래할 수 있었던 것은 치열한 실존의식을 인간의 본능과 함께 빚어냈기 때문이다.

그의 시에는 전쟁이 일어나는 상황하에서도 꽃이 피고 새가 날고 피리 소리가 흐르는 평화로운 공간이 펼쳐져 있다. 또 추억의 강을 통하여 고향으로 가는 길을 밝혀주는 불의 이미지가 곳곳에 혼재해 있다. 특히 7의 시세계에 흐르고 있는 관능적 상상력은 불의 이미지와 함께 욕망의 근저에 자리잡은 강인한 생명력을 환기시킨다. 그의 시는 삶의 본질을 회복하

---

116) 전봉건은 그의 아포리즘에서 다음과 같이 시를 정의하고 있다.
    '시가 어떤 한 시대를 선도하는 구실을 담당할 수 있어야 한다라든가, 시는 어떤 사회를 개혁할 수 있는 수단이 되어야 한다라든가.하는 생각이나 믿음이나 주장은 나하고는 관계 없는 것들이다.
    그런 것 하고 관련시켜 볼 때 시란 하잘 것 없이 무력한 것에 지나지 않는 물건이라고 나는 생각하는 것이다. 그러나 나는, 사람이 (혹은 인류가) 그 수많은 암흑과 절망과 혼란의 수렁에서 다치고 쓰러지고 몸부림 쳤을 때의 그의 (혹은 그들의) 내부의 핵심에서 끊이지 않는 가락을 다 내는 <노래>로서 있어 온 것이 실는 견해에는 수긍을 한다. 아무래도 시는 그 <노래>이지 <주장>은 아닌 것 같다.

고 근원적인 삶의 유토피아로 돌아가려는 노래로 이어지고 있다. 따라서 그의 시에 드러난 아니마적 이미지와 관능적 상상력은 근원적 고향으로 돌아가려는 노력을 무의식적으로 드러내고 있는 수단이기도 하다.

앞서 살핀 서정주가 공동체적 집단무의식을 통한 신화적 유토피아를 통해 삶의 원형질을 거칠고 순박하게 표현하고 있다면, 박재삼과 김춘수는 유년의 기억과 함께 고향으로 돌아가려는 무의식을 펼치고 있다. 반면 실존의 문제를 누구보다 치열하게 고민하고 있던 전봉건은 피의 이미지와 함께 불의 이미지로 근원적 탐구에 천착하고 있다.

이들 네 시인의 공통점은 인간중심의 세상이 그 어떤 삶 속에서도 자신이 주인공이 되지 못하면 누구도 대신 인생을 살아주지 않는다는 평범한 이데올로기를 통하여 자신이 추구하는 유토피아로 항해한다는 점이다.

전봉건은 이러한 凡人의 실존의 문제와 시인으로서의 위치를 고민하기에 앞서 전쟁의 상황을 목도하고 이 상황에 참여한 시인이었다. 전쟁의 상흔을 어떻게 접해야 상처받지 않는 영혼과 이야기할 수 있을까 하는 문제가 그의 시적 관건이117) 되었던 셈이다. 그러기에 인간의 본성에 대한

---

117)　　　 겨울이 오는데
　　　　　우리는 갔다. 나는 이등병
　　　　　군번은 0157584 중동부전선
　　　　　배화여고의 수학교사이던 강이등병이랑 함께
　　　　　우리는 갔다.
　　　　　 (중략)
　　　　　눈이 내리는데
　　　　　우리는 갔다.
　　　　　바람 사나운 산마루를 넘어가면서
　　　　　우리는 보았다　　.
　　　　　하얀 전우의 시체, 그의 꽁꽁 얼어 붙은 손에는
　　　　　조고만 사진 한 장이 쥐어져 있었다.
　　　　　사진 속에서 그는 젊은 여자와 함께 웃고 있었다.
　　　　　　　　　　　　 -「우리는 갔다」 일부분 -

탐구와 이미지는 암울한 현실로부터 벗어날 수 있는 가장 근원적인 돌출구였으며 그것은 물, 불, 꽃, 항아리, 노을, 바다 등의 현실과 상상력의 화려한 교차로 빚어지는 무의식의 비상구이기도 하였다.

암울하게 가라앉은 현실에서 벗어나려는 노력은 역동적인 몸짓으로 이어진다. 사랑을 노래하는 것은 사랑의 대상인 여자를 노래하는 것보다 효과적인 삶의 에너지를 고양시키게 된다. 따라서 불꽃으로 빚어지는 역동적 상상력은 바슐라르의 원형심상이나 불교적 근원요소인 불의 원소처럼 전후의 문학 속에 빈번히 드러나는 삶의 수액이기도 하였다.118)

이승훈은 전봉건의 에로스적인 이미지에 초점을 맞추어 그의 시세계를 분석하였지만 연작시 「6.25」에서 보여준 것처럼 늘 6.25에 대해 객관적 인식을 염두에 두고 詩作을 하였다고 덧붙여 말함으로써 전후문학의 공통적 특성인 전쟁의 상흔을 지적하고 있다.
즉 그의 역정은 초기시에서 읽을 수 있던 6.25의 체험에 대한 주관적 인식으로부터 벗어나 차츰 그것에 대한 객관적 인식으로 넘어가는 과정으로 보인다. 6.25에 대한 주관적 인식은 피의 이미지로 표상되고 있으며 꽃과 돌의 이미지로 변용되고, 꽃은 여자의 현신이며 돌은 역사의 상처로서 새라는 이미지로 상승된다고 보고 있다.
이승훈, 「전봉건론-6.25체험의 시적 극복」, 『문학사상』, 1988.8, pp.265-269.
118) 이광호는 7의 불꽃에 대한 분석을 ‘관능의 신화’라고 규정하고 있다, 즉 ‘서정주의 초기시가 식민지 치하의 유랑의식과 죄의식의 심미적 변용이라면, 전봉건의 관능의 신화는 이와는 변별되는 것으로 탐미주의가 어떠한 이념에도 매개되지 않은 심미적 충동의 裸身을 그대로 보여주는 것이며 이런 문맥에서 출구없는 절망적 양식인 반면 전봉건의 관능의 신화는 폐허의 현실에 대한 반대명제로서 생명력의 재생이라는 의지적 문맥을 담고 있는 희망의 담론이 된다.’ 고 규정하고 있다.
이광호, 「폐허의 세계와 관능의 형식-전봉건론, 『1950년대 시인들』, 송하춘·이남호(편), 나남, 1994, p.273.
이는 일정정도 타당한 견해로 받아들여 지지만 서정주의 초기시가 ‘죄의식의 변용’이라는 점과 전봉건의 관능의 신화가 ‘어떠한 이념에도 매개되지 않는 심미적 충동의 裸身’이라는 점에는 문제가 있다고 본다. 서정주의 경우의 죄의식은 시대의식을 고민하던 흔적이라고 하기에는 너무나 정서의 함축성이 미약하기 때문이다. 그보다는 원죄의식을 수반하는 경우로 보는 것이 합당하며, 전봉건의 경우도 어떠한 이념이라는 것보다는 반이데올로기적 경향이 두드러지기 때문이다. 이는 휴머니즘의 변용이라고 보는 것이 더 타당하다고 본다.

오세영은 전봉건 시의 주제의식을 사회적 차원, 개인적 차원, 우주적 차원이라는 세 가지 층위에서 구별하여 이는 각각 휴머니즘, 에로스의 합일을 통한 자유, 생명애로 구체화[119]로 드러나는 경우로 이야기하고 있다. 전봉건은 에로스의 합일을 통한 자유를 표출하는 과정에서 충만한 우주적 생명력을 회복하고 있으며 궁극적으로 전쟁 없는 유토피아의 세계를 꿈꾸고 있다.

신동욱은 서정주나 김영랑의 시에 나타난 춘향의 이미지를 설명하는 자리에서 『춘향연가』가 길며, 이야기의 운행보다는 심상을 위주로 전개[120]하고 있으며, 말하기(telling)보다는 보여주기(showing)가 월등하게 드러나 있음을 지적하고 있다.

김흥규는 고전적인 서사성을 완전히 해체시키고 독자적인 양식의 재구성을 시도한 점을 평가했고,[121] 김종길은 종래의 서사적인 방식으로 쓰여졌다면 파인의 「국경의 밤」이나 신동엽의 「금강」과 같은 설화시가 되고 말았을 것인데, 이 작품은 심리적이며 극적인 장면의 조직으로 훌륭하게 내면적 통일성을 이룩하고 있다고 보았다.[122]

---

119) 오세영은 『사랑을 위한 되풀이』, 『춘향연가』와 『속의 바다』를 분석하는 자리에서 『속의 바다』를 제외한 앞의 두 시를 장시, 후자를 연작시로 보고 있다. 『속의 바다』는 각 편이 모두 독립된 이야기로 되어 있으며 일관적인 정서적 테마로 합일 된다고 본다.
　　반면 『춘향연가』는 스토리 재생에 의해서 서술되고 있으며 『사랑을 위한 되풀이』에서는 이미지가 전개되는 방식이 현실에 대한 카메라의 초점 맞추기를 통한 이동방식을 따르고 있어 상상력이 돋보인다고 평가하고 있다.
　　오세영, 「長詩의 다양성과 가능성」, 『현대시학』, 1988.8, pp53-54.
120) 신동욱, 「전봉건론」, 『현대문학』, 1980.9, p.251.
121) 김흥규, 「구의 얼굴」, 현대시학, 1971.4, p.89.
122) 김종길, 「한국에 있어서의 장시의 가능성」, 『문화비평』, 1969. 여름호, p.241.
　　그런데 필자는 본고에서는 이 시가 연작시냐, 극시냐, 서사시냐는 형식적인 측면의 논의는 제외시키기로 한다.
　　본고가 중점적으로 3장에서 살피고자 하는 것은 설화적 상상력, 즉 설화나 소

## (2) 춘향의 에로스적 상상력

춘향은 영원한 사랑의 속삭임과 함께 아니마를 대표하는 심상으로 여러 시인들에게 변주되어 왔다. 춘향이 주는 이미지는 지고지순의 맑은 이미지와 참 사랑의 화신으로서 정열의 이미지로 나타난다. 또 춘향은 에로스의 표적물이기도 하다.

그녀의 사상과 그녀의 모습은 보는 시인의 각도에 따라 형식과 내용이 함께 하기도 하고 내용은 떨어져 나가고 형식만 묘사되는 경우도 있다. 전봉건의 춘향은 심상과 심상이 환기하는 의미를 이중적으로 변용하고 있는 것이 특징이다. 『춘향연가』에서 뿐만 아니라 그의 시의 전반에는 제1, 제2의 춘향의 또 다른 분신들이 묘사되고 있어 여성으로 대표되는 춘향이 재생하고 있음을 발견할 수 있다.

전체 1053행 중 절반 이상이 춘향의 꿈과 환상으로 이루어져 있는 『춘향연가』는 몽상적으로 처리된 부분 속에 우주적 신비감과 현실의 재구성을 통하여 화자가 추구하는 유토피아의 실마리를 찾아 볼 수 있다.

女子에요
그래요. 나는 女子에요.
그런데 나는 獄에 있어요.
女子는 아이를 낳아요.
나도 낳을 수 있어요
어머니가 나를 낳은 것처럼

- 「춘향연가1, 6행」 일부-

---

설, 신화적인 인물의 차용 및 변용으로 현대시가 인물의 수용을 어떤 방향으로 이끌어 나가고 있는 가를 다루고자 하는 의도이기에 장르의 규정은 논외로 삼기로 한다.

여자로 시작하고 있는 이 시는 화자가 춘향 자신이며 이는 세상을 바라
보는 관점이 춘향으로 한정됨을 의미하고 있다. 대부분의 시는 여자로
환기되는 다른 이미지의 병치라든가 객관적인 심상으로 드러나는 것이
보편적이다. 화자가 여자라고 굳이 밝히고 있는 까닭은 앞으로 전개될
춘향으로 대표되는 여성적 세계관을 통하여 세상과 우주로 나아갈 것임을
밝히려는 것이다.

여자는 본능적이며 파토스적인 성격이 강한 동물성에 가까운 존재이자,
우주의 창조물 중 가장 우주적 본질에 가까운 몸의 구조를 가지고 있다.
여자는 여성이 되기까지 많은 통과의례와 시간이 필요하며, 여성이 됨과
동시에 모성으로 거듭나게 된다. 따라서 여자와 여성 혹은 여자와 모성과
는 세부적 의미에서 다른 각도의 세계관이 개입되고 있다. 『춘향연가』의
춘향은 여성의 이미지가 아닌 여자[123]의 이미지로 드러나고 있는데, 이는

---

123) 이승훈은 여자 Woman의 정의를 다음과 같이 언급하고 있다.
　　'인류학의 관점에 따르면 여자는 자연이 보여 주는 수동성의 원리에 상응한다.
　　일반적으로 여자는 세 가지 양상을 소유하는데 첫째는 아름다운 노랫소리로 뱃
　　사람을 유혹하여 난파시킨 그리스 신화에 나오는 사이렌 여신, 혹은 사람을 잡
　　아먹고 어린애의 피를 마시는, 반은 사람이지만 반은 뱀의 형태로 된 마녀인 마
　　리아로서의 양상이다. 이 때 여자는 일을 하는 남자를 유혹하고 위로하는, 매혹
　　적이지만 위험한 존재이다.
　　둘째, 어머니로서의 여자로 조국, 고향을 상징, 물이나 무의식과 관련이 있다.
　　셋째는 신비한 소녀로서의 여자로 융의 심리학에서는 애인, 혹은 아니마로 인식
　　된다. 융은 <변형의 상징>에서 고대인들은 여자를 이브, 헬렌, 소피아, 마리아
　　로 보았으며 이런 존재는 각각 충동, 정서, 지성, 도덕을 표상한다고 주장한다.
　　(중략)
　　스핑크스 같은 전통적 상징들 속에 나타나는 여성적, 형태론적 요소는 우주적
　　직관의 복합물, 혹은 개념이 투사된 자연을 배경으로 한다. 결과적으로 여자는
　　거대한 복합물의 원형으로 인식되는 바 이 때 결정적인 요소는 상징적 의미를
　　거느린다.
　　이승훈, 앞의 책, pp.369-370.
　　필자는 두 번째와 세 번째의 이미지를 중점적으로 논의하고자 한다. 서정주의
　　시에는 세가지의 관점이 모두 드러나는 반면에 전봉건은 두 번째와 세 번째의

우주적 상상력의 기반이 될 수 있는 성적 에너지를 가짐과 동시에 역동적인 상상력의 모태가 될 수 있기 때문이다.

> 그런데 나는 獄에 있어요
> 어릴 때에는 새가 나는 것을.
> 제비가 나는 것을, 나비가 나는 것을,
> 한 마리, 또 한 마리, 그렇게 세었지요
> 지금은 안 그래요. 한 마리 한 마리가
> 쌍을 지어 나는 것을 알아요.
> 그런데 나는 獄에 있어요
>
> 「춘향연가 25-31행」

화자의 현실은 옥에 갇힌 신세로 자신의 상황을 읊조리고 있다. 이는 '새'나 '나비', 또는 '제비' 등으로 변신된 화자의 이미지로서 자유로운 삶을 바라는 화자의 무의식을 드러내고 있는 것이다. 특히 화자는 쌍으로 날아다니는 나비와 제비의 모습을 통하여 연인과의 합일을 통한 건강한 에너지의 발산을 꿈꾸고 있음을 우의적으로 나타내고 있다. 즉 화자인 여자가 다른 빈 쪽인 남자를 원하는 욕망의 발로로 규정될 수 있다.

그의 강한 에로스적 욕망은 삶의 욕망이자 타나토스의 대칭점에서 타오르고 있는 것이다. 그렇지만 현실은 옥으로 규정되고 있다. 감옥 즉 폐쇄된 공간은 인간의 욕망을 억압하는 시련이자 통과의례의 한 상징이기도 하다. 사랑의 과정에서는 반드시 겪게되는 통과의례인 시련과 고통이 수반된다.

옥중 상황이 지배적으로 드러나고 있는 전봉건의『춘향연가』는 현실적인 고통과 시련이 내재된 상황하에서의 독백이기에 그 어떤 상황보다 절절한 상상력을 유도하기에 효과적이다.

---

모습이 대부분을 차지하고 있다.

　　그건 그렇고 「춘향전」을 보면 남원 부사로 부임한 악한 변사또가
부하를 시켜 기생 점고하는 대목이 나온다. 여기서 기생들은 변사또의
눈에 차지 않아 모조리 퇴짜를 맞는 것인데 그 이름이 명월(明月) 도홍
(桃紅) 채봉(彩鳳) 연심(蓮心) 강선(江仙) 등으로 매화 매(梅)자 든 이름은
하나도 없다. 매화(梅花)라든지 홍매(紅梅)라든지 한매(寒梅)라든지 하
는 이름을 가진 기생이 등장할 만도 한데 전연 찾아볼 수가 없는 것이
다. (중략) 변사또 따위에게 곱게 보이려고 교태 짓은 풋기생들에게
매자 든 이름을 줄 수 없는 일이로다. 매화건 홍매건 눈 내리는 추운
날에 꽃을 열면 그것이 바로 한매인 것을, 그렇듯 차원 높은 이름을
어찌 아무에게나 내줄 수 있단 말인가. 비길 데 없이 순결한 아름다움의
여인 춘향의 또 다른 이름으로 책장 속 깊이 아껴 둘망정 매자 든 이름
은 매화건 홍매건 더욱이 한매는 절대로 함부로이 할 수가 없는 이름이
로다라고 원작자는 생각했을지도 모른다는 것이다. (중략) 뿐이랴 그런
추리를 짜내고 있는데 문득 춘향 어머니의 이름 월매(月梅)가 떠오르기
라도 하면 탁 하고 무릎을 아니 칠 수가 없게 된다. 옳거니. 비길 데
없이 순결한 아름다움의 화신 저 한매에 다름 아닌 딸 춘향을 출산한
모태인 것인즉 어찌 그 이름이 매화 매자가 든 월매쯤은 아닐까 보냐!
인 것이다.[124]


　　전봉건의 의중은 밑줄 친 부분에서 드러나고 있듯이 춘향을 '비길 대
없이 순결한 아름다움의 여인'으로 생각하고 있는 것으로부터 출발하고
있다. 그에게 춘향은 그녀의 어머니의 이름인 '월매'에서 드러나고 있듯이
절개를 뜻하는 매화 매자를 쓴 월매의 딸이라는 것을 힘주어 설명함으로
써 매화의 지조를 닮고 순결한 아름다움을 지닌 여인으로 부각되고 있는
것이다.

　　절개를 여자의 미덕으로 생각하고 있는 화자는 순결한 아름다움이란
옥용화태의 모습을 지닌 여인이 아닌 순결한 의식과 지조를 지킬 수 있는

---

124) 전봉건, 『전봉건 산문집-플루트와 갈매기』, 어문각, 1986, pp.26-27.

인간이어야 함을 의미함으로써 내적 아름다움을 동시에 거느린 여자의 모습을 형상화하고 있는 것으로 보인다.

그런데 그녀에게 있어서의 옥중의 상황은 암울하고 답답하기만 하다.

> 벽인데,
> 꿈 아니면 볼 것인가.
> 이곳엔
> 걷을 珠簾이 없고
> 지금은
> 案席 밑에 베게 놓고
> 닫을 문도 없다.
>
> - 「춘향연가」 394-400 행 -

정중동의 이미지로 전개되는 호흡은 마치 판소리를 연상하게 하는 어조로 드러난다. 이때의 공간은 비극적 현실을 잊고 잠시 그녀의 손에 이끌려 상상의 나래를 펼 수 있는 공간으로서 몽상의 구조로 나타난다.

『춘향연가』는 김춘수와 마찬가지로 상동증의 어조를 통하여 간절한 춘향의 바람을 엿볼 수 있는 구조를 미련하고 있다. '주렴과 베개가 없는' 이곳은 사랑을 나눌 연인도 친구도 없는 공간이기에 '꿈'으로 대지되는 상상의 구조는 전봉건의 에로스적 상상력[125]을 합리화시키는 개연성을

---

125) 전봉건이 생각하고 있는 에로스적 상상력은 다음과 같이 기술되고 있다.
　　"내 생각으로는 에로스란 나르시시즘의 소산이라고 봐요. 물론 나도 현실로부터의 에고이스틱한 도피, 자기 폐쇄적 퇴행 그것을 나르시시즘이라고 알고 있고 그것이 심화됨에 따라서 새디즘과 마조히즘을 동반하게 된다는 것도 알고 있습니다. 그런데 나르시시즘이 그와 같은 프로세스를 거치면서 이르는 곳이 두 가지가 있는데 그 하나는 광기의 세계요, 다른 하나는 상상의 세계입니다. 철저히 위축된 자아의 밑바닥, 자기 폐쇄의 가장 깊은 곳에 이른 나르시시즘은 그 때, 그 곳에서, 그렇게 된 까닭으로 해서 오히려 커다랗게 솟으며 전개하는 상상을 가지게 됩니다. 그 상상의 내용이 무엇인가 하니 소위 우주와의 일체화를 꿈꾸는 꿈이에요. 그렇게 되어서 나르시시즘은 이른바 자기 성애를 초월하는 무제한

제공해 준다.

①
모가지가 길어서
잘도 울리는 학의 목소리도
이 산을 넘어 오지 못하는데,
슬픈 마음은 산이 되고
쓸쓸한 마음은 산이 되었는데

- 「춘향연가」 406-410행 -

②
누가 구름을 탔던가,
누가 白鷺을 탔던가,
누가 고래를 탔던가,
말을 탔던가,
누가 鶴을 탔던가,
누가 꾀꼬리를 탔던가,

- 「춘향연가」 440-445 행 -

③
칠년을 비가 내리지 않아도
칠년을 가뭄이 불타 올라도
다름없이 넘치도록 많은
陰陽水의 이름으로
너를 부르마.
너를 부르는
나는 새.
杜鵑

- 「춘향연가」 531-538행 -

---

적 나르시시즘(自己愛)이 되는데 에로스란 바로 이 무제한적 나르시시즘의 소산인 것입니다. 아니 우주와의 일체를 꿈꾸는 꿈 바로 그것이 에로스입니다."
전봉건·이승훈, 「시와 에로스」, 『현대시학』, 1973.9, pp.9-19.

춘향의 변신은 현실적 한계를 극복하기 위한 변신체로서 ①의 학과 산, ②의 구름, 백로, 고래, 꾀꼬리 ③ 두견으로 이어지고 있는데 이는 모두 자유를 갈구하는 춘향의 일편단심을 효과적으로 드러내는 매개물로 쓰이고 있다. 특히 ②는 같은 어조의 반복으로 인해 간절함을 더하고 있다. 춘향은 그 어떤 상황에서도 이도령을 잊지 않겠다는 연심을 궁극적인 지향체인 '杜鵑'을 통하여 절절하게 고백하고 있다.

전봉건은 「춘향연가」를 통하여 '도덕적이고 관념적인 열녀로서의 이미지로 화석화되어 가는 춘향에게 생명력을 불어넣기 위함'이었다고 밝힌 바 있다. 이 시는 결국 여자와 옥이라는 대립적 상황을 통하여 삶의 의욕을 불태우고자 하는 강인한 여성의 생명력을 드러내고 있다. 또한 전봉건의 시는 궁극적으로 우주적 생명체로서의 본분을 다하는 인간의 모습을 형상화하고자 했던 의지의 고양체이기도 하다.

결국 우리의 고전을 현대시에 접목시킨 서정주, 박재삼, 김춘수, 그리고 전봉건에 이르기까지 그들의 상상력은 고전 속의 인물들을 통하여 드러나고 있다. 이들은 기존의 질서에 통합되는 인물의 내재적 속성, 순결의식과 정조관념, 그리고 포용적 이미지와 시련에 대한 도전을 통하여 주어진 삶의 통과기제를 당위적으로 극복하고 신념을 일구어 가는 인물들이다. 또 화자의 실재 현실의식과 역사의식의 전환을 마련하고 유한자적 한계를 극복하려는 존재의식을 확산시키려는 노력을 찾아 볼 수 있기도 하다. 시인들은 그들이 살아왔던 치열한 현실에 대한 자각을 그들을 통하여 제시하고 있는 것이다.

그들은 가난과 전쟁, 미완의 혁명에 이르기까지 우주의 질서의 방향을 가늠하여 유한자의 한계의식이 어디까지이며 설화나 역사 속의 가공의 인물들이 부여하는 순일한 의지가 무엇이었는지를 밝혀내고자 했다. 이는

우리가 살아가야 하는 세상 속에서 보다 진일보한 신념의 색깔을 밝히려
는 의지의 일환이며, 조상의 혜안을 빌려 인간다운 세상을 만들고자 하는
실천적 자각이기도 하다.


## 3. 참여시인의 설화적 상상력

### 1) 신동엽의 시세계

### (1) 이야기 구조와 에피소드

1960년대를 대표하는 시인 중의 한 사람인 신동엽은 4.19, 5.16의 격렬한
시대의식을 통렬하게 느끼고 체험한 시인이다. 그의 시세계에 드러나고
있는 일련의 신화적 상상력은 이러한 시대체험을 통한 건강하고 평화스런
유토피아를 구가하고자 원시적 생명력을 강하게 피력한 것이다. 또 서정
주, 박재삼 등과 함께 고전정신과 토속적 고향의 정서를 환기시킴으로써
전통적 가락의 재현을 도모하였으며 한국 현대시의 서정성과 삶의 진정성
을 드러내기도 하였다.1959년 조선일보 신춘문예에 입선한 시 「이야기하
는 쟁기꾼의 大地」는 박봉우의 '현대시를 심화 확대할 수 있는 가능성'을
보여주었다는 평가를 받았다.이러한 시가 지니고 있는 진정성은 특히 채
광석의 말대로126) 사회인식의 지평을 확대시킴과 동시에 서정주나 김춘
수의 역사의식의 한계를 극복하고 있기도 하다. 물론 이 시는 당시 <조선

---

126) '「이야기하는 쟁기꾼의 大地」에 거칠고 불투명하게 얽혀 있던 어떤 지순한 만
    남에 비원, 무구한 원초적 대지에의 향수, 이 비원과 향수의 구현을 가로막는
    껍데기들 또는 그 구조에의 분노 등이 통일에의 열망과 이를 저지하는 모순 구
    조에의 분노로 명료하게 드러나는 시'이기도 하다.
    채광석, 「민족시인 신동엽」, 소명출판, 1999, p.171

일보> 신춘문예 심사에 당선작이 아닌 가작으로 상당 부분이 삭제되어 발표되었다는 점을 감안한다면 시의 투박성이라든지 완성도에서 문제가 있음이 분명하지만 이를 기점으로 출발한 일련의 시세계에는 고전의 부활을 통한 지층이 확대되고 있다. 그의 시세계는 건강하고 역동적인 이미지로 가득하며, 신화적 상상력이 펼쳐지는 아담과 이브의 공간으로 확장되고 있으며, 인간이 누려야 할 진정한 의미가 무엇인지를 보여주고 있다. 그의 시세계에는 다시 부활한 고전 속의 인물이 재건한 건강미 넘치는 국토가 펼쳐지고 있으며, 자부심과 긍정적 세계인식을 통한 원초적 생명력이 제시되고 있다.

서정주가 설화의 세계 속에 묻혀 전설의 입담으로 신비적 신화의 세계로 인도하였다면 김춘수는 그가 꿈꾸는 원시적 세계로의 끝없는 동경을 냉담한 어조로 그리되 신화의 세계로의 진입을 페이소스가 묻어 있는 한계적 상황의 끝에서 발견하고 있다. 반면 박재삼은 근원적인 고향회귀의 구조를 통하여 유토피아의 세계를 발견할 수 있었다.

그렇다면 신동엽의 시 속에 내재되어 있는 신화적 상상력이 구현하려는 공간은 그들과 어떠한 연관성을 가지고 있는 것이며 어떠한 색깔로 그려지고 있는 것인가.

신동엽의 시세계는 밝고 웃음이 넘치는 공간으로, 고독한 김춘수의 회색빛 신화의 세계보다는 차라리 서정주의 공동체적 신비주의에서 만날 수 있는 낙원의 세계이자, 문명의 손길이 닿지 않는 原始的 모습의 공간으로 나타나며, 인간의 근원적 욕망이 진하게 묻어 있는 건강미 넘치는 인간적인 고향의 모습을 갖추고 있다.

박재삼의 고향이 가난하지만 어머니의 품과 같은 유년의 기억을 환기시키는 공간의 이미지로 다가온다면, 신동엽의 고향 이미지는 설화 속의 낙원 같은 무릉도원의 공간으로 드러나 있다. 그가 표명하고 있는 시란 '생명의 발현'이며 시인이란 인간의 원초적, 歸數性的 바로 그것으로 '太虛를 인식하고 대지를 인식하고 인생을 인식할 뿐이며 문명수 가지나무 위에 난만히 피어난 次數 世界性 空中建築'[127] 같은 것이라고 말함으로써 그가 나아가야 할 방향을 이미 정확히 지시하고 있는 것으로 보인다.

설화적 상상력 속에 구현되고 있는 신화의 이야기는 그들이 각각 지향하고 있는 공간과 시간의 머무름에 대한 지적이기도 하거니와 이러한 상상력의 근저에는 설화적인 요소의 가미로 재미와 신비성을 더해주는 것이 대부분이다. 서정주의 「질마재 신화」가 그러했고, 박재삼의 '춘향'이 그러했으며, 김춘수의 '처용'이 화자로 등장한 시들이 대부분의 설화 속의 주인공이자 화자의 분신이었던 것이다.

## (2) 아사달과 선남선녀의 노래

신동엽의 시에서 생명을 얻고 있는 주인공들은 주로 우리 한국의 이름 없는 불특정 다수의 민중들의 모습을 통하여 구현되기도 하며 친근한 善男善女의 등장으로 설화성으로 나타나기도 한다.

> 즐거웁게 사람들은 웃고 있었지
> 네 마음은 열두번 뒤집혔어도
> 즐거웁게 가을은 돌아오고 있었지
>
> 여보세요
> 神靈님
> 말씀해 주세요

---

127) 신동엽, 「시인정신론」, 『신동엽전집』, 창작과비평사, 1985, p.372

산과 난 어느쪽이
더 아름다울까요

그리고 그인
나와 인연이 있을까요

호들갑스레 단풍은 피어나고 있었지
네 마음은 열두 번 둔갑떨어도
단풍은 내 山川 물들여 울었지

보세요
天上 계신 한울님
만날 수 있을까요
玉으로 깎을
출렁일 가슴

보세요
새 배를 타고
木星에나 가면
우린 이 地球사람 사랑할 수 있을까요

- 「丹楓아 山川」 일부분 -

　독백을 통한 이 시는 여성적 어조를 가지고 있는 '나'라는 화자가 '신령님'으로 설정된 절대자를 사이에 두고 자신의 심경을 진술해 나가는 방식으로 진행되고 있다.

　그가 유독 여성적인 어조로 이야기를 하고 있는 것은 화자의 주관성을 순수하고 서정적인 모습으로 전달되기를 바라는 마음에서 기인한 것으로 보여진다. 간절한 의문과 기다림의 방식이라든지 신비한 님에 대한 맹목적 기다림의 자세를 선택한 여성의 순수한 마음은 그가 갈구하는 순수한 낙원으로 들어갈 수 있는 의지의 표현이기도 하다.

길가엔 진달래 몇 뿌리 / 꽃 펴 있고,
바위 모서리엔 / 이름 모를 나비 하나 머물고 있었어요//
잔디밭엔 長銃을 버려 던진 채/
당신은 / 잠이 들었죠 //
햇빛 맑은 그 옛날 / 후고구렷적 장수들이 /
의형제를 묻던, /거기가 바로 /
그 바위라 하더군요.//
그리움에 지친 사람들은 /
산으로 갔어요 /
뼛섬은 썩어 꽃죽 널리도록. //

- 「진달래 山川」 일부분 -

독백체로 이루어진 이 글은 개연성 있는 역사 속의 한 장면을 전달하는 형식으로 현재의 아픔과 배고픔을 달래는 언어로 이루어져 있다. 극적 현실의 모습을 목도한 시인의 눈에는 현실의 아픔을 슬퍼하고 앉아 있기보다는 누군가에게 이야기함으로써 털어내고 일어서려는 의지로 가득차 있다.

또 '햇빛 맑은 그 옛날 / 후고구렷적 장수들이 / 의형제를 묻던, / 거기가 바로 / 그 바위'에 또 한번의 시련이 오버랩됨으로써 전쟁의 통점을 각인시키고 있다. 즉 화자의 노력은 '뼛섬은 썩어 꽃죽 널리도록' 조국의 산하로 돌아간 이들의 넋들을 추모하는 동시에 현재의 우리가 디디고 있는 대지와 우주가 그토록 아프게 돌아간 이들의 넋으로 다져진 공간으로 이어지고 있다.

결국 어제의 우리가 오늘의 우리였으며 내일의 우리가 오늘의 우리라는 우주적 순환질서를 은근히 종용하고 있는 것이다.

오랜 氷河期의 얼음장을 뚫고 연연히 목숨 이어 그 거룩한 씨를 몸지

녀오느라고 뱀은 도사리는 긴 짐승 冷血이 좋아져야 했던 것이다.

몇만년 날이 풀리고, 흙을 구경한 爬蟲들은 구석진 한지에서 풀려 나온 털가진 짐승들을 발견하고 쪽쪽이 역량을 다하여 취식하며 취식 당했다.

어느날, 흙굴 속서 털사람이 털곰과 털숲 업쓸고 있을 때, 그 넘편 골짜기 양지밭에선 긴 긴 물건이 암 사람의 알 몸에 붙어 있었다.

얼음 땅, 異血다스운 피를 맛본 냉혈은 다음 날도 또 다음 꽃 나절도 암 사람의 몸에 감겨 애무 吸血하고 있었으나 천하. 慾을 이루 끝 새키 지 못한 숫뱀은 마침내 요독을 악으로 다하여 앙! 앙! 그 예쁜 알몸을 물어 죽여 버리고야 말았다.

암살진 피부는 代代孫孫 地上에 살아 징글맞게 미끈덩한 눈물겨운 그 壓縮의 황홀을. 내밀히 기어오르게 하려 하여도 냉혈 그는 능청맞은 몸짓으로 천연 미끄러 빠져 달아나 버리는 것이었다.

오랜 세상, 그리하여 뱀과 사람과의 꽃다운 이야기는 인간 사는 사회 어델 가나 끊일 줄 몰라 하더니, 오늘도 암살과 숫살은 원인 모를 열에 떠 거리와 公園으로 기어나갔다가 뱀 한 마리씩을 짓니까려 뭉개고야 숨들이 가빠 돌아왔다.

- 「正本 文化史大系」 일부분 -

시의 제목 '正本 文化史大系'는 이 이야기가 사실임을 증빙하고 있는 듯한 이미지의 환기로 전설과 현실을 환치시키고 있어 독자에게는 오히려 이것이 '신화'나 '설화'쪽에 가깝다는 사실을 감지하게 된다. 신화성을 내 포하고 있는 이야기 구조를 통해 시인은 인간이 짐승과 다르지 않다는 근원적 욕망의 기저를 드러내면서 아울러 원수성의 세계를 드러내고 있 다. 리비도의 이미지가 충만한 그의 시에서는 리비도의 지향점을 궁극적

으로 탐색하고 있는 것으로 나타난다.[128]

　'빙하기'는 원수성의 세계이며 태고의 신비를 간직한 절대 순수의 세계로 등장하고 있으며 신동엽의 표현대로 '원수성'의 세계로 표명되고 있다. 한 편의 성경을 읽고 있는 시원의 세계에 대한 원죄 의식과 함께 찾아드는 리비도의 상징은 뱀이라는 형역의 이미지로 드러나고 있으며 문명인이 돌아가야 할 곳도 처음에 출발했던 그 시원의 세계인 빙하기로 설정되어 있는 것이다. 이러한 원죄의식에 대한 모습은 인간의 한계를 인정하고 시작한 원시의 세계를 긍정한다는 것이며 긍정적 세계관은 무의식의 세계를 인정하고 받아들임으로 인해 더욱 강건해진 솔직성으로 인간을 그려낼 수 있는 것이다.

　이는 보여짐(gaze)과 시선(eye)이 중첩됨으로써 욕망의 근저를 드러내고 있는 것이다.[129] 그의 동경의 공간인 원수성의 세계와 함께 드러난 뱀의

---

128) 이세재는 그의 「신동엽 시 연구」에서 김창완의 분석을 평가하면서 우주는 태초에 완벽하고 절대적이었지만 본질적으로 순환하는 성징을 가지고 있기 때문에 점차 파괴의 과정을 거쳤다가 다시 재창조된다는 순환적 우주관을 인류는 원형적으로 가지고 있다는 것을 주로 M.엘리아데의 견해를 빌려 소개하고 있으며 이러한 원형적 우주관과 신동엽의 「시인정신론」은 바로 신동엽이 지적하고 있는 '원수성'의 시대가 태초의 '황금시대'에 해당되어서 순수하고 始原的인 세계라고 평가하고 있다.
　李世宰, 「신동엽 시 연구」, 우석대 (박사), 1999, 10, p.43.
129) 이를테면 라캉의 욕망이론은 이런 '보여짐'을 통한 문학의 실질 형태소를 파악하고 있는 셈이 된다. 이는 사실적인 역사보다는 사실일 것 같은 전설이나 설화를 병치시킴으로써 설화소에서 내재된 진정한 문화사를 찾아보려는 시인의 노력으로 보인다. 문화는 인류의 결실이자 문화의 총체적 산물이며 문화를 통한 인간의 근원적 자리를 찾아 보는 것은 현재의 우리의 초상을 찾아 보는 작업이기도 하다.
　이러한 예화로는 제우시스와 패러시오스의 예를 들 수 있는데 제우시스와 패러시오스는 누가 더 실물처럼 그릴 수 있는가 내기를 했다. 새들이 날아와 제우시스가 그린 포도를 쪼아 먹으려 들었는데 득의에 찬 그는 '자, 베일을 걷고 당신의 그림을 보자'고 했으며 패러시오스의 그림은 바로 베일이었다는 것이다.
　라캉에 따르면 이 우화는 모방에 대한 중요한 사실을 암시하는 것으로 새들은

리비도는 人間事의 욕망을 나타낸 원형체로 볼 수 있다.


①
모질게도 높은 城돌
모질게도 악랄한 채찍
모질게도 陰凶한 術策으로
罪없는 月給쟁이
가난한 百姓
평화한 마음을 뒤보채어 쌓더니


산에서 바다
邑에서 邑
學園에서 都市, 都市 너머 宮闕 아래.
봄따라 와자히 피어나는.
꽃보래
돌팔매,


젊은 가슴
물결에 헐려
잔재주 부려쌓던 해늙은 餓鬼들은
그혀 逃亡쳐 갔구나.


-愛人의 가슴을 뚫었지?
아니면 祖國의 旗幅을 쏘았나?

---

포도가 진짜같이 그려졌기에 달려든 것이 아니고 그 그림에는 훨씬 단순한 어떤 기호가 있었기 때문이라는 것이다. 마치 어떤 인물의 사진보다 케리커쳐가 더 실물같이 느껴지는 것과 같다는 것이며 남녀사이의 유혹이 가면 속의 극치 속에 이루어지고 성적 결합이 주체의 부활(자식)을 겨냥한 주체의 소멸이고 목숨을 건 투사가 상대를 겁주기 위해 부풀린 험상궂은 표정이 일차적인 자아와는 또 다른 자아의 분열을 보여줌으로써 시선이 아니라 보여짐이 함께 중첩되는 것으로 설명하고 있다.
이것이 '욕망의 오브제'라는 것이다.
자크 라캉, 『욕망이론』, 권택영(옮김), 문예출판사, 1994, p.31.

그것도 아니라면, 너의 아들의 學校 가는 눈동자 속에 銃알을 박아
보았나?-

죽지 않고 살아 있었구나.
우리들의 피는 大地와 함께 숨쉬고
우리들의 눈동자는 江물과 함께 빛나 있었구나.

四月十九日, 그것은 우리들의 祖上이 우랄高原에서 풀을 뜯으며
陽달진 東南亞 하늘 고흔 半島에 移住오던 그날부터 三韓으로 百濟
로
高麗로 흐르던 江물, 아름다운 치마자락에 매듭 고흔 흰 허리들의
줄기가
三.—의 하늘로 솟았다가 또 다시 오늘 우리들의 눈앞에 솟구쳐 오른
阿斯達 阿斯女의 몸부림, 빛나는 앙가슴과 물구비의 燦爛한 反抗이
었다.

- 「阿斯女」 부분 -

그의 시에는 주로 여성을 지칭하는 단어들이 드러나고 있는데 이는
인고를 감내하며 생활하는 우리 민중들의 모습이 강건한 생명을 키워내는
모성의 이미지와 중첩되어 나타나고 있는 것이라고 볼 수 있다.
'아사'는 이병도의 해석에 의하면 다음과 같다.

나는 아사(阿斯)를 '조선'이 표시하는 한자의(漢子義)와 같이 해석하
여 현대어 '아침', 그보다는 좀 더 오랜 '아춤', 방언의 '아직' . '아적'
등어(等語)의 고형(古形)으로 보고... 아사는 바로 '朝' .'朝光'. '朝陽'.
'朝鮮'의 의(義)임을 알 수 있다. 달(達)은 원래 산악(山岳)의 뜻이었지만,
곡지(谷地) 내지 따(地)의 의(義)로도 쓰인 듯 하니 陽돌(양지쪽), 陰돌
(음지쪽), 빗돌(傾斜地)의 돌이 즉 그것이다. 묶어 말하면 뜻이 되는 동시
에 위에 말한 白岳(붉뫼)과 상통되는 말임을 더욱 알 수 있다.

- 진단학회편 『한국사』1권, 고대편 - (밑줄 필자)130)

이는 국호를 의미하는 개념소를 명사화하여 대유한 인명이라고 볼 수 있으며 순수하고 성스러운 전경인의 모습을 가장 잘 구현할 수 있는 시원의 세계의 태초인인 아사달, 아사녀로 거듭 태어나고 있는 것이다. 즉 복원적 상상력을 통한 낙원세계와 유토피아를 표출하고 있는 것이다. 건강하고도 성스러운 두 남녀의 몸짓은 하나됨의 몸짓이며 태고의 시원으로 돌아가고자 하는 전경인의 모습 그 자체이기에 민족의 하나됨을 소망하는 대유로서 해석될 수 있다.

①의 마지막 연에서 부당하게 억압받는 현실에 대한 적극적인 저항의 몸짓으로 일관하고 있는 아사달과 아사녀의 모습이 나타나고 있는데 이는 우리 민중의 모습 그 자체인 것이다. 외세를 배격하고 불의한 무력에 대한 굽히지 않는 저항정신의 소유자인 아사달과 아사녀의 몸짓이 바로 신성한 우리 민족의 신념이었음을 시사하고 있다.

1연에서 3연에 이르기까지 어떻게 우리가 짓밟히고 있는가를 구체화함으로써 올곧은 우리의 저항의지를 담보해내고 있는 것이다. '죽지 않고 살아 있었구나. / 우리들의 피는 大地와 함께 숨쉬고 / 우리들의 눈동자는 江물과 함께 빛나 있었구나.'에서 보이는 끈질긴 생명력까지 그들의 저항의지는 대지와 강물과 함께 조국산하를 굽이침으로써 강건한 국토수호의지로 승화되고 있는 것이다.

②
바위를 굴려 보아라. 고초장 땀 흘리던 순이네 韓半島. 자운영 독사풀
뜯어 헛간집 이어 온 三伏, 부대끼며 군침 씰룩이던 황소 혓바닥처럼
검은 진주쌀 핏대 올린 燕山君의 自由많은 연설 소리를 들어보아라.

130) 조남익 「신동엽론」, 『민족시인 신동엽-신동엽 30주기 학술논문집, 구중서, 강형철 편』, 소명출판, 1999p. 443, 재인용.

...중략...
六月의 하늘로 올라 보아라.
黃眞伊 마당가 살구나무 무르익은 고렷땅, 놋거울 속을 아침 저녁
드나들었을 눈매 고흔 百濟 미인들의.
지금도 飛行機를 바라보며 하늘로 가는 길가엔 고개마다 괴나리봇짐
쇠바퀴 밑으로 쏟아져 간 흰 젖가슴의 물결치는 아우성 소리를 들어
보아라.

- 「阿斯女의 울리는 祝鼓」 일부분 -


③
그리하여, 다시
껍데기는 가라.
이곳에선, 두 가슴과 그곳까지 내논
아사달 아사녀가
中立의 초례청 앞에 서서
부끄럼 빛내며
맞절할지니

- 「껍데기는 가라」 일부분-


위의 시 ②와 ③도 역시 아사달이나 황진이, 혹은 순이를 통한 우리네 여성의 강건하고 건강한 여성미와 생명력을 동시에 드러냄으로써 조국에 대한 자신의 역사관을 표출하고 있다.

②의 순이는 황진이이자 우리네 여염집에서 볼 수 있는 선남선녀이기도 하며 고려와 백제로 이어지고 있는 조국의 여인네이기도 한다. 놋거울을 아침 저녁으로 들던 그 손으로 흰 젖가슴의 물결치는 아우성을 부르짖을 수 있는 정의로운 존재인 것이다. 신동엽의 여성관은 시간을 두고 정리를 해 보아야 할 중요한 상징소다. 그는 봉건적 질서에 편재되어 있는 여성성과 아울러 강한 생명 의지를 구현하는 여성을 함께 보여줌으로써 낙원의 건강성과 관능성을 환기하고 있다.

③의 시는 간절한 남북의 합일을 염원하는 시로서 아사달과 아사녀의 결혼식을 통해 바로 완전한 조국의 모습을 이루고자 하는 시인의 역사의식을 말하고 있다. 건강한 아름다움을 지닌 남녀의 결합은 설레는 합일의 세상을 간절히 염원하고 있는 순수한 낙관주의적 상상력으로 드러나고 있어 흥미를 주고 있다.

'껍데기'는 역사의 부조리나 허구성이라는 알레고리131)이다. 그는 설화 속의 주인공이나 우리의 먼 역사 속의 국토를 밟고 디딤으로써 역사 속에 살아있는 인물들을 차례로 불러내어 현실의 역사적 사건과 연계시키고 있다. 따라서 이들의 의지와 현실이 무관하지 않는 일관된 역사임을 환기시킴과 동시에 그들이 복원해 내는 시원의 공간으로 돌아가고자 하는 강한 의지를 표명하고 있기에, 신화적 상상력은 그가 재건한 낙원의 고향으로 되돌아 갈 수 있는 유일한 출구가 되는 셈이다.

결국 이러한 의지는 「이야기하는 쟁기꾼의 大地」를 비롯한 「금강」으로 이어지고 있으며 여성적인 이미지로서 혹은 우주론적 상상력을 매개로 빛나는 낙원으로 돌아가는 시도를 멈추지 않고 있는 것이다.

---

131) 신춘호, 민병기, 한승옥 공저, 『문학이란 무엇인가』, 집문당, 1995, p.67.

# IV.  공간적 상상력의 시세계

## 1. 전통 지향시인의 공간적 상상력

### 1) 서정주의 '바다'와 천체적 신화의 세계

바슐라르는 인간의 믿음, 정열, 사고 등의 심층적인 상상체계를 파악하려면 그것이 지배하는 물질의 속성을 먼저 파악해야 한다고 하면서 상상력의 근간으로 물, 불, 공기, 흙의 4원소를 손꼽고 있다. 火, 水, 地, 風은 궁극적으로 지향해야 할 공간의 기반을 이루는 기본 원소이다. 근원적 회귀 본능에 따른다면 인간의 상상력은 火, 水, 地, 風에 관한 상상력이자, 우주의 순환원리로 귀결될 수 있다.

이 중 네 가지 원소 중 물과 흙은 한국 시의 중요한 소재가 되고 있는데 바다와 대지의 이미지로 직결되고 있다. 바다와 대지는 母神의 변형이거나 여성을 의미하며 우주의 순환원리에 적극적으로 동참하는 역동적 이미지로 드러난다. 또한 이들은 정지된 상징성이 아닌 動態의 이미지로 끊임없는 창조력과 거대한 생명력을 잉태하는 자궁의 공간으로 표상되기도 한다.

상상력의 두 축을 이루고 있는 시간성과 공간성의 문제는 우주적 상상력으로 증폭된다. 우주적 순환질서에 따른 순항이야말로 神性을 닮은 인간의 모습으로 드러나게 된다. 이때 시·공간이 제약되어 있거나 정지되어 있는 현실의 삶은 유년기의 추억이라는 장치를 통하여 현시될 경우 독자의 상상력으로는 창작자의 의도를 따라잡기가 힘든 경우가 발생한다. 따라서 인간의 근저에 공유된 기억을 종교적 상상력이나 주술적 상상력, 그리고 원형회귀적인 상상력을 통하여 독자와 창작자는 공감하게 된다. 신화는 시간이 거세되고 원형회귀의 공간으로 재생되며 인간은 신화를 매개로 보다 드넓은 우주의 순환원리에 동참할 수 있다.

서정주는 어린 시절의 고향이었던 '질마재'에 대한 기억을 복원함으로써 신비스런 고향을 고스란히 현실적인 삶의 공간으로 이동시키고 있다. 서정주의 시적 공간은 신비스런 주술의 힘을 가진 범인들의 삶의 공간으로 드러나고 있는데, 무속에서는 공간과 시간을 초월한 무시간의 영원계를 카오스라고 보고 있다. 카오스132)는 신의 공간의 질서의 초입단계로 코스모스로 진입하기 위한 통과기제의 공간이다.

하늘이 아버지이자 남성의 원리로 구현된다면 땅은 어머니로서 밭과 살(肉)에까지 의미가 파급된다. 땅이 여성이거나 어머니이듯 땅과 제유된 밭과 논도 모성을 상징한다. 흙이나 도기는 일종의 여성의 신체를 의미한다. 또 신라의 땅은 옛부터 부처가 사는 곳, 즉 佛國土라는 관념으로 신라의 전 국토가 가람이 될 성지라는 것을 상징했으며 땅 밑이 바로 죽음의 세계, 곧 저승이라는 관념도 오래 전부터 지녀 온 민속적 신앙의 개념이기도 했다.

---

132) 카오스는 하늘과 땅이라는 우주의 공간과 시간이 생겨나기 이전 그대로 무공간 무시간이어서 영원계의 무한 시초의 근원이 된다. 영혼이 불멸의 영원존재인 것도 육체의 존재 조건인 공간과 시간을 벗어난 무시간 무공간의 카오스 상태의 근원으로 돌아갔기 때문이다.
김태곤, 『한국 무속연구』, 집문당, 1981, p.305.

역경에는 '땅은 받고 하늘은 덮는다'라는 말이 있어 하늘과 땅은 한 쌍의 생식력을 의미하였다. 또 設文解字에 의하면 '토지는 만물을 생기게 한다'고 하였으며 장자에서는 '천지는 만물의 부모이다'라고 하였다. 중국에서 흙(土)이 여근의 상형문자라는 일설은 땅이 원초적인 여성적 생산력, 그리고 그와 맺어진 여성성 등의 상징인 것과 밀접히 관련된다.133)

반면에 물은 대지의 다른 모습이기도 하며 생명력을 잉태할 수 있는 원형적 심상으로 천상과는 대립되는 상징이기도 하다. 서정주와 박재삼에 공통적으로 드러나는 이미지는 바로 물과 바다의 이미지이다. 물과 바다는 역동적이기도 하며, 포용과 관용의 정적미를 드러내는 공간이기도 하여, 야누스적인 측면을 내재하고 있는 여성의 성격 구현에서도 일치되고 있다.

바슐라르는 '다른 어떤 원소보다도 물은 완전히 시적 현실이며, 물의 시학도 확실히 통일성을 갖고 있다'134)고 하여 단독 상징성으로도 커다란 영향력을 행사할 수 있는 상상력의 원소로 언급하고 있다. 따라서 서정주의 『질마재 신화』는 엘리아데가 말하고 있는 聖과 俗의 세계가 결국은 인간의 삶이 이루어지는 공간임을 증명하고 있는 셈이 된다. 그의 시세계에서 넘실거리는 바다는 여성성이 풍만한 대지의 여신이며 신비스러운 주술이 이루어지는 낭만적인 공간이자 삶의 공간으로 등장하고 있다.

시와 역사와의 관계, 언어와 사회의 관계, 신성과 인간의 자유가 교차하는 지점으로서의 시에 대한 견해는 블레이크의 시편135)에서 뿐만 아니라 서양의 시인들을 비롯한 무수히 많은 시인들에게 궁극적으로 휴머니즘의

---

133) 『한국문화 상징사전』, 동아출판사, p.325.
134) 바슐라르, 『물과 꿈』, 이가림(옮김), 문예출판사, 1977, p.195.
135) 옥타비오 파스, 『흙의 자식들 외-낭만주의에서 전위까지』, 김은중(옮김), 솔, 1999, p.59.

문제로 낙찰되었다.

시인은 그들이 다루는 시가 설혹 역사의식을 방기하고 개인만의 문제를 다루든 사회의 문제로 고뇌하든 그것은 결국 카오스와 코스모스 사이에서 비롯된 내면적 갈등의 문제를 풀기 위한 방법으로 신화적 상상력을 택하고 있음을 보여주고 있다. 따라서 신화적 상상력의 핵심은 휴머니즘이 된다.

인간의 죽음은 신의 죽음인 것이며, 신성을 잃어버리는 것은 인간성을 상실하는 것과도 같다. 따라서 신화적 상상력은 꿈의 소산이자 인간심리의 근저에 놓여 있는 희망인 것이다.

대지와 물은 인간의 상상력이 비교적 도달하기 쉬운 삶의 공간 속에 혼재되어 있어 친근한 소재가 되고 있다. 따라서 천상의 이미지와 천성을 내재한 대지와 물 그리고 바다에 대한 탐구와 끝없는 상상력은 우주의 질서를 읽어내는 중요한 열쇠가 된다.

바다는 생명체의 리듬을 관장하는 에너지의 표상으로서 여성의 몸의 주기를 닮은 소재이기에 역동적 상상력으로 구현되는 경우가 많다. 서정주의 대표적인 시 「海溢」은 여성의 이미지로 구현된 바다를 만날 수 있는 대표적인 시로 평가되고 있다.

> 바닷물이 넘쳐서 개울을 타고 올라와서 삼대 울타리 틈으로 새어 옥수수밭 속을 지나서 흥건히 고이는 날이 우리 외할머니네 집에는 있었습니다. 이런 날 나는 망둥이 새우 새끼를 거기서 찾노라고 이빨 속까지 너무나 기쁜 종달새 새끼 소리가 다 되어 알발로 낄낄거리며 쫓아다녔읍니다만, 항시 누에가 실을 뽑듯이 나만 보면 옛날이야기만 무진장 하시던 외할머니는, 이때에는 웬일인지 한 마디도 말을 않고 늙은 얼굴이 엷은 노을빛처럼 불그레해져서 바다쪽만 멍하니 넘어다보고 서 있었읍니다.

　　그때에는 왜 그러시는지 나는 아직 미처 몰랐읍니다만, 그분이 돌아
가신 인제는 그 이유를 간신히 알긴 알 것 같습니다. 우리 외할아버지는
배를 타고 먼 바다로 고기잡이 다니시던 漁夫로, 내가 생겨나긴 전 어느
해 겨울의 모진 바람에 어느 바다에선지 휘말려 빠져 버리곤 영영 돌아
오지 못한 채로 있는 것이라하니, 아마 외할머니는 그 남편의 바닷물이
자기집 마당에 몰려 들어오는 것을 보고 그렇게 말도 못 하고 얼굴만
붉어져 있었던 것이겠지요.

- 「海溢」 전문 -

　　해일처럼 밀려오는 외할아버지의 현신인 바다의 개념적 층위는 일정한
순간 여성적 이미지와 남성적 이미지가 치환되는 역동성을 보여주고 있
다. 이는 신화의 특징인 카오스를 효과적으로 보여주는 장치가 된다. 여성
과 남성을 자유자재로 넘나드는 상상력이야말로 우주를 관장하는 질서의
초월적인 힘을 상징하는 것이다.

　　해일은 스스로가 한결같은 바다가 되어 할아버지를 기다린 여성으로서
의 바다와 어부인 외할아버지의 환생인 바다가 하나가 되어 마침내 부부
가 되는 순간은 애초에 한 몸이면서 둘이었고 둘이었음에 하나로 묶일
수밖에 없는 거대한 우주의 질서를 드러내는 것이다.

　　귀기우려도 있는것은 역시 바다와 나뿐.
　　밀려왔다 밀려가는 무수한 물결우에 무수한 밤이 往來하나
　　길은 恒時 어데나 있고, 길은 결국 아무데나 없다.

　　아-반딧불만한 등불 하나도 없이
　　우름에 젖은얼굴을 온전한 어둠속에 숨기어가지고… 너는,
　　無心의 海心에 홀로 타오르는
　　한낫 꽃같은 心臟으로 沈没하라

　　아- 스스로히 푸르른 情熱에 넘처

둥그런 하눌을 이고 웅얼거리는 바다,
바다의깊이우에
네구멍 뚫린 피리를 불고… 청년아.
(생략)

- 「바다」 일부분 -

　절대적 고독 앞에 놓여 있는 화자와 바다의 간극의 길은 있기도 하고 없기도 하다. 어둠으로 표상되는 인생의 항로 속에 바다는 이내 무심하고 냉정한 이미지로 드러나 있다. 하늘을 이고 있는 형상인 바다는 청년이 되기도 하고, 처절한 고독 속에 휩싸인 화자 자신이 되기도 하고, 인생의 바다가 되기도 한다. 갇혀진 상상력과 열린 길의 사이에서 넘실거리는 바다는 서정주에게는 거대한 운명과도 같은 존재였다.

　초기시에 등장하는 이 거대한 운명인 바다 앞에서 화자는 운명의 무게를 느끼고 있다. 결국 이 시에서 보이는 바다의 이미지는 관습적 상징인 여성성으로서의 바다가 아니다. 그의 바다는 치환될 수 있는 성을 매개로 한 물질적 상상력의 담론으로 상징화되어 있다.

「처녀 종각 다시 되선 어딜 가서 살려┼?」
「헌 門牌를 떼어들고 바다로 간다.
바다에 가서는 멀리 던져버리고
바다 속 龍宮의 냄새를 맡는다.
門牌보단 아조 좋은 청각 냄새를…」

「神仙아 바다도 다 맛보았으며는
하늘에도 한바탕은 올라가봐야지.」
「왜 아니야, 김치 속엔 잣나무 바람,
잣나무 바람 옆엔 소나무 바람,
그 바람에 하늘 가서 또 한바탕 살자우.」

- 「김치타령」 일부분 -

161

「김치타령」은 동화적 상상력을 불러일으킬 만큼 소박하고도 순수한 그리움의 세계를 환기시키고 있다.

삶의 근원지이기도 한 바다에 대한 그리움을 '바다 속 龍宮의 냄새를 맡는' 동화적 상상력을 통하여 우주와 삶의 공간을 동일시하고 있음을 보여준다. 또 '바다 속 龍宮의 냄새를 맡는 것'은 회귀본능을 상징하는 것으로 자연친화적인 상상력이 드러나는 구절이다. 시 속의 화자는 현실의 고단한 삶을 상징하는 문패를 바다 속으로 던져버리고 龍宮 냄새를 맡는 젊은 몸뚱아리로 재생한 처녀 총각의 모습으로 윤회하고 있다. 잣나무와 소나무 바람을 타고 하늘로 올라가 다시 재생의 복을 누리고자 하는 신화적 상상력은 바로 김치 속의 바람으로 환기된 세계로서 그 실타래를 다시 말아 찾아가 본 끝이 현실의 끝이었다는 것을 인식하고 있는 것이다.

결국 서정주가 그린 신화의 세계는 범인들이 살아가는 평범한 일상 속에 내재해 있는 즐거움을 한껏 누리는 것에 있으며, 고된 현실 속에서도 끝없이 갈구했던 자유로운 모습이 바람의 모습으로 재생된다. 바람에 실려 온 순환적인 상상력은 결국 뫼비우스의 띠인 우리의 인생 역로를 닮은 띠이기도 하며, 불교적 윤회관을 담고 있는 서정주의 세계관이기도 하다.

따라서 서정주의 바다는 시공을 넘나드는 역동적인 모습으로 드러나고 있다.

> 울음은 海溢
> 아니면 크나큰 祭와 같이
>
> 춤이야 어느땐들 골라 못 추랴
> 멍멍이 잦은 목을 제 죽지에 물을 바에야
> 춤이야 어느 술참땐들 골라 못 추랴.

긴 머리 잦은 머리 일렁이는 구름 속을
저, 울음으로도 춤으로도 참으로도 다하지 못한 것이
어루만지는 듯 어루만지듯
저승 곁을 날은다.

- 「鶴」 일부분 -

　바다는 이와 같이 눈물이나 울음 또는 수증기로 변한 다른 이미지로의 변신이 가능하여 자유롭게 날아다니는 새의 비상과 함께 다양한 모습으로 등장하기도 한다. 바다의 역동적 흐름과 새의 자유로운 비상의 이미지는 현실을 옥죄는 삶의 일탈성과 관계가 있다.

　상상력의 본질은 일탈성에 있다. 현실로부터의 일탈과 평범한 것들로부터의 일탈과, 일상적인 규범으로부터의 일탈을 꿈꾸는 자에게 상상력은 주어지는 것이다. 상상력의 부재 속에 살아가는 현실로부터의 일탈이 만나게 되는 공간은 유년기의 평화로운 기억, 즉 동화적 상상력을 불러일으키거나, 미래의 살아봄직한 공간, 소망이 이루어질 수 있는 공간, 시간, 한계, 갈등, 아픔이 존재하지 않는 곳으로 나타난다.

　이 때 신화적 상상력은 전지전능한 세계로의 출구를 열어주는 상지로서 창작자의 유토피아 세계와의 합일을 이루게 되기 때문에, 그들의 신화적 상상력 속에 구현된 세상은 이상향의 공간으로 드러나게 된다. 물의 흐름에 따른 역동적인 상상력의 재현은 일종의 무시간성과 무정형성과도 관련이 있다.

　슬픔이 자리하는 공간 속에 해일처럼 쏟아지는 눈물은 저승과 이승을 넘나들며 산자와 죽은자의 감정을 쓸어주는 카타르시스의 소산이다. 울음이 공명하는 또 하나의 상징은 여성성이다. 이때 뜻대로 흘러내리는 상상력의 물고와도 같은 물의 이미지는 정화와 깊이를 함께 하며, 순수성의

163

표상으로 나타나기도 한다.

①
누님, / 눈물 겨웁습니다. //
이 우물 물같이 고이는 푸름 속에 /
다수굿이 젖어있는 붉고 흰 木花 꽃은, /
누님, / 누님이 피우셨지요? //
퉁기면 울릴듯한 가을의 푸르름엔 /
바윗돌도 모다 바스라저 네리는데… //
저, 痲藥과 같은 봄을 지내여서 /
저, 無知한 여름을 지내여서 /
질갱이 풀 지슴ㅅ길을 오르 네리며
허리 굽흐리고 피우셨지요?

- 「木花」 전문 -

木花를 피워내는 시간은 인고의 시간을 지내야만 얻을 수 있는 가능치의 소산이다. 마약과 같은 봄을 지나고 無知한 여름을 지내고 인고의 기다림이 있어야 목화를 만날 수 있게 된다. 이처럼 서정주의 대부분의 시에서는 신화적 상상력의 세계가 '인고'의 과정을 통하여 우주의 질서처럼 펼쳐져 있다. 그에게서의 인고는 무시간성으로 한차원 거듭나는 공간으로 표상된다.

기다림이라는 행위 자체는 시간을 잃어버려야 기다릴 수 있다는 삶의 아이러니를 가르쳐 준다. 기다리리라는 의지의 발현만으로는 그 인고의 세월을 이길 수 없기 때문이다. 목적의식이 전도된 상황에서 자신의 목적의식만을 가지고 시간에 대한 의지마저 방기해야만 꽃을 피울 수 있으며 마침내 님을 만날 수도 있게 된다.

따라서 그의 시에 나타난 기다림의 모습은 곧 풍랑이 아무리 일어나고

해일이 몰아치고 격랑을 만난다 해도 마침내 잔잔함과 평화의 모습으로
다시 만날 바다의 이미지로 나타난다. 그 이미지는 늘 그렇게 똑같은 모습
으로 우리를 기다려 주는 고향과도 같은 대지의 모습이며 모성의 이미지
인 것이다. 결국 기다림의 미덕이란 무시간, 무공간 지향적인 우주와의
합일을 꿈꾸는 모습이며 신화적 상상력의 주축이기도 하다. 이 때 「국화
옆에서」를 읽고 있는 듯한 착각 속에 빠지는 것은 서정주의 의도된 환기라
기보다는 누님을 통한 이미지의 환기 때문이다.

　작가는 꽃을 피우기 위한 생명 탄생의 산고를 우물처럼 고이는 푸른
설움의 깊이에 비유하고 있다. 삶의 깊이는 계절의 순환을 겪은 후에 피워
낼 수 있는 위대한 평가되고 있다

> ②
> 눈물로 적시고 또 적시여도
> 속절없이 식어가는 네 흰 가슴이
> 저 꽃으로 문지르면 더워 오리야
>
> 아홉밤 아홉낮을 빌고 빌어도
> 덧없이 스러지는 푸른 숨ㅅ결이
> 저꽃으로 문지르면 도라 오리야
> (생략)
>
> - 「門열어라 鄭道令아」 일부분 -

　①과 ②에서 볼 수 있는 눈물의 이미지는 소망의 발현체이자 삶의 깊이
를 알아 버린 현자의 눈물이기도 하다. 삶이란 고통스럽고 한스럽다는
것을 드러내는 눈물의 이미지는 서정주의 시에 드러나는 특징이기도 하
다. 물의 이미지 중 감정이 담긴 휴머니즘의 물은 오직 인간이 흘리는
눈물밖에는 없다. 눈물 속에 번져오는 삶의 아픔이 환기시키는 진리의

세계는 질펀한 그들의 삶의 이야기들로 시작되는 경우가 서정주의 특징이다. 그의 시에 나타나는 눈물은 아픔과 한의 응결체가 아닌 엑스타시의 눈물이며, 우주적 순환원리의 윤활유와도 같은 존재이다.

②시는 '눈물로 적시고 또 적시여도'에서처럼 반복적인 슬픔의 깊이를 더 해야만 '더워 올 수 있는 가슴'이 될 수 있다는 진리를 보여준다. '아홉 밤 아홉 낮을 빌어도 덧없이 스러지는 푸른 숨결'로 무너질 수 있다는 비극적 깊이를 수용할 수 있어야 됨을 의미하는 것이다. 결국 '문열어라, 정도령아'라고 끝없이 외치는 절규는 정도령에 대한 절규이기보다는 삶의 무게를 떠받들고 있는 우리 자신의 비극적 무게에 대한 절규인 것이다.

비극성이야말로 인간세상에서 만나게 되는 보편적인 이미지로서 화자는 운명적 삶 속에서 번져 나오는 눈물이나 이별의 강물, 해일이 넘치는 바다의 상징성을 통하여 근원적인 아픔의 근저에 다가가려는 몸짓을 보여주고 있다. 이것이 바로 서정주가 이야기하고픈 상상력의 핵심인 것이다.

서정주는 여성적인 것을 근원적인 상상력의 모태로 삼고 있는 경우가 대부분인데, 그의 시세계에 나타나고 있는 여성적 이미지는 대체적으로 기다림의 이미지로 드러나고 있다. 그에게서의 기다림이란 평범한 의미의 기다림이 아닌 시간과 공간을 넘어선 기다림으로 대지의 근원적인 이미지와 궤를 같이하고 있다. 대지와 바다는 늘 항상 있는 그 자리에서의 질서를 구현하고 있으며, 생명을 잉태하고 키우기 위한 기다림과 함께 하고 있다.

> 新婦는 초록 저고리 다홍치마로 겨우 귀밑머리만 풀리운 채 新郎하고 첫날밤을 아직 앉아 있었는데, 그만 오줌이 급해져서 냉큼 일어나 달려가는 바람에 옷자락이 문 돌쩌귀에 걸렸습니다. 그것은 新郎은 생각이 또 급해져 제 新婦가 음탕해서 그 새를 못 참아서 뒤에서 손으로 잡아다리는 거라고, 그렇게만 알곤 뒤도 안 돌아보고 나가 버렸습니다. 문 돌쩌귀에 걸리니 옷자락이 찢어진 채로 오줌 누곤 못 쓰겠다며 달아

나 버렸습니다.

　　그러고 나서 四十年인가 五十年이 지나간 뒤에 뜻밖에 딴 볼일이
생겨 이 新婦네 집 옆을 지나가다가 그래도 잠시 궁금해서 新婦방 문을
열고 들여다보니 新婦는 귀밑머리만 풀린 첫날밤 모양 그대로 초록
저고리 다홍치마로 아직도 고스란히 앉아 있었습니다. 안스러운 생각
이 들어 그 어깨를 가서 어루만지니 그때서야 매운재가 되어 폭삭 내려
앉아 버렸습니다. 초록 재와 다홍 재로 내려앉아 버렸습니다.

- 「新婦」 전문 -

전설 속에서 나오는 신부의 모습은 기다림 그 자체의 의미로 상징된다.
첫날밤의 신부의 모습은 오직 앉아서 기다리는 일 외에는 아무 것도 할
수 없는 이미지로 제시된다. 이러한 상황에서 신랑의 줄행랑을 통해 비극
적 상황을 고조시킨다.

　숙명론은 시 속에 등장하는 여성들을 통하여 구체적인 기다림의 몸짓으
로 구현되고 있다.[136] 현실 속에서는 일어날 수 없는 사건들이 연속되고

---

136) 경남대 차호일은 박사논문에서 미당의 여인상을 초기, 중기, 후기로 나누어서
　　각각 고찰하고 있다.
　　초기는 바깥 사회현실과 자신 양쪽에서 죄어오는 불안과 방황으로 말미암은 긴
　　장감이 늘 함께 한다. 현실에 타협하고 순응하기 보다는 현실을 일탈하고 도전
　　하며 거꾸로 자신의 욕망을 현실 속에서 실현시키고자 하는 태도가 강하며 강
　　할수록 그러한 여성 육체와 관능의 이상화 또는 강도를 더하는 것으로 나타나
　　며, 중기는 일상 속으로 복귀하는 여인, 여러 전설 속에서 끌어들인 여인, 남성
　　적 시선에 의하여 타자화된 존재로서 그 굴레를 자각하는 여성으로 드러나며,
　　신비로운 모습으로 구현되기도 하는데 이러한 남다른 능력을 가진 여성을 통하
　　여 여성에 대한 차별적 현실에 대한 상상력을 발휘하고 있다는 것이다. 중기 시
　　에 나타나는 이러한 변화는 여성에 대한 관점을 개방화시킨 결과를 드러내는
　　것으로 본 반면, 후기 시는 자연과의 일체감을 실현하거나, 우주와의 조화를 통
　　해 초월의 시공간으로 들어서서, 현실적이고 신화적인 질서를 구현하는 여인상
　　으로 그리고 있다. ‘외할머니’라던가 ‘이생원 마누라’라던가 ‘석녀 한물댁’에서
　　느낄 수 있는 신비성이 바로 그러한 예이다.
　　이렇게 현실의 여성성은 초월적 능력의 신모나 거모의 모습으로 변환함으로써
　　주력적 관념을 뛰어 넘는 우주 원리로서 현실적으로 존재하기 힘든 주술의 세
　　계를 끌어들이고 있다‘

있는 것이다. 4·50년을 기다리게 하는 신랑의 뻔뻔함도 그러려니와 오줌을 누러 가는 사건이 발단이 되어서 일어나게 되는 어처구니 없는 일도 그렇다. 오줌을 비롯한 배설물을 통한 카타르시스는 성적 유희의 끝에 만나게 되는 카타르시스와 일치되는 본능의 소산이다. 서정주는 관능적 이미지와 본능적 배설행위의 병치를 통하여 현실 속에서 전도된 불일치의 인간관계를 벗어나려는 몸부림을 보여주고 있다.

이와 같이 물의 이미지는 때로는 관능적 행위의 과정에서 도출되는 생명의 유액과 일치되어 드러나고 있다. 또 그러한 과정을 전설 속의 여성의 이미지로 환기되어 나타나기도 한다. 따라서 초록재와 다홍재는 아름다운 신부의 죽음의 이미지이자 천년 세월이 지나도 흐르고 흐르는 모성의 이미지이기도 한 것이다. 그러나 시에서 드러나는 비극성은 더 이상의 비극성으로만 머물지 않고 강인한 생명력으로 거듭 태어난다.

이상에서 살펴보았듯이 미당의 시세계에 드러난 물의 이미지는 정적의 이미지가 아닌 역동적인 상상력으로 연계되고 있다. 물은 눈물의 이미지로 변용되어 나타나거나 수직적 혹은 순환적인 상상력으로 유입되는 경우가 대부분인데 이는 박재삼과도 맥을 같이 한다. 특히 설화 속의 여인의 모습이 바로 바다와 눈물의 이미지를 대변하는 인물들로 드러나는 장면이

---

차호일, 「미당 시에 나타난 여인상 연구」, 경남대(박사), 1999.6, pp.74-75.
본고에서 살피는 부분은 바로 차호일이 지적한 중기와 후기에 속하는 여인상과 일치하고 있다. 그의 시에 나타나는 여인상에 대한 논란은 유교주의적 질서의 재현이냐, 개방성에 대한 단초냐에 따른 많은 논란이 있지만, 본고는 개방성과 유교주의적 질서의 중간자적 입장에서 서술하고자 한다. 그의 여성에 대한 관념은 내용면에서 진보적인 면보다는 기다림과 인종의 미학을 강요받는 태도를 보이는 것이 사실이며, 신화적 상상력을 통해 그들을 해방시켰다기보다는 우리 여인네들의 삶의 모습을 통한 신비주의적이고 주술적인 상상력을 통한 고전적 호기심의 일환으로 사용되고 있는 면이 훨씬 강하여, 소재론적 측면으로 사용되었다고 본다.

흡사하다.

바다와 대지는 여성성을 대표하는 이미지로, 삶의 비극성마저 초월할 수 있으며 강인한 생명력을 잉태할 수 있는 수평적 상상력의 근간을 이루고 있다. 캠밸은 중국의 <도덕경>을 설명하는 자리에서 '스스로 안다고 생각하는 자는 알지 못한다. 알지 못한다고 생각하는 자는 실은 알고 있다. 이렇게 볼 때 안다는 것은 실은 모르는 것이고 모르는 것이 아는 것이다'137)라고 말함으로써 진리에 다가 설 수 없는 인간의 한계성을 지적하고 있다. 무수한 신화적 사유와 문명의 차이를 설명하려 노력했던 신화학자 캠밸의 이러한 지적 한계성의 포고는 일종의 유한자로서의 인간이 나아갈 길이 어떠한 길인지를 보여준다

캠밸은 신화가 자연과 개인의 본성을 통합시킨다고 보아 상상력으로 구현된 작품 속에서 인간과 무의식 속의 신화의 세계 즉 본원적인 고향으로 다가 설 수 있는 가능성을 시사하고 있다. 천체적, 우주적 의미의 신화적 상상력은 작품 속에 구현된 해와 달, 별들의 총체적 상징물로 구현된 세계를 의미한다.138) 이때 이러한 상상력을 통하여 인간의 근원적 존재 규명의 장소를 지상이 아닌 천상으로 드러내려는 이유는 근원 회귀적 욕망을 실현시킬 수 있는 공간으로 보았기 때문이다.

인간의 무한한 상상력 가운데 천상적인 곳으로 다가서려는 욕망, 비상하려는 욕망, 하늘에서 내려왔다는 설화나 신화적 상상력의 근간은 모두 인간이 얼마나 우주와의 합일을 꿈꾸고 있는가를 극명하게 보여 주는 것

---

137) 조셉 캠벨·빌 모어스, 『신화의 힘』, 이윤기(옮김), 고려원, 1992, p.119.
138) 물론 이러한 상징체계를 이용한 해석 방법은 지나친 도식화된 분석과 소재주의에 빠질 한계성을 내재하고 있다. 그러나 이것은 원형론적 입장에서 고찰하는 방법상의 문제라고 본다. 또 실제 작품 속에 드러난 소재를 통한 주제 구현은 작가의 상상력을 제공받는 근원적인 단초적 사유체계를 엿볼 수 있기에 본고에서는 편의상 소재를 중심으로 작가의 상상력을 究明할 수 있음을 밝힌다.

이다.

문명은 신화를 바탕으로 이루어지고 있으며, 영원히 살 수 없는 인간에게 신화는 고대문화의 시작과 더불어 永生不死의 꿈으로 드러난다. 좀 더 편안히, 좀 더 신과 같은 형상으로 세상에 존재하려는 인간의 모습은 신의 모습과 닮아가려는 끝없는 노력이기도 하다.

신화적 상상력은 바로 이러한 인간들이 만들어 낸 주술적인 공간으로 형상화되기도 하며, 신비스런 공간으로 재창조되기도 한다. 신화적 상상력의 공간은 비상을 꿈꾸는 사람들의 발원이 수직적인, 즉 상승의 상징체계들로 채워져 좀더 대지의 한계를 극복하려는 인간의 노력들로 나타나고 있는 것이다.

신화는 메시지이며 이러한 신화 속에 등장하는 자연의 이치를 해독하는 것은 오늘을 살아가는 현대인들의 근원적인 고독과 갈등, 그리고 생의 유한성을 해결해 줄 수 있는 지혜의 열쇠이기도 하다. 마치 점성술사가 그 천체의 움직임을 하나하나 해독해 나가듯 신화적 상상력 속에 떠 있는 우주와의 합일을 꿈꾸는 인간이라는 유한자의 암호를 해독할 수 있는 단서가 되기도 한다.

서정주의 시세계에는 서러움을 정면에서 이야기하는 경우가 대부분이다. 서러움의 이야기를 이야기한다 하더라도 그 강도를 심화시켜 설화 속의 한 장면으로 객관화시킴과 동시에 우리의 모습을 들여다 볼 수 있는 환기의 창을 마련해 주기도 한다. 우주적 혹은 천상의 공간으로 이야기를 끌어올리는 것은 좀더 많은 서러움의 이야기를 증폭시켜 인간의 서럽고 한스러운 마음을 도닥거려 줄 수 있기 때문이다. 작가는 이런 이야기를 우주의 보편적 질서에 편입시킴으로써 마침내는 공동체적 상상력의 세계를 이끌어 내고 있다. 이는 집단 공동체적 무의식을 통하여 그들이

원하고 생각하는 삶 속에서의 진정성이 무엇인가를 살펴보는 휴머니즘을 의미한다.

그의 시에는 천상적인 공간으로 날아오르려는 인간의 소박한 소망의 구현체로 하늘, 새, 꽃, 빛 등의 이미지가 등장한다.

산은 고향의 始原의 근원적 세계로의 합일을 꿈꾸는 많은 생명체들이 풍만한 모습과 따스함을 전하고 있으며 자연과의 합일을 꿈꾸는 자들의 유토피아인 것이다. 자연과 우주의 원형에 가장 가까운 산이 인간의 심성과 하나되어 표출되어 드러나기도 하며 인간의 욕망을 분출해 내는 수직적 높이로 나타나기도 한다. 또 때로는 이들이 오르고 넘는 목표물이자 상승과 승화의 욕구를 내재하고 있는 욕망의 무덤으로 표상되기도 한다.

하늘은 人乃天의 모습을 안고 있는 그대로의 우주를 나타내는 것으로 고대 한국의 여러 부족사회에서부터 제천의식을 비롯한 하늘에 대한 상상력은 인간이 신화의 세계를 수용하는 샤머니즘적 믿음에 기초하고 있는 것이다.139)

    ①
옛날 옛적에 하느님의 아들 환웅님이 新婦감을 고르려고 白頭山 중턱에 내려와서 어쩡거리고 있을 적에 곰하고 호랑이만 그 新婦감 노릇

---

139) 실재 북아시아의 우랄알타이계 언어에서 하늘(天)은 탱그리(Tangri)이자 신(神)이
다. 그들에게는 하늘, 유일신의 사상이 있었다. 이는 유태, 그리스, 이슬람교에
공통되는 것으로 이것을 유목민의 사유라고 생각해도 무방하다. 이렇게 볼 때
한국인의 하늘, 하느님 사상은 단군신화에는 정착 농경민의 사상도 나타나 한국
종교의 기층의식에는 이들 두가지가 혼재하고 있는 것이기도 하다. 단군신화의
원형은 한국의 원형이 되기도 하는데 단군은 하늘을 상징하는 환웅과 땅을 상
징하는 웅녀의 사이에 탄생하였으며 이는 '神人合一'의 사상의 기초가 된다. 따
라서 자연을 자연 그대로 보는 자연주의는 인간의 강한 주체의식에 대한 자연
해석이며 초월적 존재마저 인간화시키고 있는 것이다.
김용운, 『원형의 유혹』, 한길사, 1995, pp.355-365.

을 志望한 게 아니라, 사실은, 까치도 그걸 志望했던 것이라는 이야기가
있습니다.

- 「까치마을」 일부분 -

②
여름 하늘 쏘내기 속의 천둥 번개나 벼락을 많은 질마재 사람들은
언제부턴가
무서워하지 않는 버릇이 생겨 있습니다.

- 「분지러 버린 불칼」 일부분 -

③
-1 이 땅 위의 場所에 따라, 이 하늘 속 時間에 따라, 情들었던 여자나
남자들 떼내 버리는 方法에도 여러 가지가 있겠읍죠.

-2 그런데 그것을 우리 질마재 마을에서는 뜨끈뜨끈하게 매운 말피
를 그런 둘 사이에 좌악 검붉고 비리게 뿌려서 영영 情떨어져 버리게
하기도 했습니다.

-3 모시밭 골 감나뭇집 辟莫同이네 寡婦 어머니는 마흔에도 눈썹에
서 쌍극한 제물香이 스며날 만큼 이뻤었는데, 여러해 동안 도깝이란
別名의 사잇서방을 두고 田畓 마지기나 좋이 사들인다는 소문이 그윽
하더니, 어느 저녁엔 대사립 門에 인줄을 늘이고 뜨끈뜨끈 맵고도 비린
검붉은 말피를 좌악 그 언저리에 두루 뿌려 놓았습니다.

-4 그래 아닌게아니라, 밤에 燈불 켜 들고 여기를 또 찾아 들던 놈팽
이는 금방에 情이 새파랗게 질려서 「동네 방네 사람들 다 들어 보소
… 이부 자리 속에서 情들었다고 예편네들 함부로 믿을까 무섭네…」
한바탕 왜장치고는 아조 떨어져 나가 버렸다니 말씀입니지요.

-5 이 말피 이것은 물론 저 新羅적 金庾信이가 天宮女 앞에 타고
가던 제 말의 목을 잘라 뿌려 情떨어지게 했던 그 말피의 效力 그대로서,
李朝를 거쳐 日政初期까지 온 것입니다마는 어떨갑쇼? 요새의 그 시시
껄렁한 여러 가지 離別의 方法들보단야 그래도 이게 훨씬 찐하기도
하고 좋지 안을갑쇼?

- 「말피」 전문 -

①, ②, ③은 모두 하늘과 관련된 '질마재' 사람들의 생각을 표출하고 있는데, <단군신화>의 신화적 배경을 우의적으로 설정하여 토테미즘적 상상력을 펼치고 있다. 이는 인간과 자연, 人性을 반영하고 있는 동물을 의인화함으로써 동물 속에 내재한 人性과 인간의 무의식에 내재한 동물적 속성을 병치시켜 우주의 원소인 인간의 욕망 구조를 자연스럽게 드러내고 있는 것이다.

김열규는 '에벤크 族 神話'에서 그들의 최초의 태조인 '만기'가 '사아먼 나무'인 '투르'와 맺어져 있는데 그가 곰이었다고 지적하면서, '달나무'는 달의 신이 짐승으로 관념화되어 있는 경우 대부분 곰으로 화하고 있음을 지적하고 있다.140) 이와 궤를 함께 하는 <단군신화>에 드러난 상상력이 보편적인 반인반수의 상상력의 단초를 제공한다고 본다면 단군신화는 보다 인간적인 상상력을 드러내고 있는 것으로 볼 수 있으며 이는 휴머니

---

140) 김열규, 『한국의 신화』, 일조각, 2000, pp.53-54.
　　그는 또 달의 神格이 곰으로 표상되었다가 그 신격이 인격화 되면서 반인반수적인 관념을 파생시켰다는 사실을 지적하면서 그리스 신화의 '아르데미스 신'을 예로 든다. 에벤크 신화와 그리스 신화 그리고 단군신화의 직접적 관련성의 여부는 이러한 세 신화의 공통점으로 신, 곰, 나무가 짝을 이루고 있으며 이 나무는 무당의 나무-주술적 요소-로 볼 수 있다는 견해에서 드러난다. 즉 신이 나무를 타고 地上에 내린다는 단군신화의 관념에는 북방아시아 샤아머니즘의 이른바 '나무오르기' 主旨가 투영되었을 것이라는 지적으로 필자의 생각도 이와 같다.
　　즉 아르테미스 신의 반인반수의 모습 속에서 우리는 인간에 투영된 반인반수의 성정이 담겨 있다는 지적과 함께 단군신화에 나타난 신의 베필로 곰을 선택한 것도 신과 여성의 관계, 여성과 뮈토스의 관계를 드러낸다고 볼 수 있다.
　　즉 파토스와 뮈토스의 세계를 이성적이고 유교주의적인 사회에서 남성으로 표현하지 않고 여성성으로 재생시키고 있음은 인간의 본성의 자리에 로고스와 파토스의 측면을 토템으로 드러난 웅녀와 신성성으로 표출된 남성과의 결합을 통하여 드러내려는 것으로 볼 수 있다.
　　서정주의 시세계에 드러난 여성의 이미지는 생명에 대한 본질을 남성보다 강하게 인지하고 있는 존재로서 자신의 의지를 끝까지 관철시키는 강인한 여성의 이미지로 드러나며 본능과 관능에 더욱 충실한 소유자로 나타나고 있는 것도 이러한 사유의 편린에서 시작되고 있는 것으로 보인다.

즘 지향성에서 크게 벗어나지 않는 것이다. 즉 인간의 욕망의 근저에 자리 잡고 있는 무의식과 충동을 신화 속의 뿌리를 찾아내는 데 토테미즘적 상상력을 투영시킴으로써 보다 강인하고 당위적인 여성성과 주술적, 신화적 상상력을 통한 굳건한 믿음을 구축하는 데 일조를 하고 있는 것이다.

②는 '질마재' 사람들이 무의식 속에 하늘이 인간의 삶과 동떨어진 세계가 아닌 인간과 자연이 조응하는 생활의 공간, 자연의 공간으로 자리잡고 있음을 보여준다. 심지어 우주의 질서를 거슬렀을 때 치러야 하는 벼락이나 천둥의 수용태도 또한 두려움의 상징물이 아닌 관습 속의 상징소로 여기고 있음을 알 수 있다.

③은 소박하고 단순한 남녀의 이별 이야기를 신화적인 상상력을 통하여 보편적인 삶의 양상으로 드러내려고 하는 시인의식이 엿보이고 있다. '땅 위의 장소에 따라 하늘 속 시간에 따라'는 우주의 질서, 근원적 시간의 모습을 드러내고 있으며 이에 따른다는 것은 자연의 피조물인 인간의 삶 속에 이들의 생명력이 내재해 있을 것이라는 믿음을 보여주는 것이다.

『질마재 신화』에는 이렇게 인간의 현실적인 삶에서 드러나고 있는 보편적인 원리를 시원의 공간에 있었음직한 질서와 일치시키고 있음을 발견할 수 있다.

말피를 뿌리는 것은 일종의 주술의 시간으로 들어가는 의식의 단초를 보이고 있는것이다. ③-3에서 보이고 있는 감나뭇집 과부의 외모에서 보여지는 신비주의적인 분위기는 뭇 마을 사람들에게 회자되고도 남을 정도의 미모라는 사실과 그런 과부인 여인네가 혼자서 살아가기가 지난했음을 유추할 수 있게 해준다.

이러한 상황은 주술적인 힘을 빌려야만이 인구의 회자에서 벗어나 공동체적 삶을 영위할 수 있음을 의미한다. 즉 화자는 개인적 질서의 세계에서 보편적 순환의 세계로 회귀될 수 있는 구제의 방법으로서 주술성을 선택하고 있다. 이는 신화적 세계의 진입을 위한 하나의 제례의식을 드러내는 것으로 ③-4의 주술의 힘이 인간의 질서에 영향을 끼치고 있음을 보여주고 있다. 따라서 ③-5의 김유신 설화는 하나의 주술이 삶 속에 내재되어 있었으며 역사적 사건과 관련이 있었음을 상기시켜 줌으로써 미신적인 행위가 아니었음을 드러내고 있는 것이다.

미신과 주술의 차이는 인간의 건강한 삶의 질서와 개연성이 있느냐 없느냐의 문제로 귀착된다. 천상적 세계의 질서가 인간의 삶의 질서와 다르지 않다고 생각하는 <질마재>의 이야기는 인간의 이야기이자 신의 이야기라고 볼 수 있다.

> <눈들 영감 마른 명태 자시듯>이란 말이 또 질마재 마을에 있는데요. 참 용해요. 그 딴딴히 마른 뼈다귀가 억센 명태를 어떻게 그렇게는 멀리끝에서 꼬리끝까지 쪼끔도 안 남기도 목구멍 속으로 모조리 다 우물거려 넘기시는지, 우아랫니 하나도 없는 여든 살짜리 늙은 할아버지가 정말 참 용해요. 하루 몇십 리씩의 지게 소금장수인 이 집 손자가 꿈속의 어쩌다가 떡처럼 한 마리씩 사다 주는 거니까 맛도 무척 좋을 테지만 그 사나운 뼈다귀들을 다 어떻게 속에다 따 담는지 그건 용해요.
> 이것도 아마 이 하늘 밑에서는 거의 없는 일일 테니 불가불 할 수 없이 神話의 일종이겠읍죠? 그래서 그런지 아닌게 아니라 이 영감의 머리에는 꼭 귀신의 것 같은 낡고 낡은 탕건이 하나 얹히어 있었습니다. 똥구녘께는 얼마나 많이 말라 째져 있었는지. 들여다보질 못해서 거기까지는 모르지만……
>
> - 「눈들 영감의 마른 명태」 전문-

위 시에서 보이는 신화의 개념은 독특하다. '하늘 아래 전래 없는 새로운 이야기'라는 뜻으로 쓰여진 신화의 개념은 하늘의 이야기를 전해주는 것으로 규정되고 있다. 이때 눈들 영감의 마른 명태를 먹는 행위는 욕망을 해결하는 인간의 소박한 삶의 모습을 담은 이야기라고 간주할 수 있다. 가난한 영감의 모습을 희화화시킨 '낡은 탕건'은 우리의 유습을 의미한다. 탕건을 쓰고 있는 영감은 이성적 질서를 대표하는 로고스의 세계이며 명태를 먹고 있는 영감의 모습은 인간의 욕망에 보다 충실한 파토스적인 인간을 대표한다. 이들 둘의 세계가 빚고 있는 뮈토스적 상상력은 인간의 모습도 동물의 모습도 아닌 탕건이 주는 의미의 모호성 때문에 더욱 흥미롭다. 따라서 명태는 삶이 주는 희극성과 함께 인간의 욕망의 구현체로서 일상적 삶의 모습을 거리낌없이 드러내는 것으로 서정주식 신화의 개념이기도 하다.

신화란 현실과 이상의 양가적 삶의 모습을 궁극적으로 동시에 지향하는 것을 의미한다. 따라서 서정주는 삶의 현장성을 담보로 해 낼 수 있는 공간을 설정함으로써 보다 인간적인 신화의 세계로 이끌고 있는 것이다.

> 가난과 괴로움을 가장 많이 겪은 우리同胞들은
> 가장 깊은 마음의 水深을 가졌다.
> 하늘이라야만 와서 건넬만큼 되었으니
> 하늘이 몸담은 것을 잘 보게 될 것이다.
>
> - 「蘭草 잎을 보며」 일부분-

인간의 삶의 모습을 적나라하게 보여주고 있는 서정주의 시 공간 속에서는 현실의 고단함이 부정적으로만 묘사되고 있지 않다. 삶의 긍정성도 부정성도 모두 삶의 본질적 속성임을 작가는 꿰뚫고 있다. 가난과 괴로움을 가장 많이 겪은 동포의 수심은 곧 하늘의 마음이다. 결국 하늘이라야만 삶의 고단함을 씻어줄 수 있다는 믿음을 통하여 우주적 질서에 편입하고자 하는 욕망을 강하게 드러내고 있다.

「귀여운 내 아들아. 네가 내려가서 살며 다스리고 싶은 나라를 네사
손수 골라 보아라.」 아버지 하느님은 말씀하셨습니다. 그래 아들 환웅
은 산과 벌판과 강과 바다들로 오밀조밀 짜여 있는 이 땅 위의 세상을
빈틈없이 두루두루 눈여겨보고 있었는데, 여러 모로 비겨 보고 또 비겨
보아도 우리 조선-한국보다 더 그 마음에 드는 나라는 찾아 볼 수 없었
습니다.

- 「하느님의 생각」 일부분-

이는 단군신화를 재구성한 이야기로 '우리 조선-한국보다 더 그 마음에
드는 나라는 찾아 볼 수 없었다'라는 구문 속에서 신비주의와 친근감이
동시에 나타난다. 이때 '하느님의 생각'은 결국 화자의 생각이다. 화자는
질마재를 통하여 인간다운 삶이 펼쳐지는 공간이야말로 신의 뜻과 부합되
는 삶이라는 것을 말하고 있다. 따라서 건국신화에 나타난 신성성과 휴머
니즘이 어우러진 상상력을 통하여 화자는 삶의 신비로움을 이야기하고
있다.

　서정주의 하늘은 따라서 인간의 삶의 질서와 우주의 질서가 하나됨을
보여주는 공간이다. 인간이자 신의 모습으로 탈비꿈하면서 살아가는 인간
들의 상징적 공간인 것이다. 이러한 우주적 상상력을 따라 나타나는 달,
별, 그리고 꽃과 새의 모습이 등장한다.

①
千年맺힌 시름을
출렁이는 물살도 없이
고은 강물이 흐르듯
鶴이 나른다

千年을 보던 눈이
千年을 파다거리던 날개가

177

또한번 天涯에 맞부딪노나

- 「鶴」 일부분 -

②
내 마음 속 우리 님의 고운 눈썹을
즈문 밤의 꿈으로 맑게 씻어서
하늘에다 옮기어 심어 놨더니
동지 섣달 나는 매서운 새가
그걸 알고 시늉하며 비끼어 가네.

- 「冬天」 전문 -

③
그렇지만 選手들의 鳶 자새의 그 긴 鳶실들 끝에 배달은 鳶들을 마을
에서 제일 높은 山 봉우리 우에 날리고, 막상 勝負를 겨루어 서로 걸고
재주를 다하다가, 한 쪽 鳶이 그 鳶실이 끊겨나간다 하드래도, 勝者는
<졌다>는 歎息 속에 놓이는 게 아니라 그 반대로 解放된 自由의 끝없
는 航行 속에 비로소 들어섭니다.

- 「紙鳶勝負」 일부분 -

①, ②, ③에 공통적으로 드러나고 있는 이미지는 상승적인 욕구를 환기
하는 심상을 중심으로 펼쳐지고 있다. 이때 현재의 시공을 초월한 모습으
로 다시 태어나고 있는 중심 이미지는 새이다. 학은 중국으로부터 지중해
연안에 이르는 지역 문화 속에서 정의, 장수, 선량함, 근면한 영혼, 고운
영혼을 의미하며[141] 때로는 민족을 드러내는 원형으로 사용되기도 했다.
상징은 시적 진실성을 드러낼 수 있는 요소들로 채워지는 것이 상례이
다. 원형이 상징하고 있는 개념들로부터 집단 무의식을 도출하는 과정에
서 좀 더 진실에 가까운 집단의 의식을 이끌어 낼 수 있다는 사실에 유념한
다면, 학이 환기하고 있는 원형심상은 순수한 영혼의 승화로 볼 수 있다.

---

141) 이승훈, 『문학상징사전』, 고려원, 1995, p.515.

이 때 '천년 맺힌 시름을 출렁이는 물살도 없이 학이 나르고' 있는 것은 학이 지니는 순결한 영혼을 통해 시름이 정화되리라는 믿음을 상징하는 것이다.

강물은 의식의 흐름이자 우주의 흐름을 의미하는 것으로 서정주의 시를 이해하는 중요한 요소가 된다. 물은 정화된 세상을 준비하는 생명수이자 새롭게 태어나는 미래의 시간을 유입하는 관념의 물이기도 하다.

또한 시름은 원죄 의식의 부산물이자 인간의 삶 속에 내재화되어 있는 현존자의 자각에서 빚어지는 결과물이기도 하다. 이러한 인간의 근원적 시름을 '고은 강물'이 흐르듯 학이 실어 나르는 것은 흐르는 물에 원죄를 씻어낼 수 있다는 정화작용을 의미하는 것이기도 하다.[142] 학을 통한 죄의 씻음과 정화를 꿈꾸었던 집단 무의식이야말로 우주와의 보편적 질서에 합일될 수 있는 유일한 길이라는 주술적 믿음을 노래한 것으로 보인다.

②는 절대적 외경의 세계를 천상적인 상상력 속에 펼쳐 보임으로써 인간의 삶 속에 용해되어 있는 삶의 의지와 천상적인 질서와의 합일을 도모하고 있다. '우리님의 고은 눈썹'과 '즈문 밤의 꿈'은 동일한 이미지로 인간의 순일한 소망을 나타낸다. 서정주의 시에는 거세된 시간 관념이 곳곳에 드러나고 있다. 즈문, 천년의 간절한 소망들은 이미 지상계의 시침 과는 무관한 공간 속으로 영입됨으로써 인간계와 지상계의 바늘을 돌려놓

---

142) 인도에는 사가라 왕의 6만 아들들이 오만함 때문에 화장을 당하는 벌을 받았는 데 여신강가가 그들의 유해를 정화시키기 위해 하늘에서 내려와 벵골만의 삼각 주에서 그 의식을 치루었고 그 후 그 강이 여신의 이름을 본따 갠지스 강으로 불리게 되었다는 것이다. 그 때 이후로 인도의 힌두교인들은 갠지스 강을 신성 한 강으로 생각하고. 그곳에서 목욕재계를 하면 그들의 모든 죄가 일시에 깨끗 이 씻긴다고 믿게 되었고 또한 그 강에 빠져 죽은 사람은 신들의 세계에 다시 태어난다고 생각했다.
알레브 라이틀 크루티어, 『물의 역사』, 윤희기(옮김), 예문, 1995, p.98.

고 있다.

헤아릴 수 없는 시간은 억겁의 시간이자 순간이기도 하다. 따라서 인간의 존재는 무한한 것임과 동시에 찰나적 존재이기에 현실계에서 이룰 수 있는 꿈을 절대적인 공간인 하늘로 중심을 이동시킴으로써 영원의 세계로 재생될 수 있음을 보여주고 있다. 휴머니즘은 어디까지나 인간 중심적인 진리가 아닌, 결국 인간을 존중함으로써 우주적 만물 하나하나에 경외심을 가질 수 있는 의지의 상승이기도 한 것이다.

③은 인간의 욕망을 드러낼 수 있는 연을 소재로 마을 사람들의 공동체적 삶의 모습과 축제의 공간을 펼치는 이야기와 함께 보편적 삶의 질서로부터 일탈하고자 하는 인간의 근원적인 욕망의 근저를 다루고 있다.

'마을에서 제일 높은 산 봉우리 위에' 연을 날리는 모습 속에서 작가는 '해방된 자유의 끝없는 항행'을 유추하고 있는 데, 이는 연이 상기시키고 있는 순환적인 삶의 질서가 어떠한 것인가를 궁극적으로 드러내고 있는 것이다.

연을 날리는 행위는 부정한 것들을 모두 실어 태워버리는 주술적 행위이며 始原의 공간인 우주와의 합일을 소망하는 모습이다. 이것은 근원적인 공간으로 되돌아가려는 회귀의식의 일종이다. 인간과 우주의 질서가 온전히 하나였다는 것을 보여주고 있는 것이자, 우주의 질서에 합일하는 것이 인간의 삶을 경건하게 받아들이는 휴머니즘의 태도임을 알리고 있는 것이다.

## 2) 박재삼의 '바다'와 '햇살'의 신화적 세계

박재삼의 시에 등장하는 눈물의 이미지와 바다의 이미지는 한의 이미지를 주축으로 한 재생의 모습을 내재하고 있어 서정주의 시에서 등장하는

물의 이미지보다 훨씬 무겁고 깊은 현실적 삶의 모습으로 구현되는 경우
가 대부분이다. 특히 그의 시에 나타나는 가난의 이미지와 결합된 한의
이미지는 설화적인 인물의 차용에서도 드러난다. 서정주의 「추천사」에서
그네를 '아주 내어 밀듯이'처럼 그의 시세계에 나타난 바다와 하늘 역시
이상향으로 드러난다. 이는 바로 현실 속의 일탈성을 꿈꾸는 시인의 의식
의 변형이기도 하다.

> 골목골목이 바다를 向해 머리칼같은 달빛을 빗어내고 있었다.
> 아니, 달이 바로 얼기빗이었었다. 홍부의 사립문을 通하여서 골목을
> 빠져서 꿈꾸는 숨결들이 바다로 간다. 그 程度로 알거라.
>
> 사람이 죽으면 물이 되고 안개가 되고 비가 되고 바다에나 가는
> 것이 아닌 것가. 우리의 골목 속의 사는 일 중에는 눈물 흘리는
> 일이 그야말로 많고도 옳은 일쯤 되리라. 그 눈물 흘리는 일을
> 저승같이 잊어버린 한밤중, 참말로 참말로 우리의 가난한 숨소리는
> 달이
> 하는 빗질에 빗어져, 눈물 고인 한 바다의 반짝임이다.
>
> - 「가난의 골목에서는」 전문 -

'사람이 죽으면 물이 되고 안개가 되고 비가 되고 바다에나 가는 것이
아닌 것가'에서 느껴지는 것처럼 돌고 도는 인생의 이미지는 즉 순환적인
바다의 구조적 원리를 통해 '눈물 고인 한 바다의 반짝임'으로 마침내
흘러 나가고 있는 것이다.

그의 바다는 슬픔의 바다나 역동적인 바다의 이미지보다는 靜中動의
바다이며, 슬픔을 한껏 머금고 있는 현실의 바다이자 이상세계로의 바다
로 이어지는 순환적인 바다이다. 그의 바다는 포용과 관용의 바다로서
마침내 당도해야 할 인생의 마지막 목적지이다. 따라서 그의 시의 주인공

인 '흥부'를 통하여 나타나는 가난의 이미지는 '골목골목이 바다를 향해 머리칼 같은 달빛을 빗어내고 있는' 찬란한 상상력으로 재현되고 있는 것이다.

우리가 살고 있는 현실에서 마침내 신화 속의 달빛을 맞으며 하늘로의 상승을 꿈꾸는 인간의 본능적인 일탈의 시도가 곳곳에 드러난다. 바다는 그에게 있어서 구원의 이상향이자, 현실과의 화해의 공간이기도 하다. 따라서 바다가 머금고 있는 일렁임의 반짝임은 바다가 안고 있는 고통의 무늬결이며, 벗어던질 수 없는 고뇌의 이미지다.

삶이란 고통과 유리될 수 없는 격랑이기에 고통을 담담히 수용해야 한다. 마치 파도치지 않는 바다가 없듯이 삶의 바다를 끌어 안아야 하는 것이다. 화자는 '그 정도 알거라' 라고 이야기하듯이 삶의 유형을 조망하고 있다. 즉 삶이란 스스로가 체득해 나아가야 할 길이라는 것을 화자는 설파 하고 있는 것이다.

고통은 고통을 스스로 느끼는 자의 것이기도 하다. 박재삼에게 있어서 삶은 고통의 벼리였으며, 거대한 바다로 던져진 그물이기도 하였다. 고통 으로 짜여진 그물 속에서 박재삼은 바다로 던져진 자신의 삶을 관조하려 하였던 것이며, 독자에게 삶의 비밀을 들려주고 싶었던 것이다. 따라서 한이 내재화된 눈물은 바로 그의 치열한 시의식의 표상인 것이다.

진주남강 맑다 해도
오명가명
신새벽이나 밤빛에 보는 것을,
울엄매의 마음은 어떠했을꼬,
달빛 받은 옹기전의 옹기들같이
말없이 글썽이고 반짝이고 반짝이던 것인가.

- 「추억에서」 일부분 -

박재삼은 달빛 받은 옹기전의 옹기들처럼 반짝이는 이미지를 통하여 눈물의 이미지를 만들어 내고 있다. 어머니의 눈물을 통해 보여지는 달빛 받은 옹기들의 모습이 더욱 서글픈 모습으로 다가오는 것이다.

옹기는 어머니의 자궁이자 곧 여성성을 상징하는 소재이다. 여성은 생명을 잉태하는 본래의 제구실 외에 생명을 키워내야 하는 책임을 가지고 있다. 여기서 달은 시간과 공간을 초월한 생명의 견지자로서 어머니의 모습으로 형상되고 있다. 말없이 글썽이고 반짝이던 어머니의 눈물은 가난한 화자에게 여성의 아름다움이 되기도 한다.

추억은 아름답게 미화되기 마련이며 추억 속의 어머니는 실재로 처연한 여성이자 아름다운 어머니의 모습으로 다가오고 있는 것이다. 박재삼은 가난했던 시절을 추억함으로써 한의 이미지를 물 속에 풀어내고 있다.

물은 고여 있는 듯하지만 마침내는 흘러서 바다로 유입될 수 있는 가능태를 갖고 있다. 현실적인 삶의 한계를 느끼는 순간 그는 고향의 기억을 통해 자신의 삶을 한번씩 돌아보고 있다. 인간은 누구나가 추억을 반추하거나 상상력을 통해 현실의 고통을 망각하려는 자가치유의 방법을 동원한다. 아우구스티누스가 시간에 대한 개념규정[143]을 뫼비우스의 띠와 같이 구별할 수 없는 순환구조로 파악하고 있는 것도 결국 인간의 상상력과 추억에 대한 다른 명명법일 따름이다.

---

[143] 엄밀한 의미에서인 과거, 현재, 미래라는 세 시간이 있는 것이 아닙니다. 엄밀하게 세 개의 시간은 과거의 것에 대한 현재, 현재의 것에 관한 현재, 미래의 것에 관한 현재인 것입니다. 사실 이 세 가지는 의식 속에 있으며 의식 이외에는 찾아 볼 수 없습니다. 과거의 것에 관한 현재는 기억이며, 현재의 것에 관한 현재는 직관이며, 미래의 것에 관한 현재는 기대인 것입니다.
소광희, 「시간과 시간의식」, 서울대(박사), 1977, 참고.

①
우리가 살았다 해도 그 많은 때는 죽은 사람과 산 사람이 숨 소리를
나누고 있는 반짝이는 봄바다와도 같은 저승 어디쯤에 호젓이 밀린
섬이 되어 있는 것이 아닌것가.

- 「봄바다에서」 일부분 -

②
그것 때문에,
우리를 사랑하신 그것 그 짐 때문에,
어이할거나,
갈앉아지기로는,
**몸을 풀어 사랑을 나누기로는,**
바다밖에 죽을 데가 없었느니라.

魂도 어여쁜 魂은, 우리의 바다에 살아 바다로 구경나선 눈썹 위에서,
다시 살아 어지러운 줄이야…
밝은 날, 바다 밑이 이세상 아니게 기웃거려지는 閑麗水道를 크고
너른 꽃 하나로 느껴 보아라, 우리는 한시도 가만 못 있는 지껄이는
이파리 되어, 누구에게 손잡혀 따라가며 크고 있는가.

- 「어지러운 魂」 일부분 -

③
하늘 가운데 해 있고
그 밑에 바다는 자고 있는데,
자다가도 우리 생각 해설까, 웃으시던 그 부인의,
보면 알거, 보면 알거,
바다는 때로 때로 반짝이누나.

그 물살 엷은 잠 오는 바닷가에서
손가락 활짝 편, 어린 부끄럼이 해 가리고,
이승끝이랴, 잠자는 정신이 뻗은 가지 끝
우리는 눈부신 은행잎으로 달린 것일까.

- 「光明」 전문 -

①, ②, ③은 윤회적인 불교사상이 드러나 있는 시들이다. ①은 우리가 살았다 해도 그 시간은 '그 많은 때는 죽은 사람과 산 사람이 숨소리를 나누고 있는 반짝이는 봄 바다와도 같은 저승 어디쯤에 호젓이 밀린 섬'이 아닌가라는 반문 속에서 죽음의 공간과 삶의 공간을 넘나드는 상상력을 통해 우주의 시간을 살피고 있다.

이 때 '그 많은 때'라는 것은 억겁의 회귀의 시간을 의미하며 이것은 불교적 상상력을 통한 신화의 세계로 복귀한 증거이기도 하다. 몇 겁년을 산다해도, 그것은 결국 죽은 사람과 산 사람이 숨소리를 나누는 일일테고 그것은 바로 윤회의 무시간성을 의미하는 것이다. 그런 윤회의 시간을 박재삼은 어둡고 무서운 저승의 세계에서 다음 생을 꿈꾸는 것이 아니라, 봄 바다와도 같은 이미지를 통해 다음 생을 기약하고 있는 것이다. 이러한 현실의 관조적 여유는 현실적인 한이 그만큼 아프고 고통스러웠던 만큼 죽음의 세계가 차라리 더욱 편안하고 아름다울 수 있다는 역설의 표현이 기도 하다.

②도 윤회적 상상력을 통해 여인의 한을 드러내는 구조로 이루어져 있다. 이 시에서는 사람을 사랑한 죄로, 죽음을 선택해야 하는 한 여인이 몸을 풀어서 사랑을 나누는 바다가 등장한다. 한려수도를 크고 너른 꽃 하나로 알고 느껴보라는 나지막한 목소리는 결국 너른 이파리가 담고 있 는 삶의 세계를 인식하라는 메시지를 담고 있다. 이는 바다 속으로 자신을 던졌던 남평 문씨와 누이의 이야기를 통해서 삶의 소망을 실현시키고자 했던 아름다운 마음을 노래하고 있는 것으로 그의 바다는 많은 한의 이야 기를 담고 있다. 결국 바다는 삶의 바다이기도 하며 우리의 인생과 전생, 그리고 다음 생을 간직하고 있는 윤회의 공간으로 나타난다. 따라서 그의 시에 나타나는 바다의 이미지는 점진적 변화를 일으키거나 다음 생에서

이야기를 완결하는 재생의 의미를 담고 있다.

③도 역시 윤회의식이 돋보이고 있는 작품으로 남평문씨가 몸을 던진 바다의 이야기로 시작되고 있다. 그에게 있어서 바다는 하늘이고 하늘은 바다이기도 하다. 바다와 하늘이 하나가 되는 이러한 동일한 인식은 비단 박재삼 뿐만 아니라 서정주에서도 자주 보이는 상상력의 변형이기도 하다. 그들은 바다와 하늘의 변형적인 모습을 통하여 우주적 상상력을 동일하게 보여주고 있다. 인간의 한계를 실감하는 존재자로서의 한계의식은 결국 삶의 전 모습을 구도자의 모습으로 치환하고 있는 것이다.

신화란 삶의 전형성을 보여 줄 수 있는 상상력의 방법이다. 그 중 신화적 상상력은 인간의 회귀본능과 밀접한 연관 관계를 보임으로써 원래의 존재했던 공간 속으로의 유입을 본능적으로 갈망하는 세계인 것이다.

'하늘 가운데 해 있고 그 밑에 바다는 자고 있는데, 자다가도 우리 생각 해설까, 웃으시던 그 부인의, 보면 알거, 보면 알거, 바다는 때로 때로 반짝이누나'에서처럼 하늘과 바다가 동화처럼 펼쳐지는 공간 속에서 죽음을 선택했던 부인은 햇살이 되어 반짝거림으로써 화자에게 미소를 보내고 있다는 것이다. 이 때 죽은 자와 대화하고 미소를 지을 수 있는 혜안은 그로 하여금 신화적 상상력의 입구로 들어가는 열쇠를 제공해 준다.

④
누님의 치맛살 곁에 앉아
누님의 슬픔을 나누지 못하는 심심한 때는,
골목을 빠져나와 바닷가에 서자.

비로소 가슴 울러이고
눈에 눈물 어리어
차라리 저 달빛 받아 반짝이는 밤바다의 質定할 수 없는 괴로운 꽃비늘을 닮아야 하리.
天下에 많은 할말이, 天上의 많은 별들의 반짝임처럼
바다의 밤물결되어 찬란해야 하리.
아니 아파야 아파야 하리.

이윽고 누님은 섬이 떠 있듯이 그렇게 잠들리
그때 나는 섬가에 부딪치는 물결처럼
누님의 치맛살에 얼굴을 묻고
가늘고 먼 울음을 울음을
울음 울리라.

- 「밤 바다에서」 전문 -

즐거운 순간보다는 괴로운 심정으로 만났던 과거 속의 바다는 여인의 한과도 닮은 모습으로 화자를 만나고 있다. '반짝이는 밤바다의 質定할 수 없는 괴로운 꽃비늘을 닮아야 하리' 라는 다짐 속에는 생의 괴로움이 한껏 출렁이는 바다의 모습이 자리잡고 있는 것이다.

천상적, 우주적, 신화적 상상력 속에 떠있는 해, 달, 그리고 별들의 움직임은 천상직 세계로의 유입을 소망하는 인간의 보편적인 상상력을 간직하고 있으며, 이러한 공간 이동의 소망은 현실의 고통을 망각하려는 개인적 몸부림의 소산이기도 하다.

이 시에 드러나는 밤바다는 고통을 한껏 머금고 있는 전설 같은 바다의 모습으로 누님의 슬픔이 묻어 있는 인간적인 바다이기도 하다. 밤 물결이 찬란해지면 찬란할수록 물결은 결국 아픔의 물결인 것이며, 아픔의 심화 속에 누님은 이승의 반대편인 바다의 섬이 되어 편안히 잠들 수 있게 된다.

박재삼은 고통과 오욕이 없는 '섬'을 통하여 부활하고 있다. 누이가 섬이 되어 누워 있는 공간도 바로 바다 위의 접점이라는 사실은 바다가 죽음과 삶을 포옹하는 이상향의 공간임을 암시한다.

물에 대한 가장 단초적인 모습을 제공해 주고 있는 시는 바로 다음과
같은 것이다.

봄 날 三千浦 앞바다는
비단이 깔리기 萬丈이었거니
오늘토록 疋을 대여 출렁여
내게는 눈물로 둔갑해 왔는데

스무살 무렵의
그대와 나 사이에는
환한 꽃밭으로 비치어
눈이 아른거리기도 하고
때로는 안개가 강으로 흘러
앞이 흐리기도 하였다.

오, 아름다운 것에 끝내
노래한다는 이 망망함이여,
그 잴 수 없는 거리야말로
그대와 나 사이의 그것만이 아닌
바다의 치數에 분명하고
세상 이치의 치數 그것이었던가.

- 「내 고향 바다 치數」 전문 -

삼천포에서 어린 시절을 보냈던 시인은 삼천포 앞바다를 놀이터 삼아
유년을 보냈던 기억을 생생하게 재현하고 있다. 돈이 없어 삼천포 중학교
를 가지 못하고, 물끄러미 교복만을 들여다 보아야 했던 박재삼에게 바다
는 슬픔의 바다일 수밖에 없었다. 동시에 그 바다는 유년기를 떠올리는
그리움의 바다이기도 하였다. 아름다움과 슬픔을 동일한 범주로 인식하는
박재삼은 바다의 깊이 만큼의 세상의 이치를 터득하고, 감내해 가는 성장

과정을 거친다.

따라서 바다는 그의 고향 속에 기둥으로 남는 어머니와 같은 바다였으며, 박재삼의 성장을 함께 도왔던 조력자로서의 바다이기도 하다. 이때 바다의 치수를 잴 수 없는 것은 세상의 이치와 삶의 깊이를 잴 수 없는 것과 마찬가지의 연유이며, 당신과 나의 사랑의 깊이를 잴 수 없다는 인식과 같이 한다. 치수를 잴 수 없는 것은 나의 한계이자 유한자인 인간의 한계이기도 하다.

이러한 고통은 삶의 통과 의례로 드러나는 경우가 대부분이며 고난의 과정을 무사히 통과해야만 어른의 세계를 맞이할 수 있는 것이다. 이 때 이 고통의 과정은 인간의 원죄의식과 관련을 맺는 경우가 많다. 비교 종교 학자인 M. 엘리아데는 그의『宇宙와 歷史(Cosmos and History)』에서 개인이나 집단의 운명 속에 끼어 드는 불운과 고통을 어떻게 견디어 내려 했는가에 대하여 논하는 자리에서 인간의 고통은 불가피한 것으로 설명하고 있다. 고대인에게 흔히 발견할 수 있는 고통의 원인은 다름 아닌 개인의 과오에서 유래하는 것이고, 인도인의 경우 고닌으로서의 업(karma)을 인식하고 있다. 그러므로 고통 은 당연히 치러야 하는 삶의 과정 중의 하나라는 것이다.144)

박재삼 시의 중심이미지인 물은 바다에 관한 어린 시절의 기억을 통한 재생의 물로 구현되고 있다.

'그 잴 수 없는 거리야말로 그대와 나 사이의 그것만이 아닌 바다의 治數에 분명하고 세상 이치의 治數 그것이었던가.'에서 드러나고 있는 아득함의 거리는 존재 인식의 불가능을 의미하기도 한다. '얼굴을 가리운

---

144) 이상우,「동리문학과 신화적 상상력-무녀도와 달을 중심으로」,『문학의 구조와 상상력』, 집문당, 1992, p.180.

나의 신부'에서처럼 좀처럼 드러나지 않는 실존의식의 한계, '무명의 어둠'
이 돌개바람이 아닌 '세상의 이치'를 깨달아 가는 점진적 한계의 인식을
드러내고 있는 것이다.[145]

①
이렇게 무더운 날은
풍덩 바다에 뛰어 들어
시원한 물을 살갗에 대고
怨도 恨도 없이 젖으면 됐다.
발가벗은 몸에 여름 더위는
숨이 목에까지 닿아 溺死 직전까지 허덕였다.
그러나 서울에 오고 나서
더 쉽게 말하자면 나이 들고 나서
무슨 염치나 체면 차리는 일에
묻혀 살고부터는

가리는 것이 너무나 많았다.
명예나 서푼어치 권리를
지나치게 찾았다.
어차피 인생은
빈몸으로 왔다가 빈몸으로 가거늘
왜 그럴까
文明의 허울 좋은 굴레에 씌인 채
바다에 뛰어드는
어린 시절의 놀아도 부지런히 노는 현실이

---

145) 실질적으로 박재삼은 이러한 한계의식을 다음과 같이 말하고 있다.
    '나는 항상 미지수와의 끊임없는 투쟁 속에 있는 나를 발견하다. 그 과정을 통하
여 조금은 문학을 하는 근본적인 의의에 다가가는 것이라고 믿는다. 그러니까 참
회한다는 것은 제대로 한다는 것에 나아가는 것이요, 그 본래의 모양을 찾아가는
것이라고 하고 싶다. 그런 뜻에서 뉘우침은 깨달음의 다른 이름인지 모른다'
    박재삼, 『너와 내가 하나될 때』, 문음사, 1977, p.130.

송두리째 뺏긴 허망함이여!

- 「추억에서」 28 전문 -

②
좁고 음산한 바닷가 골목이었지만
거기에는 청하지도 않았는데 햇빛이
귀한 손님으로 영락없이 찾아들고 있었다.
꼭 그 골목에는 일부러 햇빛이
은혜로 내리는 것 같았다.
　(중략)

그때의 천국을 지나와
무심코 지나온, 우리 눈앞을
아직도 그때 그 시절의
햇빛은 변함없이 내릴 테지만
많이는 때가 묻어버린
힘이 처진 老年의 그것으로
탈바꿈하는 기막힌 것이여!

- 「추억에서」 43 일부분 -

　①과 ②에서 드러나고 있는 회귀본능은 어린 시절의 추억으로 드러나고 있다. 이 때의 바다의 모습은 어린 시절을 추억하는 매개물로 떠오르고 있으며, 바다의 깊이를 잴 수 없었던 어린 시절 철없음을 회상하고 있다. 그러나 '하늘과 바다에 대해서조차 大明天地 알몸이 안되었다'고 고백할 수밖에 없는 현실은 이미 어린 시절을 지내 온 이후의 세상의 이치를 조금씩 알게 된 시간 속에 화자는 놓여 있게 되고, 이 때의 하늘과 바다는 이미 순수한 시절의 동경의 대상이자, 절대치가 되어 버린 것이다. 절대적 순수의 세계를 향하여 자신의 알몸을 보여 줄 수 없는 타락자의 모습은 바로 현실을 살아가는 인간이 공통적으로 느끼는 낭패감의 표현이다. 그

191

리하여 시적 자아는 유토피아를 더욱 갈구하게 되는 것이다.

어린 시절을 표상하는 바다와 고향은 결국 박재삼의 동경의 대상이자 순수 지향의 공간으로 설정되어 있으며, 어머니의 품과도 같아 회귀 본능을 자극하는 대지의 이미지로 드러나고 있다.

'어차피 인생은 빈몸으로 왔다가 빈몸으로 가거늘 / 왜 그럴까 / 文明의 허울 좋은 굴레에 씌인 채 / 바다에 뛰어드는 / 어린 시절의 놀아도 부지런히 노는 현실이 / 송두리째 뺏긴 허망함이여!' 라고 노래하는 것은 바로 문명에 대칭점으로서의 바다를 의미하고 있는 것이다.

불교적 윤회관을 근저로 삼고 있는 박재삼은 빈 몸으로 왔다가 빈 몸으로 간다는 사실을 통하여 인생의 깊이, 즉 바다의 깊이를 잴 수 없었다는 사실을 알게 되지만 이미 문명의 굴레 속에 몸을 담근 현실은 모든 것을 송두리째 뺏긴 것 같은 허망감으로 귀결되고 있다. 결국 어린 시절의 가난 했던 기억 속의 고향인 바다는 '좁고 음산한 바닷가 골목이었지만 / 거기에는 청하지도 않았는데 햇빛이 / 귀한 손님으로 영락없이 찾아들고 있었'지만 오히려 현실은 그 때의 천국을 지나와 '힘이 처진 老年의 그것으로' 맞을 수 있는 것이다. 따라서 천국 속에서 살았던 기억으로 다시 되돌아가고자 하는 소망은 현실을 살아가는 모든 현대인들의 공통적인 소망이자, 신화적 상상을 꿈꾸게 되는 주요 원인으로 작용하게 된다.

천국을 믿고, 부활을 믿는 것은 아니지만, 현실의 고통을 마모시킬 수 있는 공간을 찾아 자유롭게 상상의 날개를 펴는 것은 또 다른 삶을 위한 현실의 준비과정으로 인지하는 인간의 지혜이자, 삶의 한 방법인 것이다.

시인들의 상상력은 개인적인 차원에서 모두 제각기의 모습으로 구현되지만, 그 중 보편적인 상상력의 모습은 자연과의 합일을 지향한다. 이때 궁극적으로 자연이란 죽음과 고통이 없는 공간과 시간으로 설정되어 있으며, 그러한 유토피아를 찾아 떠나는 도정이 바로 고향에 관한 기억들로부터 재편되는 것이다. 고향은 어린 시절로 돌아가는 매개체이자, 개인의 유토피아이기 때문이다.

문학은 일종의 신화체계를 물려받는 장르이며, 개개의 문학 작품들은 상상의 줄기(imaginative body)를 형성하게 된다. 상상의 줄기란 의미를 내포한 문학이 사실상 문명화되고 확대 발전된 신화체계[146]이다. 이러한 사실은 결국 화자의 환경과 긴밀한 관계가 있다. 또 개인적 상상력의 총체물은 한 민족의 상징성으로 드러나게 된다. 따라서 융의 집단 무의식은 이러한 민족의 상징성을 이해하는 단서가 된다.

이때 유년의 고향을 기억하는 것은 '습관적 기억'이 아닌 '정신적 기억'이다. 단순히 반복에 의해 형성되는 기계적인 기억이 '습관적 기억'이라면 '정신적 기억'은 개인의 실존적 체험과 그 체험의 독특한 사건의 역사와 관계하고 있다.[147] 따라서 그의 실존적 체험의 바다는 삼천포를 의미하며 박재삼 시의 상상력의 원천으로 등장하고 있다.

그의 시에 등장하는 바다는 하나의 이미지로만 형성되지 않고 자연적인 모든 대상들괴의 결합물로 드러나고 있다. 햇살이 있으며, 별이 뜨는 고향의 대지로 나타나는 것이다. 이 때 자연의 일부로 드러나고 있는 바다는 포용의 이미지요, 주검을 잠재울 수 있는 영원한 안식처로 제공되기도 한다. 대체적으로 그의 시에 나타난 바다가 저승의 세계를 나타내는 반면 강물은 흘러서 분출되려는 슬픔에 대한 초월의지의 매개로 구현되는 경우가 대부분이다.

슬픔에 대한 감정의 표상이 바로 '눈물'이며 또한 눈물은 인간의 한계

---

146) 노드롭 프라이, 『문학의 구조와 상상력』, 이상우(옮김), 집문당, 1987, pp.131-132.
147) 김영효, 『베르그송의 철학』, 민음사, 1991, pp.29-30.

상황의 징표이다. 그의 시에서 바다와 강물과 눈물이 혼용되어 사용되고
있다. 이는 고통에 대한 인식이 결국 죽음과 맞닿아 있다는 사유를 가능케
하며 그 고통의 분기점에서 강물로  흘러 바다로 유입되는 과정 속에서
유한자로서의 실존적 자각을 가려오는 것이다.

>     내 눈물 마른 요즈음은
>     눈에도 아니 비치는 갈매기야
>     어느 소소한 잘못으로 쫓겨난
>     하늘이 없던, 어린 날 흘렸던
>     내 눈물의 복판을
>     저승서나 하던 짓인가,
>     무지개 빛을 긋던 눈부신 갈매기야.
>
> - 「눈물 속의 눈물」 일부분 -

박재삼의 시에서 발견되는 눈물에 대한 기존 논의는 대체로 자연 앞에
서 우러러 나오는 자연적인 눈물이냐 아니면 한의 내재화된 눈물이냐에
대한 견해로 압축되는데 이에 대한 논란은 무의미하다고 본다.[148] 한편
심재휘는 천상적인 것과 지상적인 것을 대표하는 심상의 결합물을 눈물로
규정지은 바 있다.[149]

---

[148] 여기서 자연적이고 생리적인 현상으로서의 눈물과 '한'의 상징체로 드러나는 눈
물 자체를 세밀히 나누는 것은 결국 하나의 감정적인 요소로서 구현된 것이기
에 어떤 의미의 눈물이냐를 고찰하는 것은 의미가 없다고 본다.

[149] 그는 『한국 현대시와 시간』에서 박재삼의 상상력을 '슬픔의 상상력'이라고 규
정짓고 눈물을 다음과 같이 정의하고 있다.
'박재삼의 시에는 두 가지의 주된 심상이 있다. 하나는 지상의 것을 대표하는
눈물 혹은 물의 심상이고 나머지 하나는 천상의 것을 의미하는 빛의 심상이다.
지상의 물은 언제나 천상의 빛을 향해 있고 닮으려 하고 염원한다. 그러나 지상
과 천상의 거리는 소망의 깊이와 반비례하고 그것이 현실적 차원으로 확대 될
때 지상의 슬픔은 한으로 전이된다.
박재삼은 이 상황을 눈물로 응결시킨다.

'눈물이 마른 요즘은 눈에도 아니 비치는 갈매기'에서  눈물을 흘릴 수 있는 슬픔이  소중한 감정이었음을 강조하고 있다. '하늘이 없던, 어린 날 흘렸던 내 눈물의 복판을 저승서나 하던 짓인가'에서 느낄 수 있듯이 전생에서 하던 행동의 기억을 환기하는 대목은 결국 인간의 슬픔은 끝없이 윤회하는 질곡 속에서 이루어지는 헤아릴 수 없는 깊은 감정이라는 것을 말하고 있다.

고대 철학에서 만날 수 있는 개념들과 긴밀한 연관성이 있는 신화적 상상력은 곧 인간의 근원탐구의 목소리라고 볼 수 있다. arche(원천) 혹은 einai(존재)에 대한 호기심의 발로가 근원적인 회귀의 본능을 자극하는 것이다. 따라서 궁극적으로 지향하고 있는 공간은 앞으로 펼쳐질 다가오지 않은 미래이자 이미 지나간 과거의 공간이기도 하다. 역설적이긴 하지만 주관적 인식에 따른 시간과 공간의 개념은 뫼비우스의 띠와 같아서 안과 밖을 구별할 수 없는 것처럼, 미래와 과거를 인지하는 것 자체가 인간에게는 지극히 주관적인 것이다. 이렇듯 신화적 상상력은 주관적인 개념 속의 시간과 공간을 거세하고, 과거지향의 이미지로—이 과거 지향은 앞으로

---

심재휘, 「슬픔의 상상력-박재삼론」, 『한국 현대시와 시간』, 월인, 1998, p.306.
타당성 있는 논의라고 생각하긴 하지만, 천상적인 것과 지상적인 것의 차이가 슬픔으로 전이가 되는 것은 다소 논리적인 비약이 따른다고 본다. 인간의 슬픔은 작위적이지 않다. 개개인마다 차이가 있겠지만, 웃음과 울음은 인간만이 가질 수 있는 소중한 감정이기도 하며, 이러한 감정체의 발현의 일환으로 눈물이 상징을 이루고 있다.
웃음의 끝도 눈물이며, 슬픔의 끝도 눈물이다. 결국 喜, 怒, 哀, 樂, 愛, 惡, 慾의 귀결점은 눈물인 것을 본다면 모든 인간의 감정의 기저는 슬픔인 것이다. 이는 인간이 유한자로서의 한계를 자각하는 순간 모든 감정의 발현은 순간적인 것이며 허무하다는 것을 본능적으로 감지하기 때문이다.
따라서 인간의 감정의 근저는 슬픔이라는 유한적 인식으로 귀결될 수 있다. 본고에서는 신화적 상상력의 그루터기가 유한자로서의 한계인식 속에 오는 상상력이라는 관점에서 출발하고 있다.

보게 될 미래의 꿈이라고 볼 수 있다—구현된다.

과거에 대한 회상은 후설이 말한 대로, 시간을 창조하는 '지금'의 작용이나 '과거'의 작용과 동일한 의식으로 약간의 변용된 것으로서 볼 수 있다. 또한 상상된 '지금'은 어떤 '지금'을 표상하지만, 그러나 그 자체로서는 하나의 '지금'을 부여하는 것이 아니며 상상된 '이전'이나 '이후'는 단지 하나의 '이전'이나 '이후'를 계속 표상할 뿐이라는 것이다.[150]

따라서 이 때의 '재현'이라는 것은 시간객체를 그 자체로 부여하는 의식 작용이 아니라 예전의 과거지향 속에서 생생하게 직시되었던 시간객체를 심상 속에서 간접적으로 눈앞에 제시하는 작용을 의미한다.[151] 이와 같은 개념으로 본다면 과거 지향적인 고향의식의 발로는 현실 앞에 '재현'시킴으로써 궁극적으로 다가올 미래와 과거를 총체적으로 소망하고 있음을 의미하는 것이다.

①
참말로 참말로 / 바람 때문에
햇살 때문에 / 못이겨 그냥 그 / 웃어진다 / 울어진다 하겠네.

- 「自然」 일부분 -

②
晉州南江 물빛 밝은 물같이는,
사람은 애초부터 다 그렇게 흐를 수 없다.

- 「南江가에서」 일부분 -

③
제삿날 큰집에 모이는 불빛도 불빛이지만

---

150) 후설, 『내적 시간의식의 현상학』(Zur Phanomenologie des inneren Zeitbewu β tsens), Husserliana Bd. X, Haag, 1969, p.41.
신상희, 『시간과 존재의 빛-하이데거의 시간이해와 생기사유』, 한길사, 2000, pp.84-85 재인용.
151) 신상희, 위의책, p.85.

해질녘 울음이 타는 가을江을 보았네.

저것봐, 저것봐,
네보담도 내보담도
그 기쁜 첫사랑 산골물 소리가 사라지고
그 다음 사랑 끝에 생긴 울음까지 녹아나고
이제는 미칠 일 하나로 바다에 다 와 가는
소리죽은 가을江을 처음 보았네.
- 「울음이 타는 강을 江」, 일부분 -

'창조한다는 것은 텅 비어 있는 것에 색채를 부여하는 일이다' 라고 카뮈가 말한 것처럼 색채는 끊임없이 빛의 각도에 따라서 제 자신의 색을 바꾸듯이 바뀌어 가는 순간의 정점을 포착해 내는 것이 바로 시인의 몫이라고 볼 수 있다.

①에서 느낄 수 있듯이 자연스럽게 번져 나오는 감정의 물살들이 바로 '그냥'이라는 단순한 부사어로 처리되듯이 웃고 우는 것은 동일한 이미지이며 그것 자체가 자연과 합일되는 감정인 것이다. 그러나 ②에서처럼 본래의 진주 남강처럼 맑게만은 흐를 수 없는 것은 유한자로서의 한계의식을 드러내는 것이다. 이는 자연과 합일하고픈 인간의 본래의 근원 회귀적인 소망의 한 부분으로 나타나게 되는 것이다. 따라서 신화적 상상력이란 소박한 의미에서 근원 회귀적인 속성으로 모두 귀결되고 있음을 의미한다.

'그 기쁜 첫사랑 산골물 소리가 사라지고 / 그 다음 사랑 끝에 생긴 울음까지 녹아나고 / 이제는 미칠 일 하나로 바다에 다 와 가는/ 소리죽은 가을江을 처음 보았네.'에서 드러나고 있는 의식의 흐름은 젊음의 뒤안 길에서 피어난 '내 누님같은 꽃'과 동일한 이미지로 드러난다.

박재삼은 첫사랑, 다음 사랑, 그리고 이내 미칠 일 하나로 바다로 흘러가는 삶의 과정을 통하여 '소리죽은' 가을 강의 일렁임을 노래하고 있는 것이다. 여기서 '소리 죽은'이란 소리가 없는 무의 상태가 아니라, 삶의 전 과정을 끌어안은 고통의 응결체로서 소리를 낼 수 없을 만큼의 깊이로 흘러간다는 의미이다.

바다는 삶의 모든 과정을 잉태시키기도 하지만 모든 것을 끌어안을 수 있는 안식의 공간이기도 하다. 삶이란 가을 강처럼 소리를 죽일수록 깊어지며 흘러가는 정중동의 과정인 것이다.

박재삼 시에 나타나는 강의 이미지나 바다의 이미지는 현실을 벗어나고자 하는 근원회귀 공간으로서의 바다이며, 이런 모성적인 성격을 구현하고 있는 바다는 그의 유년의 기억과도 일치하고 있다. 박재삼의 시에 드러나는 천상적인 이미지 중에서 해, 달, 별의 이미지와 특히 빛의 이미지는 그의 시의 중심을 이룬다.

그 외에도 노을과 하늘의 상징체계 속에서 그의 근원적 회귀의 욕망을 읽어 낼 수 있다. 특히 그에게 있어서 천상적인 이미지는 바다나 강물 속에 반사되는 영상을 만들어 냄으로써 지상적인 것과 천상적인 것, 즉 신적인 것과 인간적인 것, 유한적인 것과 무한적인 것, 죽음과 삶의 이분법적 사유가 마침내는 하나의 귀결점, 특히 바다로 귀결되고 있음을 보여준다.

결국 그에게의 천상적인 이미져리는 지상에서의 인간의 모습을 담아내고 투영시키는 매개물로 등장한다.

①
감나무쯤 되랴,
서러운 노을빛으로 익어가는
내마음 사랑의 열매가 달린 나무는!

- 「恨」 일부분 -

②
제삿날 큰집에 모이는 불빛도 불빛이지만,
해질녘 울음이 타는 강을江을 보겠네.

- 「울음이 타는 가을江」 일부분 -

　노을은 인간의 감정을 가장 근원적으로 끌어올리는 시간적 배경이다. 감나무가 익어간다는 것이 시간을 요한다는 사실과 궁극적으로 자연의 빛을 닮아 간다는 것은 순환의 원리, 즉 탄생과 성장 그리고 소멸의 궤를 밟아 가는 과정 속의 일부라는 사실을 알려준다.

　②에서 보여지는 '울음이 타는 가을江' 속에서 제삿날 큰집 가는 고향 길에서 만나게 되는 노을 빛을 통하여 어린 시절의 유년의 기억을 더듬고 있다. 제삿날 큰집으로 가는 길은 죽은 자와 산자가 만나는 재회의 공간이다. 노을은 내일을 준비하는 복선이면서 사라지는 것에 대한 아쉬움이 한의 응결체로 번져있는 천상의 群舞라고 볼 수 있다.

　이밖에도 우주적인 이미저리로는 해, 달, 별, 새나 연같은 것이 자주 등장한다.


①
땅에는 목숨뿌리를 박고
햇빛에 바람에
쉬다가 놀다가
하늘에는 솟으려는
가장 크면서 가장 작으면서
천지여!
어쩔 수 　어쩔 수 없는
찬란한 몸짓이로다.

- 「病後에」 -

②
햇빛은 제일 많이
나뭇잎과 강물에 와서는
놀다 가는 모양이더라
달빛 또한 그런 모양이더라.

그런 하염없는 세상에,
나는 그들의 사돈의 팔촌이나 되던가
부모 섬기고 형제 위하기
한결 얼룩진 무늬가 드디어
살에 패인 피리 구멍 되어
**뿌리 젖은 나무로 우느니**
또한 발 적시는 강물로 우느니.

- 「피리구멍」 일부분 -

③
여름 가고 / 가을 오듯 /
해가 지고 / 달이 솟더니, //
땀을 뿌리고 / 오곡을 거두듯이 /
햇볕 시달림을 당하고 / 별빛 보석을 줍더니,//
아, 사랑이여 / 귀중한 울음을 바치고 /
이제는 바꿀 수 없는 노래를 찾는가.//

- 「여름 가고 가을 오듯」 전문 -

①은 병마와 싸운 직후의 감정으로 자신의 몸짓 하나도 부질없는 노릇이었다는 것을 깨닫게 됨으로써 하늘에 솟아오르려는 강한 소망을 발현시키고 있다. '땅에는 목숨뿌리를 박고 햇빛에 바람에 쉬다가 놀다가'는 결국 인간으로서 살아가는 것이 목숨을 연명하는 것이었고 그것이 땅에서 인간의 모습으로 살아가는 지극히 당연한 몸짓이라는 것을 깨닫게 된다. 박재삼은 땅에서 살아가는 것은 한시적인 삶의 모습이라는 사실과 인간이 의

식적으로 생의 의미를 알기에는 역부족이라는 것을 병마 후에 절실히 느끼고 있었던 것이다.

②는 천체적인 이미지의 합일을 보여줌으로써 우주적 순환 논리가 마치 애초에 인간 세상과 하나였었다는 것을 보여주고 있다. 해와 달이 어우러질 수 있는 공간, 그런 하염없는 세상이란 작가가 추구하는 세상이며, 유토피아적 세상을 의미하는 것으로 볼 수 있다. 이 시는 유토피아 공간으로 재편되고 싶어하는 작가의 간절한 소망이 드러난다. 그는 성실한 책임을 다하는 가족의 일원이 되어서 '얼룩진 무늬, 살에 패인 피리 구멍처럼 진하게' 한 세상을 살아가고자 소망하고 있는 것이다.

'뿌리 젖은 나무로 우느니 / 또한 발 적시는 강물로 울면서' 한 세상을 강물처럼, 살에 패인 피리구멍이 되어 자연의 소리를 담아내고 싶어하는 작가의 상상력은 결국 하늘로 닿으려는 인간의 소박한 심정을 신화적인 상상력으로 담아내고 있는 것으로 해석할 수 있다. 이토록 자연과의 합일을 꿈꾸는 작가의 상상력은 현실의 아픔을 딛고 견디어 내려는 일종의 탈출구를 마련하는데, 현실의 좌절 끝에 만날 수 있는 신화적 탈출구를 통하여 삶의 이치를 빌견할 수 있는 것은 삶의 慧眼을 티득한 결과인 것이다.

①
울고 있는 것이 한가지
결국은 한 바다로 오는 것인가.
우리의 사는 길은 아리아리
골목이 엇갈린
햇볕 半 그늘 半
바다에도 그런 골목길이 있는가.
- 「꿈으로서 묻노니」 일부분 -

그의 상상력의 처음과 끝은 모두 바다로 이어지고 바다를 중심으로 회향하고 있다.

화자는 햇볕 반 그늘 반인 삶의 모습에 대한 의식을 통하여 바다에도 그런 삶의 모습이 있을 것이라는 유추를 하고 있다. 우리의 사는 길이 '아리아리'라는 것은 민요가락 같은 질펀함 속에 묻어나는 삶의 모호성을 동시에 드러내는 것으로 볼 수 있다.

'햇볕 반, 그늘 반' 그런 것이 인생이라는 것이다. 박재삼의 자연에 대한 통찰력은 이렇듯 삶의 통찰력으로 이어지고 있다.

②
여름 가고 / 가을 오듯 /
해가 지고 / 달이 솟더니,//
땀을 뿌리고 / 오곡을 거두듯이 /
햇볕 시달림을 당하고 /
별빛 보석을 줍더니, //
아, 사랑이여 / 귀중한 울음을 바치고 /
이제는 바꿀 수 없는 노래를 찾는가.
- 「여름 가고 가을 오듯」 전문 -

위 시에 나타나는 해와 달의 모습도 결국은 자연의 순환원리를 드러내는 것으로 반드시 결실을 이루기 위한 하나의 통과기제처럼 보여지고 있다. 그런 이치와 마찬가지로 '귀중한 울음을 바치고 이제는 바꿀 수 없는 노래를 찾는' 모습은 때로는 대가와 맞바꿀 수 없는 삶일지라도 궁극적으로는 계산할 수 없는 바다 치수처럼 울음 속에서 가꾸어 가야 할 길이라는 것을 보여 주고 있는 것이다.

③
해와 달, 별까지의
거리 말인가
어쩌겠나 그냥 그 아득하면 되리라.

사랑하는 사람과
나의 거리도
자로 재지 못할 바엔
이 또한 아득하면 되리라.

이것들이 다시
냉수사발 안에 떠서
어른어른 비쳐오는
그 이상을 나는 볼 수가 없어라.
그리고 나는 이 냉수를
시방 갈증 때문에
마실밖에는 다른 작정은 없어라.

- 「아득하면 되리라」 전문 -

　이 시에 등장하는 해와 달, 별은 박재삼이 궁극적으로 지향하고 있는 우주의 이미지로 드러나고 있다. 그에게 있이서의 해와 달은 결코 인가의 삶과 유리된 천체의 이미지가 아닌 상상의 날개를 단다면 언제든지 우리와 함께 할 수 있는 영원한 공간 속으로 자리잡고 있다.

　1연은 '아득함'의 거리로 미적 거리를 유지함으로써 영원히 꿈꿀 수 있는 이상향의 공간을 설정하여 삶의 위안을 삼고 있다. 그의 이러한 천체의 원리는 여지없이 아포리즘으로 귀결된다.

　2연에서 사랑의 아포리즘은 결국 천체적인 우주의 원리가 삶의 원리와 하나였음을 인식하고 있다. 나와 사랑하는 사람과의 거리는 결국 잴 수 없고, 수치화 할 수 없는 아득함의 거리라는 것을 깨닫고 있다. 따라서

203

이 시는 우주의 질서와 마찬가지로 인간의 삶의 질서도 조화롭게 순행되어야 한다는 소망을 드러내고 있는 것이다.

> 보는 이 없는 것,
> 알아 주는 이 없는 것,
> 이마 위에 이고 온
> 별빛을 풀어놓는다.
> 소매에 묻히고 온
> 달빛을 털어놓는다.
>
> - 「어떤 歸路」 일부분 -

태양의 이미지는 강력한 우주의 힘을 의미하기도 하며, 달과 별의 이미지는 때로는 친화적인 공간을 유도하는 천상의 이미지로 드러남으로써 궁극적인 천상의 공간을 꿈꾸는 현실을 살아가는 인간에게 신비스런 희망을 제공하고 있는 것으로 볼 수 있다. 이러한 천상적인 공간에 대한 상상력은 자궁 속으로의 귀환 즉 무의식 속에 형성된 원형적인 공간으로 귀속되고픈 욕망의 발로라고[152] 볼 수 있다.

---

152) 곽광수는 「사라짐과 영원성」을 논하는 자리에서 고향은 '우리들을 포근하게 감싸안는 공간의 이미지들, 즉 요나 콤플렉스가 우리들의 상상력 가운데 평화롭고 이상적인 곳 즉 이상향이나, 종교적인 문맥에서는 잃어버린 낙원 즉 근원지를 나타낼 수 있게 되는 곳이라 본다.
그곳은 우리들이 우리들의 목숨을 얻은 이후 가장 완벽하게 행복한 장소이며 동시에 우리들의 근원지이기도 한 어머니의 태반 속에서 우리들이 살고 있었을 때에 무의식 속에 형성된 곳이라는 것이다. 즉 모든 여성적인 것이 모성을 환기시킬 수 있는 것이라고 볼 수 있다고 보았다.
곽광수, 「사라짐과 영원성-김현승의 시세계」, 『가스통 바슐라르』, 민음사, 1995, pp.267-268.
본고에서는 천상적인 곳은 근원적인 기억 속의 공간으로 모든 존재 자체가 근원적으로 돌아왔던 곳으로 다시 돌아가고픈 일종의 자궁회귀의 공간, 더욱 광의적인 의미에서의 고향, 즉 천상적인 공간으로 설정하고 있다.
이는 인간을 끝없이, 신화적인 그리움으로 밀어올리는 굴성으로 작용하고 있는 빛153)은 천상적인 세계의 밀어를 알려주는 신호탄이 되기도 하며, 사라 짐과 영원성에의 지향이라는 생성적 움직임이며, 영원성으로 이어지는 긍정적인 가치를154) 드러낸다. 또한 밝음의 이미지를 동반하여 삶의 의지를 표상하기도 한다.

박재삼을 순수주의자 또는 허무주의자이면서 햇살을 그리워하는 시인으로 인정155)하는 이유 중의 하나도 그의 햇살에 대한 추억과 동경이 현실적 삶의 곤궁한 인식의 출발에서 기인된 경우가 대부분이기 때문이다.

---

것이며, 인간의 잠재적 의식 속에 발현되어, 작품 속에서 끊임없이 회자되어 드러나고 있는 것으로 보는 입장이다.

153) 신화적 전통에서 사람들은 해와 빛을 반드시 동일한 것으로는 생각하지 않았다. 성서의 첫 머리에 나오는 '빛이 있으라!'라는 구절은 우주를 창조한 신의 바람이었던 것이다. … 그러나 수많은 창조 신화를 연구해보면 빛이 더 근원적이고 때로는 태초의 신 자체에 속한 것으로 표현될 때가 많다. 비슈누와 락슈미를 모든 시간을 초월하여 아직 인간 세상이 존재하지도 않았던 때에 등장시킨 인도 신화에서는 일종의 광륜이 나오고 있다.
해, 달, 별은 이 원초적인 힘의 반사광에 불과하다. … 빛은 원초적인 요소로 민속신앙에서는 이 원초의 요소가 칠흙같이 캄캄한 밤에도 비록 인간의 어두운 눈으로는 잘 보이지 않지만 존재한다고 믿었다. 또 고대 페르시아 민족은 해, 달, 별이 '하늘 산에 있는 문'이고 그 문을 통해서 우주의 불의 위력을 볼 수 있다고 생각했다.
만물에 스며 있는 빛, 그것 없이는 지상의 삶이 존재할 수 없는, 빛은 많은 전설에서 해보다 먼저 등장하고 있으며, 해는 나중에 이 원초의 빛이 응축되어 나타난 것으로 제시된다. 중앙 아프리카의 피그미족 전설에서는 해가 발광력을 소진하여 꺼질 듯이 보이자 신이 직접 은하수의 별들을 땔감으로 가져와서 해를 새롭게 데웠다고 했다.
세르기우스 골로빈·미르치아 엘리아데·조셉 캠벨, 『세계 신화 이야기』, 이기숙·김이섭(옮김), 까치, 2001, p.92.
이러한 우주의 근원을 설명하는 신화적 상상력은 모두 천상적인 곳으로 다가서려는 인간의 열망을 옮겨 놓은 것이며, 상상력의 편린 속에 내재 해 있는 속성들이 근원적인 회귀 본능으로 작품 속에 무의식적으로 작용하고 있는 것으로 볼 수 있다.

154) 곽광수, 위의 책, p.269.

155) 채수영, 「순수주의자의 허무와 그리운 햇살- 박재삼 시집 「허무에 갇혀」를 중심으로」, 『비평문학』, 1994.9, 참조.

가난하게 사는 형편일수록
햇빛은 더 光彩를 곁들이고
윤이 나고 반짝이며
無償으로 내린다.

- 「무상의 광채」 일부분-

곤궁함의 자리에서도 햇빛은 끊임없는 축복의 은총으로 다가서게 되며, 현실적 고통을 망각하고 천상의 울림에 귀기울일 수 있는 여유로 다가오게 된다.

햇빛 유독 / 우리 집을 향하여 /
제일 잘 내리는 것 같은 /
착각 속을 누비고 / 흙장난에 빠져 있었다. /
그 흙은 햇빛하고만 잘 어울리는지 /
부연 것이 / 살에 닿는 기척도 눈부셨다. /
그때 거짓말 같이 /
나는 아름다운 왕자가 되어 있었다. //

- 「아름다운 착각」 일부분 -

유년시절의 기억을 가장 잘 환기시키는 햇빛은 흙장난과 잘 어우러지는 영상을 자아내고 있어 대지적 상상력으로의 회귀를 보여주고 있다.

대지는 어머니를 의미하는 고향과도 같은 이미지로서 안식처를 환기시키고 있다. 천상적인 햇살과 대지의 편린인 흙의 결합은 새로운 삶을 재창조해내게 되며, 생의 과정을 일구어 내고 있는 것이다. 현실속의 성장은 결국 흙과 햇살의 결합인 만물의 천지창조의 결과물이며, 우리 인간의 삶의 모습도 천지창조의 한 결실물로서 살아가게 됨을 의미하고 있는 것이다.

지상적인 존재와 천상적인 존재의 결합은 우주의 근원적 결합이다. 따라서 그는 이 신화 세계의 주체가 될 수 있는 행복감을 느낄 수 있게 된다.

①
어린 시절에도 / 내 고향 하늘의 별들은 /
바다 위에 쏟아질 듯 / 아슬아슬하게 떠 있더니 //
스물 몇 해를 헤매다 / 방금 돌아 오는 이 눈썹 위에 다시 /
곤두박질로 내려오고 있네.//
아, 물결의 몸부림 사이사이 /
쉬임없이 별들이 / 그들의 영혼을 /
보석으로 끼워 넣고 있는 것을 /
까딱하여 나는 놓칠 뻔하였더니라./

- 「바다 위의 별들이 하는 짓」 전문 -


②
뭍에서 鳶을 띄우는 것은
나무에나 언덕에 걸리는
끝간 데가 있지만,
바다를 향해
鳶실을 푸는 것은
언제 바람에 끊어질지 모르는
아슬아슬한 짙은 숨막히는 데가 있었다.

신에 부레풀을 먹이고
새금 파리를 갈아 붙이고
하여간 武裝은 할 대로 했지만,
아득한 바다 위 하늘에서
거꾸러졌다 솟는 재주는 넘었지만,
그 마지막은 할 수 없는 우리의 운명처럼
하늘의 일에 맡기고 놀았다.

그리하여 어린 마음에
영원을 익히고 허무를 공부한
現場學習을 열심히 하는 것만은
누구한테도 지지 않았다.

- 「추억에서」 34 전문 -

별과 달도 역시 상승적인 효과를 불러일으키는 소재로 활용된다. 그의 시 속에는 천체적인 상징체가 고루 분포되어 있음을 알 수 있는데, 별과 바다, 별과 햇빛, 바다와 대지가 그것이다.

별156)은 운명을 관장하는 상상력의 매개물로 동양과 서양의 공통적인 사유로 드러난다. 별의 성질은 얼음처럼 싸늘한 불꽃을 지녔지만 우주적 인 '샘' 속에서 생명의 운동을 표현한다. 이 이미지는 물과 불의 결합으 로157) 볼 수 있으며, 밤마다 일어나는 별들의 주행은 모든 인간에게 감동과 영향을 주고 있다.158)

별은 궁극적으로 천체의 비밀을 알려주는 소재로 쓰인다. 이 시에서 어린 시절에는 알지 못했던 별의 존재가 어른이 된 연후에 그 존재를 확연

---

156) 우리 나라 제주도 신화 천지왕 본풀이에는 세상의 맨 처음이 암흑과 혼돈이었 으며 혼돈에서 차차 개벽의 기운이 감돌아 하늘에서 청이슬이 내리고 땅에서는 물 이슬이 솟아올라 세상에 만물이 생겨났다고 보았다. 그 중에서 별이 가장 먼 저 생겨났는데, 동쪽에는 견우성, 서쪽에는 직녀성, 남쪽에는 노인성, 북쪽에는 북극성, 그리고 하늘 가운데에는 삼태성 등 별들이 하나 둘씩 자리를 잡았다. 그러자 차차 구름이 생기고 천황닭(天皇鷄)이 울자 먼동이 트기 시작하였다. 이 어 옥황상제가 해와 달을 보내 광명 세상이 되었다. 이 신화에서 별은 해와 달 보다 먼저 존재한 우주의 광명으로서 빛을 표상하고 있다.
   서양에서도 별은 천체의 기별을 알려주는 상징소로 애용되었으며 단테는 지옥 이 바로 별이 없는 '암흑의 장소'라고 하여 우주의 원리와 궤를 같이 하고 있는 것으로 보인다.
   「한국문화상징사전」, 동아출판사, p.344.
157) 김화영, 「문학 상상력의 연구-알베르 까뮈의 문학세계」, 『문학동네』, 1998, p.568.
158) 『세계 신화 이야기』에는 별에 대한 정의를 다음과 같이 하고 있다.
   민중 설화가 담고 있는 세계상으로 볼 때, 밤하늘에서 우리를 반기는 별들은 천 상 세계의 빛이 열리는 문이다.
   이 땅에 존재하는 모든 사물들은 변화의 법칙에 따르고 무상하기만 하다. 그리 하여 예로부터 인간은 세계의 산이나 세계의 나무를 오르고 싶어했다. 그들은 12궁과 동일하다고 간주되는 문을 통해서 '하늘나라'에 들어 가고 싶어했다. 그 곳은 무한한 존재인 인간들로서는 상상하기조차 힘든 영원한 행복이 넘쳐흐르 는 곳이다.

하게 느낄 수 있는 것은 철들기 시작하면서부터 삶의 근원을 알고자하는 화자의 열망이 개입되기 때문이다. 물을 이루고 있는 격랑의 무늬처럼 삶을 이루고 있는 화자의 고통이 무늬로 떠오르는 것이다. 그 고통의 사이 사이를 비집고 떨어지는 별들의 운행은 바로 삶의 이치를 읽고자 하는 작가의 소망이기도 하다. 별과 내가 동일한 하나의 운행이라는 것을 인식 함으로써 우주의 순환원리 속에 삶의 원리를 체득하고 있는 작가와 하나 되는 순간을 목도할 수 있게 된다.

②에서 만날 수 있는 연의 상징성은 결국 비상하고자 하는 인간의 소망 을 실현시킬 수 있는 매개체로 작용하고 있다. 1연의 물에서 연을 띄우는 모습은 인간이 성장해 가는 과정을 숨김없이 드러내고 있다. 즉 연이라는 매개체를 통하여 하늘과 닿고자 하는 소망, 자연과 합일하고자 하는 소망, 대지를 떠나 비상하고자 하는 금기에 대한 도전을 상징하고 있다. 결국 이러한 소망과 도전은 인간이 한계를 느낄 수 있는 지점까지의 탈출구를 찾아 떠나는 여행으로 상징화되고 있다.

이러한 한계에 도전하는 것이 인간의 역사이기도 하거니와 물에서 바다 로 심상이 심화되면서 금기에 도전하고자 하는 인간의 열망이 표출된다.

'바다를 향해 / 鳶실을 푸는 것은 / 언제 바람에 끊어질지 모르는/ 아슬아 슬한 짙은 숨막히는 데가 있었다'는 결국 언제 끝나버릴 지도 모르는 유한 자로서의 인식의 끝을 의미한다. 바람을 타고서라도 비상하고자 하는 인 간의 욕망과 우주의 순환주기와 공전하고자 하는 근원전 무의식의 작용을 드러내고 있는 것이다.

'아득한 바다 위 하늘에서 / 거꾸러졌다 솟는 재주는 넘었지만 / 그 마지 막은 할 수 없는 우리의 운명처럼 / 하늘의 일에 맡기고 놀았다'에서는 숙명론적 인생관이 드러나 있다. 결국은 하늘의 의지대로 모든 것을 하늘

에 맡기고 놀았다는 것은 하늘의 순리대로 살아가는 것이 인간의 삶의
질서라는 것을 말하는 것이다.


①
古木에 걸린 鳶은
그 主人인 소년이 허공에 대고 하던
목청 높은 울음을 그대로 옮겨
바람 앞에 대신하고 있더니,

- 「鳶은 소년따라」 일부분 -

②
그대와 나는
불과 몇십 년 후면
하나는 유성으로 떨어지며
서러운 이별을 해야 하는 길이
운명으로 예비되어 있었나니.

이제는 서글프게도
별이 하나만 아니고
온갖 별이 博愛로써 박애로써
눈물을 글썽이게 되었네.

- 「박애의 별」 일부분 -

①과 ②에서는 연과 별이 객관적 상관물로 위치하여, 화자의 감정을
드러내고 있다. '목청 높은 울음을 그대로 옮겨 / 바람 앞에 대신하고 있더
니' 라는 읊조림에서 소년의 비애를 대신한 연의 목소리가 화자의 소망을
연에 전이시켜 하늘로 날아오르고 있음을 확인할 수 있다. 이는 연이 가지
고 있는 원형적인 심상을 환기시킴으로써 세상을 주유하고자 하는 화자의
또다른 욕망의 표현이다.

화자는 그 욕망이 한계에 부딪치는 접점에서 몇 십 년 후 유성으로 떨어지며 서러운 이별을 해야하는 몫까지 갈파하고 있다. 한 개의 별이 아닌 여러 개의 별의 일렁임은 인간이 살아가는 군상들의 집합이자 반짝이는 일렁임이요, 천상의 소리인 동시에 땅의 소리이다. 다시 말해 화자는 우주적 상상력을 통하여 자연의 현상이 서로 조응하며 순리대로 흘러간다는 사실을 이야기하고 있다.

③
아무리 둘러 봐야
이 땅 위에는
해보다 더 크게
비추는 것은 따로 없고,

그것이 지고 나면
아득한 밤하늘에는
달이 뜨거나
별이 보석으로 박혀
반짝이고 있네.

이것은 天地 재산의
大宗이고
거기에 죽자살자
사랑과 미움이 얽혀
멀리는 인연의 밧줄에 묶여
흔들흔들 흔들리는 인생이여.

- 「인연의 밧줄」 전문 -

우주적인 상상력으로 가득 찬 위의 시는 우주의 순환원리를 드러내고 있다.

1연에 나타나고 있는 태양의 모습과 시간이 지나 밤하늘에 떠있는 별과 달의 모습은 질서에 따른 우주의 조화를 의미한다.

3연에서 이를 '천지 재산의 대종'으로 여겨 '거기에 죽자살자' 라고 말하는 것은 인생의 질서와 우주의 질서를 동일한 구도로 파악하고 있음을 드러낸다. 위 시에서 쓰이고 있는 천체적인 이미지는 삶의 질서를 운행하는 천체적 상상력의 소산물이다. 시간의 변화는 순리에 조응하며 살아가는 만물의 이치를 설명하는 것으로 그것이 바로 대종인 것이다. 그러므로 거기에 죽고 사는 것은 이치대로 살아가는 것을 의미한다. '인연의 밧줄에 묶여' 흔들리는 삶은 우주적 상상력을 통해 깨달은 숙명론적 세계관인 것이다.

결국 박재삼에게서 나타나는 우주론적 상상력은 인간으로서의 한계를 느끼는 유한자의 서글픔을 극복하려는 모습으로 나타난다. 다시 말해 천상적인 공간을 탐닉함으로써 근원적인 원형으로 다가서려는 의지의 발현이라고 볼 수 있다.


## 2. 모더니즘 시인의 공간적 상상력

### 1) 김춘수의 '바다'와 '꽃'의 상상력

김춘수의 바다는 하나의 상징 세계로 드러난다. 그의 바다에는 유년의 기억이 내재해 있는데, 이는 앞서 살펴 본 서정주나 박재삼의 시에 드러나고 있는 시작과정과 같다. 신화의 세계에서의 바다는 역동의 상징체로 드러나기도 하고 어머니의 품과 같은 대지적 상상력과 궤를 같이 하기도 한다.

「처용단장 1부」의 10장을 제외한 모든 시에 등장하는 '바다'의 이미지

는 바로 그의 유년의 기억을 환기시키는 고향의식과 연관되어 있음을 알
수 있다. 유년기의 고향은 따스함과 평화로움을 간직한 고향으로 재생되
고 있는 것이다. 다음에 언급할 전봉건의 바다는 관능적인 이미지로 부각
되거나 여성적인 환상의 이미지로 드러나고 있는 반면, 김춘수의 바다는
고통과 상처를 치유할 수 있는 유토피아로 그려지고 있다. 이는 유년기의
바다159)를 통해 의식의 분열을 치유하는 과정으로 볼 수 있다.

「처용단장」 제1부는 '원형적으로 제시된 화자의 상처가 바다의 이미지
를 통하여 화자의 내면세계를 드러내고 있다.160)

    ①
    바다가 왼종일
    새앙쥐 같은 눈을 뜨고 있었다.
    이따금
    바람은 한려수도에서 불어오고
    느릅나무 어린 잎들이
    가늘게 몸을 흔들곤 하였다.
    (중략)
    그런가 하면 다시 또 아침이 오고
    바다가 또 한 번
    새앙쥐 같은 눈을 뜨고 있었다.

---

159) 그는 자신의 '바다'에 관한 이미지를 스스로가 강렬한 유년의식의 발로라고 규
정지음으로써 詩作에 있어서 중요한 모티브가 되고 있음을 인정하고 있다.
1922년 11월 12일 경남 통영읍 서정에서 태어났고 어린시절 어머니와 '장개섬'
으로 가서 바다와 하늘 그리고 갈매기떼를 처음 본 그는 평화로운 유년의 기억
을 고향 통영 앞바다와 함께 드러냄으로써 충일한 생명성과 원초적인 그리움이
붙어있는 이상향으로 설정되어 있는 것이다. 따라서 그의 「처용단장」에서 목도
하게 되는 바다의 이미지는 통영의 바다를 근간으로 표출되고 있다.
「김춘수 문학앨범」, 앞의 책, p.25.
160) 강은교, 「김춘수 시의 모티브 연구」, 『1950년대 남북한 시인 연구』, 한국문학연
구회(편), 국학자료원, 1996, p.277.

뚝 뚝 뚝, 천의 사과알이
하늘로 깊숙이 떨어지고 있었다.

- 「처용단장」 제 1부 1 일부분 -

②
내 손바닥에 고인 바다,
그 때의 어리디어린 바다는 밤이었다.
새끼 무수리가 처음의 깃을 치고 있었다.
봄이 가고 여름이 오는 동안
바다는 많이 자라서
허리까지 가슴까지 내 살을 적시고
내 살에 테 굵은 얼룩[161]을 지우곤 하였다.

- 「처용단장」 제1부 8 일부분 -

③
울지 말자,
山茶花가 바다로 지고 있었다.
꽃잎 하나로 바다는 가리워지고
바다는 비로소
밝은 날의 제 살을 드러내고 있었다.
발가벗은 바다를 바라보면
겨울도 아니고 봄도 아닌
雪晴의 하늘 깊이
울지 말자,
산다화가 바다로 지고 있었다.

- 「처용단장」 제1부 11 전문 -

---

161) 이 부분에 대한 김춘수의 기억은 다음과 같다.
　　열서너 살 쯤 되었을까, 나는 바다가 내 살에 '테 굵은 얼룩'을 지우곤 하는 것을 보았다. 그 얼룩은 꿈에도 나타나서 나에게 즐거운 비밀을 점지해 주곤 했다. 밤과 잠이 기다려지고 한편 깨고 나면 슬펐다. 그것은 '즐겁고도 슬픈 빛나는 노래'였다 나는 혼자서 그런 노래를 남몰래 부르고 있었다. 다른 아이들도 다 그랬을까?
　　「처용단장」, p150.

①과 ②는 유년의 화자의 모습이 반영된 바다의 모습으로 구현되고 있으며, ③의 시에 나타난 바다는 절대적인 바다로서 화자는 바다를 통하여 자신의 삶의 태도를 다짐하고 있다.

‘새앙쥐 같은 눈을 뜨고’ 세상을 바라보는 유년의 화자의 모습 속에서 바람과 어린잎들은 세상을 일러주는 자연의 텍스트가 되는 것이다. 다시 아침이 오고 바다가 뒤척이는 세상은 천지가 한 번씩 개벽하는 듯한 새로움과 두려움으로 유년의 기억에 자리잡고 있다. 따라서 바다는 그에게 유년의 세상을 보여주는 기억의 창문으로 자리매김 되고 있다. 천 개의 사과알이 하늘로 떨어지는 전도된 상상력은 어린 아이만이 가질 수 있는 새로움에 대한 갈망이다.

②는 유년의 모습을 이야기하는 추억의 공간으로 설정되어 있다. 즉 그의 바다는 시간이 거세되고 공간만이 설정되어 있는 영원회귀의 공간으로, 마침내 당도해야 할 신화적 상상력의 근원지이다. ‘어리디 어린 바다는 밤’이었다는 말을 통해 그가 알고 싶은 미지의 세계는 침묵의 세계였음을 보여주고 있으며, 새끼 무수리는 처용이기도 한 자신의 유년의 시절을 의미하는 것이다.

또 ‘어리디 어린 바다’는 고향을 의미하는 것으로 유년의 바다는 시간과 함께 어른의 바다로 성장하고 있다. 손바닥에 고인 유년의 바다가 그에게 어두운 밤그늘을 드리우는 것은 불안했던 유년의 기억과 병치되고 있다.

③의 바다는 욕망의 일렁임을 잠재우는 바다로 나타난다. 산다화가 바다로 지고 있는 낙화와 함몰, 사라짐의 모습을 바라보는 화자는 생성과 소멸의 모습을 자연으로부터 배우기 시작하였던 것이다. 자연의 속삭임은 삶의 진리이자 유한자로서 인간의 한계를 일깨워주는 성서이기도 하였다. ‘울지 말자, 산다화가 바다로 지고 있었다’ 라는 서술형 종결어미를 통하여

모든 현실을 겸허히 받아들여야 한다는 진리를 화자는 깨우쳐가고 있음을 보여주고 있다.

'발가벗은 바다'는 순수하고 순결한 여성을 의미하기도 하고 모성을 의미하기도 한다. 이러한 밝음의 미의식을 통한 화자의 의식 세계에는 여전히 순일무구한 세상을 꿈꾸므로써 자신의 삶의 지표를 마련하는 것으로 일관된다. 이때 '겨울도 아니고 봄도 아닌' 계절의 순환 원리 속에 기댄 사유방식은 순결한 미의식으로 고착화되고 있다.

그래도 '산다화는 바다로 지고 있는 것'이라는 시구를 반복하는 것은 자연을 통해 순일무구한 진리의 세계와 함께 하려는 하는 화자의 의식세계를 반영한 것으로 볼 수 있다.

①
봄이 와서
바람은 또 한번 한려수도에서 불어오고
겨울에 죽은 네 무르팍의 피를
바다가 씻어 주고 있었다.

- 「처용단장」 제1부 12 일부분 -

②
봄은 가고
그득히 비어 있던 풀밭 위 여름,
네잎토끼풀 하나,
상수리나무 잎들의
바다가 조금씩 채우고 있었다.

- 「처용단장」 제1부 13 일부분 -

위 시들이 공통적으로 드러내고 있는 점은 모두 계절의 순환원리를 따르고 있다는 것이다. 죽은 피는 고향의 바다가 씻어준다. 생명력을 머금은 바다는 우주의 비밀을 담고 있기에 ②에 드러난 사실들처럼 생명을 잉태하는 자리로 이어지고 있다.

'봄이 가고 여름이 오는 동안 / 바다는 많이 자라서'에서 보이는 계절의 변화와 ①과 ②에서 느껴지는 시간의 변화는 자신을 키워가는 데 할당되는 시간의 의미를 내재한다. 즉 「처용단장」 1부에 드러나는 바다는 유년의 기억과 함께 현실적인 두려움과 콤플렉스의 거세를 가능케 하는 시적 장치로 마련되고 있다.

①의 시에서도 모성적인 부드러움과 관용의 모습으로 다가서는 바다의 모습을 발견하게 된다. 유년의 바다는 미적 거리를 가진 관조적 바다의 모습과 함께 어느 순간 자신의 부끄러움과 상처를 치유해주는 재생의 공간으로 나타난다.

②는 삶의 원리이자 순환적 상상력과 맞물리는 근원적 질서에 대한 자신의 생각을 다시 확인함으로써 허무주의적 역사의식의 빈자리를 메꾸어 가려는 화자의 의지가 엿보이는 시이기도 하다.

우주적 상상력은 누구보다도 생의 질서에 순응함으로써 얻어지는 삶의 진리를 간파하는 이들의 몫으로 남거지게 된다. 그런 의미에서 김춘수는 객관적이고도 냉정한 현실인식에 빚을 지고 있는 셈이다.

그의 관조적 인식 태도는 치열하게 삶을 살지 못했다는 패배의식과 연계됨으로써 시적 전환을 이룬다. 또한 오랫동안 이어지는 무의미의 방법론은 또 다른 의미를 도출하는 데는 성공할는지는 모르나 자신의 시세계에 대한 부단한 회의를 동반하고 있다.


①
눈보다도 먼저
겨울에 비가 오고 있었다.

바다는 가라앉고
바다가 있던 자리에
軍艦이 한 척 닻을 내리고 있었다.
여름에 본 물새는 죽어 있었다.
물새는 죽은 다음에도 울고 있었다.
한결 어른이 된 소리로 울고 있었다.
눈보더도 먼저
겨울에 비가 오고 있었다.
바다는 가라앉고
바다가 없는 海岸線을
한 사나이가 이리로 오고 있었다.
한쪽 손에 죽은 바다를 들고 있었다.

- 「처용단장」 제1부 4 전문 -

②
벽이 걸어 오고 있었다.
늙은 홰나무가 걸어오고 있었다.
한밤에 눈을 뜨고 보면
호주 선교사네 집
화랑의 벽에 걸린 청동 시계가
겨울도 다 갔는데
검고 긴 망토를 입고 걸어 오고 있었다.
내 곁에는
바다가 잠을 자고 있었다.
잠자는 바다를 보면
바다는 또 제 품에
숭어 새끼를 한 마리 잠재우고 있었다.

- 「처용단장」 제1부 3 일부분 -

①과 ②의 시는 어린 시절의 기억을 살려내고 있다. 이때 자신의 기억과 함께 재생되고 있는 공간은 상실의 바다, 침묵의 바다로 드러나 있다. 바다

가 가라앉는다든지 여름에 본 물새가 죽어 있었고 다시 계절이 바뀐 채 겨울에는 아무렇지도 않고 비가 내린다는 것은 자신의 의지와는 무관하게 역사가 진행되었음을 의미한다. 이 때 바다가 없는 해안선은 흔적만 남아 있는 유년의 기억으로서 과거의 기억 속으로 돌아갈 수 없는 현실 세계의 암울한 허무의식을 표출하고 있다.

‘한쪽 손에 죽은 바다’는 상실과 허무의 덩어리로 존재의 의미를 묻는 화자의 궁극적 미의식이기도 하다. 즉 김춘수가 일상적으로 되내이는 ‘나는 여기 왜 이러고 있는가’ 라는 철학적인 사유는 인생이 외롭게 떠나는 새와 같은 속성을 갖는다는 깨달음의 결과이다. 특히 ‘여름에 본 물새가 죽어 있었다’ 라는 죽음에 대한 의식은 인간이 갖게 되는 가장 근원적인 질문이다. 처용이 되었던 자신이 이번에는 물새가 되기도 하고, 죽었던 물새는 다시 그 어느 상황에도 주인공이 될 수 없는 제3의 사나이가 되기도 하는 것이다.

‘물새는 죽은 다음에도 울고 있었다’ 라는 시구는 그의 시의식을 집약적으로 보여주고 있다. 시간이 지난 다음 어른이 된 자신의 모습 속에서도 유년 시절의 상처를 더듬고 있는 화자의 모습에서 치유될 수 없는 원형적 상처의 깊이를 알 수 있다.

「처용단장」에서 ‘죽은 바다’란 결국 유년시절의 바다는 더 이상 없다는 디스토피아(distopia)를 드러내게 되며 재건과 복구, 상실과 허무를 반복적으로 드러내어 행간 속의 진정한 삶의 의미를 추적해보고자 했던 것이다.

1부를 제외한 2, 3부에서는 유년의 바다는[162] 더욱 찾아보기 힘들다.

---

162) 장혜원은 바다에 대한 기존의 논란을 다음과 같이 정리하고 있다.
　　① 김준오: 처용에서의 바다-유년을 상징하는 개인적 심상이며 갖가지 유년의 모습들을 빛처럼 의식의 표면으로 끌어내는 그의 어두운 내면세계 그 자체.
　　② 이승훈: 첫째, 병, 죽음이면서 동시에 ‘회복, 부활’의 표상, 둘째, 유년시절이

「이중섭」의 연작시를 통하여 드러나는 유년의 기억 속에는 늘 '자신이 서 있어야 할 곳'을 강요받았던 무의식의 편린이 존재하고 있다.

②에서 1행부터 7행까지는 어린 시절의 기억으로 들어가는 과정을 보여주고 있다. '늙은 홰나무'는 그의 시의 '젊은 상수리나무'와 함께 중요한 위치를 차지하고 있다. 그의 시에 드러나는 바다와 눈물의 이미지는 허무주의적인 요소가 보이고 있고, 스스로가 역사의 본류에서 제외되었다는 의식을 소유하게 된다.

그는 '젊은 상수리나무'가 되고 싶은 욕망과 함께 이미 '늙은 홰나무'가 되어버린 자신을 후회하고 있다. '벽이 걸어오고 있었다'에서 과거형 종결어미를 통하여 화자가 유년의 기억을 더듬고 있다는 것을 감지할 수 있으며, 이때 '벽'은 그가 세상을 만난 다음에 느끼게 되는 좌절감의 표현이다.

모든 것이 그에게는 벽이었다. 벽과의 싸움은 자신과의 싸움이자 他者와의 싸움이기도 한 것으로 벽을 밀어내야만 앞으로 나아갈 수 있음을 의미한다. 이러한 과정에서 어느 새 늙은 홰나무가 되어버린 자신이 걸어오는 모습을 발견하게 된다. 또 늙은 홰나무처럼 밀어낼 수 없는 옹이

---

면서 지금은 가고 없는 무덤의 세계 표상, 셋째 완전한 추상의 세계 표상.
③ 김현: 바다는 상징으로써 외부 정경의 한 요소이며 때로는 어머니의 알레고리로써 사용됨.
④ 최하림: 매 편의 배경이자 동적 이미지로 등장, 전체의 통일감을 부여해주고 있을 뿐 아니라 유년의 인상을 선명하게 드러내 주는 거대한 캔버스.
장혜원, 「김춘수 시의 주제비평적 연구-모티브 분석을 중심으로」, 부산대(석사), 1990.2, p.22.
그 밖의 석, 박사 논문에서 주로 다루고 있는 범위의 공통점은 「처용단장」의 제1부는 유년의 기억을 갖고 있으나 뒤로 갈수록 현실과 대응되는 바다의 모습을 이미지화 하여 그리고 있으며, 특히 제 2부는 언롱의 연습이 다분히 드러나고 있는 것으로 볼 수 있다. 본고에서는 바다의 공통적인 이미지를 도출함과 동시에 김춘수 개인의 신화적 상상력을 통한 바다의 의미를 관찰하기 위하여 기존의 논의된 부분은 가급적 배제하는 범위 내에서 논의를 진행시켜 나가도록 한다.

진 역사가 옥죄는 듯한 환상에 빠지게 되는 것이다.

'겨울이 갔는데 망토를 입고 걸어오고 있는' 자는 암울한 시대를 걸어가는 자신을 의미한다. 결국 그에게 세상은 늘 겨울이었고 자신은 망토를 입은 정체불명의 한계상황 속으로 던져졌지만, 의지적으로 밀고 나아가는 처용이 될 수 없는 자신을 발견하게 된다.

그러나 그의 유년에 대한 기억은 사춘기를 겪으면서 고초를 겪었던 패배의식과 함께 포근한 바다의 이미지로 전환된다. 자전적 소설 등에 나타나는 허무주의적 태도는 그가 세계를 인식하는 한 방법이었지만 시적 대상으로 자리 잡은 세계와의 불화로 인한 단절감은 무의미의 시작법으로 굴절되고 있는 것이다. 반면 바다에 대한 편린이 묻어 있는 「이중섭」이라는 연작시에는 아내의 추억이 중심을 이루고 있다.

서귀포를 무대로 쓰여진 「이중섭」의 연작시에는 처용이었던 자신과 이중섭이라는 인물의 아내를 병치시킴으로써 순결의 문제를 다시 한 번 환기시키고 있어 잠재웠던 신화 속의 바다가 다시 한 번 일렁거리고 있다.

①에서 ⑥까지의 시에서 공통적으로 드러나고 있는 정서 역시 상실감이 지배적이다.


①
耳目口鼻
耳 目 口 鼻
울고 있는 듯
혹은 울음을 그친 듯
넙치눈이. 넙치눈이.
모처럼 바다 하나가
삼만 년 저쪽으로 가고 있다.
가고 있다.

- 「봄안개」 전문 -

②
서귀포의 남쪽
아내가 두고 간 바다,
게 한 마리 눈물 흘리며, 마굿간에서 난
두 아이를 달래고 있다.

- 「이중섭 2」 일부분 -

①과 ②는 울음을 통한 작가의 정서를 드러내고 있는데, '울고 있는 듯 혹은 울음을 그친 듯'은 자신의 상황을 그대로 반영하고 있는 것을 의미하며, '삼만 년 저쪽으로 가고 있다. 가고 있다'의 반복의 어조를 통해서 간절하고 과거회귀적인 상상력을 펼치고 있다.

그의 시편에 드러나 있는 바다는 정적인 바다임과 동시에 세상과 해후가 가능한 바다로 표출되고 있다. 문제는 이러한 정적인 바다가 '삼만 년 저쪽으로' 동적인 열망을 간직하고 있다. 이는 심리적 상황의 반영물로 볼 수 있는데 그의 마음이 바다에서 떠나가고 있음을 반복적으로 제시하면서 자신의 결심을 확고히 다지고 있는 것이다.

이렇게 유년의 기억으로부터 벗어나고픈 심리적 반영은 유년기적 발상이나 수동적인 삶의 자세에서 탈출하고픈 의지로 볼 수 있다. 삼만 년만큼이나 떨어져 나가고픈 심정은 유토피아를 잃어버린 아담의 마음처럼 처연하기만 하다.

낙원에 대한 상실감, 잃어버린 고향의식과 유배의식163)은 마침내 어디

---

163) 강은교는 처용의 모티브를 분석하면서 근원적인 모티브, 즉 '끼어 들 수 없음' '홀로 있음'으로 귀결되는 의미를 '유배의식'이라고 정의하면서 김춘수는 처용이라는 신화적 인물 속에서 실은 많은 것이 상실된 '끼어 들 수 없음'의 인물 또는 '홀로 있음'의 유배된 인물을 보는 것이라고 하였다. 유배의식이라는 모티브에 젖어 있는 그에게 제 1의 모티브가 바로 <바다>로 등장하고 있는데, 그 바다는 정경이 되는 바다, 그럼으로써 심리적 기저인 모티브의 환치가 되는 바다

든지 떠나고야 말겠다는 결심으로 이어지며, 그러한 결심은 바로 만물이 평화롭게 존재하고 있는 곳으로의 귀향을 의미하고 있는 것이다. 우주의 순환 원리를 따르고 있는 질서의 회복이야말로 개인과 타자가 평화롭게 공존할 수 있는 유토피아이며, 그러한 공간으로의 회귀적 본능은 신화적 상상력의 근간을 이룬다.

②와 ③은 구체적으로 서귀포를 중심으로 한 이중섭의 이야기와 자신의 이야기가 오버랩되고 있다. 이 작품에서 아내는 떠나고 없다. 실제로 이중섭은 일본인 아내와 떨어져 지냈으며 서귀포에서 작품활동을 하면서 고독을 벗삼아 생활하고 있었다. 이러한 객관적인 사실과 떠나간 아내의 순결에 대한 무의식적 세계관이 시의 근간을 이루고 있다.

순결의식에 따른 배신감과 허탈감이 모성성으로 치유됨으로써 역신과의 대결을 도모했던 처용의 마음을 화자는 십분 수용하고 있는 것이다.

> ③
> 바람아 불어라,
> 서귀포에는 바다가 없다.
> 남쪽으로 쏠리는
> 끝없는 갈대밭과 강아지풀과
> 바람아 내가 있을 뿐
> 서귀포에는 바다가 없다.
> 아내가 두고 간
> 부러진 두 팔과 멍든 발톱과
> 바람아 네가 있을 뿐
> 가도 가도 서귀포에는
> 바다가 없다.

라고 설정하고 있다. 이는 일견 타당한 주장이라고 비춰진다. 필자도 이러한 의견에 동의하는 바이며, 제 2의 모티브가 되고 있는 꽃의 설정도 같은 생각이다. 강은교, 앞의 책, pp.282-283.

바람아 불어라,

- 「이중섭 3」 전문 -

'바람아 불어라, 서귀포에는 바다가 없다. 바람아 불어라 서귀포에는 내가 있을 뿐 바다가 없다'라는 시구는 바다로 상징되는 여성과의 별리를 통해 혼자 남게 되는 이별의 고통을 처용의 강인함으로 극복하고 있음을 보여준다.

아내는 더 이상 없는 것이다. 순결을 잃어버린 그 순간부터 처용은 인간의 감정세계를 초월한 주술적인 신과의 교접상태로 들어가게 된다. 이는 신비적이고 주술적인 신화적 상상력을 통해서만 심리적 상처의 치유가 가능한 것으로 인간 세상의 질서로는 수용이 불가능함을 의미한다. 그 어떤 것으로도 용서받을 수 없었던 상처받은 순결의식은 마침내 역신이 침범했다는 상징성을 통하여 용서받을 수 있게 된다.

기독교 및 학문적 가풍 속에서 성장한 김춘수에게 순결의식에 대한 고민은 세계관을 정립하는 데 결정적인 역할을 하게 된다. 늘 항상 소외되고 홀로 남게 된다는 자신의 개인적 상황은 허무주의적 경향과 태도를 낳게 된다. 「처용단장」의 몇 편에서 의지적인 태도가 보이기는 하지만, 이는 지엽적인 태도로 그의 전반적인 의식태도를 규명하는 데는 한계가 있다.

그는 아내가 떠난 자리에 홀로 남겨진 사실에 대하여 두려워하거나 슬퍼하는 자세로 대응하지는 않는다. 세상에 대한 대결의식은 내적으로 굴절되고 있다. 이 때 떠난 아내에 대한 그리움은 존재하지 않는다. 그는 그리움을 잊는 방법을 나름대로 터득하고 있다.

④
낮에 본
네가지 빛깔을 다 죽이고
바다는 밤에 혼자서 운다.
게 한 마리 눈이 멀어
달은 늦게 늦게 뜬다.
아내는 모발을 바다에 담그고
눈물은 아내의 가장 더운 곳을 적신다.

- 「이중섭 8」 전문 -

⑤
광복동에서 만난 이중섭은
머리에 바다를 이고 있었다.
동경에서 아내가 온다고
(중략)
남포동 어느 찻집에서
이중섭을 보았다.
바다가 잘 보이는 창가에 앉아
진한 어둠이 깔린 바다를
그는 한뼘 한뼘 지우고 있었다.
동경에서 아내는 오시 않는다고.

- 「내가 만난 이중섭」 -

⑥
바다 밑에는
달도 없고 별도 없더라
바다 밑에는
항문과 질과
그런 것들의 새끼들과
하나님이 한 분만 계시더라
바다 밑에서도 해가 지고
해가 져도 너무 어두워서
밤은 오지 않더라

225

하나님은 이미
눈도 없어지고 코도 없어졌더라.
흔적도 없더라.

- 「해파리」 전문 -

⑥의 1, 2행에 나타나고 있는 '달과 별'의 부재의식은 그로 하여금 세상에 홀로 남겨졌다는 상황적 인식을 통하여 ④와 ⑤의 상황으로 연계된다. 즉 달도 없고 별도 없다는 천체의 부정의식을 통하여 그의 세계관이 깊숙한 허무의식과 맞닿아 있음을 발견할 수 있다. 이는 '하나님이 한 분만 계시더라' 라는 철저한 고독의식으로 심화되고 있다. 즉 '바다 밑에서도 해가 지고 해가져도 너무 어두워서 밤은 오지 않더라' 라는 극단적인 역설을 통하여 밤이 오고야 말았다는 상황적 불가지론을 제시하고 있다.

그의 시에 드러나고 있는 '꽃'은 바로 이러한 불가지론에 대한 성찰로 이어지고 있으며 인간의 한계의식과 긴밀한 관계를 유지함으로써 존재의 한계를 오히려 극복하고 있는 것이다.

그런데 '항문과 질과 / 그런 것들의 새끼들과' 그리고 '하나님이 한 분만 계시더라'라는 구절은 상황적 아이러니를 표출하고 있다. 생식기를 의식적으로 사용하고 있는 것은 부정적 감정의 의도적 표현이다. 특히 '그런 것들의 새끼'라는 구절에서 화자의 극단에 다다른 반감은 처용의 관용적인 태도와는 상반된 태도로 드러난다. 즉 화자가 끊임없이 처용과 길항함으로써 인간이 지니는 수용의 한계를 보여주고 있는 것이다.

여기서 인간적인 한계를 극복하는 길은 역시 주술적이고 신비주의적 신화의 세계에 기댈 수밖에 없었던 것이다. 그는 인간의 한계적 상황과 윤리적인 수용의 상황 사이에서 고민하고 있는 것이다.

김현이 김춘수를 평가하는 자리에서조차 그는 늘 순결의식과 싸우고 있는 사람이라고 판단하였던 것도 바로 이 때문이다. 따라서 이 시는 결벽증의 증세로 콤플렉스와 싸워야 했던 화자 자신의 내적 상황을 표출시킨 것으로 볼 수 있다.

④와 ⑤에서는 아내의 부재를 적극적으로 묘사하고 있는데, 이를 테면 ④의 '아내는 모발을 바다에 담그고 / 눈물은 아내의 가장 더운 곳을 적신다' 라는 구절과 ⑤의 '그는 한뼘 한뼘 지우고 있었다. / 동경에서 아내는 오지 않는다고' 라는 구절에서 잘 나타난다. 여기에 '하나님은 이미 / 눈도 없어지고 코도 없어졌더라. / 흔적도 없더라' 라고 덧붙임으로써 자신의 극단적인 외로움을 표현하고 있다.

> 아픔을 눈감기지 말고
> 피를 잠재우지 마라.
> 살을 찢고 뼈를 부수어
> 너희가 낸 길을 너희가 가라.
> 맨발로 가라.
> (중략)
> 술에 마약을 풀고
> 아픔을 어둠으로 흘리지 마라.
> 살을 찢고 뼈를 부수어
> 너희가 낸 길을 너희가 가라.
> 맨발로 가라. 찔리며 가라.

- 「못」 일부분 -

그는 때때로 명료한 의식을 가지고 현실에 임하려 한다. 그러나 명료한 의식의 실천 중에 그가 겪는 인간적인 한계와 고통은 생각보다 많다. 그래서 그는 '살을 찢고 뼈를 부수는' 인간적인 고통을 호소하고 있다. 그렇지만 삶의 무대는 냉정한 것이며 어떠한 일이 있어도 그 임무를 완수해야 하는 일련의 과정을 거쳐야 한다. 즉 이러한 삶의 고통은 다음과 같이 형상화된다.



- 「처용단장」 제4부 16 일부분 -

　‘무정부주의자’가 될 수 없었던 역사의식의 한계와 ‘모난 괄호’로 살아가는 과정은 시인의 고통스러운 삶의 표현이다. 그래서 그는 ‘거기서는 그런대로 제법 소리도 질러보고 부러지지 않는 달팽이 뿔을 세워본다’라는 고백적 어조로 반성하고 있다. ‘달팽이뿔’은 자신을 지키기 위한 최소한의 방어기제로 누구나가 나름대로 살아가는 차선의 방법을 택하며 이를 지켜나가기 위하여 끊임없이 노력하며 살아가고 있음을 상징한다.

　달팽이는 힘겨운 삶을 영위하여야 하는 운명으로 태어났다. 그러나 그런 달팽이의 뿔이라도 가져야겠다는 나름대로의 자구책은 여지없이 자신의 의지와는 상관없이 역사의 수레바퀴 밑에서 숨쉴 수밖에 없는 운명이었음을 고백하고 있는 것이다. 결국 화자의 굴곡된 역사의식은 다음과 같이 정리될 수 있다.

　　나에게 있어 詩作은 生活로부터의 逃避가 되고 있는 듯하다. 이것을
　　긍정적으로 말하면 詩作은 생활로부터의 解放이 된다는 뜻이 된다. 다
　　시 말하면 非專門家的 處身을 할 때 詩作은 生의 救援이 된다는 뜻이다.

　앞서 살펴본 서정주와 박재삼의 시세계도 근원적인 고향의 이미지가
중심을 이루고 있다. 그래서 그들의 시는 우주적, 천체적인 상상력을 불러
일으키고 있다.

　서정주가 달의 상징소로 여성성을 환기시킴으로써 모성적인 대지와
하늘에 다가서려는 천상적 유토피아를 그리고 있는 반면, 박재삼의 시에
는 해와 달의 우주적 상상력과 함께 태양의 편린인 빛의 이미지가 동시에
내재되어 있다.

　그렇다면 서정주의 시에 일정정도 빚을 지고 있는 김춘수의 우주론적
상상력은 어떻게 근원적인 고향을 복원시키고 있는 것인가. 그의 전편에
흐르고 있는 허무의식은 인간의 존재의식의 규명과 평행선을 걷고 있으며
본질적인 탐구의식과 궤를 함께 한다. 천체적 혹은 우주적 상상력의 범위
는 궁극적으로 순환적인 상상력을 기반으로 하여 인간적인 삶을 누리려는
소박한 소망으로 나타난다.

　①
　언제나 하늘은 거기 있는 듯
　언제나 하늘은 흘러 가던 것

　아쉬운 그대로
　저 봄풀처럼 살자고
　밤에도 낮에도 나를 달래던
　그 너희들의 모양도

풀잎에 바람이 닿듯이
고요히 소리도 내지 않고
나의 가슴을 어루만지던
그 너희들의 모양도

구름이 가듯이
노을이 가듯이
언제나 저렇게 흘러 가던 것

- 「하늘」 전문 -

②
하늘은 그린 듯이 더욱 푸르고
네가 가던 그 날은
가을이 가지 끝에 울고 있었다.

- 「네가 가던 그 날은」 일부분 -

그의 시에는 감정이 묻어나는 하늘이 있다. 하늘은 자신의 감정과 동일한 객관적 상관물로 드러난다.

①의 시는 인간과 자연의 합일을 꿈꾸므로써 우주의 본원적인 고향으로 돌아가고자 하는 화자의 간절한 소망이 드러나고 있다. '아쉬운 그대로 봄풀처럼' 살자는 다짐은 '구름이 가듯이 노을이 가듯이' 유유자적으로 살아 갈 수 없었던 현실적인 아픔을 반어적으로 드러냄과 동시에 '하늘'이라는 절대적인 공간을 설정하여 천상적인 유토피아로의 출구를 마련하고 있는 것이다. 즉 구름이나 노을은 인간을 제외한 자연의 일부분이자 만물의 근원이며 절대자의 진리를 의미하는 것으로 상상력의 범주가 우주의 세계로 확장되어가고 있음이 확인된다. 이는 김춘수의 시에서 '꽃'의 이미지로 구현되고 있다.

②의 시에서 나타나고 있는 '네가 가던 그 날'은 이별이야말로 세상의

만고의 진리 중의 하나임을 깨닫고 있는 것이다. 그에게 있어서의 이별은 익숙한 것들과의 결별을 의미하며 유년 의식과의 결별164)을 통해 상실감과 허탈감을 환기하고 있는 것이다.

따라서 그의 이러한 개인적 상실감은 어른이 됨과 동시에 허무의식의 단단한 각질 속에 갇히게 된다.

> 죽을 적에는 우리는 모두
> 하나 하나로
> 외롭게 죽어가야 하기 때문입니다.
>
> - 「생성과 관계」 일부분 -

허무주의의 끝은 죽음과 만나게 된다. 위의 시에 드러난 죽음165)에 대한

---

164) 내 고향의 바다를 곁에 두고 조석을 언제 든 볼 수 없게 되었다. 향수는 이별과 같은 것이라서 추억 속의 그 즐거웠고 황홀했던 시절로 나를 데리고 가기도 하지만 보고 싶지만 마음대로 볼 수 없는 안타까움은 나를 때로 몹시 우울하게 만든다. 지금쯤 내 고향은 온통 바다빛깔로 물들어 있으리라.
김춘수, 『김춘수전집 3-수필』, 민음사, 1983, p.104.

165) 죽음에는 三可知, 三不可知론이 있다고 한다. 누구나가 죽는 건 확실하되 외롭게 혼자서 그리고 아무것도 가지지 못한채, 빈 손으로 오고 갈 수밖에 없다는 것이 三可知이며, 언제 이디서 어떻게 죽느냐는 것은 三不可知에 속한다는 것이다. 그런데 여기서 「어떻게」라는 문제는 실존적 자각에 의한 자체 조절의 가능성이 있을 수 있고 또 그것이 인간의 온갖 가능성의 한계가 된다. (중략) 그러기에 항상 「어쩐지 불안하다」는 것은 하이데거가 말했듯이 불안의 無對象性이 결국 無와 관계가 있고 「불안은 無를 드러낸다 Die Angst offenbart das Nichts」 또는 「無는 불안에 있어서 스스로를 드러낸다」고 주장한다. 또 그 무는 죽음과 깊은 관련이 있음을 지적함으로써 독창적인 불안과 무와 죽음의 철학을 전개하고 있다.
정종, 「실존의 문제와 죽음」, 『철학과 문학의 심포지엄』, 고려원, 1992, pp.83-85.
하이데거의 지적 속에서 불안과 죽음은 무의식의 세계에서 동일한 것으로 취급되고 있다. 불안하다는 것은 그의 지적대로 未知의 세계에 대한 공포감과 같은 것이며, 죽음 또한 알지 못하는 세계에 대한 공포감으로 일축될 수 있다. 결국 인간은 경험하지 못한 세계에 대한 근원적인 공포감이 불안함으로 표출되는 것으로서 可視的인 것, 경험적인 것, 물질적인 것에 익숙한 나머지 보이지 않는

사유방식은 화자의 존재의식과 동일선상에서 파악될 수 있다. 우주로의 승화충동은 하늘이나 빛, 새, 꽃, 산, 그리고 물고기의 거스름을 통한 상승적 상상력을 통하여 드러나고 있는 것이다.

그러나 그의 하늘은 감정이입의 대상물로서의 하늘이 대부분이다. ②의 경우에는 자신의 처지와 대조를 이루고 있는 하늘의 푸름을 시사하여 슬픔의 무게에 눌려 있는 자신의 모습을 역설적으로 표출하고 있는 것으로 보인다.

> ③
> 슬픔 위에 슬픔이 덮이고, 덮인 슬픔 위에 바람이 지나가도 짙은
> 그 속 한 장 건드리지 못하고, 햇살이 샘물같이 쏟아지고, 밤이면 달빛
> 이 은실모양 흘러 내려도 흘러 내려도 … 하늘이 울어 땅이 動하고,
> 드디어 천지가 뒤엎이는 저 나중의 나중에도, 밑바닥의 밑바닥 먼 나의
> 할아버지가 애처지게 울고 간 슬픔 한 장 건드리지 못하고…
>
> - 「湖」 전문 -

이 시에서 해와 달은 천상적인 상상력의 대표적인 심상으로 그려진다. 여기에서 해와 달은 '하늘이 울어 땅이 동하고 드디어 천지가 뒤엎이는' 한이 있어도 '밑바닥 먼 나의 할아버지가 애처지게 울고 간 그 슬픔 한 장 건드리지 못하는' 무심한 천상의 이미저리로 드러나 있다. 즉 자신의 삶의 버팀목이 되어 주지 못한 무심한 우주요, 광활한 우주이기만 한 것이다. 광장 공포증에서 수반되는 소외 의식처럼 그는 이러한 광활한 우주와 천지간에 자신만이 홀로 존재하게 된다는 근원적인 고독을 노래하고 있는

---

것에 대한 不信 때문에 겪게 되는 인간적인 한계성을 체득하게 되는 것이다. 또 시인이란 이런 죽음에 이르게 되는 사유를 경험을 통해서가 아니라, 예단과 觀을 통하여 한 발자국 우주의 근원적인 비밀을 읽어 나갈 수 있는 근기를 가지게 되는 것이라고 볼 수 있다.

것이다.

순환적인 상상력에서 곧 잘 드러나는 '바람'에 대한 상상력 또한 그의 시에 자주 등장한다. 구름, 바람 그리고 하늘의 심상은 모두 유동적인 습성이 있어 만물의 변화와 관련이 있다. 이것은 그의 허무주의적 사유방식을 드러내기에 알맞은 심상들이며 우주의 근원적인 이치를 설명하는 데 적합한 소재이기도 하다. 즉 '밑바닥의 밑바닥 먼 나의 할아버지가 애처지게 울고 간 슬픔 한 장 건드리지 못하고'에서 근원적인 슬픔은 개인적인 것만이 아니라 보편적인 인간사의 흔적임을 말하고 있다. 결국 산다는 것은 인간의 철저한 생존의식과 철학적 견고함의 근간을 기본으로 한다는 깨달음을 말하고자 하는 것이다.

반면 철학적인 사유를 동반하지 않은 순수의 하늘, 궁극적으로 인간이 지향하고 있는 절대적 하늘의 모습도 보이고 있다. 이는 그의 순결의식과도 상관이 있는 것으로 순결함만이 지고지순한 인간의 윤리적 도덕에 비길 수 있는 정신적 지주라고 화자는 생각하고 있다.

④
구슬 같은 눈물이 희기 시작한나.
두 손을 흔들어 사모친 이름을 불러 보면
물결이 더욱 하늘처럼 영롱하다
물결은 가슴 밖을 하늘처럼 넘쳐흐른다

물결이 흔들면
거문고 일곱 줄 은실이 하늘마저 울린다.

- 「여자」 일부분 -

⑤
희맑은

희맑은 하늘이었다.

(소년은 졸고 있었다.)

열린 책장 위를
구름이 지나고 자꾸 지나가곤 하였다.

바람이 일다 사라지고
다시 일곤 하였다.

- 「소년」 일부분 -

④와 ⑤에 보이고 있는 하늘의 이미지는 자신의 순수한 마음을 일구고자 하는 화자의 마음이 그대로 반영된 '하늘'이다. '물결이 더욱 하늘처럼 영롱하다. / 물결은 가슴 밖을 하늘처럼 넘쳐흐른다' 라는 구절은 물결과 하늘이 종국에는 하나가 되는 화자의 간절한 소망의 구현이라고 볼 수 있다.

④의 4행에서 보이는 물결이 넘쳐흐를 수 있을 만큼의 충일감은 화자의 개인적인 의식의 한계에서 벗어나 의지적으로 다른 열린 세상을 향한 통로를 찾고 있음을 의미한다. 양적 변화가 질적 변화를 이끌어 낼 수 있듯이 해일로 인한 물결이 가슴 밖으로 흘러넘치는 것은 결국 변화된 세상, 순수한 세상을 꿈꾸고 근원적인 우주와의 합일을 소망하는 화자의 목소리이기도 하다.

시인은 또 '물결이 흔들면 / 거문고 일곱 줄 은실이 하늘마저 울리'는 질적인 승화를 꿈꾸고 있다. 다시말해 지상적인 것의 천상화, 혹은 천상적인 것의 지상화, 이러한 순환을 통하여 드러난 우주론적인 상상력이 화자를 시원의 고향으로 이끌어가고 있는 것이다. 결국 화자는 물결이 흔들릴 정도의 충일한 순수의 세계를 지향하고 있는 것이고 나아가 천상적인 것과의 공명을 이루어 내고 있는 것이다.

그런데 이 때 등장하는 인물이 '여성'과 '소년'인 바, 이러한 순일한 세계로의 한 단계 더 진일보 할 수 있는 존재를 설정함으로써 그의 순수지향성은 더욱 강화된다. '희맑은 하늘'가로 구름이 지나고 '바람이 일다 사라지고 다시 일곤'하는 범상적인 우주의 세계는 마치 아무 일도 일어나지 않은 지루한 현실세계를 의미하고 있는 것처럼 보이지만 사실은 이러한 외형적인 평화를 이루어 내기 위하여서는 모든 것이 순일하고 질서 있는 도덕의 세계관의 집행 하에 이루어 질 수 있다는 일상적인 교훈을 암시한다. 즉 가장 범상한 것이 감사한 일 중의 하나라는 것과 그렇게 범상하게 살아 갈 수 없는 어른이 된 자신의 모습을 돌아보며 시 속의 주인공인 소년의 모습을 한껏 부러워하고 있는 것으로 표현하고 있는 것이다.

그의 시에 드러난 하늘은 이렇게 맑고 순수한 하늘 외에도 자신의 감정을 이입시킨 심상으로 비춰지기도 한다. 그러나 이는 모두 유동성을 동반한 이미지로 자신의 현실적인 환경에서 벗어나 한층 고양된 근원적 삶의 세계로 귀환하고자 했던 시인의 순수한 욕망의 표출로 볼 수 있다.

   ①
   호주 선교사네 집에는
   호주에서 가지고 온 해와 바람이
   따로 또 있었다.
   탱자나무 울 사이로
   겨울에 죽두화가 피어 있었다.
   주님 생일날 밤에는
   눈이 내리고
   내 눈썹과 눈썹 사이 보이지 않는 하늘을
   나비가 날고 있었다.

한 마리, 두 마리,

- 「처용단장」 제1부 3 일부분 -

②
아침에 내린
복동이의 눈과 수동이의 눈은
두 마리의 금송아지가 되어
하늘로 갔다가
해질 무렵
저희 아버지의 외발 달구지에 실려
금간 쇠방울 소리를 내며
돌아오곤 하였다.
한밤에 내린
복동이의 눈과 수동이의 눈은 또
잠자는 내 닫힌 눈꺼풀을
차운 물로 적시고 또 적시다가
동이 트기 전
저희 아버지의 외발 달구지에 실려
금간 쇠방울 소리를 내며
돌아가곤 하였다.

- 「처용단장」 제1부 5 일부분 -

③
울고 간 새와
울지 않는 새가
만나고 있다.
구름 위 어디선가 만나고 있다.
기쁜 노래 부르던
눈물 한 방울,
모든 새의 혓바닥을 적시고 있다.

- 「처용단장」 제2부 서시 전문 -

④
새장의 문을 닫고 새의 날개짓을
생각했다. 그것이 곧
내 자유의 몫의 자유다.

- 「처용단장」 제 2부 40 일부분 -

⑤
새의 (무슨 새든)
깃
같은
앵무새 부리
같은
내 눈썹아

이젠
보인다
용이
된
(그때)
늪
에
빠져
죽었다던

내
눈
의
하늘
인
내
눈썹
아

- 「처용단장」 제 4부 3 전문 -

⑥
　푸르스름한 날개를 하고 고추잠자리가 한 마리 저만치 장다리 꽃밭
을 두어 바퀴 돌다가 제 마음에 들었던지 장다리꽃 하나에 가 앉는다.
그 푸르스름한 날개를 한번 가 볼까 말까 한번 가 볼까 말가 하다가
끝내 나는 그만 거기 쓰러져 잠이 들고 말았다.
- 「고추잠자리」 일부분 -

⑦
어느 날은
살 오른 숭어 새끼
온몸으로 바다를 박차고
솟아올랐지만, 그의 눈에는
그 해의 첫 눈이 오고 있었다.
- 「처용단장」 제3부 4 일부분 -

　①에서 ⑦까지는 모두 날아오르는 심상을 표현하고 있어 현실적 탈출
구를 마련하고자 했던 시인의 욕망이 드러나고 있다. 이러한 비상을 꿈꾸
는 역동적인 이미지들의 모습은 인간의 내면적인 욕망과 부합되는 장치이
기도 하지만 자신의 고백을 솔직하게 담아낼 수 있는 적극적인 표상이기
도 하다. '겨울에 죽두화가 피어 있는' 세상은 '내 눈썹과 눈썹 사이 보이지
않는 하늘'을 가늠할 수 없었던 한계적 상황 속에서 발견한 꿈의 세상이다.
　외부의 세계, 호주에서 가지고 온 '해와 바람'이 화자에게는 이미 커다
란 힘이 되고 있다는 믿음 속에서 현실적 공간은 상상력의 공간으로 전이
된다. 이 때 보이지 않는 하늘이란 인간의 힘으로 볼 수 없는 단순한 하늘의
의미를 초월한 더 큰 파라오의 공간을 의미하고 있다. 현실적 한계 속의
나비의 비상이란 곧 자신의 비상을 뜻하는 것이며 자신의 모습이 투영된
나비는 수동적이고 나약하기만 했던 자신의 또 다른 모습이기도 하다.
　②는 독법에 따라서 여러 관점을 내포할 수 있는 시로서, 시 속에 등장하

는 대상물 인 두 마리의 '금송아지'로 드러나고 있다. '금송아지'는 풍요를 상징하는 매개체로서 다음 해의 풍년을 상징하는 이미지로 나타난다. 이 때 '나비'라든지 '송아지'와 같은 유약하고 순수한 상징물과 처용을 교차시킴으로써 현실의 괴리감에서 오는 한계를 드러내고 있다.

③에서 ⑦까지는 새, 잠자리, 그리고 숭어의 모습을 통한 상승의 욕구를 표출하고 있다. ③에서는 '울지 않는 새'와 '울고 간 새'를 통하여 자신의 삶의 갈등인식을 표현하고 있다.

'울고 간 새'는 자신의 과거의 삶의 표상이며 더 이상 '울지 않는 새'는 현재이자 미래의 자신의 표상이다. ④와 ⑤에서도 보이고 있듯이 새의 '날개짓'은 자유를 의미하는 데, '내 자유의 몫'이라고 설정한 것은 자신이 움직이는 것만큼의 자유와 자신이 생각하고 받아들였던 현실적 자유 사이에서 갈등을 드러내고 있기 때문이다.

현실을 받아들이느냐, 용서하느냐의 문제는 처용에게는 땅을 디디고 서는 현실원칙이기도 하다. 이 원칙은 화자에게도 그대로 전이되고 있어 '자유의 몫'에 대하여 고민할 수밖에 없는 것이다. 그런 그의 눈에 비친 '새장의 문이 닫힌' 공간 속에서의 '날개짓'이란 부처님 손바닥의 세계나 마찬가지인 것이다. '열린 공간'이 아닌 '닫힌 공간' 속으로의 규정된 삶의 자유란 그에게는 바로 안일하고 수동적인 현실인식이기도 했던 것이다. 그런 그가 비상을 꿈꾸고 있는 것이다.

대체적으로 현실과 욕망, 혹은 현실과 준거집단의 사이에서 갈등하는 화자에게는 갈등의 폭만큼 전도된 상상력이 드러나게 되는데, 그러한 상상력이 빚어 낸 모습은 신화적 상상력의 몫이기도 하다. 강력하고 신비주의적인 상상력은 때로는 주술적인 상상력과 관련이 있으며 이는 무의식적 욕망의 발로이기도 하다. 이 때 차용되는 이미지는 보다 강력한 상징물로 구현됨으로써 현실 속에서 이루지 못했던 화자의 대리만족을 얻어내기도 한다. 이는 상징물이 지니고 있는 원형적 심상을 이용한 후광효과로 받아들일 수 있다. 용166)은 그런 의미에서 화자의 욕망을 구현시키는 좋은 상징적 요소로 사용되고 있으며 자신의 내적 에너지를 드러내는 상징적 장치가 된다.

그의 시에 드러나고 있는 상승의 대상물들은 이와 같이 신비주의적인 모습으로 혹은 충만한 주술성으로 다가오고 있기는 하지만, 비상을 꿈꾸되 자유로이 비상할 수 없었던 한계적 상황 속에 갇혀있다.

㉠에서 보이고 있는 '살 오른 숭어새끼'도 어린 자신의 모습을 그대로 재현한 것이다. '온 몸으로' 박차고 오르려는 그에게 '그 해의 첫 눈'은 시련일 수밖에 없었다.

---

166) 용은 서양과 동양에서는 서로 반대되는 의미를 지닌다. 서구에서는 힘과 자기단련으로 정복해야만 하는 인간의 미천한 원초적 본성을 상징하고 기독교 신화에서는 지하세계와 사탄세계의 구현이다. 그러나 동양에서는 용을 기쁨, 역동성, 건강, 생식력의 상징으로 보며 용의 이미지가 악귀를 물리쳐준다고 믿었다. 중국에서는 여의주를 물고 있는 용-천둥의 상징-을 그린 그림이 비를 가져다 줄 것이라고 생각했던 것이다.
불의 허파, 새의 날개, 물고기의 비늘을 갖고 땅의 어두운 동굴에서 사는 용은 고대 세계의 4원소를 집약하여 상상력을 불러일으키고 우리의 꿈에 출몰하는 어떤 한 영기(靈氣)로 통하기도 한다. 용은 우리 존재의 핵심에 있는 모순-빛과 암흑, 창조와 파괴, 남성과 여성의 상호 의존성-을 나타내는 대립적인 의미들을 지니고 있으나 다른 어떤 상징들보다 더욱 그러한 대립물의 기저를 이루고 통합해 주는 힘을 구현화하고 있기도 하다. 또 동양에서는 물질세계의 근원적 에너지를 상징하는 것으로, 자연의 원소들이 갖고 있는 유용한 힘의 통합으로 묘사된다. 물(뱀)을 공기(새, 생명의 숨결)와 통합시킨 용은 물질과 정신이 하나가 되는 것을 뜻하며 이러한 긍정적인 힘은 용을 통하여 생명을 불어넣어 줄 수 있는 것으로 생각되었다. 용은 또한 정서와 무의식의 내적 세계를 상징하는 것으로, 동양에서는 바다로 혹은 하늘로 승천하는 용의 모습을 통하여 벼슬자리와 창조적 정신으로 서양에서는 무의식의 심층과 그 속에 깃들여 있는 이상한 에너지의 상징이기도 하였다.
데이비드 폰테너, 앞의 책, p.80.

세상과 함께 하려는 의욕이 강하면 강할수록 그의 현실적 인식의 한계의 골은 깊어만 가고 세상은 힘겨운 대상일 수밖에 없었던 것이다. 따라서 김춘수에게 신화적 상상력은 현실적 삶과 문학적 삶의 통로이자 탈출구였던 것이다.

## 2) 전봉건의 '바다'와 '흙'에 드러난 관능적 신화의 세계

전봉건에게 있어서 바다와 대지는 관능적인 여성의 모습으로 나타난다. 그에게 있어서 대지는 흙과 항아리의 이미지로 병치되어 드러나고 있는데 때로는 꽃으로 피어나기도 하거나 새가 되어 하늘을 날아오르기도 한다. 이러한 생명력이 충일한 이미지들은 우주적 상상력을 배태하고 있으며 에로스적 상상력과 함께 혼재된 이미지로 표출되고 있다.

> 거기엔 무엇이 있었던가. 내가 본 것은 무엇이었던가. 그것은 항아리였다. 항아리 하나가 거기서 어슴푸레한 어둠 속에서 희고 맑은 젖빛 스스로의 살빛을 풀어내고 있었다. 나는 그것을 똑똑히 확인하기 위하여 두 눈을 지긋이 감았다가 다시 떠 보았다. 그런데 무를 일이었다 내가 다시 눈 떠 본 것은 항아리가 아니라 한 女子이었다. 가느다란 모사시 고운 짖무덤 늘씬한 허리 豊滿한 엉덩이 흰 젊은 女子가 기기서 어슴푸레한 어둠 속에서 희고 맑은 젖빛 스스로의 살빛을 풀어내고 있었다. 풀어내는 스스로의 살빛으로 피 냄새 절은 어슴푸레한 어둠을 조금씩 밀어내고 있었다.
>
> 그 뒤로부터 나는 확신 하나를 가지게 되었다. 우리의 흙 우리의 땅덩이가 아무리 처절한 죽음과 엄청난 피로서 얼룩진 암흑이라 할지라도 철 따라 과목을 꽃피게 하고 열매도 맺게 하는 것은 그것이 희고 맑은 젖빛 스스로의 살빛을 풀어내는 항아리 또는 항아리와 같은 것으로 해서 지탱되는 까닭이라는.

- 「암흑을 지탱하는」 일부분 -

항아리[167]는 여성의 자궁을 의미하며, 우주를 의미하는 대지적 상상력과 부합하는 원형체이기도 하다.

장시의 형태로 쓰여진 이 시는 전쟁의 상처를 보듬고 생의 본질을 탐구하기 위한 노력의 일환으로 보여지고 있으며, 이러한 노력은 생명력 넘치는 여성적 이미지로 치환되고 있다.

대부분의 시인에게 나타나는 대지적 상상력은 흙의 이미지와 궤를 같이하며 고향 회귀 본능과 연결된다. 여성은 생명을 잉태할 수 있는 자궁을 소유하고 있으며 자궁은 비워 있음과 채워 있음의 공간으로 無인 동시에 有이며 탄생과 재생의 공간이자 소멸의 공간을 의미한다. 위의 시에 나타난 젖무덤과 풍만한 엉덩이는 건강한 생명을 잉태할 수 있는 여자의 이미지인데, 화자는 관능적 여성의 모습을 통하여 강한 성적 욕망을 도발시킴

---

167) 이승훈의 상징사전에 인용된 구자운과 박희진의 항아리의 상징을 비교하는 것은 항아리의 원형을 이해하는데 도움이 된다.

꽃다운 흰 구름 어리운 이 항아리는 / 하염없는 마음속에 외로움을 애시시 끌어 안았어라
- 구자운 「화본초병」-
무슨 흙으로 빚었기에 / 어느 여인의 살결이 이처럼 고울 수 있으랴 /
얇은 하늘빛 어리인 바탕에 / 그려진 것은 이슬 머금을 닭이풀이어라 /
만지면 끊어질 듯 아련히 묻어 오는 / 차단한 기운이여 //
네가 놓이는 자리는 / 아무데고 끝인 동시에 / 시작이 되는 너는 그런 하나의 중심이라 /
모든 것은 잠잠할 때에도 너는 끊임없이 숨쉬며 있는 //
오 항아리 / 너 그지없이 둥근 것이여 / 소리 없는 가락의 동결이여 /
물 위에 뜬 연꽃보다도 가벼우면서 / 모든 바위보다 오히려 무겁게 가라앉은 것 //
- 박희진 「항아리」 일부분-

구자운의 경우 항아리는 여인의 이미지로 항아리는 밖의 것들을 속으로 안아준다는 의미를 넘어 '외로움'이라는 심적 상태를 낳는 이미지로 노래되며 박희진의 경우 탄생과 죽음, 시작과 끝을 지배하는 지적 상태를 상징한다. 혹은 생명과 죽음이 하나로 통일되는 경지로 노래된다.
이승훈, 앞의 책, pp.515-516.

으로써 생명력의 충일감을 보전하려는 무의식을 노정하고 있다.

이러한 에로스적 상상력과 함께 그의 확신은 '엄청난 피로서 얼룩진 암흑이라 할지라도 철 따라 과목을 꽃피게 하고 열매도 맺게 하는 것'으로 신념화 됨으로써 끊임없는 생명력의 보존을 꿈꾸고 있는 것으로 나타난다.

그러나 피로서 얼룩진 암흑은 그가 온 몸으로 겪어 온 암울한 시대의식을 드러내고 있어, 전쟁의 상흔에서 벗어나지 못하고 있음을 보여준다. 극단적인 시대의 경험을 통하여 죽음을 목도[168]한 그에게는 삶이 주는 고결함이란 궁극적 가치 그 자체이기도 한 것이다. 즉 열매를 맺게 하는 생명의 탄생과 일굼은 전쟁의 상흔을 치유하고 근원적인 생명의 고향으로 돌아가고자 하는 작가의 의지로 해석된다.

『속의 바다』에 드러나고 있는 바다의 이미지는 이러한 생명력이 넘실대는 리비도의 공간으로 설정되어 한껏 관능적 이미지를 드러내고 있다.

바다에서
얼굴 드는
태양의 머리 위에서
첫 가락 뽑은
드럼펫 천사의

---

168) 그의 전쟁에 대한 기억은 다음과 같이 서술되고 있다.
'나는 육이오 때 이등병이었습니다. 위생병이었기 때문에 총격전이나 육박전을 벌인 것은 없습니다. 그러나 부상을 당한 사람, 죽은 사람을 많이 보았습니다. 전장은 못 견디게 피곤한 것이었고 허기진 곳이었고 또 무서운 곳이었습니다. 그래서 나는 늘 실컷 눈 빠지게 잠잤으면, 실컷 배터지게 먹었으면, 또 남이야 어떻든 죽지 않고 살아 남았으면 하는 욕심이었습니다. 그러다가 운수 좋게 부상만 입고 돌아온 뒤에야 비로소 나는 사람답게 느끼고 생각하고 말하고 꿈도 꾸면서 살아야지 하는 욕심을 가지게 되었습니다. 아무튼 나는 전쟁으로 해서 본능적(동물적)인 욕심과 사람다움의 그것이 어떻게 얼마나 다른 것인가를 제법 똑똑히 알 수가 있었습니다.
전봉건, 『전봉건 시선』, 탐구당, 1985, pp.244-245.

트럼펫은

이윽고
이슬 덮인 숲속에 내려와서
수없이 많은 녹색을
눈 뜨게 하고

다음엔
네거리에 나와서
솟는 분수 물보래를 노래하는 물보래로 만들고
날개치는 비둘기를 노래하는 날개침으로 만들어서
하늘 가득히 뿌린다.

- 「트럼펫 천사」 일부분 -

바다에서 얼굴 드는 태양이란 바다와 태양의 합일을 의미하는 것으로 여성과 남성의 결합을 의미하고 있다. 이 때 축하연을 벌이는 천사의 모습 속에서 리비도의 충일이 천체적 혹은 우주적 질서의 순일한 결합으로 이어지고 있다. 즉 지상과 천상의 결합으로 볼 수 있음으로 이 시는 결국 우주적 화합의 노래가 된다.

2연에서 이어지고 있는 생명탄생의 이미지는 비둘기의 원형상징인 평화를 환기시킨다. 이 시는 평화와 행복의 이미지로 가득 채워지고 있다.

①
저 무서운 총알이 오고 가던
저 사과나무밭의 가시 돋친 쇠줄 울타리 타고 넘은
저 사과나무 가지에도
주렁주렁 매어달린 탐스런 사과.

-그럼
사과나무 밭으로나 가 볼까나.

제일 빛나게 익은 큰 것을 따야지.
내 사랑하는 소녀가 숨은 사과.

한입 깨물면
내 소녀는 꽃다발되어 뛰쳐나올거다.
새까만 사과씨는 보석처럼 굴러서
흙 속에 숨을 거다.

- 「10월의 소녀」 일부분 -

②
나는 보고 있었어
알몸인 너를 보고 있었어.
검은 비 내리는 가을 어둠 바닥에
엎질러져서 삭은 포도즙
'한껏 보셔요'
그래 나는 몸뚱이 없는
네 알몸을 보고 있었어.

가을이었어
검은 비가 내리고 있었어
지구에도 내리고 있었어
상한 돌맹이 하나가 지구를 떠나고 있었어
비에 젖어서 떠나고 있었어

- 「속의 바다 2」 일부분 -

①에서 드러나고 있는 소녀의 이미지는 사과로 변용되는데, 총알이 날아오르는 전쟁터에서도 주렁주렁 매어 달린 탐스런 사과로 열매맺고 있어 강한 생명력의 고양체로 화자에게 각인되고 있다.

전쟁을 경험한 화자에게 아름다움이란 강인한 생명력이 내재된 아름다움을 의미한다. 리비도가 숨쉴 수 있는 아름다움은 살아 있음의 증좌이며,

건강하다는 의미이기도 하다. 한 입 깨문다는 것은 아름다운 여성과의 생명력 넘치는 성적 에너지의 나눔이며 그리하여 그녀는 보석처럼 흙 속에 숨어서 생명을 잉태한 조심스런 모성으로 거듭 탄생할 수 있게 되는 것이다.

②는 건강한 여자의 모습이 포도즙에 비유되어 화자의 시선을 사로잡고 있다. ①, ②모두 과일로 비유되고 있는 여성의 육체는 탐닉의 대상이 아니라, 강한 생명력의 이미지임과 동시에 이브의 낙원을 상상할 수 있는 신화적 세계의 원시성을 수반하고 있다. 열매는 생명의 잉태를 의미함과 동시에 모체 자신을 의미하고 있기도 하다. 과일을 먹음으로써 이성과의 강한 성적 에너지를 나누는 동시에 원시적 공동체로의 지향을 꿈꿀 수 있게 된다. 이로써 전쟁 없는 평화의 세상으로의 귀환이란 보편적 질서를 실천하며 살아갈 수 있으며, 사랑을 나누며 살아가고자 하는 실존의식을 표출하게 된다.

①
한 사람의 여자가 서 있었고
한 사람의 남자가 서 있었다
여자의 유방은 불꽃으로 이글거리고
이글거리는 불꽃 유방으로 남자는 달렸다
달려가서 껴안았다 파묻혔다
남자도 이글거리는 불꽃이었다
그러나 실은
한 사람의 여자가 서 있었고
한 사람의 남자가 서 있었다
공중엔 날개 편 채 날지 않는 새 한 마리
그리고 가득하니 눈부신 햇살
벽화였다.

- 「속의 바다 6」 전문 -

②
남자다 / 눈부시다 / 뜨겁다 /
불이다 / 여자다 / 허리다 /
허리로부터 / 슬며시 / 둥글게 /
눈물겹게 / 한껏 부푼 / 살덩어리 /
눈부시다 / 뜨겁다 / 불이다 /
숲이다 / 눈부심과 / 눈부심이 섞인다 /
모래톱이다 / 뜨거움과 /
뜨거움이 섞인다 /

- 「속의 바다 7」 일부분 -

①의 시에 드러나고 있는 불꽃의 이미지는 관능적 불꽃이며 에로스적 상상력의 표상이다. 불은 태양과의 관계를 통하여 빛으로 또는 열로 그 원형을 드러내고 있는데, 기본 정서는 뜨거움과 열정이다. 이는 우주적 결합을 통하여 이루어지는 생성의 불꽃이며 신비주의로 승화된 에너지의 고양체이기도 하다. 프로메테우스의 불처럼 인간의 삶에 유용성을 던져주는 불꽃이며 이카루스의 밀납의 날개를 녹여버리는 소멸의 불꽃이기도 하다. 따라서 불꽃은 충일과 소멸, 에로스와 파토스가 녹아 있는 원형적 이미지인 것이다.

반면 물은 불임과 동시에 남성이면서 여성이며, 죽음이면서 탄생이다. 전봉건은 전혀 성질이 다른 양극의 물질적 상상력을 병치시켜 그 신비주의적 세계관을 드러내고 있다.

그에게 여성은 관능적인 존재로서 신성한 모성과 우주적 상상력의 모체로 존재한다. 이는 생명이 주는 외경감과 함께 여성이 환기시키는 과일과 꽃으로 인하여 생명체가 넘쳐나던 고향을 의미하는 것이다.

여자의 유방으로 남자가 달려들고 그 순간 남자도 이글거리는 불꽃이 되는 것은 여성과 남성의 결합이 주는 에너지의 나눔과 합일의 경지를

247

보여주고 있다. 나눔으로써 가득 차 오르는 에너지와 함께 불꽃으로 승화되는 신비주의적 결합은 신화적 상상력의 단면을 보여주고 있다. 또한 동양의 신비주의적 상상력과 서양의 신화적 상상력의 혼재로 인한 우주의 신비는 이국적인 동시에 관능적 이미지로 이어지고 있다.

②의 시는 여자와 남자의 육체의 형상화를 통한 뜨거운 결합을 보여주고 있어 ①의 시보다 더욱 강한 리비도의 결합을 시도한다. 이로써 새로운 생명의 탄생의 고리로 이어진다. 남녀의 성적결합은 우주의 만물의 결합으로 이루어지는 생명탄생의 신비이자 다음세대로의 생명을 연장해 나가는 원동력이 되고 있기에 이는 원시적 생명체에 대한 외경사상이 빚어내고 있는 에로스적 상상력169)으로 볼 수 있다.

전쟁을 통한 죽음과 소멸로 인한 강한 생명에 대한 집착은 이렇게 전 우주적인 상상력의 증폭으로 확대되고 있는 것이다.


①
나는 모래에 관한 記憶을 가진다.
모래의 記憶, 밝고 선 女子의 젖은 발
모래의 記憶, 女子는 흔들어서 물방울을 떨친다

---

169) 김현은 전봉건의 이러한 여성주의적인 측면과 기교주의적 측면을 50년대에 본격적인 詩作활동을 한 세대에서 볼 수 있는 모국어 콤플렉스와 전쟁으로 인한 정신적 외상에서 기인한다고 보았으며(김현, 『시인을 찾아서-전봉건을 찾아서』, 문학과 지성사, 1991, p.409. 민병욱은 그의 서사체계적인 시세계를 구명하는 자리에서 성장체험에서 어머니와 친형 전봉래로 인한 여성주의적 특징을 지적(민병욱, 「전봉건의 서사정신과 서사갈래」 상, 중, 하, 『현대시학』, 1998.2-4.) 하고 있으나 이보다는 「문예」지에 서정주의 추천으로 <원(願)>, <사월>이 발표되고 김영랑의 추천으로 <기도>가 발표되어 등단되고, 후에도 56년부터 연작 장시에 주력 <은하수를 주제로 한 바리아시옹>, <춘향연가>를 발표, 한국적이고 고전적인 소재를 중심으로 이야기 하는 것으로 보아 추천자 특히 서정주와의 관계를 통한 유사한 이미지의 영향관계로 보는 편이 타당하다고 여겨진다. 이명희, 졸고, 「전봉건 시에 나타난 에로스적 상상력과 고향의식」, 『전후 시대 우리 문학의 새로운 인식』, 박이정, 1997.

모래의 記憶, 그래도 태양은 女子의 등허리에 젖고,
모래의 기억, 벌린 두 다리 사이에서 이글거리고 뒤치고… 바다는
모래의 기억, 여자는 팔을 들어 뻗친다
태양과 바다에 젖어 자꾸 자꾸 뻗어나가는 열의 손가락
여자는 온몸으로 바람을 빨아들인다
그 때 목덜미로 乳房으로 흘러내린 머리칼에서 태양은 부서지고…

- 「속의 바다 11」 중에서 -


②
나는 하늘의 온갖
별이 내려앉은 손으로 너를 헤쳐
싱그런 해초를 떠올리며
부글거리는 해초를 캐낸다.

- 「여섯개의 바다. 넷」 중에서 -


①에서는 태양—불—빛이 주로 남성적인 이미지를[170] 나타낸다면 여자의 몸을 감싸고 있는 태양과 바다의 결합은 사랑의 나눔으로 해석할 수 있다.

모래는 대지적 원형을 그대로 복원하고 있어 모래에 관한 기억은 여자에 관한 기억임과 동시에 자궁에 대한 기억이기도 하다. 이것은 곧 우주에 대한 근원적 상상력이자 고향에 대한 기억에 해당된다. 여자의 젖은 발, 벌린 두 다리, 그리고 여성의 수액으로 넘실거리는 바다는 마침내 우주와

---

170) 불, 빛, 연기 등은 남성을 상징하며 상승의 개념을 대표한다.
원초의 생명적인 불은 평화와 영생의 힘이었으나 더럽혀 진 인간의 불은 전쟁과 파괴의 힘을 그대로 드러내고 있기도 하며 동시에 문명상징의 불인 것이다. 그런데 여성의 이미지를 갖고 있는 꽃, 이 꽃의 불줄기는 땅 속에 숨겨진 그 신비한 불을 길어 올리는 지하의 관이고 꽃은 그 관 끝에 터져 나온 지하의 불꽃이다. 그러기 때문에 가장 꽃다운 꽃은 튜우립이나 장미의 경우처럼 붉은 빛으로 타오르고 있으며 전봉건에게 있어서는 장미나 꽃으로 이어지고 있다.
이어령, 「꽃은 불이다」, 『문학사상』, 1981.4.

의 합일을 이룸과 동시에 깨어져 나가버린다. 즉 이 시는 자연의 일부인 여성과의 성애를 묘사함으로써 자연의 일부가 되어 가는 여성의 몸을 에로스적 상상력으로 그려내고 있다.

②의 시에서는 천체적 상상력이 신비주의적인 우주적 상상력으로 승화됨으로써 여성과 자연의 완전한 이미지의 병치를 이루고 있다. 이는 자연의 모습을 닮은 여성의 몸과 나눈 욕망의 발현이 궁극적으로 생의 의지임을 의미하며 라깡의 지적처럼 '욕망이란 요구와 일치하는 것이 아닌 존재의 결핍과 관계하면서 무의식의 밑바탕에 침잠하는 것'을 의미한다. 결국 '주체의 상상적인 것' 속에 뿌리를 박고 있는 욕망은 만족 할 수 없는 끝없는 영원의 결핍으로171) 드러나고 있는 것이다.

따라서 그에게 있어서의 끝없는 영원의 결핍이란 고향으로 돌아가고자 하는 회귀본능과 궤를 같이 하고 있다. 즉 그의 에로스적 본능은 자궁 회귀 본능이자 근원적 우주와의 합일을 통한 평화로운 공동체와의 조화로운 삶의 재생이기도 하다.

전쟁으로 인한 상처와 소멸에 대한 기억으로부터 벗어나와 현존자로서의 생에 대한 고민과 삶의 근원을 캐물어 나가는 철학적 상상력이 강렬한 생명의식과 만난 자리에서 관능적 상상력은 꽃을 피우고 있는 것이며 이는 始原의 고향으로 돌아가고자 하는 화자의 강렬한 의지의 발현으로 자리를 옮기고 있는 것이다.

---

171) 오세영, 「장시의 다양성과 가능성」, 『현대시학』, 1988.8, p.58.

# 3. 참여시인의 공간적 상상력

## 1) 신동엽의 '大地'에 드러난 우주적 신화의 세계

대지의 건강한 모습을 닮고자 하는 마음은 인간의 순수한 고향으로 돌아가고자 하는 마음이며, 대지의 고향에서의 삶을 꿈꾸는 자들은 존재의 근원을 찾아 떠나는 자들의 낙원이다. 대지는 따라서 어머니의 품처럼 따스한 공간이기도 하며 태고의 신비를 간직한 생명의 공간이기도 하다.

신동엽은 여인과 대지를 동일시 여겨 대지의 이미지를 통한 많은 원형적 상징을 수반하고 있어 생산력과 풍요, 모성과 관능성을 동시에 드러내고 있다. 이러한 대지를 기반으로 한 삶의 방식은 건강한 낙원을 건설하는데 더 없는 방법이 된다. 삶의 방식 또한 문명의 이기적 삶의 양식이 아닌 농업을 통한 원시적 공동체를 지향한다.

> 인류의 봄철, 인종의 씨가 뿌려져 움만이 트였을 세월, 기어 다니는 짐승들에겐 산과 들과 열매만이 유일한 의지요, 고향이었으며 어머니 유방에 매어달린 갓난 아기와 같이 그들과 대지와의 음양적 밀착 관계 외엔 어느 무엇의 개재도 그 사이에 용납될 수 없었을 것이다. 그곳은 에덴의 동산, 곧 나의 언어로 원수성 세계이어서 그곳에 차수성세계 건축 같은 것을 기획하려는 기운을 아직 찾아 볼 수가 없었던 것이다.[172]

위에서 드러나고 있는 공간은 바로 始原의 건강성이 넘치는 역동적인 공간이며 이는 우리의 탯줄을 묻어왔던 고향의 모습으로 재현되고 있는 것이다. 문명의 이기도 구속도 무력의 힘이나 현실적 모순이 개입될 여지가 없는 유토피아적 공간이 바로 그의 공동체적[173] 공간으로 설정되어

---

172) 신동엽전집, 앞의책, p.365
173) 김영철은 「신동엽 시의 상상력 구조」에서 그의 상상력 구조를 반 문명의식, 원

있다.

이승훈은 신동엽이 전경인의 삶을 지향하고 있지만 소박한 반문명주의나 신화주의에 토대를 둔 민중시였다고 비판하고 있다.

그러나 시 속에 드러나고 있는 신화주의적 속성을 지니고 있는 유토피아나 낙원의 모습은 사실 추상적인 경향을 띨 수밖에 없는 것이 사실이다. 신화나 전설, 혹은 낙원세계에 대한 인간의 갈망은 현실의 지난함을 극복하기 위한 자기극복의 과정이기도 하며 더 나은 현실을 꿈꾸는 자들의 꿈이기도 한 것이다. 시인의 상상력으로 복원된 유토피아의 모습은 현실도피적이라는 한계점을 내포하고 있지만, 시원의 세계를 통한 현실극복과 적극적 삶의 양상으로 승화되어 나타나기도 한다.

신동엽이 사학을 전공한 뒤 문학에 관심을 보였다는 이력은 그가 현실적 고민의 탈출구를 문학적 양식으로 삼았다는 것을 의미하는 것이며, 이는 논리적으로는 성립되지 않는 이상국의 건설을 통한 그의 민중과 역사에 대한 고뇌와 연민을 반증하는 예라 할 수 있다. 그런 그가 낙원의식의 모습을 구현하는 매개체 중 유독 '대지'에 관심을 보이고 있는 이유는 바로 우주의 근원을 性的 결합을 통한 충만된 에너지의 寶庫로 보고 있기 때문이다.

인류의 시원적 공간에 서 있는 두 남녀의 만남은 제의적 상징을 통해 우주의 재생과 부활을 꾀하는 것이며 남녀의 성적 결합에 의한 재생과 부활이라는 원형상징에 의해 인류는 시원적 공간으로 들어가는[174] 체험

---

시공동체 의식, 에로티시즘 및 생명사상으로 나누어 살피고 있는데 특히 원시공동체의 사회를 구현하는 과정에서 신동엽은 이를 전설의 공간으로 인식하였고 이러한 전설이 바로 '신화적 상상력'을 드러내는 공간으로 설정하고 있다.
김영철, 「신동엽 시의 상상력 구조」, 우리말글학회, 1998, p.7.
174) 정상미, 「신동엽 시의 여성상 연구」, 경희대 교육대학원, 1998, p.43.

을 하게 되는 것이다. 이러한 통과의례를 거친 대지의 충만되고 고양된
생명력의 자리는 비로소 만물을 끌어안을 수 있는 우주의 그릇이 되어
인간을 키워내고 있는 것이며, 대지 위의 역사 속에 인간은 자라고 죽고,
다시 태어나는 과정을 반복하는 문화사의 현장을 마련하고 있는 것이다.

그의 시에 드러나는 대지의 이미지는 고개, 흙, 땅, 밭두덕, 벌, 산골, 이
랑175) 등의 하위범주를 동원한다. 1959년 신춘문예에 입선한 「이야기하는
쟁기꾼의 대지」에서 신비주의적 낙원 이미지를 남성적 자아인 '쟁기꾼'과
여성적 자아인 '대지'를 통하여 드러내는데 특히 성적 결합의 방법은 건강
한 시원의 세계로의 진입을 위한 시적 전략이었다.

> 어두운 大地 한 가닥 瑞氣가 있어, 무릎 도두우고 일어 앉는 그림자.
> 헝클어진 앞가슴 아무려 여미며 비녀는 입에 두 손은 머릴 간조롱이고,
> 동 트는 대지 溪谷과 들녘에 한 올기 맨발 번 肉魂은 살어.
> ...중략...
> 흙에서 나와
> 흙에서 돌아가며.
> 永遠回歸운운 이야기는 없어도
> 햇빛을 서로 누려 번갈아 태어 나고.
> 자넨 저 민큼,
> 이낸 이 만큼,
> 서로 이물을 두어
> 따위에 눕고.

---

175) 김완하는 「신동엽 시의 형식과 이미지」에서 그의 시어를 고유어, 한자어, 외래
어로 나누어 살피면서 대지를 이루고 있는 하위 범주어를 다음과 같이 분류하
여 나열하고 있다.
대지: 산고개, 안마당, 언덕, 고개, 흙, 흙가슴, 땅, 논뚝, 논밭, 골짜기, 양지밭,
밭두덕, 고을, 냇둑, 들, 자갈길, 벌, 산골, 콩밭, 콩밭 머리, 등성이, 무덤, 빈집,
동굴, 흙굴, 우물가, 풀밭, 수수밭, 보리밭, 꽃밭, 물레밭, 온누리, 움집뜰, 산마루
턱, 호밀밭, 보리이랑, 양달.
김완하, 「신동엽 시의 형식과 이미지」, 『민족시인 신동엽』, 소명출판, 1999, p.505.

사람과 사람과의
重複됨이 없이,
흙에서 솟아
흙에서 흩어져 돌아갔을,
人間寄生을 모를
사람들.
- 「이야기하는 쟁기꾼의 대지」 제 4화 일부분 -

　살고 죽는 것은 하늘의 이치이며 이러한 이치를 따르는 것이 유한자적 인간이면 누구나가 체감하고 있는 사실인 것이다. 화자는 이러한 우주의 순환적 진리의 모습을 땅의 노래로 일구어 내고 있다.

　'흙에서 솟아 / 흙에서 흩어져 돌아갔을' 인간의 모습에서 인간들의 현실적 아귀다툼을 곱지 않은 시선으로 바라보고 있는 화자의 목소리를 들을 수 있다. '永遠回歸 운운 이야기는 없어도 / 햇빛을 서로 누려 번갈아 태어 나고 / 자낸 저 만큼, 이낸 이 만큼 / 서로 이물을 두어'에서 그는 냉정한 우주의 이치를 담담하게 설명하고 있다. 세상에 영원한 것은 아무 것도 없다는 유한적 삶의 인식은 '저 만큼'과 '이 만큼'의 거리를 두지 말자는 삶의 철칙으로 이어진다.

　그의 시에는 대지의 속성과 여성의 속성을 동일한 이미지로 인식하는 경우가 많다.

①
없으려나 봐요. 사람다운 사낸. 어머니, 어쩌면 좋아요.
이 술 많은 흰 가슴, 텃집 좋은 아랫녘, 꽃닢　문 입술…
보드라운 大地 누워 허송 세월하긴, 어머니 차마 아까와 못
견디겠네요.
荒原 말 발굽 달리던 黃河期 사내 찰코 그립어요.
- 「이야기하는 쟁기꾼의 大地」 제 6화 일부분 -

①은 에로스적 상상력이 노출된 '기다림'의 이미지를 나타낸다. 육감적인 여성의 신체를 열거하여 관능적인 여성임과 동시에 잘 다져진 대지의 건강성을 직서적으로 드러내고 있어 다소 거친 호흡의 시였다는 사실을 확인할 수 있다.

髀肉之嘆에 빠진 여자의 내적 에너지는 건강한 전경인이 도래함으로 완벽한 합일을 이루어 낼 수 있음을 소망하고 있는 기다림으로 다음에 드러나고 있는 ②의 시에서 구체적으로 드러나고 있다.


② -1.
「나는 밭,
누워서 기다리고 있어요.
씨가 뿌려질 때를.

하늘 나르는 구름이든
여행하는 씀바귀꽃이든
나려와 쉬이세요
씨를 뿌려 보세요.

선택하는 자유는 저한테 있습니다.
좋은 씨 받아서
좋은 神性 가꿔보고 싶으니까.
…중략…

② -2.
女子는 / 집 /
집이다, 여자는/
남자는 바람, 씨를 나르는 바람.
여자는 집, 누워있는 집.

빨래를 한다, 여자는 양말이 아니라 남자의 마음
전장에서 살육하고 돌아온

남자의 마음
그 피묻은 죄까지
그 부드러운 손길로
그 신비로운 늪에서
빨래를 시켜 준다.

…중략…

② -3.
女子는 / 물 /
갈대가 아니라, 물 /
있을 것이 없는 자리에 자기를 적응시켜
있을 것으로 충만시켜 주는, 물

껍질만 벗겨 던지면
女性은 / 神 /

껍질만 벗겨 던지면 / 女性의 알몸은/ 平和

…중략…

② -4.
여자여,/ 神性의 늪을 기르는 여자여./
그대 호수가 맑으면 /
사내들은, 求道하는 / 聖者가 된다.

…중략…

② -5.
예수 그리스도를 실러 낸 土壤이여 /
넌, 女子
석가모니를 길러 낸 우주여
넌, 여자
모든 神의 뿌리 늘임을
너그러이 기다리는 大地여
넌, 女性

- 「여자의 삶」 일부분 -

밭, 집, 물, 신성을 가진 여자의 이미지는 여성과 혼재되어 사용되고 있는데, 제목에 나타난 「여자의 삶」은 여성의 삶이 아닌 '여자'의 삶을 구현하고자 한 의식의 발로이다. 움직일 수 없는 대지는 바람처럼 떠도는 남자를 기다리는 수동적인 여자의 이미지로 그려지고 있다.

그러나 수동적인 여자의 기다림에도 선택의 여지는 있는데, 바로 씨앗의 선택이 그것이다. 씨앗의 선택으로 보다 건강한 역사가 가능해지는 것이다.176)

신성을 가꿔보고 싶은 여성의 소망은 밭-집-물을 통해서 구현된다.

우주를 안고 있는 모형을 하고 있는 여성은 만물의 어머니로서 신성의 모습으로 드러나고 있다. 신성을 가진 여성이 남자의 '피묻은 죄까지 부드러운 손길로 빨래를 시켜'줌으로써 죄를 사하고 온전한 재생을 돕는 신격화된 여성으로 이미지가 확장된다. 그가 꿈꾸는 시원의 세계 즉 원수성의 세계로의 진입은 순수하고 순결한 인간들만이 생왕의 낙을 펼칠 수 있는 공간으로 드러나고 있다.

②-3에서 '있을 것이 없는 자리에 자기를 적응시켜 있을 것으로 충만시켜 주는 존재'의 의미는 무에서 유를 창조하는 대지의 속성이자 신의 본령을 발현하고 있는 여자의 본성으로 나타난다. 여기서 그의 신은 성적인

---

176) 신동엽의 시에 드러난 여성적 이미지에 대한 논란은 후에 페미니즘의 시각의 관점에서 다루게 된다면 이는 분명 논란과 재고의 여지가 많은 작품이 된다. 기다림과 수동적 태도의 선택과 인고적 인종주의 태도는 유교주의적인 관점에서 제기되고 있는 것인데 이는 대지의 이름으로 여성에게 인고주의를 종용하는 소극적 의미의 이데올로기이기도 하다. 사실 이러한 태도는 서정주의 공동체적 삶의 모습에서도 드러나고 있는데 그들에게는 일정정도 시대의 누습으로 면면히 이어진 유교주의적 발상의 태도로 보여지고 있다. 신동엽이 미당과 다른 입장에서 적극적이고 진취적인 역사인식의 고뇌가 보인다 하더라도 대여성적 상징소를 사용하는 과정 중에 드러난 무의식은 여성의 존재를 한 인간과 같은 이미지로 환치하기까지 다소 현실적 거리감이 느껴져 이를 신화적인 상상력으로 덧칠하고 있음을 알 수 있다.

에너지가 가득 차 있는 여신의 이미지로 드러난다. 이러한 에로스적 상상력은 아사녀와 좝이와는 다른 모습의 푸쉬케를 탄생시키고 있다. 자신의 반쪽을 찾아 나서는 신성과 인간의 모습을 가진 반신반인을 통하여 화자는 보다 본질적으로 본능에 충실한 인간형상을 추적하고 있는 것이다.

②-5에서는 범신론적이며 우주론적 상상력이 맞닿아 있는 우주의 모습을 여자의 이미지와 병치시키고 있다. 그리스도와 석가모니를 길러낸 여자는 대지의 母神이 되기도 한다.

이러한 대지적 상상력 속에 내재되어 있는 근원적 에너지는 남성과의 합일을 통한 제례의식으로 이어지고 있다. 합일과 재생, 순환의 구조를 통하여 얽혀 있는 우주의 끝자리에 공동체적 낙원을 세움으로써 현실세계의 질곡의 삶을 극복하고자 하는 것이다.

좝아 너의 고운 얼굴 조석으로 우물가에 비쳐이던 오래지 않은 옛날
로 가자

수수럭거리는 수수밭 사이 걸쩍스런 웃음들 들려 나오며 호미와 바
구니를 든
환한 얼굴 그림자처럼 나타나던 夕陽…

구슬처럼 흘러가는 냇물가에 맨발을 담그고 늘어낮아 빨래들을
두드리던 傳說
같은 풍속으로 돌아가자.

눈동자를 보아라 좝아 회올리는 무지개빛 허울의 눈부심에 넋 빼앗
기지 말고
얼따라 푸짐히 두레를 먹던 정나무 마을로 돌아가자 미끈덩한 기
생충의
생리와 허식에 인이 배기기 전으로 눈빛 아침처럼 빛나던 우리들의

故鄕
    병들지 않은 젊음으로 찾아가자꾸나.

- 「좁아」 일부분 -

이는 고향 회귀의식과도 맞닿아 있는 시로 고향 속에 드리워져 있는 대지의 모습과 그 속에서 속삭이고 있는 좁의 모습이 하나가 되고 있다. 고향에 남아있는 유년의 기억을 불러들이는 것은 순결하고 순수했던 자기 모습을 반추하기 위해서다. 어린 시절 좁에게서 느낄 수 있었던 환한 얼굴의 소녀는 친근한 우리의 어머니이며 누이의 모습으로 바뀌어 있다.

바로 순수한 그녀가 응시하고 있는 눈동자는 우리가 기억해야 할 눈동자이며 우리가 간직해야 할 눈동자이기에 '눈동자를 보아라'라고 언명한 언어의 기호 속에는 그가 응시하고 풀어내야 할 시원의 암호가 간직되어 있기도 하다. 그러한 전설 같은 고향의 모습이 그가 꿈꾸는 신화적 세계의 모습이다.

1행에 드러나고 있는 '우물가에 비최이던 오래지 않은 옛날로 가자'고 노래하던 '우물'은 공동체적 삶의 모습을 담아내고 있는 상징이기도 하다. 우물을 비롯한 샘물 또한 여성적 원형성을 간직한 상징적인 개념으로 쓰이고 있으며 자신의 모습을 비춰볼 수 있는 자아성찰의 매개체가 되기도 한다.

'물'은 정화작용의 매개체이자 시원의 세계로 흘러들어가는 대상물이다. 끊임없는 자아성찰과 공동체적 삶의 복원을 통한 유토피아의 건설은 신동엽의 화두이기도 하며 그가 일구고자 하는 궁극적 세계이기도 하다. 그가 돌아가고자 하는 세상은 '눈빛 아침처럼 빛나던 우리들의 故鄕 / 병들지 않은 젊음으로' 찾아가는 재생과 합일의 공간이다. 영원한 생명을 누릴 수 있는 곳, 죽음과 삶이 따로 존재하지 않는, 지상의 질서를 초월한,

259

지상 위의 천상인 것이다.

이와 같이 ②-4와 위의 시 「香」에서 보이는 호수나 물, 우물, 강과 같은 물의 이미지는 여성성을 내재하고 있는 상징이기도 하다. 대지와 물은 모두 생명력의 탄생과 긴밀한 관계가 있는데 다만 대지가 복지부동의 인고의 강건함을 보여주는 반면, 물은 유동체로서 그 모습이 일정하지 않아 보다 능동적이고 적극적인 변화의 모습으로 구현될 수 있다.177) 고여 있는 호수나 우물 속에서 자신의 모습을 성찰하고, 굽이치는 금강으로 자신의 결연한 의지를 면면히 이어가던 신동엽에게 문학은 삶의 양식이었던 것이다.

> 문학은 괴로움이다. 인류란 영원한 평화, 영원한 사랑, 그 보리수나
> 무 언덕 밑의 찬란한 열반의 꽃밭을 향하여 다리 절름걸이며 묵묵히
> 걸어가는 修道者의 아픈 괴로움이다.   ...중략...
> 文學은 修道하는 사람들의 것이다. 그것은 영원한 괴로움이요, 영원
> 한 否定이요, 영원한 모색이다.
>
> - 「선우휘씨의 홍두깨」 (月刊文學, 1969, 4) 중에서 -

문학을 수도하는 자세로 받아들였던 신동엽의 의식세계는 삶에 대한 진정성의 문제와 공동체적 평화의식에 문학적 비중을 두고 있었다. 이는 그의 신화적인 상상력에 기댄 낙원의식으로 구현된다. 그의 낙원의식이 다소 비현실적인 역사의식을 드러낸다 하더라도 고향의 복원을 통한 진정한 삶의 모습의 밑그림을 그린 것만은 분명하다.

---

177) 바슐라르에 의하면 불의 순수성과 불순성의 변증법적 주제에 대해서는 물질적 상상력의 이러한 근원적 법칙이 두 방향에 작용하는 것을 볼 수 있는데. 이것은 실체의 월등하게 '활동적인'특성에 대한 보장이 된다. 즉 순수한 한 방울의 물은 대양을 정화시키기에 충분한 것이다. 모든 있는 것으로서, 만약 그것이 악을 꿈꾼다면 불순성을 전파하여 악마적 싹을 개화시킬 것이고 만약 선을 꿈꾼다면 순수한 실체의 한 방울을 신뢰하여 자비로운 순수성을 빛나게 할 것이다. G. 바슐라르, 『물과 꿈』, 이가림 역, 문예출판사, 1996, p.205.

「이야기하는 쟁기꾼의 大地」는 그가 구현하고자 하는 낙원의식이 잘 드러나 있다.

> 그늘 밑 꽃뱀 얽혀 있는 산중에서 山蔘을 찾고 있었네.
> 그날 蔘은 보지 못 했으나, 女人을 만나 정성을 다한 씨 심거 주었네.
> 나락이며 보리며 木花씨며 耕地에 뿌리고 돌아 다녀도 아무도 마다 하데.
> 地球는 이미 먼저 나온 사람들이 한 몫씩 논하 갖고 말아버렸데.
> 땅 한번 디뎌도 稅金이 좇아 오데. 바람 마시는 값으론 코를 베어 주었네.
>
> 億光하늘 아래 절름거리며 지나간 초라빛 나그네 하나 있었다니라. 하여 앞도
> 뒤도 없는 이야기 몇 만, 路邊에 뿌려 놓고, 億光 하늘 아래 神明은 처음으로
> 그곳서 빛나, 벋은 무지개 宇宙를 벗어나 슬어져 갔다니라.
> 　　　　　　　　- 「이야기하는 쟁기꾼의 大地」 제 1화 일부분 -

1연에 드러나 있는 산삼은 상징적인 요소로서 현대인이 찾는 유토피아의 핵심이다. 산삼은 보기도 어렵거니와 함부로 취할 수 있는 것이 아니다. 이야기하고 쟁기꾼의 목소리노 그와 같이 값신 것이나. 현실의 문명 사회에 처한 인간은 '꽃뱀'으로 얼룩져 있는 온갖 유혹의 형극에서 벗어나기 힘들다. 이런 차수성의 세계가 아닌 원수성의 세계에서만 찾아지는 산삼은 더욱 귀한 것일 수밖에 없다. 각박한 현실로 점철된 공간에서의 귀향은 낙원을 찾아 온 생애를 바치고 있는 '쟁기꾼'으로 대변되고 있으며 생산의 기쁨을 누림으로써 그의 존재는 神明나는 모습으로 승화되는 것이다.

쟁기꾼의 목소리는 유토피아의 세상 속에 존재하는 전경인의 목소리로 이는 순수한 생명을 일구는 일이야말로 진정한 신화적인 낙원의 세계에서

살아갈 수 있음을 말해주고 있다. 열려 있는 대지로의 복원의식과 始原의
고향으로 흘러가는 물의 원형심상을 통한 유토피아의 건설은 그의 역사적
현장의 체험과 긴밀한 연관관계가 있다. 그러한 한계와 극복을 모색하는
적극적인 삶의 의지를 건강한 유토피아의 건설에 쏟아 부음으로써 화자는
진정한 전경인이 되고자 했던 것이다.

'하늘'은 일반적으로 초월적인 힘을 나타내는 원형적 심상을 가지고
있으며 이는 절대적인 힘을 이루고자 하는 인간의 의지와 관련이 있다.
엘리아데의 말을 빌리면 하늘의 푸른색은 성스러운 신의 얼굴을 감추고
있는 베일이 되며 구름은 그의 옷이 되며 별은 그의 눈에 해당된다는 것이
며[178], 동양인은 하늘과 땅을 같은 선상에서 인식하고 존경하고 숭앙하는
존재로 기억하고 있다. 이러한 우주적 상상력의 궤도는 높이와 폭을 알
수 없는 무한한 공간을 의미하는 것으로 인간의 힘이 닿지 않는 세계이기
에 언제나 인간은 그 공간을 꿈꾸게 된다. 그러한 천상적인 낙원의 이미지
와 절대적인 남성적 힘을 상징하고 있는 하늘은 야누스적 측면을 모두
갖고 있다.

신동엽의 시세계에 구현된 하늘의 심상은 「누가 하늘을 보았다고 하는
가」에서 극명하게 드러난다.

> 1.
> 누가 하늘을 보았다 하는가
> 누가 구름 한 송이 없이 맑은
> 하늘을 보았다 하는가.
>
> 2.
> 네가 본 건 먹구름

---

178) 이승훈, 앞의 책, p.511.

그걸 하늘로 알고
一生을 살아갔다.


3.
네가 본 건, 지붕 덮은
쇠 항아리
그걸 하늘로 알고
일생을 살아갔다.


4.
닦아라, 사람들아
네 마음 속 구름
찢어라, 사람들아,
네 머리 덮은 쇠 항아리


5.
아침 저녁
네 마음속 구름을 닦고
티 없이 맑은 永遠의 하늘
볼 수 있는 사람은
畏敬을
알리라


6.
아침 저녁
네 머리 위 쇠항아릴 찢고
티 없이 맑은 久遠의 하늘
마실 수 있는 사람은


7.
憐憫을
알리라

차마 삼가서
발걸음도 조심
마음 아모리며


8.
서럽게
아 엄숙한 세상을
서럽게
눈물 흘려


9.
**살아 가리라**
누가 하늘을 보았다 하는가,
누가 구름 한 자락 없이 맑은
하늘을 보았다 하는가.

- 「누가 하늘을 보았다 하는가」 전문 -


이미지의 생성은 원형에 의한 우리들의 好, 不好의 가치판단을 전제로
하고 있고 다른 한편으로는 그 가치판단을 우리들의 삶에 있어서 절대적
인 것으로[179) 받아들일 수 있다면 시인의 형상화는 무의식 속에서 말하고
있는 것까지도 화자의 세계관의 한 요소로 볼 수 있다. 이런 개념에서
신동엽의 하늘은 진정한 역사가 펼쳐지는 유토피아적 세상이자 절대적

---

179) 곽광수, 『가스통 바슐라르』, 민음사, 1995, p.135.
　　그는 또 이미지를 <최초의 정신적 가치>라고 할 때 그 가치는 미적인 가치일 뿐
　　만 아니라 <존재의 가치>라고 지적함으로써 <존재의 전환>을 보여주고 있다.
　　시가 보여주고 있는 이미지는 시인이 보고자 하는 대상을 포착함으로써 무의식
　　의 근저까지 빠른 시간 천착해 들어가 재빨리 일렁임을 잡아내는 과정 속에 그
　　가 볼 수 없었던 대상의 본질까지 포착할 수 있다고 필자는 판단한다.
　　이는 시가 환기시키고 있는 존재의 이미지가 핵심에 다다르게 되는 길은 진리
　　에 이르는 길과 동일하다고 생각되기 때문이며 혜안의 이미지는 시인이 지니는
　　덕목 중의 하나이기 때문이다.

시원의 세계로 해석할 수 있다.

1연과 9연에서 반복되고 있는 '구름 한 송이 없이 맑은 하늘'은 우리가 보고 싶어하는 하늘이지만 2,3연에서 발견되는 하늘은 '먹구름'이 낀 하늘과 '쇠 항아리'의 굴레이었던 것이다. 김춘수에게서 발견되는 유한자적 한계의식의 자각은 현실을 살고 있는 화자의 모습과 우주의 전질서의 운행 속에서의 근원적 한계를 느끼기 때문인데, 이러한 현존자의 자각은 우리가 안고 있는 수많은 모순과 거짓된 정보 속에서 본질적인 이데아의 공간으로 들어 설 수 없다는 한계의식과 함께 이루어진다.

'하늘'이었다고 믿었던 당위성의 부정을 통하여 현실의 모순과 부당함을 인지하고 있는 시인은 건강한 본질의 세계로 돌아가라고 언명하고 있다. 이는 앞서 논의된 김춘수가 개인적 차원에서 본질적인 시원의 세계로 발걸음을 재촉하고 있다면 신동엽의 시 속에서는 보다 많은 사람들과 함께 의식하고 깨닫고 공유하는 공동체적 삶을 지향한다는 점에 차이가 있다.

그렇다면 시인이 단정적으로 본 건 '먹구름이며 쇠 항아리'라고 자신 있게 힘주어 이야기 할 수 닭대함은 어디에서 오는가. 이는 그의 관심의 물줄기가 우리의 역사180)와 민중의 생명력에 맞닿아 있기 때문이며, 「금

---

180) 김종철은 「민족, 민중시와 道家的 想像力」에서 신동엽의 역사 의식의 노정을 다음과 같이 설명하고 있다.
 '창조적인 상상력에 필수적인 것은 현실을 역사적인 변화의 흐름 가운데서 파악하는 일일 것이다. … 근대 서구 문학 전체를 통하여 아마도 가장 강렬하게 유토피아적 환상에 사로잡혀 있던 시인이라면 블레이크를 들어야 하겠는데 나의 작품의 본질은…고대인들이 황금시대라고 부른 것을 회복시키려는 노력이다'라고 블레이크는 그 자신의 예술적 목적을 천명했던 것이다. 블레이크는 '황금시대'의 기억이야말로 인간을 노예상태로 묶어 두는 망각의 마비로부터 벗어 나오게 하는 무엇보다 관건적인 힘이라고 보는 것이다. … 블레이크나 또는 그가 뿌리박은 급진적 민중사상이 인류학적 조망 가운데로 그 인식의 지평이 열려 있었던 것처럼 신동엽의 시는 산문의 도처에서 인류학적 사고의 뚜렷한 흔적을 남겨놓고 있는 것은 놀라운 일이 아니다.' (pp.98-99)

강」이란 서사시를 쓰게 되는 이유도 강건한 생명력의 소유자인 민중들의 삶의 모습을 구현하고자 하는 시인의식 때문이다. 그러기 위해서는 4연과 같은 치열한 자아성찰의 과정이 필요한 것이다. 반성만이 진취적인 삶의 근원적인 기동력이 될 수 있음과 동시에 올곧게 일관된 모습으로 행동을 실천해 나갈 수 있는 버팀목이 되어 줄 수 있기 때문이다.

마치 윤동주의 '손바닥으로 발바닥으로 닦아보는' 치열함만이 자신의 편견으로부터 해방될 수 있는 힘이 되기에 '닦고, 찢고, 아침 저녁으로 마음 속 구름을 닦는' 가열찬 행동을 하고 있는 것이다. 그래야만 천명의 뜻을 헤아릴 수 있게 되는 것이며 천국으로 가는 열쇠를 얻을 수 있는 것이다.

8연에서 만날 수 있는 세상은 '서럽게 엄숙한 세상' 속에 '눈물'을 대가로 얻는 '하늘'의 모습이다. 결국 현재는 그런 순수한 하늘을 보기에는 시기상조이며 그러기에 보다 많은 이들의 각성과 일치된 의지가 그 어느 때보다 필요하다는 것을 강조하고 있다.

4.19혁명에서 3.1운동을 거쳐 갑오 동학농민 혁명에까지 거슬러 올라가면서 나타나는 하늘의 의미는 그리고 하늘의 역할은 사멸하지 않는 영원한 이상, 생명, 자유, 사랑 등이 짙게 부합된 인간 본래의 생존을 뜻하기도 하고 비약적으로 표현한다면 영원한 민중적인 여러 요소를

---

위 글에 대한 의견을 필자는 전적으로 동의하는 입장에서 논고를 진행시키려고 한다. 늘 그의 시세계는 역사 의식의 한계점을 지적당함으로써 객관적이고 분석적이지 못한 시대의식의 결핍이 한계점이라는 멍에를 짊어지고 있지만 민중이나 역사 의식에 대한 고뇌의 흔적은 그의 전 작품에 드러나고 있는 경향이기도 하다. 심리적 근저의 자리에 어떠한 싹을 틔우느냐는 시의식의 출발선을 가늠하는 중요한 관점이 된다. 따라서 다소 거칠고 에로스적이며 지나친 낭만적 유토피아를 그려냈다 할 지라도 그의 至難한 詩作태도의 과정과 고뇌의 무늬를 읽어내는 것 또한 시를 읽어 내는 독자의 도덕의식과 역사의식의 필요조건이 될 미덕이라고 본다.

다 뜻한다고도 볼 수 있다.[181]

'영원한 이상, 생명, 자유, 사랑이 부합된 인간 본래의 생존'은 바로 유토피아 의식이다. 그리고 그 의식 구현의 주체는 기층 민중이다.

이러한 '하늘'로 표상되는 그의 역사의식은 「금강」을 통하여 구체화되어 나타나고 있다. 「금강」은 서화 1,2, 본편 1장-26장, 후화 <1>, <2>로 되어 있으며 제 1장에서 26장의 과거 이야기를 서화와 후화가 연결하고 있는 구조로 이루어져 있다.

> 1
> 우리들은 하늘을 봤다.
> 1960년 4월
> 歷史를 짓눌던, 검은 구름장을 찢고
> 永遠의 열굴을 보았다.
>
> 2
> 잠깐 빛났던,
> 당신의 얼굴은
> 우리들의 깊은
> 가슴이었다.
>
> 3
> 하늘 물 한아름 떠다,
> 1919년 우리는
> 우리 얼굴을 닦아놓았다.
>
> 4
> 1894년쯤엔,

---

181) 구중서 편 『신동엽』, 온누리, 1983, p.67.

돌에도 나무등걸에도
당신의 얼굴은 전체가 하늘이었다.


5
하늘,
잠깐 빛났던 당신은 금새 가리워졌지만
꽃들은 해마다
江山을 채웠다.
太陽과 秋收와 戀愛와 勞動.


6
東海,
原色의 모래밭
사기 굽던 天쓰 뒷길
방학이면 등산모 쓰고
절름거리며 찾아나섰다.


7
없었다.
바깥세상엔, 접시도 살점도
바깥세상엔
없었다.


8
잠깐 빛났던
당신의 얼굴은
永遠의 하늘,
끝나지 않는
우리들의 깊은
가슴이었다.

- 「서화 2」 전문 -

8연의 '잠깐 빛났던 영원의 하늘, 끝나지 않는 하늘'은 우리들의 신화가 계속되고 있음을 의미하고 있는 것이다. 신화는 도전하는 자가 성취할 수 있는 것이며 새로 쓰여지는 신화만이 존재의 당위성이 있기 때문이다.

총 8연으로 이루어진 이 시는 역사적인 사건을 서술하고 있기 때문에 형상성에 있어서는 다소 미흡한 부분이 보이고 있어 서사시로서의 존립의 문제에 대한 논쟁을 불러 일으키기에는 충분하지만 본고에서는 형상성의 문제는 다루지 않고, 다만 시적 의미가 표출하고 있는 상상력의 범주만을 문제삼기로 한다.

3연의 3·1운동, 4연의 동학농민운동, 그리고 1연의 4·19 등의 민중항쟁은 '하늘'을 배경으로 전개되고 있다. 이는 「누가 하늘을 보았다 하는가」에서 말하고 있는 민중의식과도 연결된다.

2연에서 '잠깐 빛났던 그 얼굴'과 '우리들의 깊은 가슴'은 민중의 모든 의지가 '하늘'에 응집되어 있음을 의미한다. 즉 유토피아를 꿈꾸는 민중의 의지가 '하늘'로 투사되고 있는 것이다.

5연은 2연에 대한 부연 설명으로 太陽, 秋收, 歷史, 運動이라는 단어를 통해 화자의 역사의식의 일면을 유추할 수 있는 가능성을 드러내고 있다. 이는 순수의지의 결합물이자, 끊임없는 자아성찰의 결과임을 의미하기도 한다.

6연과 7연에서는 유토피아의 '하늘'이 극락 세계를 오가는 열정과 희생이 필요함을 강조하고 영원히 끝나지 않을 이야기라는 것을 천명하고 있어 긍정적인 세계관과 함께 절대적인 세계로의 귀로를 꿈꾸고 있음을 드러내고 있다. 이는 「아사녀」에서도 드러나고 있는 것처럼 외세로부터의 자주독립과 적극적인 의미에서의 시원의 공간을 일구어 내려는 화자의 역사인식의 발로이자, 4.19나 3.1 운동의 근원적 정신의 현현이기도 하다.

　화자는 민족의 주체성을 민중의 입장에서 서술함으로써 민중사관적 시각을 드러낸다.



- 「금강」 제3장 일부분 -

　김현은 신동엽의 시를 '아무런 심각한 고찰도 행하지 않은 채 동학란과 3.1운동 및 4.19를 무책임하게 연결시켜 민중의 의식적 생명력을 찬양한 것이면서 바로 그 민중의 의미에 대한 성찰의 결여 때문에 안일한 민중의 승리로 끝나 버리고 말았다'[182]고 비난하지만 민중적 시각에서 그들의 역동적 역사 에너지를 신봉한 것은 높이 평가할 만 하다.

　우리 현대시가 다루어야 할 문제 중의 하나로 시에 투영된 객관적 상관

---

182) 김현, 「상상력과 인간」, 일지사, 1973, p.101.

물을 어떻게 잡아내느냐 하는 문제는 대단히 중요하다. 즉 객관적 상관물과 역사의식을 연계시키는 도식적인 집착은 시 자체가 가지고 있는 상상력의 범위를 위축시킬 우려가 있다. 또 역사나 정치적 의식의 부채감을 문학이 짊어지고 가야 하는 운명이라고 생각하는 것은 문학이 가질 수 있는 유연성을 잃은 태도로 볼 수 있다.

①
『요원한 이야기요,
물론 옳은 생각이긴 하지만,

석가 죽은지 이미 3천년
노자 죽은지 이미 2천수백년

그분들은 하늘을 보았지만
그분들만 보았을 뿐

30억 창생은
아직도 하늘을 보지 못한게 아니오?
아직도 구제되지 못한게 아니오?

- 「금강 제16장」 일부분 -

②
사랑은 끝나도
연민은 남는다,

미움은 끝나도
연민은 남는다,
속리산 운장대 위 올라
은실 같은 낙동강 줄기 보았는가,

지리산 老苦檀에 올라보았는가

노고단 상상봉에서 활개 펴고
그 꽃밭
그 하늘 보았는가,

금강산 비로봉
밤하늘의, 사발덩이 같은 물먹은 별
마셔보았는가
그 밤하늘 마셔보았는가,

- 「금강 제18장」 일부분 -

①에서 드러나고 있는 시간에 대한 개념은 이미 화자에게는 현실적으로는 의미가 없어진다. 시간이란 인간이 가지고 있는 현실적 존재만이 사유할 수 있는 공간적 개념의 울타리로서 유한자적 단위에서만 의미를 발효시킬 뿐이다.

석가[183]와 노자의 출현은 현실적 시간개념을 초월한 어떤 진리를 제시하고자 의도된 것이다. 그는 민중들이 기억하고 재생한 '하늘'에 대한 동경이 일시적 환상에 끝날 것을 염려하고 안타까워한다. 많은 인내와 구도자적 자세로 일구어 낼 수 있는 유토피아에 대한 동경이 김현과 같은 류의 지적을 받을 수 있는 한계점을 내재하고 있기는 하지만, 신화는 역사적 사건을 정확히 설명하는 것이라기보다는 역사적 사건에 의해 야기된 제

---

183) 신동엽의 시세계는 농경생활과 관련성이 내재한 '낙원의식'을 설정하고 있는 것이 특징이다. 그에게 낙원은 '백제의 문화와 원수성의 세계가 혼재'하여 始原의 공간으로 이동하고 있는 것으로 드러나고 있으며. 농경생활과 석가의 관계는 밀접한 것으로 나타난다.
석가는 달의 주기와 관련해서 볼 때 농경생활의 단계에서 능력이 발휘되는 신으로 파악된다. 농경은 달의 주기와 밀접한 관련이 있어 농사의 전 과정이 달이 차고 기우는 과정에 맞추어져 있다. … 석가가 달의 신으로 나타나는 것은 달의 신화적 성격을 인식하는 사고를 반영한 것이라고 볼 수 있다.'(박종성, 「한국 창세서사시의 신화적 의미와 시대적 변천」, 서울대 (박사), 1999, p.66.)

모순을 은폐시켜주는 역할을 하는 것[184]임을 상기해 볼 때 의미 있는 상상력의 공간으로 해석될 수 있다.

②는 국토에 대한 사랑으로 이어지고 있는데 여기에 투시된 하늘은 만물의 이치이자 진리의 표상으로서 그러한 하늘이 우리 국토를 덮고 있음을 노래하고 있다. 지리산, 금강산, 백두대간에서 마주하게 되는 '하늘'의 모습은 건강한 신화가 숨쉬는 화자의 유토피아이기도 하며 궁극적으로 합일하고자 하는 태고의 근원이기도 하다.

신화적인 상상력은 복원의 공간을 꿈꾸는 여러 사람에게는 희망의 통로이다. 신화는 실재의 역사 속에서 상처받거나, 죽음으로 삶을 대신해야 했던 불행한 민중들에게 주술적인 영생과 축원의 길을 열어 줄 수 있는 상상력이다. 마치 임란이후에 맞닥들이게 되는 소설을 통하여 갱생의 의지를 역설적으로 보여주었던 것처럼 신화적 상상력 속의 금강의 물결은 결연한 의지로 삶을 일구어 내려 했던 상처받은 민중들의 생명의 물결이 넘쳐나고 있다.

이는 추방된 낙원을 다시 복원하려는 무의식의 발로이자, 황금시대를 다시 구가하고자 하는 민중적 의미의 태평성대에 대한 지향의지이기도 하다.

①
가리워진 안개를 걷게하라
國境이며塔이며 御用學의 울타리며
죽 가래 밀어 바다로 몰아 넣라.

하여 하늘은 흐르는 날새처럼
한 세상 한 바람 햇빛 속에,

---

184) 말리노우스키, 『원시시화론』, 서영대 옮김, 民俗苑, p.58.

만 가지와 만 노래를 한 가지로 흐르게 하라
- 「이야기하는 쟁기꾼의 大地」 제5화 중에서 -

②
술을 많이 마시고 잔
어제밤은 하늘을 날아가다가
자다가 재미난 꿈을 꾸었지

나비를 타고
하늘을 날아가다가
발 아래 아시아의 반도
삼면에 흰 물거품 철썩이는
아름다운 반도를 보았지.
- 「술을 많이 마시고 잔 어제밤은」 일부분-

그의 하늘은 안개로 가리워져도 언젠가는 보게 될 하늘임과 동시에 역사적 현장을 수호하는 절대적 신이기도 하다. 전경인의 자세로 삶을 일구어 가고 있는 화자 자신은 신을 닮으려고 하는 구도자적 모습으로 나타낸다. '하늘'에 대한 의지는 '人乃天'의 의지의 표명이기도 함과 동시에 휴머니즘의 발산이기도 하다. 인간에 대한 애정과 역사에 대한 끊임없는 탐구는 ②에서 드러나고 있는 것처럼 '꿈'에서조차 지워지지 않는 고뇌로 발현되고 있다. 夢中에 나비를 타고 하늘을 날아가는 도가적 상상력은 근원적 낙원에 대한 향수와 함께 유토피아의 건설이 바로 조국산하에서 이루어지기를 간절히 소망하고 있는 것이며 새로운 新話가 되기를 소망하는 화자의 역사의식의 승화이기도 한 것이다.

구름이나 학, 혹은 이카루스의 밀랍의 날개를 달고서라도 비상하고자 하는 욕망은 인간의 근원적인 우주와의 합일을 이루어내고자 하는 원형성을 의미하며 시원으로 향하는 무한한 동경이기도 하다.

# Ⅴ. 시간적 상상력의 시세계

　순환적 상상력은 사실 앞서 살펴 본 우주적 혹은 천체적 상상력과의 결합태로 구현되는 경우가 대부분이다. 머물러 있는 정적인 형태가 아닌 동적 에너지로 특성이 바로 순환적 상상력의 기초를 이룬다.

　상상력이란 아주 소박하게 말해서 대상의 부재 속에서 대상을 인식하는 정신능력으로 이미지의 환기, 즉 환기된 이미지를 우리의 감정이나 혹은 직관과 결합시키는 기능[185]을 가지고 있다.

　우주론적 의미의 신화적 상상력에서 상징화된 소재들은 서로가 유기적으로 관계를 설정하고 있어 언제든지 시간과 공간을 이탈하여 근원적이고 시원적인 공간으로 이동될 수 있다. 이는 인간이 자연과 합일되어 있는 근원적인 공간, 즉 그곳이 유토피아이든 종교적 의미의 낙원 혹은 절대적 공간이든, 궁극적으로는 천상적인 것으로 돌아가려는 속성과도 같다.

　고전 문학작품에서 상상력의 모티브는 천상의 공간으로부터 유배당한 자들이 인간의 몸을 얻어 꿈 같이 부질없는 욕망에 시달리며 살아간다는 이야기로 구성되고 있다. 이는 궁극적 지향점이 다른 곳이 아닌 천상, 즉 하늘과의 간절한 결합을 의미하는 것이다.

　인간의 삶이란 형역과도 같은 일이기에 이를 벗어나기 위해 무의식

---

185) 이승훈, 『시론』, 민족문화, 1983, p.58.

속으로 상상력은 전개되고 있다. 인간의 몸을 받고 탯줄을 묻었던 평화의 공간으로 선회를 시도하게 된다. 이때 고향은 몸과 마음의 안식처로서 근원적 회귀의 지향점이 되며, 천상과 가장 가까웠던 공간으로 기억하게 된다. 발을 디디고 있는 고통의 현실에서부터 행복했던 과거로의 여행이 시작되며, 그 순수여행의 끝자락에 고향이 자리잡고 있는 것이다.


## 1. 전통 지향시인의 순환론적 시간

### 1) 서정주의 시에 나타난 始原의 세계

문학은 현실을 '정확하고, 완벽하고, 진지하게 재현'해야 하기 때문에 그 원형이 되는 현실을 있는 그대로 반영해야 한다면[186] 그 역의 명제도 성립될 수 있다. 즉 원형적 특성을 살핌으로써 작가의 현실인식을 살필 수 있는 계기가 마련 될 수 있으며 시대의식과 함께 집단 공동체 무의식까지도 도출해 낼 수 있다. 이는 삶의 원형을 이끌어내는 문학연구의 선결과제가 되기도 한다.

앞서 살핀 우주론적 상상력에 상응하는 순환적 상상력은 인간의 근원적 무의식과 맞닿아 있는 상상력으로 복고적 혹은 복원적[187] 상상력에 기초

---

186) 강인숙, 『자연주의 문학론-佛, 日, 韓 三國의 對比研究』, 고려원, 1987, p.141.
187) 우주론적 상상력과 순환적 의미의 상상력으로 장을 나누어 살피는 까닭은 처음엔 소재의 원형성에 따른 수직적, 수평적 의미의 상상력과 이 모든 것을 총체적으로 아우름과 동시에 시공간의 개념을 초월한 공간에 '복원, 혹은 복구'적 상상력이 가미되기 때문이다. 즉 이를 고향의식으로 설정, 근원적 회귀의 개념을 지니고 있는 것은 유년기의 기억과 함께 드러나고 있는 특징이 발견되었기에 복원적 혹은 복고적 상상력이라 칭하고, 상상력의 복원의 과정 속에서 노정되는 순환적 우주질서와 합일하려는 작가의 욕망, 재생, 부활, 윤회를 다루고 있는 차기항목으로 나누어 살피는 것은 좀 더 세심한 연구가 필요한 일이라고 본다. 따라서 본고에서는 우주론적 상상력의 하위범주는 수직적, 수평적 의미의 상상

하고 있다.

어거스틴은 '시간은 확장에 지나지 않으며 그것은 정신 자체의 확장'[188] 이라고 보았는데 시간 속에 내재되어 있는 정신의 기폭에 따라 시간의 범위는 무한대로 늘어나거나 축소될 수 있는 질량적 개념으로 파악할 수 있다.

그러나 문학에서의 시간과 공간은 상상력의 세례 때문에 질량적인 측면 보다는 임계량을 파악할 수 없는 무시간적 뫼비우스의 띠의 세계로 유입 되고 만다. 따라서 문학이 시간과 공간을 동일선상에서 다룰 수 있는 시간 과 공간의 개념을 같은 무의식의 축으로 평가할 수 있기 때문이다.

> 덧없이 바래보든 壁에 지치어
> 불과 時計를 나란히 죽이고
>
> 어제도 내일도 오늘도 아닌
> 여기도 저기도 거기도 아닌
>
> - 「벽」 일부분 -

'불과 시계를 나란히 죽인다'는 것은 현실적인 시간, 즉 질량의 시간인 저울을 거세한다는 의미이다. 2연에서 보이고 있는 무정향성, 무시간성은 현재의 삶을 초월한 수량감각으로서의 삶을 말하며 이러한 현상계에서의 모습을 초월한 우주의 원리로서의 편재를 꿈꾸는 인간의 욕망을 보여주고 있는 예이다.

그러한 욕망이 시계의 원형이며 시계는 인간의 생리를 의미하는 것으로

---

력으로 드러난 천체적, 대지적, 우주적 이미지의 원형을 중심으로 전개되며, 순 환적 상상력은 복원적, 혹은 복구적 상상력이라는 개념과 공용됨으로써 시공간 의 초월적 개념과 고향회귀적 상상력을 중심으로 이원화하려고 한다.

188) E. 카시러, 『인간과 문화』, 청태진(옮김), 탐구당, 1981. 참조.

한시적인 근원체로 보여짐과 동시에 무한한 우주적 공간으로의 시침과 분침의 자리를 내어주기도 한다. 그 가운데 느끼는 현존재의 「壁」은 현실적 삶의 고단함과 인간적 한계, 현실적 한계를 상징하고 있다.

赤途해바라기 열두송이 꽃心地
횃불켜든 우에 물결치는 銀河의 밤.
자는 닭은 나는 어떻게해 사랑했든가

모래속에서 이러난목아지로
새벽에 우리, 기쁨에 鳴咽하니
새로자라난 齒가 모다떨려.

감물디린빛으로 지터만가는
내 裸體의 샷샷이...
수슬 수슬 날개털디리우고 닭이 우스면

結義兄弟가치 誼좋게 우리는
하눌하눌 國旗만양 머리에 달고
地歸千年 正午를 울자.

- 「雄鷄(上)」 전문 -

‘횃불켜든 우에 물결치는 은하의 밤’ ‘내 裸體의 샷샷이’에서 보이는 원시적인 시간의 물결은 ‘地歸千年’의 정오의 개벽을 꿈꾸는 초월적 상상력으로 나타난다. 이러한 신화적 상상력은 세속의 시간 속에서 살아가는 인간이 신성한 원형(原型)을 모방하고 실현시키는 수준에서만 실재할 수 있다. 따라서 신화적 원형을 모방하는 행위는 ‘신화적 이상’에 접근하려는 모방심리에 의존하는 무의식의 반영이다.189)

---

189) 캐스린 흄, 『환상과 미메시스』, 한창엽(옮김), 푸른나무, 2000, pp.69-71.

雄鷄는 고대의 시원을 알리는 메신저의 역할을 수반함과 동시에 우주의 개벽을 알리는 전령사의 모습으로 구체화되고 있다. '새로자라난 齒가 모두 떨릴' 만큼의 열정으로 울어대는 웅혼한 기상의 수탉으로, 대지의 복원을 꿈꾸는 천년의 꿈 속을 흔들어 깨우고 있다. 시간과 공간을 초월하여 천년의 잠을 깨우는 신화적 상상력은 시원적 고향으로 다가서려는 신호탄이 되고 있는 셈이 된다.

> 귀기우려도 있는 것은 역시 바다와 나뿐.
> 밀려왔다 밀려가는 무수한 물결우에 무수한 밤이 往來하나 길은 恒時 어데나 있고, 길은 결국 아무데도 없다.
>
> - 「바다」 일부분 -

무수한 밤이 왕래하는 시간은 영겁의 시간을 의미하며 길은 있기도 하고 없기도 하다. 色卽是空, 空卽是色의 세상은 현존자가 가야 할 방향을 제시하여 주는 것이자 근원적 우주와 대면하고 있는 생명의식의 공간이기도 하다.

> 조개 껍질의 붉고 푸른 문의는
> 멫千年을 혼자서 용솟음 치든
> 바다의 바다의 소망이리라.
>
> 가지가 찢어지게 열리는 꽃은
> 날이 날마닥 여기와 소근대든
> 바람의 바람의 소망이리라.
>
> 아-이 검붉은 懲役의 땅우에
> 洪水와 같이 몰려 오는 혁명은
> 오랜 하눌의 소망이리라.
>
> - 「革命」 전문 -

1연과 2연에서 보이고 있는 바다의 소망과 바람의 소망은 자연의 소망이자 자연과 합일된 인간의 소망이기도 하며 우주의 질서를 의미하기도 한다. 홍수와 같이 몰려오는 혁명은 따라서 오랜 '하늘'의 혁명임과 동시에 인간 염원의 결정체이기도 하다. 조개와 꽃과 혁명의 변주를 통하여 서정 주가 꿈꾸는 세상은 자연의 소리에 따라 합일된 행동을 이끌어 낼 수 있는 세상이다.

오랜 자연의 기다림과 같은 '몇 천년의 소망'은 지상의 시간이 아닌 천상의 시간과 우주의 시간을 알리는 있음과 없음의 공간의 다름 아닌 것이다.

①
千年을, 千年을, 사랑하는 이
새로 해ㅅ볕에 생겨 났으면

새로 해ㅅ볕에 생겨 나와서
어둠속에 나ㄹ 가게 했으면,

사랑한다고…사랑한다고…
이 한마디ㅅ말 님께 아뢰고, 나도,
인재는 바다에 도라갔으면!

- 「石窟庵觀世音의 노래」 일부분 -

②
눈물 아롱 아롱
피리 불고 가신님의 밟으신 길은
진달래 꽃비 오는 西域 三萬里
흰옷깃 염여 염여 가옵신 님의
다시오진 못하는 巴蜀 三萬里

- 「歸蜀道」 일부분 -

①, ②에서는 시간의 모습이 어떻게 드러나고 있는가를 잘 보여주고 있다. 천년이 지나도 사랑하는 마음으로 살아가고자 하는 마음을 그리고 있으며 마음 속의 추회를 드러내면서 자연으로 돌아가고자 하는 희망을 말하고 있다. 바다는 인간의 본향이자 궁극적으로 다가서고자 하는 어머니의 자궁과도 같은 곳으로 우주의 질서에 편히 잠들고자 하는 회귀본능의 상징이다.

②에서도 파촉 삼만리는 심리적인 거리를 나타내고 있으며 인간의 현실적 공간의 개념이 아닌 심리적 거리를 통하여 불교적 상상력과 함께 죽음의 거리마저 뛰어 넘으려는 의지를 표출하고 있는 것이다. 이는 영원에 대한 호기심으로 변주되어 드러나고 있는데 이에 대한 서정주의 생각은 다음과 같다.

> 내 시정신의 현황에 대해서는 최근 몇군데 말해보았지만, 간단히 말하여서 영원주의라는 말로서 제목할 수 있는 <역사의식의 자각> 그것이 중심이 되어 있다.
> (중략)
> 그것은 살아 있는 육신 안에 있는 것만이 전부가 아니고, 육신을 이미 떠난 마음의 대집합(말하자면 鬼神들)이 어제 보고 오늘은 안뵈는 大河와 같이 우리에게 연결되어 있어 그것이 현재의 우리의 사색과 언어와 행동의 원류라는 자각이다. 즉 신은 있다는 자각인 것이다.[190]

그에게 있어서 영원성은 바로 역사의식의 자각으로 여겨져 왔다. 물론 그의 역사의식은 그가 나름대로의 시대의식과 함께 '현재의 사색과 언어와 행동의 원류'라고 보고 있다는 점을 감안한다면 생명의 영원성은 불교적 상상력을 통한 인간의 삶을 연구하려는 태도와 긴밀한 관계가 있다.

---

190) 서정주, 「역사의식의 자각」, 『현대문학』, 1964.9, p.38.

따라서 그의 '영원'은 자연적인 공간과 인간적인 경험 속에서 나타나는
영속적인 진리[191]라고 봄이 좋을 듯하다.

> 삼천년 전
> 자는 永遠을 불러 잠을 깨우고
> 거기 두루 電話를 架設하고
> 우리 宇宙에 비로소
> 작고 큰 온갖 通路를 마련하신
> 釋迦牟尼 生日날에 앉아 계시나니
>
> - 「눈오시는 날」 일부분 -

우주적 상상력과 함께 불교적 상상력은 우주의 질서를 어떻게 생각하느
냐에 따라 세계관의 색깔이 달라지는 것으로 볼 수 있는데, 서정주는 윤회
적 시간의 질서에 순응하는 편이다.

우주의 통로를 마련한 것이 석가모니라고 상정하면 그의 시 속에 나타
난 시간과 공간은 전생과 현생, 그리고 내생이 존재함과 동시에 순간적인
것이기도 하며 영원히 윤회하기도 하는 신비주의적 세계인 것이다. 이는
재생과 부활의 구조를 통하여 천체적인 공간 속에 존재하는 인간의 심성
으로 드러나기도 하고 半人半獸의 모습으로 살아가는 인간의 이야기로
드러나기도 한다.

그의 시에는 신의 모습이 구체적으로 드러나지 않는다. 신의 이야기는
결국 인간들의 삶의 원리를 드러내기 때문이다. 신이나 대지, 천상적인
자연물과 조응하여 자연의 법칙에 따르는 것이 인간의 도리라고 믿는 유
교주의적 질서나 주술적 질서에 익숙해져 있는 인물들이 등장하는 경우가
많다. 이것은 자아와 세계와의 갈등을 자아중심으로 파악하고 우주의 혜

---

191) 이광호, 「영원의 시간, 봉인된 시간-서정주의 중기시의 <영원성> 문제」.

게모니를 신이라는 객관적인 존재를 인정하는 것이 아니라 자신의 정체성과 민족의 근원적 심상을 찾으려는 노력의 일환으로 볼 수 있다.

현실적인 삶의 원형을 복원하려는 노력은 설화 속 과거로의 귀환이나 우주적 시간으로 영입으로 나타난다. 이는 현실적 삶에서 느낀 화자의 상실감과 어두운 기억을 복구시키기 위한 반어적 시간의 부활을 의미하게 된다.192)

『질마재 신화』(1975)를 썼던 시기는 그의 고향회귀에 대한 탐구를 시작했던 시기이다. 고향에 대한 그리움은 존재에 대한 성찰과 자각의식이 그 어느 때보다 절실히 필요했던 기간이라고 짐작할 수 있다. 이러한 외재적 접근 방법 또한 순환적 상상력이 드러나고 있는 시들을 연구하는 데 중요한 요소로 작용하고 있다.

신라 정신에 깃든 유토피아를 꿈꿨던 시절에서부터 후기시까지 그의 시에 드러난 공통점은 건강한 시원의 세계에 대한 원시적 동경을 꼽을 수 있다. 즉 그의 존재론적 탐구는 원형적 탐구에 의한 욕망의 변천과정의

---

192) 그의 이러한 원형의 재생에 관한 상상력을 이광호는 다음과 같이 분류하고 있다. 첫째 유년의 순결한 시간에 대한 기억과 둘째 경험하지 않은 먼 조상의 신화적인 세계를 추적하는 상기(想起, anamnesis)이며, 상기는 시간을 초월해서 생각을 떠올리는 회상의 힘이며 시간의 역사적 과정과는 무관한 원형의 연속성에 대한 재인식이다. 이 상기라는 고차원적 영역에 의해 인간은 선험적인 신성한 실재를 인식하게 되며 원초적 심상을 통해 이를 향수하게 된다. (김준오, 『시론』, 문장, 1982, p.298 재인용)
따라서 그가 전통설화를 소재로 한 시를 쓴 것은 민족적 원형을 재구성하여 그 초시간적인 투시를 통해 동일성과 영속성의 감각을 되살리려는 것이며 이것은 서정주의 영원성과 동일성을 회복하려는 정신적 투쟁과 연관된다. 그것은 자신의 경험을 제약하고 있는 연대기적 시간 질서로부터 해방되려는 투쟁이다. 그렇기에 그가 후기시로 가면서 시적인 틀마저 해체하고 원형적인 세계 자체의 복원을 보다 과감하게 밀고 나간 <질마재>의 세계로 진입하는 것은 필연적인 것이다.
이광호, 위의 책, pp.127-128.

순환을 보여주고 있으며 이는 유년의 기억의 복원으로 순수한 시간으로 거듭 태어날 수 있는 세례의식을 거치게 되는 것이다.

따라서 그의 시에서 드러나고 있는 超시간적 개념은 聖의 시간과 俗의 시간이 혼재하는 상황에서 聖의 시간으로 귀속되려는 의지구현으로 볼 수 있다.[193]

「질마재」에 드러난 공간은 주술적 성격을 띠고 있으며 삶의 질곡에서 벗어나고자 하는 당위성을 내재한 통과의례의 한 단면을 보여준다. 환언하면 혼돈과 질서가 공존하며 혼돈 뒤에 이어지는 변증법적 공간이 마을 사람들의 정화된 삶의 태도로부터 다시 제자리를 찾게 되는 도식적 공간

---

193) 이는 엘리아데의 시간의 개념에서도 드러나고 있다. 엘리아데의 성스러운 시간은 본질적으로 가역적인데 그것은 원초적인 신화적 시간을 의미한다. 종교적인 축제나 전례의 시간은 모두 신화적 과거인 '태초에' 생겨난 성스러운 사건의 재현을 의미한다. 종교적으로 축제에 참여하는 것은 일상적인 시간 지속에서 탈출하여 그 축제에서 재현하는 신화적인 시간으로 되돌아가는 것이다. 그러므로 성스러운 시간은 무한히 회복할 수 있고 반복 가능하다. 그것은 어떤 의미에서 '지나가는' 것이 아니고 또 결코 불가역적인 지속을 나타내지 않는다고 말할 수 있을 것이다. 그것은 항상 동일하고 변하거나 다함이 없는 파르메니데스적인 시간이다. 그러므로 종교적 인간은 두 종류의 시간 속에 살고 있다. 그 중에서 더 중요한 성스러운 시간은 순환적, 가역적, 회복 가능한 시간이라는 역설적인 면으로 나타나고 의례를 통하여 주기적으로 회귀하는 일종의 신화적인 영원의 현존을 나타낸다.
(중략)
여러 종교에서 주기적으로 재현된 성스러운 시간은 신화적 시간, 즉 역사적 과거 속에서는 발견되지 않는 원초적 시간이다. 우리에게 중요한 관심의 대상이 되는 것은 이 고대적인 신화적 시간의 개념이다.
M. 엘리아데, 『聖과 俗』, 이은봉(역), 한길 그레이트북스, 1998, pp.89-92. (밑줄 필자)
성스러운 시간이 원초적 신화의 시간이며 무한히 회복할 수 있고 반복 가능하다는 것은 우주의 순환원리와 합일하고 있는 개념으로서 서정주에게는 불교적 상상력과 함께 설명될 수 있는 부분으로 엘리아데의 논리와 궤를 같이 하고 있다. 그의 종교적 관념에 있어서의 성스러운 시간이 바로 윤회적 신화의 공간이며 순환논리를 설명할 수 있는 시원의 공간으로의 고향회귀 의식이 드러나고 있기 때문이다.

의 성격을 띠고 있다.

공간 속에서 이루어지고 있는 사건들은 옴니버스식의 인생의 단면을
이어주는 상상력으로 연결되고 있다. 매일의 삶은 영원의 삶의 연장선의
한점에 불과한 것이지만 마침내는 연속으로 이어져 하나의 삶의 원형이자
우주의 원형을 만들어 내고 있는 것이다.

> 沈香을 만들려는 이들은, 山골 물이 바다를 만나러 흘러내려 가다가
> 바로 따악 그 바닷물과 만나는 언저리에 굵직 굵직한 참나무 토막들을
> 잠거 넣어 둡니다. 沈香은, 물론 꽤 오랜 세월이 지난 뒤에, 이 자금
> 참나무 토막들을 다시 건져 말려서 빠개어 쓰는 겁니다만, 아무리 짧아
> 도 2-3百年은 水底에 가라앉아 있은 것이라야 香 내가 제대로 나기
> 비롯한다 합니다. 千年쯤씩 잠긴 것은 냄새가 더 좋굽시오. 그러니, 질
> 마재 사람들이 沈香을 만들려고 참나무 토막들을 하나씩 하나씩 들어
> 내다가 陸水와 潮流가 合水치는 속에 집어넣고 잇는 것은 自己들이나
> 自己 아들딸이나 손자손녀들이 건져서 쓰려는 게 아니고, 훨씬 더 먼
> 未來의 누군지 눈에 보이지도 않는 後代들을 위해섭니다. 그래서 이것
> 을 넣는 이와 꺼내 쓰는 사람 사이의 數百 數千年은 이 沈香 내음새
> 꼬옥 그대로 바짝 가까이 그리운 것일 뿐, 따분할 것도, 아득할 것도,
> 너절할 것도,
> 　허전할 것도 없읍니다.

- 「沈香」 전문 -

沈香을 만드는 과정은 우리 인생을 살아가는 질곡의 과정과 맞닿아
있다. 여러 번의 담금질을 통하여 비로소 영그는 침향이야말로 우주의
순환질서의 징표이자 기다림의 변증법이다. 더군다나 겨우 어렵게 만든
침향이 당대의 편안함을 위하여 만들어지는 것이 아닌 다음 代에 보이지
않는 누군가를 위하여 만들어지고 있는 것은 연기론적 상상력을 통하여
본 우주의 이치이자 삶의 이치를 제시한다. 수백 수천 년을 가르고 태어나

고 기다려지고, 소용되는 이치는 눈앞에 인과론적 결과물을 바라는 현실적 인간의 한계성을 지적함과 동시에 불가시적인 세상의 삶의 원리를 볼 수 있는 혜안을 요구하고 있는 것이다.

바다는 육체를 통하여 알고 상상하고, 행동하고 의식하는 이 다섯 가지 구성요소(色, 受, 想, 行, 識)의 한계를 넘고 오온의 과정을 뛰어넘어 마침내 空의 세계194)에 이르고 般若의 세계로 진입을 꿈꾸고 있다. 따라서 「沈香」에 드러난 서정주의 생각은 과거, 현재, 미래가 분리되지 않은, 궁극적으로 마침내 하나가 될 수 있는 신비한 뫼비우스의 띠를 염두에 두고 있다.

그가 재건하려는 전우주적 시공간의 개념은 유년의 기억과 맞닿아 있다. 화자는 유년의 기억 속에서 고향을 상기하고 있다.

> 나보고 명절날 신으라고 아버지가 사다 주신 내 신발을 나는 먼 바다로 흘러내리는 개울물에서 장난하고 놀다가 그만 떠내려 보내 버리고 말았습니다. 아마 내 이 신발은 벌써 邊山 콧등 밑의 개 안을 벗어나서 이 세상의 온갖 바닷가를 내 대신 굽이치며 놀아다니고 있을 것입니다. 아버지는 이어서 그것 대신의 신발을 또 한 켤레 사다가 신겨 주시긴 했읍니다만, 그러나 이것은 어디까지나 대용품일 뿐, 그 대용품을 신고 명절을 맞이해야 했었습니다. 그래, 내가 스스로 내 신발을 사 신게 된 뒤에도 예순이 다 된 지금까지 나는 아직 대용품으로 신발을 사 신는 습관을 고치지 못한 그대로 있읍니다.
>
> - 「신발」 전문 -

위 시는 어린 시절의 행복했던 기억 속으로 회귀하고 있는 모습이 완연하다. 이는 의식 이전에 형성된 집단 무의식의 충동으로서 '근원적이며 보이지 않는 의식의 뿌리'에서 출발하고 있는 것이다. 하이데거가 '歸鄕은 일체의 즐거움의 근원'195)을 이루는 길이라고 본 것 또한 인간의 근원을

---

194) 박호영, 『韓國現代詩人論攷』, 민지사, 1995, p.210.

파헤치는 본능적 의식의 세계를 드러내고 있는 것이다.

신발은 유년시절을 의미하는 객관적 상관물이다. 신발 하나에 담겨 있는 아버지의 사랑과 유년의 추억이 고스란히 묻어 있는 상징물이기에 신발의 유실은 풍요로운 유년의 기억을 모두 떠내려 보내야 하는 통과기제가 되고 있다.

탄생과 별리 그리고 죽음으로 이어지는 삶의 과정이 순간 순간 이별의 연속이듯이 이 세상의 바닷가를 화자 대신 떠도는 상징은 화자의 周遊를 의미하기도 한다. 또한 상실감의 극복을 위한 대용품의 준비까지 유년기의 무의식은 현재의 습관으로까지 반복되고 있다. 즉 신발은 욕망의 투사물로서, 신발을 보면 자신의 본원으로 돌아가고자 하는 회귀적 욕망이 환기된다.

> 아무리 집안이 가난하고 또 천덕구러기드래도, 조용하게 호젓이 앉아, 우리 가진 마지막껏- 똥하고 오줌을 누어 두는 소망 항아리만을 그래도 서너 개씩은 가져야지 …중략… 집 안에서도 가장 하늘의 해와 달이 별이 잘 비치는 외따른 곳에 큼직하고 단단한 옹기 항아리 서너 개 포근하게 땅에 잘 묻어 놓고, 이 마지막 이거라도 실천 오붓하게 自由로이 누고 지내야시.
>
> - 「소망(똥깐)」 일부분 -

천상적, 혹은 우주적인 모습을 그대로 담고 있는 똥깐은 민중의 질펀한 삶의 모습을 그대로 구현하고 있다. 서정주가 그리고 있는 신화의 세계는 신들의 모습을 숭배하는 미적 거리감으로 남아 있는 것이 아닌 자연의 섭리를 싹틔워내는 재생의 공간으로 설정되고 있다. 또한 부정성이 긍정성으로, 죽음이 재생으로, 無에서 有가 창조되고 있는 우주의 순환원리가

---

195) M. Heidegger, 『시와 철학』, 소광희(옮김), 박영사, 1975, pp.19-23.

숨쉬는 곳이기도 하다.

생명의 리듬이 살아 있는 공간이어야 함에도 불구하고 부정적인 공간으로 인식되어지는 똥간을 '소망'으로 치환시켜 해와 달과 별의 천상적인 우주가 숨쉬고 있는 것으로 표현한 것은 모두 순환적 상상력의 소산이다. 또한 생명력 넘치는 재생의 공간으로 설정하고 있어 우주와 합일하고 있는 유기체적 존재의 양상을 드러내고 있다.

이와 같이 우주적 거울을 바탕으로 인간의 가장 비루한 것과 천상의 가장 고귀한 것과의 대비적 고찰을 통해 신성성을 찾으려는 서정주의 시적 태도가 그의 신화적 상상력의 기초를 이루고 있다.

## 2) 박재삼의 '바람' 속에 드러난 유년의 기억

박재삼의 시에는 물, 바람, 그리고 빛으로 가득한 자연이 펼쳐지고 있다. 앞에서 살펴 본 강물과 바다의 이미지와 함께 그의 시에서는 바람을 통하여 과거로 회귀하려는 양상을 드러내고 있다. 바람은 천체를 이루고 있는 우주론적 상상력과 맞닿아 있는 소재로 자주 등장하고 있으며, 신화의 세계에서도 자주 차용되고 있기도 하다. 단군 신화에서 환웅이 거느리고 온 여러 신 중에서 雨師, 雲師보다 風伯이 앞서는 것도 이 같은 우주론적 상징에 기인한다.[196]

---

196) 제주도 신화에서도 바람에 관한 이야기는 전해지고 있다.
　　육지의 신화적 사유체계와는 달리 제주도 서귀포 당신(堂神)이 고산국이라는 여자와 결혼을 하였다. 그러나 그녀의 동생 지산국(霧神: 안개신)의 뛰어난 미모에 연연해하다가 둘이서 한라산으로 도망가 부부가 되어 사랑에 흠뻑 젖어 있었다. 뒤쫓아 간 고산국은 그들을 죽이려고 했으나 동생 지산국의 도술을 이기지 못하여 서로 해치지 말기로 하고 돌아왔다. 그 후 화해를 하고 각각 분계를 정하여 바람운과 지산국은 부부로서 하서귀 신목(神木) 윗가지에 좌정하였다.
　　이것은 제주도라는 특유의 자연환경이 만들어 낸 신화이며 육지에서의 바람이 비와 구름과의 결합으로 풍요를 가져다 주는 것과는 달리 제주도에서는 바람과 박재삼의 시에는 자연 친화적인 소재가 많이 쓰이고 있다. 그 중 역동적인 원형적 이미지를 담고 있는 물과 바람의 상징은 근원적 무상함에서 시작하여 고향회귀의 방법으로 수용되고 있는 것이다.

  ①
  천년 전에 하던 장난을
  바람은 아직도 하고 있다.
  소나무 가지에 쉴새 없이 와서는
  간지러움을 주고 있는 걸 보아라
  아, 보아라 보아라
  아직도 천년 전의 되풀이다.

  그러므로 지치지 말 일이다.
  사람아 사람아

안개의 결합으로 자연현상을 인격화하고 신격화하고 있다. 뿐만 아니라, 시기와 질투, 투쟁과 사랑 등으로 지역민을 지켜 주는 수호신으로 표상되었다.
또 신라인의 의식에 내재한 바람은 풍월이나 풍류라는 말을 통해 자연의 섭리, 이법 등을 상징한다. 이와 같은 신라적, 화랑도적 풍월, 풍류적인 정신은 불교와 도교가 신라에서 재현된 것으로서 바람은 자연의 섭리, 도를 상징하기도 하였다. 바람은 때로 비, 구름, 파도 등과 어우러지면 그 상징성이 달라지기도 하는데, 이는 바람이 가변적이기 때문이다. 서양에서 인식하는 바람의 가변성은 더욱 다양하게 드러나기도 한다.
그리스 신화에서 바람의 신은 아이올루스(Aeolus) 또는 히포타데스(Hippotades)라고 불린다. 바람은 말(Hippo)과 깊은 관련을 맺는다. 이 같은 인식은 우리의 시인 정지용의 향수 '밤바람 소리 말을 달리고'에서도 드러나고 있으며 북유럽의 바람은 죽음과 관련이 있기도 하다. 엘리엇(T.S.Elliot)의 시 '시메온의 노래'에는 '죽음의 바람을 기다린다'는 것으로 표현되고 있다. 또 단테의 '신곡' 지옥편에서는 욕정의 죄를 저지른 자는 지옥에서 부는 선풍이 공중으로 떠나니게 하고 있다.
한국문화상징사전, 앞의 책, pp.303-304 재인용.

이를 종합해 보면 바람은 역동적이며 가변적인 이미지로 풍요와 혁명, 이승과 저승을 넘나드는 변화의 상징성으로 드러나고 있으며, 본고에서는 이러한 가변적이고 역동적인 상징성을 차용하여 우주론적 상상력과 맞닿아 있어 순환질서에 포함시켜 살피려 한다.

이상한 것에까지 눈을 돌리고
탐을 내는 사람아.

- 「천년의 바람」 전문 -

②
문득 이도령이 돌아오자, 참 가당찮은 세월을 밀어버리어, 天地에
넘치는바
바람의 화안한 그림자를 春香은 눈물 속에 아로새겨 보았을 줄이야.
- 「바람 그림자를」 일부분 -

③
천석꾼 만석꾼의 재산 불어나는
그 기쁜 인생도
저 햇빛과 바람이 짜 올리는
씨와 날의 밝고 넘치는 것을
당할 수야 없으리

- 「흥부의 햇빛과 바람」 일부분 -

①의 시에서 살펴 볼 수 있는 것처럼 바람은 시간과 공간을 넘나드는 신화적인 소재로 사용되고 있다. 저승과 이승을 넘나드는 상상력의 날개는 바람을 타고 화자의 온 몸을 휘돌아 나가고 있다. 실제로 그는 바람을 친근한 어린 시절의 친구처럼 느끼고 있는 것으로 보아 바람을 유년의 기억을 상기시키는 매개체로 활용하고 있음이 확인된다.

①의 1년에서 보이는 것처럼 바람은 예나 지금이나 똑같은 형상으로 인간에게는 느껴지는 것이다. 개인적 체험은 환상적인 체험이거나 고난스러울 수 있는 경험들로 여겨진다. 이러한 지극히 개인적인 체험이 시로 형상화되기까지는 보편성을 획득하여야만 독자와의 공감을 유지할 수 있게 되는데, 박재삼은 이러한 개인적인 체험을 보편적 체험으로 환치시키는 능력을 소유하고 있다.

바람은 누구나가 맞는 것이지만, 그 바람을 통하여 억겁의 기억 속으로 돌아가는 경험은 일반적이지 않다. 그러나 그가 이야기하고 있는 천년 전의 장난을 통하여 마치 어제도 오늘도 바람은 그러하리라는 당위성을 제공받게 되며 화자와 동시에 천년 전의 기억을 환기할 수 있는 계기를 마련하는 것이다.

사람의 욕망은 끝이 없고, 자연과 더불어 살아가는 지혜를 잃어버린 지 오래된 인간들의 상상력은 이미 더 이상 존재하지 않는다. '사람아, 사람아' 라고 연이어 탄식조로 부르면서 사람들의 어리석음을 경계하는 목소리는 결국 자연과 하나됨으로써 자연의 목소리에 귀를 기울이라는 경고가 되고 있다. 결국 천년의 바람 소리를 들을 수 없는 것은 인간의 어리석음의 소치라는 것을 문명비판적 어조로 경계하고 있는 것이다.197)

---

197) 김강제는 「박재삼의 시에 나타난 서정시학의 의미」에서 박재삼에게 대상이 되는 역사 현실은 문명으로 황폐화되어 가는 산업사회의 풍경이라고 보고 이는 그의 시집에 두루 나타나는 현상이라고 지적하고 있다.

<blockquote>
햇볕이 쨍쨍하고 / 심심찮이 바람도 부는 날은 /
허리를 펴고 일어서던  / 저 남해안의 언덕들 //
그것은 임진란 때부터였던가 /
그 언제부터었던가 / 풀잎처럼 울 수 있었던 /
마지막 힘으로 / 우쭐우쭐 일어시기도 했었다.//
그러한 언덕들이 / 오늘은 무슨 영문으로 /
고약한 공기에 눌려 / 한숨도 못 쉬는 산무덤 되었는가 //

- 「남해안 언덕들」 전문 -
</blockquote>

그는 「남해안 언덕들」을 분석하면서 산업사회의 등장으로 인해 발생한 단절과 소외의 현실에 대한 극복이 박재삼의 과제였으며, 그 지점에서 박재삼이 전통서정시를 고집하는 까닭으로 지적, 그의 전통론은 근대화가 가져온 전통사회와의 인식론적 단절을 메꾸기 위한 반작용인 것이다.
김강제, 「박재삼의 시에 나타난 서정시학의 의미」, 『동아대 국어국문학 18』, 1999. 12, pp.164-165.
그러나 본고는 그의 소외된 현실에 대한 극복이 자신의 對사회적인 반감이라든지, 전통사회와의 인식론적 단절을 메꾸기 위한 반작용으로 그의 시가 전통론을

　　이러한 설화적 인물의 차용은 민족의 보편적인 정서와 사상 그리고 생활상이 가장 잘 드러난 원초적 형태의 문학이라고 할 수 있으며198) 인물과 함께 빌어 온 무시간적 시간의 차용은 순환적 인식의 근간을 이루고 있는 것이다. 이는 불교의 윤회사상이 갖는 의미를 통해 영혼불멸의 시간을 상기하고 있는 것으로, 인간이 돌아가야 할 지향점을 탐색하는 화자의 모습이 반영되어 있다.

　　설화 속의 시간과 공간을 차용함으로써 얻게되는 인간의 영혼의 불멸사상은 영원히 살 수 없는 인간이지만, 신화적 공간 속에서는 가능하다는 일종의 구원의식을 제공받을 수 있게 된다. 현실적 의미의 시간과 공간은 인간에게 가시적인 한계를 느끼게 하는 시공간으로 이를 극복하기 위해서는 M. 엘리아데의 말처럼 "신화는 인간을 실존적으로 구성한 최초의 '이야기'를 인간에게 가르쳐 주고 있으며 존재와 우주의 존재양식에 관련되는 모든 것이 인간에게 직접 관련되고 있음"을199) 상기해야 하는 것이다.

　　②와 ③은 소재를 설화에서 차용한 인물들을 설정하여 바람의 목소리를 이야기하고 있다. '天地에 넘치는 바람의 화안한 그림자를 春香은 눈물 속에 아로새겨 보았을 줄이야'에서 느껴지는 밝음 뒤에 오는 어둠, 기쁨 뒤에 맛보는 슬픔의 깊이를 시간차에 의하여 심도있게 그려내고 있다.

---

지향하고 있다고는 보지 않는다.
이는 다소 확대된 해석이며, 특히나 문명 비판의 의식적이고 작위적인 해석보다는 자신의 삶의 속도가 현실을 따라 잡지 못하는 사이에서 뻗어 나오는 일종의 자괴감의 반응으로 볼 수 있다. 또 전통적인 시작법은 초기 시작법 시절 시조의 영향관계나 서정주의 영향 등 작가론적 입장에서 고찰되는 환경적 요소들로 자연스럽게 추구할 수 있었던 방법론이라고 여겨진다. 따라서 문명 비판적인 요소가 다소 발견되기는 하지만 총체적인 의미에서 조망할 때 의식적인 시의 주제적 근간을 이룬다고 보기에는 문제가 있다고 본다.
198) 임문혁, 『한국 현대시와 설화』, 계명문화사, 1996.
199) M. 엘리아데, 『신화와 현실』, 성균관대 출판부, 1985, p.22.

③의 흥부의 목소리 역시 지극히 인간적인 기쁨보다는 자연 속의 풍요를 제일로 여기는 지극히 보편적인 아포리즘을 엮어 내고 있다.

인간은 어디로 회귀하는가의 문제를 끊임없이 고민했던 박재삼은 인간의 현실적 삶의 고단함과 함께 현세적 문제에 이끌리더라도 궁극적인 지향점을 놓지 않으려는 노력의 흔적으로 바람을 설정하고 있는 것이다.

바람은 가변적인 상징성을 통하여 시인을 당대와 고대를 연결해줌과 동시에 현실로 데려다 줄 수 있는 매개체이기도 하다. 이러한 바람의 순환적인 이미지를 통하여 작가는 현실과 환상적인 본래의 궁극점으로 되돌아갈 수 있었던 것이다.

> 열댓살 무렵에는 / 산으로 바다로 /
> 들로 언덕으로  / 어깨로 바람을 일으켜 /
> 그 바람 신이 나 / 칼소리까지 내는 듯 하였다니까! //
> 그 바람이 / 아직도 나를 따라 다니긴 하지만 /
> 이제는 힘이 많이 죽어 / 내 시달림 많아서 /
> 콧노래로 달래는 / 근처에 와서 /
> 콧노래 비슷한 소리만 / 청승맞게 흥얼거리고 있다니까!
>
> - 「바람이 나를 따라」 전문 -

그의 시 속에서 유년의 기억은 자연과의 합일로부터 출발하고 있다. 왜냐하면 수평적 의미에서든 수직적 의미에서든 모든 상징적인 요소들이 동시에 순환적인 구조이자 동심원의 구조를 이루고 있기 때문이다.

내가 바람을 따르고 바람이 나를 따르는 이치는 마치 고전 작품 속의 '부귀도 날 씌우고 공명도 날 씌우니'에서나 '구름이 꼬인다 갈리 있소'에서 보이는 사유방식과도 일치하고 있다. 즉 자연을 노래하고 있는 작품들 속의 화자는 자신의 의지를 때로는 자연물에 투과시켜 마치 제 삼자의 입장에서 화자의 의지가 결여된 것처럼 왜곡시키는 듯 보이지만, 사실은 자신의 의지를 객관적이고도 냉정하게 관철시키고 있는 것이다.

이처럼 1연에서 보이는 화자의 신바람 속에서의 '바람'은 자신의 의지로 만나게 된 바람이며, 칼소리까지 나는 종횡무진의 바람처럼 드러나기도 한다. 2연에서는 그 바람이 힘이 많이 죽어 콧노래처럼 청승맞게 흥얼거리고 있는 것처럼 보이지만 결코 죽지 않는 의지의 흥얼거림으로 존재하고 있다.

이윽고 화자는 더욱 나이가 들어 버릴 테고, 자연의 바람은 콧노래나마 흥얼거리면서 여전히 화자의 귓가를 맴돌게 될 테니 결국은 바람의 한판 승이 되어 버리게 되는 것이다. 결국 자연과 인간의 하나됨은 인간의 죽음으로 귀착지어질 예정이며, 이윽고 그 바람 소리에 묻혀 인간은 흥얼거림의 바람으로 돌아가게 되는 순환 고리 속으로 낙착되게 마련이다.

색색으로 물든 단풍 옆에서 못떠나고
아롱진 눈물방울처럼
매달려 있던 바람들이
지금은 뿔뿔이
어디로들 다 가고 없나.

무슨 약속이라도 한 것은 아닐까.
…여기서는 결코 못 떠난다.
…여기보다 더 좋은 곳은 없다.
그들은 단풍이 지는 것과 함께
그 밑에 묻히기로 하였을까.

훈훈한 낙엽의 보료 밑에 깔렸다가
거름처럼 깔렸다가
다음해 철 만나면 일제히

일어서기로 하자고,
아, 울면서 일어서기로 하자고.

- 「바람의 약속」 전문 -

‘바람들이 / 지금은 뿔뿔이 / 어디로들 다 가고 없나’처럼 바람의 속성은 늘 알 수 없는 무정향성을 띠고 있다. 다만 인간의 눈에 비친, 인간의 심상으로 유추해보면 이곳이 너무 좋아 차마 못 떠나는 것이다. ‘…여기서는 결코 못 떠난다. / …여기보다 더 좋은 곳은 없다’에서처럼 전도된 상상력을 통하여 주체와 객체를 뒤바꿈으로서 역설적으로 강렬한 의지를 드러내고 있는 것이다.

바람은 그야말로 바람처럼 형체도 색채도 없는 무정한 것이지만 이들처럼 좋은 곳에 정을 묻고 한 철을 나는 마음으로 이 세상을 살아가야 되지 않느냐는 것이 박재삼의 삶의 태도이다. 결국 모든 자연의 흩뿌림과 흩날림마저 인간을 위해서 존재하되, 인간적인 모습으로 살아야될 것이며, 그렇게 한 세상을 살아간 뒤에는 바람처럼 ‘일제히’, 그렇지만 ‘울면서’ 떠나야 함을 강조함으로써 처음과 마지막을 하니의 순환적 입장에서 인식하고 있다.

순환적인 것은 영원한 것이며, 영원한 것은 사람의 시간과 공간으로는 누릴 수 없는 능력 밖의 세상인 것이다. 따라서 사람의 생각과 몸으로는 누릴 수 없는 세상이므로 이러한 세상을 보고자 하는 자에게 상상력은 불가피한 것이다.

신화적인 상상력은 상상력의 날개에 신비스러움을 덧댄 것이다. 늘 돌아가야 함을 염두에 두고 이야기를 시작하지만 돌아갈 곳을 미리 정해놓는 어리석음이 아닌 것이다.

소녀여, 너는 꿈이 있어서
그 꿈결 가까운 곳 앞머리를
무지개빛으로 수를 놓던
선연한 바람이었거늘

내 가장 쓰리고 아픈 곳
허리께를 쓰다듬어 주기는커녕
칼날을 세우고 와서는
난도질을 하누나.

- 「바람을 받으며」 일부분 -

바람은 여러 각도에서 불어대는 존재이다. 그야말로 어디서 불어와서 어디로 날아갈지 모르는 무정체성의 속성으로 인간을 당황하게 만드는 過猶不及의 존재인 것이다.

2연에서 말하고 있는 것처럼 쓰다듬어 주는 것이 아닌 칼날을 세우고 난도질을 하는 바람의 속성을 통해 결국 삶은 비정한 것이라는 걸 다시 한 번 깨닫게 되는 셈이다. 결국 바람은 포근한 보료와도 같은 존재이기도 하지만 어느 때는 칼날과도 같아 생의 이치를 가르쳐 주는 스승으로 자리 잡고 있다.

이승에 태어나고부터
이날까지 나를 둘러싼 모든 것은
因緣의 四海同胞여서 그런지
이웃사람이 아프면
마음도 따라 傷하고
그들의 기쁜 일은
바람에 물결이 희롱하듯
덩달아 우쭐거렸네.

그래도 찰떡같은
관계가 있는 듯 하면서
정작 내가 이승을 하직할 때는
친하기는 커녕 외면만 하고
淡淡하게 예사로 이별을 할 수 있는
그 無情이 분명 있는 것 같아 섭섭해라.
그것을 시치미 떼고 참고 있는 것이 용하구나.

그러나, 아 그러나, 어찌 완전한 이별이 있을 것인가.
좋은 詩도 보물처럼 남기고 가고 싶고,
내 죽은 후에도
기막히는, 속속들이 파고드는,
바람은 영원히 헤어지는 일 없이
남아 있을 것이로다.

- 「바람의 因緣」 전문 -

「바람의 因緣」은 그가 바람의 의미를 어떻게 느끼고 있는 지를 극명하게 보여주는 시이다. 자신의 죽음을 빗대서 이야기하는 그는 그야말로 일인칭 주인공 시점으로 감정의 세밀한 흔들림마저 일깨워 주고 있다. 모든 사람들의 기쁨과 슬픔이 '바람에 물결이 희롱하듯 덩달아 우쭐거렸네' 라고 말하는 것은 자연과 화자의 혼연일체를 보여주는 대목이다.

하나됨의 감정의 일렁임을 박재삼은 자신의 일인 양 절감하고 있는 것이며, 그러한 과정 중에도 인간적인 번뇌는 끊임없이 출렁거리고 있음을 2연에서 보여주고 있다. 그러나 3연에서는 결국 자신의 짧은 인간적 번뇌를 '어찌 완전한 이별이 있을 것인가'라는 대목을 통해서 예언하고 있으며, '내 죽은 후에도 / 기막히는, 속속들이 파고드는 / 바람은 영원히 헤어지는 일 없이 / 남아 있을 것이로다' 라는 삶의 지혜로 이끌어 낸다.

죽음이란 모든 것을 갈라 놓는 것이 아니라 영원한 세계로의 진입을 의미하는 것으로 생노병사이기도 하며, 신화적 세계로의 영입을 의미하는 것이다. 결국 세상은 수, 풍, 지, 화로 이루어져 있다는 사실은 불교적 관점에서 영원히 산다는 것은 영원히 죽는 것과 같으며 다시 영원히 태어나는 것은 영원히 태어나지 않는 것을 의미한다.

박재삼의 시에 드러난 바람의 인연은 모질고도 긴 터널이었던 회한의 응결체이다. 바람에 나타난 형체의 있음과 없음을 넘나드는 가변적인 상상력은 오히려 구체화된 상징체계에서 보다 강도 높은 차원으로 삶의 진실성을 환기시키고 있는 것이다.

> 결국 우리는
> 바람 속에서 커 왔고나
> 그 바람은 먼 여행을 하고
> 지금도 안 끝나고 있다.
>
> 겨울의 아득한 들판 끝에서
> 봄의 노곤한 꽃 옆에서
> 여름의 숨차던 녹음 곁에서
> 그리고 드디어
> 이제는 빛나는 찬바람이 되어
> 소슬하게 가슴에 넘치게
> 수확의 열매와 함께 왔고나
> 이 바람을 나는
> 나서 지금까지
> 거느리고는 왔으나
> 어쩔 것인가
> 아직도 그 끝을 못 잡고
> 어리 벙벙한 가운데 살고 있네.

- 「바람에 대하여 I」 전문 -

‘결국 우리는 / 바람 속에서 커 왔고나’에서처럼 바람은 서정주의 바람처럼 시련일 수도 있으며, 자연일 수도 있다. 그러나 바람은 그와 함께 자라온 모든 것이며, 어른이 된 지금 그것을 깨닫고 있는 것이다. 자연의 이치와 생의 이치를 깨닫는 순간, 바람의 여행이 끝나지 않으리라는 것도 감득하게 되는 것이다.

자연의 모든 것은 그대로 남고 인간의 유한적인 한계만을 체득하고 있는 것으로, 2연에서 느끼는 것처럼 빛나는 찬바람이 수확의 열매와 함께 왔지만 여전히 ‘아직도 그 끝을 못 잡고 어리벙벙한 가운데 살고 있다’라는 현실적 상황으로 귀결되고 있다. 그 끝을 잡는 순간에 인간은 죽음의 문전을 넘어서게 되는 것이며, 모든 자연과의 합일을 비로소 이루어 내고야 마는 것이라는 걸 박재삼은 체감하게 되는 것이다.

시인의 개인적 체험은 작품 속에 남아 있게 된다. 그가 한 평생의 병마에 시달렸고, 가난과의 투쟁 속에서의 삶의 통증을 바람과 맞서서 살아왔던 그였기에 유년의 바람과 현재의 바람의 의미가 당연히 다르게 느껴질 수밖에 없었던 것이다. 고통이 없는 세상으로의 귀환점에서 그는 바람을 맞고 있는 것이며, 바람은 그를 영원한 안식처로 데려다 줄 수 있는 또 하나의 유토피아의 매개가 되는 것이다. 이러한 始原的인 사유와 상상력은 하이데거의 ‘존재의 은총에 대한 메아리’라는 말처럼 존재를 규명할 수 있는 단초가 될 수 있다.

따라서 그의 시에 나타난 공간 속의 바람은 시간과 공간이 거세된 신화적 상상력을 불러일으킬 수 있는 매개체가 되며 그를 통한 유년시절의 고향으로의 유입은 최초의 근원적인 공간으로 영입되려는 인간의 근원적 욕망의 발로라고 볼 수 있다.

햇빛과 바람을 친하였던
천 갈래 만 갈래의
댓살을 다스리어
먼 강물은 들판을 도는가,
청춘은 다 가고 빈 바구니를

- 「竹細工 노래」 일부분-

그의 시에서 보여지는 순환적 이미저리는 바람을 비롯한 강물, 바다가 중심을 이룬다. 돌고 도는 강물의 이미지는 인간의 의지와는 무관하게 순환하고 있는 우주의 원리를 드러냄으로써, 삶이란 재생의 원리와 순환의 구조 속의 일부분을 이루고 있는 것이라는 사실을 다시 한 번 천명하고 있는 것이다.

흐르는 강물, 결국 흐르고 흐르는 것은 인간의 유한적인 생명을 포함한 모든 만물을 내포하는 것이니, 이 만물이 우주의 순환질서를 형성하고 있는 것이다.

신화적 상상력 속의 시간은 윤회적이거나 무시간적 양상을 보이고 있는 것이 특징이다. 순환하는 무한한 시간의 신화는 역사적 시간에 의해서 엮어진 환상을 깨고 해탈의 길을 우리에게 밝혀주고 있어, 카오스의 세계에서 코스모스의 세계로 귀환될 수 있는 미로의 열쇠를 제공해 준다.

이러한 주기적인 생산과 소멸의 과정200)을 반복하고 있는 것은 결국

---

200) 미르치아·엘리아데, 『이미지와 상징』, 이재실(옮김), 까치, 1997, pp.84-86.
엘리아데의 대부분의 저서에서 드러나고 있는 무시간성의 원리는 마치 하이데거의 상대적 시간과의 상관성을 심도있게 논한 불교의 空思想과 일치하고 있다는 것을 발견할 수 있다.
세계 신화 중 그리스 로마의 신화는 보편적인 인간중심적 사고방식을 부분적으로 드러내고 있어 인간중심의 신의 논리를 구현하고 있다면, 인디언의 신화나 인도의 신화는 보다 우주론적 상상력을 내포하고 있는 열린 상상력임을 보여주고 있다. 이들은 천체에 대한 관심, 천지창조에 대한 역동적인 상상력을 보여줌

우주의 순환원리에 조응하는 것이다. 박재삼의 시는 결국 강물과 바다, 바람과 햇빛을 통하여 조응되는 삶의 질서와 만날 수 있는 형이상학적인 공간을 마련하고 있다. 또 그것은 서정주에게 보이고 있는 공간과 시간의 무제한적 상상력의 순환을 보여준다.

---

으로써 유기적 관계가 비교적 튼튼하게 자리잡고 있는 그리스 로마 신화보다는 좀더, '신화'적인 모습으로 구현되고 있다고 본다. 주술적이고, 신비주의적인 인도의 신화는 시간에 대한 관심을 좀더 많이 할애하고 있어, 시간이라는 원초적인 개념의 연구에 몰입하고 있다.

그리스 로마 신화에서는 '모든 것은 카오스로 시작되었다'라는 명제하에 혼돈(chaos-온 우주와 땅은 평평하며, 막막하게 퍼진 듯한 평퍼짐한 모양 그대로) 이어서, 생명이 없는 퇴적물의 상태였다는 것으로 상정하고 있다. 그런데 여기에 자연이라는 신이 '카오스'의 상태를 정리하였으며, 카오스에게서 어둠의 신에레보스, 밤의 신 뉙스가 태어나게 되며 이 둘이 혼인하여 낮의 신 헤메라와 대기의 여신 아이테르가 태어나는 것이다.

즉 자연은 하늘에서 땅을 떼어 놓았고 땅에서는 물을 떼어 놓았던 것이며, 물은 땅을 감싸안고, 가슴이 넓은 대지는 원래 그렇듯이 스스로 생명을 얻어 여신이 되었는데, 바로 이 여신이 가이아(Gaea)로서 이는 지구를 뜻하기도 한다. 즉 하늘은 곧 하늘의 신 우라노스가 되었다.

여기에 하늘의 신 우라노스와 땅의 여신 가이아와의 여섯 아들 중 맏이가 바다의 신인 오케아노스(Oceanos)가 되었던 것이다. 어쨌든 이들의 아이들이 각각 해와 달을 의미하는 신들로 거듭 태어나게 되는 것이다. 그리스 신화에는 이처럼 본고에서 다루고 있는 내용의 첫 단계 즉 코스모스가 되기까지의 과정을 담고 있는 그 세계로의 시간과 공간에 대한 상상력의 근원의 시간을 전제로 삼고 있다.

이윤기, 『이윤기의 그리스 로마 신화-신화를 이해하는 열 두 가지 열쇠』, 웅진닷컴, 2000, pp.44-49.

이들은 모두 신화적 상상력의 근간을 이루고 있는 기원을 제공해 주며, 카오스의 시간 속에서 코스모스가 되기까지의 일련의 과정에서의 원형적 상상력의 기틀을 마련해 주고 있기도 하다.

## 2. 모더니즘 시인의 시간적 상상력

### 1) 김춘수의 순환적 상상의 세계

이미지는 모두 'imago, imiginationem, imaginativus' 등의 'ima-'에서 온 말들로 '모방한다. 복사한다'의 뜻[201]이다. 김현도 '이미지', '상상력', '상상적인 것' 등이 모두 같은 뿌리를 갖추고 있다고 지적했다. 상상력으로 드러나고 있는 각각의 이미지는 엄밀한 의미에서 보면 한 시인이 유년기의 경험과 성장 과정, 경험의 축적을 기억과 상상력을 동원한 일종의 복원 작업이라고 할 수 있다.

오감을 통하여 복사되고 저장된 이미지를 방출해내는 과정 속에서 인간은 궁극적으로 시원의 세계를 기억하는 것으로 보이는데, 이는 자궁회귀 본능과 함께 우주의 근원적 모태로의 회귀를 의미하는 것이다. 즉 문학적 상상력이자 무의식의 기저와 밀접히 관련되어 있음을 시사해 준다. 삶의 전과정 혹은 그 이전의 태고적 기억을 재생해내는 일련의 과정을 통하여 인간은 더욱 더 삶의 궁극적인 의미에 다가 설 수 있게 되는 것이다.

김춘수는 『구름과 장미』를 비롯한 그의 초기시에서 유치환의 의지적 요소가 다소 불거져 나오기는 하나 그보다는 서정주의 색채에 훨씬 가까운 쪽[202]이라고 고백하고 있다. 이러한 고백은 그의 전반적인 시의식을

---

201) 김현, 「시인의 상상적 세계-고은론」, 『김현문학전집3, 상상력과 인간, 시인을 찾아서』, 1991, p.252.
  라루스 사전에 의하면 그것은 산스크리스트어인 'ma'에서 온 말인데 그 뜻은 '~에 자신을측정한다 se mesurer sur…'라고 한다.

202) 그는 「의미에서 무의미까지」에서 자신의 시의식을 다음과 같이 기술하고 있다.
  내 체질의 빛깔은 원색이 아닌 중간색인 듯하다. 방법을 정립하지 못하고 거의 觸覺 하나를 밑천으로 시를 쓰고 있었다. 그러니까 말(意味)보다 먼저 토운이 있다. 나의 無意識에는 베르렌느와 未堂이 있었던 듯하다. 이 무렵 내 가까이에 늘 靑馬가 계셨지만 靑馬의 말은 나에게는 너무 무겁고 거북하기만 하였다.
  김춘수, 「의미에서 무의미까지」, 『김춘수전집2』, 문학과 지성사, p.383.

고찰하는 데 중요한 단서가 된다.

그의 전반적인 시세계가 대체적으로 허무주의적 경향을 제외시킬 수 없다는 것은 사실이다. 유년기에 겪은 폭력의 체험은 역사적 허무주의에 이르게 되고, 굴절된 현실인식은 이상향을 꿈꾸게 되며, 그러한 과정 속에 그의 순환적인 상상력이 드러나고 있는 것이다.

즉 시간과 공간을 초월하여 영원한 시원의 세계로 도달하고자 하는 의식은 허무주의적 역사의식과 반비례할수록 강하게 드러나게 된다. 이러한 양상은 고향회귀적인 모습으로 혹은 윤회적인 상상력, 순환적 상상력을 통하여 우주적이며 보편적인 역사의 세계로 선회하려는 의지를 담아내고 있다.

이는 존재론적 자아의 탐구의지와도 같은 선상에 있는 것이다. 그 자신의 '무의미의 시'를 천명하면서도 새로운 의지를 통하여 끝없는 진정성의 세계를 추구하는 것도 이와 같은 맥락에서 파악될 수 있다.

이와 같이 현실계를 살아내기 위한 노력은 상상력이 일구어 낸 문학적 장치이며 그것은 인간의 무의식의 소산이기도 한 신화적 상상력으로 드러나고 있다. 따라서 그의 초기시에서부터 드러나고 있는 허무주의와 존재론적 사유에 대한 글쓰기의 모습은 무의미의 시를 이끌어내는 과정 중의 한 풍경이다.

> 저마다 사람은 임을 가졌으나
> 임은
> 구름과 薔薇되어 오는 것
>
> 눈 뜨면
> 물 위에 구름을 담아 보곤
> 밤엔 뜰 薔薇와

마주 앉아 울었노니

참으로 뉘가 보았으랴?
하염없는 날일수록
하늘만 하였지만
임은 구름과 장미되어 오는 것.

- 「구름과 장미」 전문 -

　본문의 장미와 구름은 객관적 상관물로 비추어진 그 이상의 것으로 전이되고 있다. 화자가 전달하고자 하는 구름과 장미는 시각적인 요소로서 일차적인 회화성의 의미와 함께 이차적인 새로운 의미가 도출된다.

　2연에서 보이는 '눈 뜨면'은 존재의 시작이자 현실의 시작이다. 밤에는 '뜰 薔薇와 마주 앉아 울었노니'에서는 자각의 사유가 이루어지고 있는 과정을 보여주고 있다. 자연과 마주 대하는 화자의 현실 인식은 한마디로 '슬픔'의 환기이자 끝없는 연민의 시작인 것이다.

　'하염없는 날일수록 하늘만 하였지만' 이라는 구절에서 화자의 절대공간에 대한 집착은 근원적인 회귀 본능과 함께 찾아오는 안락함인 것이다. 하늘이 함께 하는 공간 속에서 그는 살아가는 이유를 찾게 되는 것이며 현실과 상상력의 공간에서 존립할 수 있었던 정신적, 심리적 안정성을 회복하고 있다. 그렇지만 현실 속에서 꿈꾸던 임의 절대적 존재는 '구름과 장미'가 되어 돌아오고 있는 것이다.

　임의로 설정된 상징성이 천상계의 구름과 지상계의 아름다운 장미가 되어 오는 것은 천상과 지상의 합일된 유토피아를 꿈꾸고 있는 화자의 무의식을 드러내고 있는 것이다. 그는 동화적인 상상력이 아닌 자연과의 합일을 꿈꾸고 있으나, 1연과 2연을 통한 한계적 현실인식203)에 대한 자각

---

203) 그에게 있어서의 「구름과 장미」는 그의 관념성과 실험의식이 가미된 어정쩡한

이 일어남으로써 낯선 의미와의 병치가 어려워졌다. 그러나 이러한 시작의 시도는 그의 무의식의 기저에 자연과의 합일 혹은 우주와의 합일을 꿈꾸고 있음을 반증하는 셈이 된다.

　구름은 재생과 무상성을 의미하는 경우가 대부분이며, 우주의 순환적인 모습을 구현하는 데 빈번히 사용되는 이미지다. 꽃이 환기시키는 의미 또한 재생과 순환을 반복하는 우주의 원리를 상징하기도 한다. 한없이 이합집산을 하고 있는 구름의 모습이나 수많은 꽃잎과 잎사귀를 떨구었다 피워내는 순환의 모습은 인간과 우주의 질서를 이루는 만물 중의 일부분이며 이러한 모습은 임의 모습으로 구현되기에 이른다. 이러한 발상법은 마치 한용운의 불교적 변증법의 세계로 이끌려 들어가는 듯한 착각에 빠지게 한다.

　　①
　　여기에 섰노라. 흐르는 물가 한송이 水仙되어 나는 섰노라.

　　구름 가면 구름을 따르고, 나비 날면 나비와 팔랑이며, 봄가고 여름
　　가는 온가지 나의 양자를 물 위에 띄우며 섰으량이면,

---

모습으로 등장하고 있는데, 그의 실험적인 시 쓰기의 초기단계에 드러나는 무의식 속에서 우리는 존재탐구의 흔적을 엿볼 수 있다. 그는 그의 시론을 통하여 그의 시 쓰기가 지향하고 있는 의미를 나름대로 설명함으로써 독자의 난독을 방지하고자 하는 시도와 함께 문학의 효용성에 다소 배치되는 효과도 수반하고 있다. 그러나 다음과 같은 의미소에 대한 견해는 무의미의 시를 읽어내는 데 적절한 의미환기에 도움이 되기도 한다.
'구름은 우리에게 아주 낯익은 말이지만 장미는 낯선 말이다. 구름은 우리의 고전 시가에도 많이 나오고 있지만 장미는 전연 보이지가 않는다. 이른바 박래어다. … 나는 장미를 하나의 유추로 쓰게 되었다. … 나도 모르는 사이 나는 플라토니즘에 접근해 간 모양이다. 이데아라고 하는 非在가 앞을 가로막기도 하고 시야를 지평선 저쪽으로까지 넓혀주기도 하였다.
김춘수, 「의미에서 무의미까지」, 『김춘수 시 전집』, 민음사, 1983, pp.500-502.

귀가 나를 울리기만 하여라. 내가 뉘를 울리기만 하여라.

(아름다왔노라
아름다웠노라)고,

바람 자고 바람 다시 일기까지. 해 지고 별빛 다시 널리기까지, 한오
래기 감드는 어둠 속으로 아아라히 흐르는 흘러가는 물소리…
- 「날씨스의 노래-살바돌 다리의 그림에」 일부분 -

②
너도 아니고 그도 아니고, 아무 것도 아니고 아무 것도 아니라는데
… 꽃인 듯 눈물인 듯 어쩌면 이야기인 듯 누가 그런 얼굴을 하고, 간다
지나간다. 환한 햇빛 속을 손을 흔들며… 아무 것도 아니고 아무 것도
아니고 아무 것도 아니라는 데, 온통 풀냄새를 널어놓고 복사꽃을 울려
놓고 복사꽃을 울려만 놓고, 환한 햇빛 속을 꽃인 듯 눈물인 듯 어쩌면
이야기인 듯 누가 그런 얼굴을 하고…
- 「西風賦」 전문 -

③
이것이 무엇인가? 할아버지의 할아버지의 그 또 할아버지의 千年
아니 萬年, 눈시울에 눈시울에 실낱같이 돌던 것. 지금은 무덤가에 다소
곳이 돋아나는 이것은 무엇인가? 내가 잠든 머리맡에 실낱 같은 실낱
같은 것. 바람 속에 구름 속에 실낱 같은 것. 千年 아니 萬年, 아버지의
아저씨의 눈시울에 눈시울에 어느 아침 스며든 실낱 같은 것. 네가 커서
바라보면, 내가 누운 무덤가에 실낱 같은 것. 죽어서는 무덤가에 다소곳
이 돋아나는 몇 포기 들꽃… 이것이 무엇인가? 이것이 무엇인가?
- 「눈물」 전문 -


①에서 ③까지는 모두 구름을 소재로 순환적인 상상력을 다루고 있는
데, ①은 水仙이 되어 있는 화자가 동양적인 세계관으로 세상을 살펴보고
있는 모습이다.

전편에 흐르고 있는 윤회적인 공감대를 형성할 수 있는 원동력은 자연스럽게 우주의 원리를 따라가는 화자의 시선을 통하여 반복되고 흘러가는 물상들의 변화를 접할 수 있게 된다.

'구름 가면 구름을 따르고 나비 날면 나비와 팔랑이는' 물아일체의 자세나 '바람 자고 바람 다시 일고 해 지고 별빛 다시 널리는' 자연과의 해후나, 천상병의 「귀천」에서 세상을 '아름다왔노라 아름다웠노라'라고 귓속말로 반복하는 것은 시원의 세계로 돌아갈 차비를 의미하는 것이다. 이 때 머물러야 할 곳과 흘러가야 할 때를 정확히 인지한 독백적 목소리에서 그의 세상에 대한 냉담한 어조를 만나게 되는 것이다.

②에서 불고 있는 바람은 서풍인데 서쪽은 동양에서는 극락을 가리키는 것이 일반적이다. 이 시는 그 내용의 심화보다는 음운의 반복을 통한 이미지의 환기에 역점을 두고 있기도 하지만, 반복적인 리듬 사이로 스며나오는 '아무 것도 아니라는데'라는 구절 속에서 아무것도 아닌 것이 생의 모습이라는 소박한 진리를 발견하기까지 화자는 끊임없이 고민한 흔적을 보여주고 있다.

시 속에서는 구두점 하나도 시인의 언어라는 점을 고려한다면 말줄임표에 드러나고 있는 화자의 의표는 침묵에 보탬이 되지 않는 언어를 쓰지 않는 것 보다 많은 우주의 원리와 삶의 질서를 이야기하려고 한 것으로 보인다.

③의 '눈물'은 그의 초반부의 전체적인 분위기를 잡아가는 소재로서 화자의 세계관을 표출시키는 이미지로 다가오고 있다. 천년, 만년을 헤아릴 수 없는 억겁의 시간 속에서 그의 생각은 시공을 초월한 우주의 공간으로 확장되고 있는 것이다. '내가 잠든 머리맡에 실낱 같은 실낱 같은 것'이 무엇인지를 곰곰이 따져나가는 집요한 상상력은 '내가 누운 무덤

가에 실낱 같은 것,' 과 '죽어는 무덤가에 다소곳이 돋아나는 몇 포기
들꽃'으로 만나기까지 재생과 부활을 의미하는 세상으로 다시 거듭나고
있는 것이다.

그렇다면 그토록 그가 의심하고 있었던 '이것이 무엇인가?' 라는 질문은
생의 화두이자 존재의 근원을 따지는 그의 노력이라고 볼 수 있다. 존재론
적 의미추구를 위한 몸짓으로 세상을 바라보고 있었다는 건 이 시의 전문
을 받치고 있는 「눈물」이라는 제목에서 발견할 수 있다. 존재의 규정 안에
화자는 시작과 끝을 일관되게 물음으로 처리함으로써 인간의 유한자적
존재의 의문이 해결될 수 없음을 되돌려 확인하고 있는 것이다.

삶과 죽음의 자리를 번갈아가며 인간의 역사를 보여주는 '할아버지의
할아버지의 그 또 할아버지의 千年 아니 萬年'은 반복되고 순환되는 생명
의 역사이자 철학의 역사와도 궤를 함께 하고 있다.

대물림을 통한 끝없는 회귀와 재생의 모티브는 인간이 레테의 강을
건넘으로써 인간의 역사 속에서는 도저히 규명될 수 없는 '실낱 같은'
그 무엇으로 확인되고 있는 것이다. 이는 유한자가 돌아가야 하는 곳도
끝없는 우주의 저편 어디이며 마침내 고단한 현실의 삶을 마감하는 순간
다시 윤회되는 삶의 역사와의 순환고리 속으로 끝없이 떠돌아야 하는 것
이다.

『구름과 장미』에서의 초기작은 시원적인 회귀를 통하여 자신의 존재를
탐구해 나가는 것이며, 이러한 진지한 고민은 식물적인 소재나 고향회귀
를 불러 일으킬 수 있는 소재에 대한 상상력을 통해 증폭되고 있다.

이별, 비탄, 슬픔의 정서를 통한 존재의 사유는 '울음'을 통하여 현실로
다가서게 된다. 화자의 모습204)을 통한 현실의식은 따라서 근원적인 고향

---

204) 이에 대한 지적은 선행작업을 통하여 이미 일정정도의 궤도에 올라 선 것으로

회귀의 시도와 건강한 삶의 의지를 구현으로 볼 수 있다.


　　　뉘가 올간을 울리고 있다.
　　　꿈 속에서처럼 하염없이
　　　뉘가 올간을 울리고 있다.

　　　내가 잊어 버린 아득한 날을
　　　실실이 풀어 주는 듯
　　　뉘가 올간을 울리고 있다.

　　　어둑한 거리를
　　　꼭 한 사람 三千歲의 여자가 지나간다.
　　　내가 잊어 버린 아득한 날을
　　　그 여자는 울며 간다.

　　　뉘가 올간을 울리고 있다.
　　　사라질 듯 질 듯
　　　하염없이 뉘가 올간을 울리고 있다.

- 「황혼」 전문 -


　이 시는 원래 '憂愁에 대하여' 라는 부제가 달려 있는 것을 『제1시집』에
서부터 삭제한 것이다. 감정의 노출을 청각적으로 공명시킴으로써 감정의
극대화를 간접적으로 꾀하고 있다. 물론 '내가 잊어 버린 아득한 날'은
알 수 없는 날이며 '꿈속에서처럼 하염없이 뉘가 올간을 울리고 있다'라는

---

보인다.
이창민은 그의 박사논문에서 김춘수에 대한 입장정리를 다음과 같이 하고 있다.
'정효구는 절대적 진리의 세계인 이데아에 대한 추구가 초기시의 바탕을 이룬다
고 평가했으며 신범순은 초기시에 신화적인 '황금시대'에 대한 열정이 들어 있
으며, 노철은 초기시에 유토피아 지향의식이 있다고 정리함으로써 전반적인 초
기시에 대한 시원의식에 대한 결의를 보여주고 있다.'
이창민, 「김춘수 시 연구」, 고려대(박사), 1999.7, p.132.

신비적 상황을 연출함으로써 그의 상상력은 고조되고 있다.

신화적 상상력의 효과 중 하나는 신비함과 태고의 기억을 불러일으킬 만한 동화적 구연의 능력을 갖추고 있다는 것이다. 화자는 신화와 전설이 맞닿은 시원의 공간으로 독자를 안내함으로써 그곳이 근원적인 인간의 본향이었음을 환기시키고 끝없는 삶의 반복성을 드러내고 있는 것이다. 이러한 공간의 이끌림은 현실적인 시간과 공간의 인식을 거세시킴으로써 가능하게 되며, 순환적인 상상력의 이끌림은 인간이 궁극적으로 그리워하고 있는 공간 속에 이미 내재해 있음을 무의식적으로 드러내고 있는 것이다.

신비스러운 그 누구는 '현실의 나이가 아닌 삼천세의' 여자로 병치됨으로써 보편적 의미에서 드러나고 있는 신화적 시간을 보여주고 있는 셈이 된다. 이 시에서 읽을 수 있는 '꿈 속에서처럼', '내가 잊어버린', '어둑한 거리', '하염없이', '꼭 한사람'은 신화적 공간을 이끌어 내는 몽환적 분위기를 형성하여 레테의 강을 건너 온 시원의 세계로 연결된다.

> 간밤에 단비가 촉촉히 내리더니, 예저기서 풀덤불이 파릇파릇 돋아 나고,
> 가지마다 나뭇잎은 물방울을 흩뿌리며, 시세워 솟아나고,
> 點點이 진달래 진달래가 붉게 피고,
>
> 흙 속에서 바윗틈에서, 또는 가시 덩굴을 헤치고, 혹은 담장이 사이에서도
> 어제는 보지 못한 어리디어린 짐승들이 연방 기어나고 뛰어 나오고…
>
> 太古然히 기지개를 하며 山이 다시 몸부림을 치는데,

어느 마을에는 배꽃이 훈훈히 풍기고, 휘넝청 휘어진 버들 가지 위에
는,
　몇 포기 엉기어 꽃 같은 구름이 西으로 西으로 흐르고 있었다.
- 「神話의 季節」 전문 -

　이 시는 실질적으로 그의 초기의 시가 근원적인 공간으로의 회귀를
염두에 두고 있었음을 상기시킨다. 무의미의 시에서는 발견할 수 없는
자연친화적인 태도는 마지막 연에서 모든 연을 아우르는 천상적이며 변화
를 부르는 '구름'이 '서'쪽으로 흘러가고 있는 것으로 상상의 물꼬를 터놓
고 있다.

　정지된 공간 속에서의 계절의 변화는 곧 우주의 질서를 따르는 자연의
이치이기도 하며 질서에 순응하는 것이 곧 인간의 삶의 모습인 것으로
파악되고 있다. 그러한 공간은 유년의 공간인 고향이며, 서풍은 유년의
기억 쪽으로 이끌고 가는 매개체로서 결국 화자가 돌아가고자 하는 유토
피아를 의미하고 있는 것이다. 고향은 고단한 몸을 눕힐 수 있는 영원한
안식처로 기억되고 있는 것이다.

　이때 건강성이 넘치는 시원의 공간으로 재생된 유년의 고향은 생명의
모태이자 문명적 현실과는 맞물려 있는 피안의 세계로서 현실과는 공존할
수 없는 모습으로 그려진다. 그렇지만 그의 고향은 결코 쉽게 만날 수
없는 공간이자 관념 속에 머물러 있는 공간으로 설정되어 있는 것이다.
그런 공간을 찾아 떠나는 화자에게는 그것이 삶의 화두이자, 고향을 찾아
가는 귀향길이 되는 셈이기도 하다. 태고의 신비를 간직한 우주의 순환질
서가 이루어지는 고향의 모습이 바로 신화의 계절이 펼쳐지는 유토피아인
것이며 바로 화자가 목마르게 찾고 있는 신화의 모습인 것이다.

화사한 옷자락을 스스로 울며, 울렁이는 가슴을 스스로 울며, 아득히
萬年은 흘러 갔도다.

푸르른 하늘, 흐르는 구름엔들, 안타까운 울음은 스미었거늘,
초록빛 변두리엔 하이얀 물방울이 널리었도다.

산을 가면 물소리, 들로 가면 물소리. 고요히 숨쉬는 누리위에도
고소란이 歲月은 스쳐갔구나.

한아름 돋아나는 풀이파리에, 희맑은 사슴의 눈동자에도, 이슬인 듯
눈물은 맺치었거늘.

답답한 가슴을 몸부림치며, 밤과 낮, 사모치는 소리로, 萬年을 너
홀로 울음 울었도다.

-「東海」 전문 -

1연과 마지막 연에서 보이고 있는 시간의 초월성 또는 무시간성에 대한
상상은 불교적 상상력과 맞닿아 있다. 이는 인간이 시간을 인식할 수 있다
는 것 또한 착각에 불과하다는 사유를 통하여 집착과 현실의 번뇌를 극복
할 수 있는 진리를 발견하게 된다.

태고의 신비를 간직한 신화의 계절이 이번에는 동해로 흘러가고 있다.
구름과 물과 바람은 정형성이 없기 때문에 변화무쌍한 생로병사의 주기와
만물의 순환질서를 보여주고 있다. 이는 자연의 법칙을 이해하는 터전이
되고 있다. 그 법칙은 시작도 알 수 없듯이 가는 곳 마저 흩어지고 흘러가고
다시 모여드는 지, 수, 화, 풍의 시원의 모습으로 돌아가는 법칙이기도 하다.
따라서 「東海」에서 나타나고 있는 자연의 근원적인 모습도 건강한 자연임
과 동시에 슬픔의 정서가 배어 있는 곳으로 김춘수는 파악하고 있다.

열려 있는 시간의 저편으로 전해지고 있는 상상력의 귀환 속에서 울음과

하이얀 물방울과 한숨 섞인 세월의 무상감, 그리고 눈물, 사무치는 소리에
이르기까지 그의 애조 띤 숨소리는 면면히 동해로 흘러가고 있는 것이다.

바다는 어머니이자 대지의 표상으로 고향을 환기시키는 자연물이자,
만물의 생명의 근원이기도 하다. 유년시절을 바다에서 보낸 김춘수에게
바다는 이미 너무나도 낯익은 고향의 모습이다. 바다로 가는 길은 곧 고향
으로 돌아가는 길을 의미하기도 한다. 그러므로 동해로 지향되는 그의
시상은 바로 고향의 회귀본능을 자극하는 순환적 상상력의 모습으로 부각
되는 것이다.

그의 초기시를 이루고 있는 바람과 구름에 대한 상상력은 하늘과 그를
떠받들고 있는 바다에 이르기까지 자유자재로 시공을 넘나들면서도 끊임
없이 자신의 슬픔을 채워 넣고 있다. 이는 「처용단장」에 이르기까지 죽음
을 인식하고, 인간이자 현존재로서의 유한자적 자각과 함께 나약한 현실
인식을 멍에로 짊어지고 있는 자의 모습으로 그리고 있다. 그러한 현실을
넘어서고자 우주의 근원적 그리움의 노래를 부르고 있는 것이다.

> 허무하구나, 그러나
> 죽음은 힘이 세다.
> 가을이 오는 바로 전날의
> 남풍과도 같다.
>
> - 「처용단장」 3부 48 일부분 -

위 시는 자연현상을 통하여 삶의 질서를 통찰하는 모습이 잘 드러나
있다. 다소 허무주의적 경향을 띠고 있는 이 시는 처용이 삶의 순간 순간을
지혜롭게 받아들이는 것처럼 자신도 삶의 이치를 수용하려는 모습이 나타
난다.

그러나 그는 슬픔의 눈물 자국을 발견하는가 싶으면 어느새 다시 일어

나 앉아 삶과 역사의 조응을 고대하고 있다. 끊임없는 존재탐구 의식은 능동적인 모습으로 시대를 살아가고 있는 또 다른 자아의 건강한 모습을 꿈꾸고 있는 것이다. 이는 무력한 자아의 모습을 고뇌하는 지식인으로 모든 것을 받아들이고 고통은 한바탕의 굿판으로 수용한 처용의 모습으로 거듭나고자 했던 것이다.

<blockquote>
라마는 죽어
닭이 된다.
닭이 된 라마
땅 벌레는 왜 쪼아 먹어야 하나,
제 뜻이 아니면서
땅 벌레는 죽어
반쪽은 라마의 살이 되고 피가 되고
반쪽은 라마의 똥이 된다.
스승께서 하신 말씀 그대로
저승에도 이처럼 구원은 없다.
없는 것이 차라리 구원이다.
</blockquote>

- 「처용단장」 4부 16 전문-

4부는 「뱀의발」이라는 부제가 달려 있다. 蛇足인 셈이다. 蛇足은 중의적인 의미로 이미 화자에게는 넋두리와 같은 쓸 때 없는 말이 될지도 모른다. 그러나 뱀이 주는 원형적 이미지는 형역의 모습인 바 역사의 울타리에서 넘어서지 못한 자신의 충실한 현존재로 그려지고 있다.

위 시는 순환적 상상력으로 채워져 마치 먹고 먹히는 약육강식의 모습을 역사의 현실과 조응시키고 있다. '제 뜻이 아니면서 땅벌레는 죽어 반쪽은 라마가 되고 라마는 다시 죽어 닭'이 되는 윤회적인 순환고리를 형성하게 된다. 윤회의 써클은 시작과 끝이 없는 것이다. 업장이 깨지고 순환고리를 끊을 수 있는 것은 번뇌를 끊고 해탈하는 길밖에는 달리 길이 없지만, 그의 스승은 '저승에도 이처럼 구원은 없다. 없는 것이 차라리 구원이다' 라고 단정적인 어투로 이승과 저승의 모습이 다르지 않음을 역설하고 있다. 이것은 無가 有인 동시에 無가 되어 버리는 근원적 진리를 보여주고 있는 것이다. '없는 것이 차라리 구원'인 세상에서 그는 허무주의 적이며 슬픔의 모습으로 형상화하고 있다.

> 天日草는 天仙果나무가 아니다.
> 差다.
> 天仙果나무는 延
> 色卽是空
> 하늘의 뜻이다. 역사는
> 阿羅羅 仙人은 그럼
> 무엇일까,
>
> 몽고족의 역대 汗은 모두 잿빛 털의 늑대들이다.(「元朝秘史」참조).
> 눈이 옆으로 길게 찢어지고 광대뼈가 두드러지고 몸은 깡말라 있다.
>
> <라마가 죽어 저승에 가서 스승을 만났다. 스승은 닭으로 재생해서
> 아무것도 죽이시 말고 오라고 했다. 닭이 된 라마는 모이를 쪼다가 날마
> 다 날마다 무수한 땅벌레를 죽이게 되었다. 라마인 닭이 죽어서 또 저승
> 으로 갔다. 스승을 또 만났다. 스승은 말하기를 너는 이제 구원 될 수가
> 없다>
> (「오르도스 口碑」에서)
>           - 「처용 단장」 4부 13 일부분 -

　「처용단장」 16의 본시를 이루고 있는 윤회의 근원을 설명해 주고 있는 13은 설화구조를 통한 시인의 상상력의 근저를 살필 수 있는 시이기도 하다. '色卽是空'으로 일축되고 있는 화자의 단정적 어투에서 하늘의 뜻을

회의하는 '아라라 선인'에 관한 근저를 그는 다시 한 번 논하고 있는 것이다.

이 시는 몽고족의 이야기부터 죽은 라마가 윤회하여 자신의 업을 통해 구원받을 수 없다는 판결을 받기까지의 과정을 노래이다. 이는 자신의 의지로 인간의 역사를 판단하고 정하는 것이 아니라 절대자의 입을 통한 자신의 수동적 삶의 태도를 보상받으려는 피해의식과 함께 현존자로서의 원죄의식을 통한 자신의 순결의식을 드러내고 있다.

윤회론적 순환구조와 원죄의식을 통한 기독교적 구원의식 사이에서 인간의 미온함을 신화적 상상력으로 일탈하려는 시도는 결국 시원의 건강성을 회복하려는 의지이다. 신화적 상상력은 자신의 원죄의식을 대신하고 있으며 순결의식을 매개로 역사의식을 정화함으로써 구원과 영생을 얻으려 했던 것이기도 하다.

그 과정에서의 현존자의 근원적 한계로 인한 슬픔의 정서를 통해 삶의 유한성을 인지했던 哲人의 고뇌어린 모습이 처용으로 나타난다. 인간과 신의 중간자, 즉 半神半人임을 자각한 그는 무한한 자연과 시원의 동경으로 유토피아를 찾고 있었던 것이며, 그로 인한 건강성의 회복을 도모했던 것이다.

> 내 인생의 구조도 원래 되어 있는 건데 한 이미지가 다른 이미지로 나타난다고 생각하는 겁니다. 다른 상황 속의 과거를 한 구절 또 다른 데서 한 구절씩 따오는 것이지요, 내 인생의 되풀이가 되겠지요.[205]

이는 그의 윤회론적 인생관을 드러내고 있는 고백의 한 구절인데 이와 같은 이미지의 재생과 연속은 바로 인간의 삶의 영원한 모습을 의미하고

---

205) 김춘수, 「유년의 바다를 건너 실존의 소용돌이와 역사를 체험한 처용」, 『문학정신』, 1992, 3, p.39.

있다. 한 인간의 재생과 부활을 통한 인간사와 인류사의 연속선상에서
본 우주론적 질서의 순환론적의 이미지는 더 이상 기대할 것도 없는 김춘
수의 현실인식의 출발점이기도 하다.

## 2) 전봉건의 순환적 상상력의 세계

전봉건의 현실인식은 전쟁의 상흔에서 벗어나 생명력 넘치는 따스한
고향으로 돌아가고자 하는 회귀적 상상력으로 드러나고 있다. 회귀적 상
상력 속에는 바다가 넘실거리고 풍요로운 생명의 고향이 전개되며 이러한
소재의 원형심상은 에로스적 상상력과 공존하게 된다. 따라서 에로스와
현실이 맞물리는 위치에 존재하는 바다는 리비도의 바다이며 관능적인
여성의 세계이다.

그가 보여주고 있는 바다의 모습은 「사랑을 위한 되풀이」와 「춘향연가」
에서 드러나고 있듯이 건강한 아름다움이 빚어내고 있는 관능적 이미지로
나타나고 있다. 그러나 이러한 관능의 이미지가 궁극적으로 지향하고자
하는 바는 건강함이 충만한 생명의 고향이다.

앞에서 살폈듯이 바다와 대지는 생명의 고향이자 순환의 질서를 드러내
는 우주의 구현체로서 우주의 신비를 간직한 비밀이자 생명의 저장고이다.

전봉건의 물은 고향의 바다 내음과 부드러운 모래알의 기억들로 이어져
단상과 연상을 반복하면서 여성을 기억해낸다. 그 여자는 우리의 누이요
어머니이기 이전에 성숙한 여자로 구현되고 있으며 이들의 이미지는 고향
을 환기시키기에 이른다.

'시란 궁극적으로 생명의 확대 작업의 일환이며, 에로스란 죽음에 이르
기까지 지속되는 생의 찬가요, 생명의 리듬이며 우주와의 일체화를 갈망
하는 꿈'[206]이라고 전봉건이 말하고 있듯이 그의 주된 관심사는 에로스로

이어지고 있는 건강한 생명력의 복원이었던 것이다.

죽음과 삶의 본능은 존재론적 고민 속에서 이루어지는 삶의 기류이자 생명의 건강성을 드러내는 존재방식이기도 하다. 이 중 에로스적 충동은 삶의 질서를 이루는 본능적 요소이자 삶의 에너지이기도 하다. 전쟁이 인간에게 되돌려 주는 존재론적 질문은 삶의 의미를 되새김과 동시에 건강한 삶의 소망으로 이어지고 죽음과 삶의 경계를 넘어서 살고자 하는 욕망으로 드러나기도 한다.

생과 사의 초월, 전쟁과 고통이 없는 평화의 세상은 전후 시인들에게 절실한 소망의 대상으로 떠오르고 있으며 이것이 유년기의 고향 이미지나 여성적인 관능성의 모습으로 표출되고 있다. 여성의 관능성은 생명을 잉태할 수 있기에 우주적 이미지로 곧 잘 드러나고 이들의 모습은 시간의 세례를 받으며 다시 고향의 이미지로 교차하고 있는 것이다.

순환적 상상력이 환기하는 세상은 인간의 본원적 욕망이 찾고자 하는 우주의 모습이며 영원한 이상향에 대한 소망은 고향을 닮은 유토피아로 드러나게 된다. 이때 고향은 현실과의 대척점에 서 있는 풍요와 다산의 고향이자 어머니의 성정처럼 따스한 인간미가 넘치는 우주의 모습으로 나타난다.

전봉건의 시세계는 휴머니즘을 꿈꾸는 이상의 에너지가 성적 에너지로 변환되고 있다.

> 내가 먹는 옥수수도
> 번개불과 장미와 아침달이 만들었다.
> 돌부스러기, 벌레, 대낮의 해가 만들었다.
> 썩은 개뼈다귀와 저녁별

---

206) 전봉건·이승훈 대담, 「시와 에로스」, 『현대시학』, 1973.9, pp.9-10.

그리고 모든 종류의 바람이 그랬다.
한량없는 꿈과 어둠을 먹고 살찌는

한량없는 욕정의 흙이었다.
내가 먹는 옥수수는

- 「옥수수 환상가」 전문 -

연작시로 그려지고 있는 「옥수수 환상가」는 천체와 우주의 신비가 빚어내고 있는 상상력으로 이루어지고 있다.

번개불—아침달—해—별—바람으로 이어지고 있는 천체적인 상상력은 우주의 조화로운 친화를 의미하며 이러한 우주적 질서에 의해 만들어진 생명은 '한량없는 꿈과 어둠을 먹고 살찌는 욕정의 흙'의 모습을 담고 있다.

'꿈과 어둠'은 인간이 살아가는 욕망의 현실이자 카오스의 세계이며 질서의 세계, 이성의 세계로 돌아가기 위한 통과의례의 시간을 의미한다. 어둠을 먹고 토해내는 생명 탄생의 신비 앞에서 전봉건은 '욕정의 흙'을 '생명의 흙'으로 바꾸어 놓고 있다.

한 사람 여자 속에 들어 있는
한 사람의 남자 속에 들어 있는 한 사람의
여자 속에 들어 있는 한 대의
옥수수

- 「옥수수 환상가」 6 전문 -

하나의 완벽한 생명체가 남성과 여성의 총아임을 드러내는 「옥수수 환상가」는 관능성과 함께 다산성을 드러내는 풍요의 모습으로 이어지고 있다. 다시 말해 그는 여성을 사회적, 역사적 존재로 보지 않고 일종의

신화로 본다.207)

전봉건에게 신화란 본능의 역사이자 생명이 충일한 삶의 공간의 재건을 의미한다. 즉 생명이 주는 신비주의적 요소를 통해서 인간의 삶이 얼마나 성스러운 것인가를 반문함으로써 그는 존재의 규명을 시도하고 있는 것이다.

그는 1928년 평남에서 태어나 1946년 여름 38선을 넘어 월남하였고, 6·25참전으로 부상, 제대하였으며 그 후 월남과 함께 고향을 상실하게 된다. 따라서 전봉건에게 고향이란 시간상으로는 과거의 고향이며, 공간적으로는 유년의 시절을 보냈던 고향을 의미한다. 이 때 유년시절의 고향으로 돌아가고자 하는 회귀의식은 여성적인 것, 아니마적인 것들로 드러나게 되는데 특히 어머니에게 돌아가고 싶은 충동이 에로스적 상상력으로 확장된 것으로 볼 수 있다.

<blockquote>
열두시    하루가 다하고<br>
        하루가 시작되는 어둠은<br>
        더욱 짙은 어둠이다.<br>
        그러나 그때 성큼 한 발자국<br>
        내게로 다가서는 너를 본다.

한시     마침내 너는 어둠을 밀어낸다<br>
        산이여 강이여 하늘이여
</blockquote>

---

207) 이광호, 「폐허의 세계와 관능의 형식-전봉건론」, 『1950년대 시인들』, 송하춘·이남호(편), 나남, 1994, p.277.
이광호는 「장미의 의미」, 「이 밤에」를 분석하면서 '철조망의 밤', '닫혀진 셔터'와 같은 남성적인 현실과 우주와 대지의 생명력을 보존한 여성성의 성스러움을 대비키고 있다. 남성이 저질러 놓은 현실은 폐허이지만 대지의 母神인 여성적인 생명력은 훼손되지 않고 새로운 잉태와 생산을 가능하게 한다는 믿음을 깔고 있다고 말한다. (p.276)

|       |                                      |
|-------|--------------------------------------|
| 두시  | 밭이여 언덕이여 샘이여                |
|       | 홰나무여 대문이여 안뜰이여          |
|       | 큰 부엌의 큰 솥이여 작은 솥이여     |
|       | 마른 나무 활 활 불타는 눈부신 아궁이여 |
|       |                                      |
| 세시  | 할아버님 할머님 아버님 어머님이시여 |
|       |                                      |
| 네시  | (네번 치는 괘종 소리)                |
|       |                                      |
|       | 내 먼 북녘의 고향은                  |
|       | 그 어둠 속에 있읍니다                |
|       | 아프게 저리도록 훤한 밝음으로 있읍니다 |

- 「여섯시」 일부분 -

  꿈이란 인간의 욕망을 그대로 드러낼 수 있는 장치로서 시간의 흐름에 따라 작가의 의식의 흐름도 드러난다. 그런데 그가 두고 온 고향은 여성적 고향이다.[208]

  부엌을 통해 환기되는 고향의 이미지는 시간이 지나 새벽이 다가올수록 밝음으로 나타난다. 명암의 대조로 모습을 드러내는 고향은 밝음의 고향으로 돌아가기 위한 의지의 발현이며 시계바늘이 돌아가는 현실의 공간 속에서 눈부신 아궁이의 기운을 온전히 느낄 수 있는 고향으로 돌아가고

---

[208] 박민영은 「북의 고향, 상실의 시적 극복」이라는 글에서 공간이 지니고 있는 상징성을 다음과 같이 정리하고 있다.
　‘고향의 모습은 먼저 <산, 강, 하늘>의 확산적이고 먼 풍경으로 제시되다가 <밭, 언덕, 샘>의 보다 일상적인 생활 공간으로 근접하고 다음 행부터는 고향집으로 축소된다. 고향집의 외부공간인 <홰나무, 대문>을 거쳐 시인의 시선은 <안뜰>이라는 내부 공간을 향한다. 여성적인 공간인 안뜰에서 시인은 다시 <부엌>으로 간다. 우리의 재래식 가옥 구조에서 부엌의 바닥은 지표보다 낮으며 부엌 위주로 주택에서 가장 폐쇄적인 공간인 안방과 온돌 아궁이가 연결되어 있다. 즉 부엌은 집안 가장 깊숙한 지하에 있는 여성의 공간이다.’
　박민영, 「북의 고향, 상실의 시적 극복」, 『현대시학』, 1993.6, p.204.

자 하는 욕망의 표출이기도 하다. 어둠과 밝음, 현실과 과거, 삶과 죽음으로 이어지는 우주론적 자각은 지금은 갈 수 없는 어둠 속의 고향이 작가의 무의식 속에 '아프게 저리도록 활활타는 아궁이'와 함께 밝음의 이미지로 존재하고 있다.

그의 시에 드러난 고향 회귀의식은 고향상실로 인한 작가의 정서를 누구보다도 인간적, 본능적인 그리움으로 구현하고 있다.

> 그 뒤로부터 나는 確信하나를 가지게 되었다. 우리의 흙 우리의 땅덩이가 아무리 悽絶한 죽음과 엄청난 피로써 얼룩직 暗黑이라 할지라도 철따라 果木을 꽃피게 하고 열매도 맺게 하는 것은 그것이 희고 맑은 젖빛 스스로의 살빛을 풀어내는 항아리 또는 항아리와 같은 것으로 지탱되어 있는 까닭이라는....
>
> - 「暗黑을 지탱하는」 끝부분 -

내용물을 담기 위해 존재하는 항아리는 풍요로움을 상징함과 동시에 탄생을 준비하는 여성의 육체를 의미한다. 풍요로운 고향, 넉넉한 고향에 대한 그리움을 바로 넉넉한 여인네를 바라보는 것으로서 채워가고 가고 있는 것이다. '철따라 果木을 꽃피게 하고 열매도 맺게 하는 것'은 생명의 질서이자 우주의 순환 원리를 의미하며 화자에게는 영원한 탐미의 대상이자 고향의 모습이기도 하다.

전봉건은 시간에 따른 소멸과 재생을 구현하는 우주의 원리를 통해 전쟁의 상흔을 씻어내고 건강한 삶을 대지적 상상력과 우주의 질서에 따른 생명의 복원을 통하여 건강한 유토피아로 다가서고 있는 것이다.

상상력의 근원을 과거의 기억과 신화적 세계의 리얼리티까지 추구하는 초시간적 시간으로의 총체[209]로 본다면 전봉건의 유년의 기억은 시원의

---

209) 김영철, 『현대시론』, 건국대학교 출판부, 1993, p.174.

공간을 대표하는 고향의 기억으로 드러난다. 시계바늘이 가리키는 현실의 시간에 구속받지 않는 상상력의 공간 속에 그의 고향은 영원히 존재하고 있는 것이다.


## 3. 참여시인의 시간적 상상력

### 1) 신동엽의 순환적 상상력의 세계

　가다머는 정신과학에서 이해의 지위를 '해석학적 순환(hermeneutic circle)'과 관련지어 설명하고 있는데 이의 이해를 위하여 그는 선구조(先構造, forestructure)에 대한 이론으로 하이데거와 불트만을 수용하였다. 현대의 해석학은 작위적인 모든 이성(logos)과 뮈토스(mythos)에 대한 근원적 사유를 아우르는 개념으로 사용되고 있는데 이러한 해석학의 기저에 바로 뮈토스(mythos)의 세계에 대한 탐구를 바탕으로 언어의 해석을 도출하는 것은 일정정도 문학이 가지는 원형성의 연구에 빚을 지고 있는 셈이 된다. 즉 원형적인 탐구에 의한 인간의 무의식과 관련된 선구조의 이론은 현실에 대한 반성적 사유인 이성(logos)이 이끌어 내지 못하는 시각지대를 신화적 상상력의 공간으로 드러나는 뮈토스(mythos)와 파토스(pathos)를 통하여 보다 완전한 해석으로 나아갈 수 있다는 희망을 제공해 주고 있기 때문이다.따라서 모든 '해석학적 순환'의 고리에서 드러나고 있는 무의식의 순환고리도 곧 신화의 근저를 밝혀주는 선결작업임을 인지하는 것은 문학의 진정성과 심리적 기저의 연구에 디딤돌이 되어 줄 수 있다.

　신동엽의 원수성의 세계로 들어가기 위해서는 우주적 상상력에 투영되어 드러나고 있는 빛과 바람을 통한 무시간적 공간에 대한 연구가 필요하

다. 이는 고향의식과 관련되어 있음과 동시에 시간과 공간의 현재성을
방기함으로써 영원한 낙원으로 합일할 수 있는 인간의 의지와도 깊은 관
련이 있다.

> ①
> 하늘에
> 흰 구름을 보고서
> 이 세상에 나온 것들의
> 고향을 생각했다.
> …중략…
> 우리,
> 돌아가야 할 고향은
> 딴 데 있었기 때문…
>
> - 「고향」 일부분 -

> ②
> 내 고향에 피는 꽃은 무슨 꽃일까?
> 봄, 갈, 여름, 내 生地에 펴 나는 꽃은
> 무슨 꽃일까. 두견이, 패랭이, 들菊?
>
> 거짓말이다. 그런 꽃은 내 고향 山川에
> 펴 나지 않는다.
>
> 들길을 가루 질러 달구지가 지나갔다.
> 낯 익은 얼굴들이 호박처럼 매달려
> 메마른 돌밭 위에 부숴져 가고 있었다.
> - 「이야기하는 쟁기꾼의 大地」 제3화 일부분 -

> ③
> 내 고향은 아니었었네
> 허구헌 紅枾감이 익어나갈 때

빠알간 가랑닢은 날리어 오고.

발부리 닳게 손자욱 부릍도록
등짐으로 넘나들던
저기
저 하늘 가.
…중략…

내 고향은 아니었었네
허구헌 아들 딸이 불리어 나갈 때
빠알간 가랑닢은 날리어 오고.
발부리 닳게 손자욱 피맺도록
祖上들이 넘나들던
저기
저 하늘 가.

- 「내 고향은 아니었었네」 일부분 -

위의 시에서 보이고 있는 고향의 모습은 현실 속에서 유린당하고 있는 삶의 현장으로 나타난다. ①의 고향은 그가 꿈꾸고 있는 고향의 모습이다.

고향은 모든 시인이 꿈꾸는 삶의 터전임과 동시에 시인에게 삶의 의지를 재생케 해수는 에너지가 충만한 始原의 공간 바로 그 지체인 것이다. 그런 고향에 대하여 화자는 고민을 하고 있다. '이 세상에 나온 것들의 고향'이란 화자를 포함한 민중의 고향을 의미하는 것으로 민중의 고단한 삶이 바로 더 이상 현재의 이곳의 생활이 아닌 '돌아가야 할 고향은 딴 데 있었기 때문'에 그곳으로 가야만 한다. '누가 하늘을 보았다 하는가'에 서도 처절한 울음과 자조 섞인 어조에서 느낄 수 있듯이 현실적 안타까움 이 배어 있다.

이 시는 민중의 始原의 고향에 대한 그리움과 현실의 한계적 의식이

325

함께 내재해 있어 원수성의 세계에 대한 강한 의지를 역설적으로 구현하고 있음을 발견할 수 있다.

②와 ③에 드러나고 있는 不毛性의 고향은 민중의 고단한 삶으로 재생되고 있다. ②의 2연과 3연에서의 이야기는 '내 고향 산천에는 피지 않는' 것으로 압축하고 있으며 1연의 상황이 신화적인 고향의 공간이라는 것을 암시하고 있어 현실의 고향은 바로 3연에서 드러나고 있는 '메마른 돌밭 위에 부숴져 가고' 있는 모습으로 나타난다. 이리하여 화자의 귀수적 의지의 당위성을 합리화하고 있는 것으로 보인다.

③의 마지막 연에서 보이고 있는 '저기 저 하늘가'에 고향이 있는 것은 하늘 밖의 세상에 대한 희망을 마련해 두고 있기 때문인데 하늘 안쪽의 현실적인 고달픔과 하늘 가의 피안의 세계, 유토피아를 그리고 있는 화자의 무의식은 현실을 뛰어넘어 돌진할 수밖에 없는 현실이 존재하기 때문이며 이는 역사의 질곡에서 벗어나려는 화자의 적극적인 현실고백이기도 하다.

화자가 꿈꾸는 낙원은 ②-1과 ③-1연에서 각각 보이고 있는 원수성의 고향이다. 싱그러움과 건강함이 넘치는 고향에 대한 회귀는 마치 우리가 유년에 기억하고 있는 재생의 공간과 생명력이 충만한 고향의 모습인 것이며, 이러한 고향에 대한 그리움은 마치 만물이 돌아가야 할 始原의 공간으로 증폭되어 사람들의 기억에 무의식적으로 뿌리를 내리고 있다.

> 좁아 너의 고운 얼굴 조석으로 우물가에 비최이던 오래지 않은
> 옛날로 가자.
>             …중략…
> 철따라 푸짐히 두레를 먹던 정자나무 마을로 돌아가자 미끈덩한
> 기생충의 생리와 허식에 인이 배기기 전으로 눈빛 아침처럼 빛나던

우리들의 故鄕 병들지 않은 젊음으로 찾아가자꾸나
...중략...
들菊花처럼 소박한 목숨을 가꾸기 위하여 맨발을 벗고 콩바심하던
차라리 그 未開地로 가자 달이 뜨는 명절밤 비단치마를 나부끼며
떼지어 춤추던 전설같은 풍속으로 돌아가자 냇ㅅ물 구비치는 싱싱
한
마음밭으로 돌아가자.

- 「香아」 일부분 -

'전설 같은 풍속으로 돌아가자 냇ㅅ물 구비치는 싱싱한 마음밭으로 돌아가자.'고 종용하고 있는 화자의 목소리는 '너의 고운 얼굴 조석으로 우물가에 비최이던' 공간이기도 하며 '빛나던 우리들의 고향'이자 '병들지 않은 젊음'의 공간이기도 하다. 영원히 병들지 않는 공간이란 영원히 생명을 얻을 수 있는 부활의 공간이자 영원의 안식처의 공간임을 의미하는 것이기도 하다.

그러나 이러한 공간은 '우물가에 비최이던'이라는 말을 통하여 우리의 나르시시즘의 始原임을 암시히고 있다. 현실은 그와 역설적인 '기생충의 생리와 허식에 인 배어버린' 기아의 공간이며 삶의 고단이 묻어 있는 공간이기에 그에게 있어서 이토록 간절히 돌아가고자 하는 고향은 꿈만 꾸어도 배가 부른 풍요의 공간이 되는 것이다. 즉 조석을 얼굴을 비최이던 향이는 우리의 잊지 못할 영원한 안식을 가져다 줄 고향의 어머니이자 누이이며, 향이를 부르는 것은 나르시시즘을 통한 근원적 그리움을 의미하는 것이다.

향이가 머문 곳은 '소박한 목숨을 가꾸기 위하여 맨발을 벗고 콩바심을 하던 未開地'의 공간으로 드러나고 있다. 이는 귀수성의 의지를 보여주고 있는 것으로 우리가 궁극적으로 돌아가야 할 고향은 우주의 질서와 합일

을 꿈꾸는 원시적 삶의 모습이 바로 그 자체임을 상기시키고 있는 것이다.

　인간이 궁극적으로 지향하고자 하는 고향의 모습은 시간과 공간의 개념이 거세된 진정한 의미의 유토피아를 의미하는 것으로 일종의 신동엽에게는 낙원의 공간으로 드러나는 경우가 많다. 순환적인 의미의 상상력은 인간의 재생과 부활, 시간과 공간의 의미의 초월을 상징화하여 궁극적으로 지향하는 인간의 무의식의 세계가 무엇과 맞닿아 있는 것이다.

> ①
> 기다림에 지친 사람들은
> 산으로 갔어요.
> 그리움은 회올려
> 하늘에 불 붙도록.
> 뱃섬은 썩어
> 꽃죽 널리도록.
>
> 바람 따신 그 옛날
> 후고구렷적 장수들이
> 의형제를 묻던
> 거기가 바로 그 바위라 하더군요.
>
> - 「진달래 山川」 일부분 -
>
> ②
> 바람 불어요.
> 눈보라 치어요 강건너선.
>
> 우리들의 마을
> 지금 한창
> 꽃다운 합창연습 숨 높아가고 있는데요,
>
> 바람이 불어요.

안개가 흘러요 우리의 발밑.

양달진 마당에선
지금 한창 새날의 신화 화창히
무르익어가고 있는데요.

노래가 흘러요.
입술이 빛나요 우리의 강 기슭

별밭에선 지금 한창
영겁으로 문 열린 치렁 사랑이
빛나는 등불마냥
오손도손 이야기되며 있는데요

- 「별밭에」 전문 -

①과 ②는 우리가 지향해야 할 공간인 바, 그곳에 이르기까지 어떤 어려움이 있는가를 보여주고 있는 시이다. 현실과 과거의 병치는 시간을 거슬러도 달라질 것이 없는 똑같은 구조의 아픔과 기억을 재생하며 역사는 흘러가고 있는 것을 보여주고 있다. 화자는 우수의 소통과 실서의 편재를 돕고 있는 바림의 원형을 통히어 이승과 저승을 넘나드는 자유로운 상상력을 보여주고 있다.

시간에 대한 논의는 크게 두 가지로 자연적 시간(time in nature)과 경험적 시간(time in experience)으로 나누어 살피는데 이는 세계 질서와 존재의 비밀을 파악하기 위한 노력[210]으로 문학에서 보여주고 있는 시간의 개념은

---

[210] 심재휘, 『한국 현대시와 시간』, 도서출판 월인, 1998, p.34.
그는 이 책에서 자연적인 시간은 불가역적이고 물리적이며 객관적인 시간을 의미하는 것이며 이 관점은 철저히 외적인 반면 의식활동에 반영된 경험적 시간은 상대성과 비일관성, 가역성이 내재되 있는 시간의 의미가 경험적 시간이라고 설명한다. 문학에서 시간은 당연히 심리적이며 주관적인 시간으로 당연히 경험

바로 궁극적인 공간으로 합일하기 위한 시간의 개념으로 파악될 수 있다.

궁극적인 공간이란 근원적인 인간의 발원지를 의미하는 것으로 유토피아의 세계를 의미하는 것이다. 이는 자연적 시간을 거슬러서 경험되었던, 혹은 경험하였을 무의식의 공간으로 거슬러 올라가는 시공간의 개념으로 이러한 공간유입에 따른 시간의 역귀성은 바로 윤회와 영겁의 회귀로 드러나고 있는 것이다. 즉 '영원과 합치하는 순간'이나 '영원에 참여하는 순간'이 현재를 살아가는 주체의 창조적인 활동211)으로 이어지고 있다.

유토피아에 대한 기다림에 지친 사람들이 바람과 함께 영겁의 시간으로 돌아간 공간은 '후고구려적 장수들의 의형제를 묻던 곳'이라는 사실은 인간의 죽음이 궁극적으로 돌아가고 있는 공간이 역사의 활동과 주체적 인식이 가을한 유토피아의 세계임을 의미한다. 즉 자연과의 합일이 곧 우주의 질서에 순응하는 삶의 모습이며 그를 위해 정의로움이 전제되어야 함을 강조하고 있는 것이다.

②는 강 건너와 우리들의 마을을 분리된 공간으로 설정하고 있다. 2,4,5 연은 우리가 궁극적으로 지향해야 하는 공간을 확연히 드러내고 있다.

'꽃다운 합창'이 울려 퍼지고 '양달진 마당에선 새날의 신화가 화창히 무르익어'가는 고향의 모습은 마지막 연에서 '영겁으로 문 열린' 공간으로 확장됨으로 보다 많은 민중의 참여를 기다리는 열린 공간으로서의 수용을 의미하며 이는 공동체적 지향의식이 바탕이 된 것이다. 화자가 그리고 있는 세상은 유토피아의 공간이자 유년의 기억을 간직한 신화의 공간이고 풍요의 노래, 희망의 노래가 울려퍼지는 빛나는 고향이다. 이러한 고향의 이미지야말로 별밭이라는 우주적 상상력으로 증폭되고 있는데 신화적

---

　　을 근본적으로 전제하고 있다고 본다.
211) 심재휘, 위의 책, p.37.

상상력은 우주의 질서로 되돌아가려는 회귀본능과 상통하고 있음을 보여
주고 있는 대목이다.

　별과212) 바람이 상기하고 있는 우주적 상상력의 연결고리는 빛나는 정
신의 소산이자, 어둠을 밝히는 등불이고자 하는 의지의 원형이며 기억의
재생인 것이다. 별밭에 대한 노래는 결국 현실과 유리된 우주적 상상력을
통하여 갱생의 의지를 불태우려는 빛나는 정신의 상징성으로 유추될 수
있는 것이다.

> ①
> 그리운 그의 얼굴 다시 찾을 수 없어도
> 화사한 그의 꽃
> 산에 언덕에 피어날지어이.
>
> 그리운 그의 노래 다시 들을 수 없어도
> 맑은 그 숨결
> 들에 숲 속에 살아갈지어이.
>
> 쓸쓸한 마음으로 늘길 더듬는 行人아.
>
> 눈길 비었거든 바람 담을지네.
> 바람 비었거든 人情 담을지네.
>
> 그리운 그의 모습 다시 찾을 수 없어도

---

212) 어둠 속에서 빛난다는 점에서 별은 정신을 상징하며 그 형태, 숫자, 배열 양식
　　에 따라 상징적 의미가 달라진다. 「불타는 별」은 신비한 중심, 곧 우주로 확장
　　하는 세계의 힘을 상징하며 이집트의 상형 문자를 염두에 두면 별은 세계가 시
　　작된 기원을 향해 떠오르는 힘을 상징하며, 「환기한다」, 「가르치다」 같은 단어
　　들을 동반하다. 또한 별은 현실의 어둠과 대비되는 과거의 고향이 암시하는 밝
　　음, 혹은 순수한 정신을 상징하기도 한다.
　　이승훈, 앞의 책, pp.220-222.

울고 간 그의 영혼
들에 언덕에 피어날지어이.

-「山에 언덕에」 전문 -

②
나 돌아가는 날
너는 와서 살아라.

두고 가진 못할
차마 소중한 사람

나 돌아가는 날
너는 와서 살아라

묵은 순터
새 순 돋듯

허구많은 自然中
너는 이 근처 와 살아라.

-「너에게」 전문 -

①과 ②는 모두 윤회사상을 드러내고 있는 시편으로 죽음과 삶의 모습을 통하여 영원히 죽는 것과 영원히 사는 것의 의미를 천착하고 있다. 혁명으로 친구를 잃은 화자의 마음이 드러나 있는 ①은 '꽃'으로 태어나 '산에 언덕에' 혹은 '들에 숲 속에' 살아가라는 희구적 어조를 드러낸다. 이 때 行人은 시대를 살아가는 유한자적인 존재인 우리 모두를 의미하는 것으로 ②에서 보이고 있는 돌아가고 돌아오는 이승과 저승의 윤회를 통하여 일회적인 삶이 아닌 영원히 살아갈 수 있는 의지를 표명한다.

눈길→바람→인정의 순으로 이어지는 기표의 확장은 곧 휴머니즘의

발로이며 인간의 사랑만이 모든 것을 구원할 수 있고 궁극적으로 소망하
는 세계로 다가설 수 있는 관건이 되며 그러한 세상만이 유토피아의 세계
인 원수성의 세계로 돌아갈 수 있는 출발점이 될 수 있다는 뜻을 내포하고
있다. 결국 꽃으로 피어난 행인인 우리 인간은 언덕에 꽃으로 피어나 영원
히 함께 하기를 바라는 공동체적 의식을 드러내고 있는 것이다.

②는 천상병의 시를 연상시키는 시로서 자연과 합일하며 재생하고자
하는 도가적 상상력이 돋보인다. '내가 돌아가도 너는 와서 살아라', '묵은
순터 새 순 돋듯' 이어가는 끊임없는 생명력은 우주의 순환의 질서이자
면면히 이어가는 역사의 흐름으로 강인한 삶의 의지를 구현하고 있는 것
으로 보인다. 이처럼 그의 시는 영원히 다시 살 수 있는 우주의 터전을
찾아 바람을 타고 시공간을 넘나들고 있다.


①
솔직히 얘기지만
이곳은 우리들이
백년 오백년 천년을 살아 온
아름다운 땅이다.

솔직히 얘기지만
이곳은 우리들이 천년 이천년
울타리 없이도 콧노래 부르며 잘 살아온
아름다운 江山이다.

- 「왜 쏘아」 일부분 -


②
하늘 너머
그 멀리 흘러 다니는
하늘 소리를 들어보았는가,

333

빛보다 빠른
시간보다 빠른
超時間을 짚어보았는가,
하늘 땅보다 깊은
공간보다 깊은
超時間을 짚어보았는가,

時空의 흐름을 거슬러
空間의 흐름을 거슬러,

자유자재로
時空 위 坐定해 본 적이 있는가

그래서, 보았는가
무엇을, 너는,
없음이어라
없음이어라

없었노라, 바람이었노라
지나가는 陰影이었노라
없음이어라. 없음이어라

- 「금강」 제18장 일부분 -

①과 ②는 영원한 시간과 공간을 노래함으로써 인간이 궁극적으로 지향하고 있는 초월적 세계에 대한 희구를 직접적으로 드러냄과 동시에 空사상이 함께 노정되어 있다. '우리들이 백년 오백년 천년'을 살아 온 아름다운 땅은 결국 앞으로 '천년 이천년'살아갈 땅이라는 것과 함께 재생의 모습을 통하여 궁극적인 유토피아의 세계를 지향하고 있음을 보여주고 있는 것이다.

영원히 사는 길은 영원히 살기 위해 발버둥치는 것이 아니라는 결연한 의지와 ‘울타리 없이도 뭇노래 부르며 잘 살아’가는 모습으로 재건됨으로써 공동체적 삶의 의지가 드러나고 있다. 여기서 ‘울타리 없이도’ 란 가진 것이 없어도 풍요로운 고향을 만들어 갈 수 있다는 안분지족의 자세를 표현한 것이다.

그런데 땅에 대한 집착, 즉 몇 겹의 시간이 지나도 다시 이곳에서 재생의 공간, 축원의 공간으로 삶을 채워나가겠다는 의지는 곧 생명에 대한 집착과 함께 건강한 유토피아를 현실적 삶에 뿌리내리고자 하는 강한 욕망으로 해석된다. 대지에 대한 뿌리내림은 대지적 상상력과 함께 시공간을 초월함으로써 민족 공동체로 증폭되고 있으며 이는 공동체적 삶의 현장성을 그대로 보여주고 있는 것이기도 하다.

②는 초시간을 통하여 자유자재로 움직일 수 있는 자유의 이미지를 드러내고 있다. 궁극적으로 자유가 지향하고 있는 세계는 비어 있는 것으로 나타난다. 얻고자 떠나는 삶의 노정은 잃음과 함께 돌아오는 순환적 회귀구조를 취하고 있다. 얻는 것과 잃는 것, 가득 찬 것과 비어 있는 것은 ‘비람’의 모습괴도 같은 것이다. 이는 우주의 이치이자, 만물의 생로병사의 순환적 질시와 합일하는 원리이기도 한 것이다. 그것은 인간의 한시적 시선으로는 잡아낼 수 없는 촌의 세계이기에 그의 유토피아는 인간의 욕망을 구현시키기 위한 낙원으로 재건되고 있다.

그가 돌아가고자 하는 원수성의 세계는 따라서 흙 냄새와 살 냄새가 풍기는 인간적이고, 신화적인 공간으로 구축되고, 풍요와 영원한 생명이 넘치는 건강한 낙원으로 거듭 태어나고 있다.

‘없었노라/바람이었노라 / 지나가는 陰影이었노라 / 없음이어라. 없음이어라’라고 거듭 되뇌이는 화자의 몽상적 상상력은 바람이 되어서라도 궁극적인 세계로 되돌아가고자 하는 강건한 의지의 발로이기도 하다. 그가 돌아가고자 하는 낙원은 바로 다음과 같은 것이다.

　①
　조상적 사냥다니던 / 태백 줄기 올달샘 물맛, / 너의 입술 안에 담기어
있었지
　네 몸냥은 내 안에 보리밭과 함께 / 살아 움직이고,/
　맨 몸 채, 뙤약볕 아래 / 서해바다로 들어가던 / 넌 칡순 같은 짐승이
었지 //

- 「보리밭」 중에서

　②
　꽃다운 불알 가리고 바위에 걸터앉아 /
　베잠방이 속의 상쾌한 천만년을 자랑할 것이다 /

- 「蠻地의 음악」 중에서 -

　①, ②에서 보이는 시적 공간은 생명력 넘치고 원시적인 영혼만으로도
상쾌하고 천만년을 살아갈 수 있을 만큼의 순수한 세계이다. 남성의 근원
적인 힘을 상징하는 상징계와 함께 베잠방이 생활로도 새벽의 신선함을
전할 수 있는 건강한 낙원은 그가 궁극적인 고향으로 삼고 있는 복원되어
야 할 공간이며 궁극적으로 닿을 수밖에 없는 세계인 것이다.

　바람은 무정향성을 가진 역동적인 삶의 구현체이자 우주의 생명력을
실어나르는 전령사이기도 하다. 천고의 비밀을 간직한 채 박재삼의 천년
전의 하던 장난을 지금까지 이어올 수 있는 바람은 만물의 영혼의 울림을
공명시키는 주술적인 매개체이기도 하다. 정지 없는 생명력의 바람, 운명
과 우주의 신비를 알리는 바람은 수,풍,지,화의 만물의 근원인 우주의 원소
로서도 더 없이 중요한 역할을 담당하며·이로 환기되는 신동엽의 시세계
는 복고적, 순환적 우주의 질서에 합일하고자 하는 끊임없는 생명체의

고향이자, 역사의식의 발로로 인한 강건한 휴머니즘의 길을 모색하고 있
는 것으로 파악된다.
　영원한 얼굴, 영원한 하늘을 보려고 한 화자의 역사의식은 3·1운동과
동학운동, 4·19의 정신을 유토피아의 세계에 그대로 계승하고 있다. 그는
계절의 순환처럼 우주의 순환으로 세계를 파악하고 있어 신화주의적인
입장에서 인류역사를 이해하고 있음을 발견할 수 있다. 즉 순환구조의
원리는 인간의 원리를 드러내고 있는 원수성의 세계로의 진입을 의미하는
것이다.

# Ⅵ. 결 론

　본고에서는 고통의 시대를 겪은 서정주, 박재삼, 김춘수, 전봉건, 신동엽의 시에 드러난 신화적 상상력을 고찰함으로써, '신화적 상상력'이 현대시에 어떻게 수용되었는가를 살펴보았다.

　'신화적 상상력'이란 아직까지는 낯선 개념으로서 시인들의 유토피아 지향성이나 고향의식을 연구하는 과정에서 단편적으로 다루어져 왔던 개념이다. 또 낙원 의식, 유토피아 의식, 시원에 대한 동경, 회귀본능에서 공통적으로 드러나고 있는 현실과의 갈등양상이나 시대의식의 멍에가 무거울수록 상상력은 그의 기능을 더욱 증폭시켰음이 확인된다. 거칠게 말하자면 신화적 상상력이란 신화 속의 이상향을 상상력의 구현으로 말미암아 주술적이고, 신비주의적인 세계로 이끄는 장치를 말한다. 신화적인 상상력은 현실을 재구성하고 역사를 조응하는 역할을 하며, 인간에게는 무한한 꿈을 실현시켜 주는 공간으로 자리잡게 된다.

　1장에서는 '신화적 상상력의 개념'을 도출하기 위하여 선행된 연구논문을 살펴보았으며 연구방법과 목적을 밝혀 보았다.

　2장에서는 신화적 상상력의 유형을 다루는 가운데 설화적 상상력과 시공간적 상상력을 각각 나누어 살펴 보았다. 서양에서는 신화적 상상력은 주로 <그리스 로마신화>의 작품에 드러나고 있는 신의 모습을 그대로 재현하고자 하는 열망으로 빚어지고 있는 반면, 동양권에서의 설화적 상상력은 신의 존재를 두려워하지 않는 인간적인 모습으로 드러나 있다. <영웅신화>나 <단군신화>에 드러난 신화의 개념을 추출하건데, 이는 神性을 지닌 인간의 세상을 더욱 평화롭고 풍요로운 공간으로 만들고자 하는 공동체적 삶의 소망으로 드러나고 있다.

人乃天 사상 즉 인간의 본성을 따르고자 하는 소박한 소망은 천체와 우주의 질서에 합일하고자 하는 소망이기도 하다. 따라서 인간이 태어나고 궁극적으로 돌아가야 하는 우주에 대한 그리움은 무의식 속에서 인간의 본능과 회귀적 본능으로 표출되고 있는 것이다. 설화적 상상력 속에 구현되고 있는 신화의 이야기는 그들이 각각 지향하고 있는 공간과 시간의 머무름에 대한 지적이기도 하거니와 이러한 상상력의 근저에는 설화적인 요소의 가미로 재미와 신비성을 더해주는 것이 대부분이다.

서정주의 『질마재 신화』가 그러했고, 박재삼의 춘향이 그러했으며, 김춘수의 처용이 화자로 등장한 시들이 대부분의 설화 속의 주인공이자 화자의 분신이었던 것이다.

천체에 내한 그리움과 우주적 그리움은 유년의 기억과 함께 시간과 공간을 거세시킨 시원의 공간으로 돌아가려는 속성을 가지게 되는 데 이를 원형 회귀적 본능의 일환으로 순환적 의미의 신화적 상상력을 세분화하여 살펴보았다.

3장에서는 이에 따른 신화적 상상력을 매개로 각 시인별로 드러나는 특징을 고찰하고 있는데 우선 설화적 상상력에서는 주로 신화적인 인물이나 설화, 역사 속의 인물을 차용하여 그들과 화자의 욕망을 일치시켜 세상을 바라보는 관점으로 기술되고 있는 점이 공통점으로 드러나고 있다.

서정주와 박재삼은 전통지향성의 시인들로서 내면화된 한의 이미지를 인간적인 삶의 모습 속에서 구현시키고 있다.

서정주의『질마재 신화』는 공동체적 삶의 모습을 통하여 정겨운 이웃의 모습이 바로 천상과 우주를 닮은 삶의 양식이었음을 말하고 있다. 또한 주술적인 공간으로 변형된 마을의 모습이 드러나거나 선덕여왕, 김유신, 수로부인, 신선 재곤이, 석녀 한물댁 같은 역사 속의 인물부터 평범한 인간까지 모든 인간군상이 망라되고 있다. 그리고 그들은 인간적인 모습으로 드러나고 있다.

반면 박재삼의 시 속에 등장하는 '흥보'나 춘향은 서정주보다 훨씬 더 현실적이며 세속화된 이미지로 드러나고 있다. 여기서 세속화란 일상적인 삶을 살아가는 현실적인 인물로『질마재 신화』의 주술적인 공간의 인물들과는 다소 차이가 있다. 그의 춘향은 기다림과 순종의 유형이 아니라 자신의 의식세계 속에서 정절의 표상을 정리해 나가는 '신춘향'의 여성으로 거듭나고 있다.

김춘수와 전봉건은 그들의 현실 속에 재창조된 설화적 인물을 통하여 삶의 의미를 이끌어내고 있다. 이들은 전통지향의 시인들보다는 다소 정제된 인물의 성격들로 설화 속의 인물들을 변용하였으며 보다 치열한 개인적 내면의 세계를 보여주고 있다.

김춘수의 경우는 「처용단장」을 중심으로 살펴보았는데, '무의미의 시'에서도 신화적 상상력의 단초는 발견된다. 이는 허무의 심연에 신화적인 처용을 부활시킴으로써 현실적 한계의식을 극복하려는 화자의 노력이 집중되기 때문이다. 처용은 짓눌린 역사에 관용과 억눌린 삶의 열망을 구현하려는 의지의 인물로 화자와 동일시되고 있다.

서정주가 설화의 세계 속에 묻혀 현실인식의 지수를 끌어내리는 신비적 신화의 세계를 보였다면, 박재삼은 근원적인 고향회귀의 구조를 통하여 유토피아의 세계로 진입하려 하고 있다.

신동엽은 민중의 모습을 닮은 선남선녀를 등장시키거나 아사달 아사녀의 설화적 상상력을 기폭제로 범박한 삶의 모습을 전달하려고 하였다. 그들의 삶의 현장은 고단하지만 언제나 서로를 그리워 하고 공동체적 삶을 구가하며, 인간 본연의 고향의 모습이 어떠해야 하는 지를 말하고 있다. 따라서 그들의 목소리는 건강하며 순수하기만 하다.

전봉건의 춘향은 서정주와 박재삼의 춘향과 다른 목소리로 연가를 부르고 있다. 그는 옥에 갇힌 춘향을 통해 무의식적으로 억압되고 있는 자신의 모습을 드러내고 있으며 이는 전쟁의 상처가 춘향의 고통으로 합일되어 드러나고 있다. 「춘향연가」는 관능적인 여성의 이미지로 병치되어 건강한 삶에 대한 소망을 역동적인 상상력으로 재생하고 있다. 즉 그에게 있어서 유토피아는 죽음과 고통이 없는 건강한 아름다움을 지닌 생명체의 구현인 것이다. 따라서 이런 소망이 건강하고 관능적인 여성의 이미지로 치환되어 우주적 생명체로서의 본분을 다하는 인간의 삶으로 드러나고 있다.

4장에서는 이러한 설화적 상상력이 '바다', '물', '햇빛', '대지', '태양', '달', '흙', '꽃', '바람' 등의 공간적 상상력 즉 광의적 차원의 우주적 상상력으로 편재되고 있음을 밝혔다. 또 이들을 원형적으로 분석함으로써 화자가 지향하는 무의식의 세계를 모색하였다.

서정주의 바다, 박재삼의 삼천포, 김춘수의 통영에서 공통적으로 드러나는 유년의 바다는 대지적 특성과 궤를 같이하는 어머니임과 동시에 고향의 이미지로 드러나고 있다. 반면 전봉건의 바다는 신화적 상상력의 바다로 삶의 역동성을 부추기는 생명의 바다이자 관능의 바다이며 여성의 몸이기도 하다. 결국 다양한 모습으로 드러나는 상상력 속에서 모든 시인에게 공통적으로 드러나는 지향점은 자연 혹은 우주와의 합일인 것이다.

반면 신동엽의 시에 나타나는 '대지'의 이미지는 시원의 고향으로 돌아가고자 하는 大母의 모습으로 구현되고 있어 바다와 대지의 원형적 상상력의 뿌리가 다르지 않음을 말하고 있다. 또한 여성과 모성의 이미지가 혼재되어 드러나는 '대지'는 에로스적 상상력이 가미되어 역동적 상상력에 박차를 가하고 있다.

서정주가 설화의 세계 속에 묻혀 신비적 신화의 세계로 인도하였다면 김춘수는 그가 꿈꾸는 원시적 세계로의 끝없는 동경을 냉담한 어조로 그리고 있다. 그는 신화의 세계로의 진입을 페이소스가 묻어 있는 한계적 상황의 끝에서 발견하고 있다. 반면 박재삼은 근원적인 고향회귀의 구조를 통하여 유토피아의 세계를 발견할 수 있었다.

5장에서 다룬 순환적 상상력은 시간적 상상력의 모습으로 드러나고 있다. 순환적 상상력은 시간과 공간의 의미마저 거세된 영원한 시원의 세계로의 합일을 추구하는 시인들의 상상력 속에서 드러나고 있다. 이는 건강한 유년의 기억으로 되돌아가려는 회귀적 본능으로 이어지고 있어 복원적 상상력으로 하위범주화시킬 수 있다.

순환적 질서를 드러내는 소재는 주로 '바람'이며 이는 고향을 통해 환기되는 현실과 과거로의 여행이 된다. 바람은 서정주, 박재삼, 김춘수, 신동엽에게 공통적으로 드러나는 요소이기도 하며, 윤회적인 시간으로 거슬러 올라가는 불교적 상상력으로 투시되기도 한다. 이는 삶과 죽음이 없는 시원의 공간으로 돌아가려는 시인들의 의지의 발현으로 볼 수 있다. 바람은 무정향성을 가진 역동적인 삶의 구현체이자 우주의 생명력을 실어나르는 전령사이기도 하다. 또 바람은 만물의 영혼의 울림을 공명시키는 주술적인 매개체이기도 하다. 정지 없는 생명력의 바람, 운명과 우주의 신비를 알리는 바람은 수, 풍, 지, 화의 만물의 근원인 우주의 원소로서도 더 없이 중요한 역할을 담당하고 있다.

이상에서 살펴 본 '신화적 상상력'은 각 항목의 범주화의 총체적인 이미지로 구현되고 있으며 현대시에 나타난 '신화적 상상력'은 시인의 경험에 따라 내면화되고 있음을 알 수 있다. 상이한 평가가 내려지는 시인들의 현실인식을 '신화적 상상력'을 통해 검증하는 것은 상상력의 근저에 자리 잡은 지향점을 모색하고자 하는 문학연구의 방법이기도 하다. 궁극적으로 그들이 지향하는 세상은 인간적인 삶을 살고자 하는 휴머니즘의 발로였던 것이다.

'신화적 상상력의 연구'는 원형 탐구를 통한 소재지향 주의에 빠질 수 있는 위험성을 수반하지만 문화와 문학의 연속적 이해를 살필 수 있는 선결 작업이 될 수 있으며 지속적인 '신화'와 '상상력'의 연계적 고찰이 진행됨에 따라 한국 현대시 연구의 지평이 될 수 있음을 기대해 본다.

# 참고문헌


C, G, Jung, 『Aion』, Collected Works , Princeton University, 1971.

E.카시러, 『인간과 문화』, 청태진(옮김), 탐구당, 1981.

G. 바슐라르, 『물과 꿈』, 이가림(옮김), 문예출판사, 1996.

Joseph Cambell, "The Hero with a Thousand Faces", Prinston University Press, 1949.

K. K. Ruthven, 김명열(옮김), 『Myth』, 서울대학교 출판, 1997..

M. H. Abrams, 『문학용어사전』, 최상규(옮김), 대방출판사, 1985.

M. Heidegger, 『시와 철학』, 소광희(옮김), 박영문고, 1975.

M. 엘리아데, 『신화와 현실』, 성균관대 출판부, 1985.

M. 엘리아데, 『聖과 俗』, 이은봉(옮김), 한길 그레이트북스, 1998.

Mircia Eliade, Myth and Reality, translated from the French by Willard R. Trask, Harper & Row, Publishers New York, Hagerstown, San Francisco, London, 1963.

신용철, 「엘리아데의 신화연구」, 『숭실대 논문집 인문사회과학 16』, 1988.11.

N. Frye(외 16인), 『문학과 신화』, 김병욱(외 옮김), 대방출판사. 1981.

Northrop Frye, 『Anatomy of criticism』, Princeton University Press.

신동엽, 『신동엽전집』, 창작과 비평사, 1975.

『한국문화상징사전』, 동아출판사, 1992

『김춘수 시전집』, 민음사, 1994.

『한국문화 상징사전』, 동아출판사, 1992.

가스통 바슐라르, 『공기와 꿈』, 정영란(옮김), 민음사, 1993.

한국문학연구회, 『1950년대 남북한 시인 연구』, 국학자료원, 1996.

강인숙, 『자연주의 문학론-佛.日, 韓 三國의 對比硏究』, 고려원, 1987.

곽광수, 『가스통 바슐라르』, 민음사, 1995.

구중서(편) 『신동엽』, 온누리, 1983.

권혁웅, 「한국 현대시의 시작방법 연구-김춘수, 심수영, 신동엽 시를 중심으로」, 고려대 박사논문, 2000.6.

김강제, 「박재삼의 시에 나타난 서정시학의 의미」, 『동아대 국어국문학 18』, 1999.12.

김두한, 『김춘수의 시세계』, 문창사, 2000.

김명희, 「박재삼 시론-바다와 저승의 이미지」, 『새 국어교육 36호』, 1982.12.

김범부, 「풍류정신과 신라문화」, 『한국사상 강좌 2』, 1959.

김석환, 「신동엽 시의 기호학적 연구-식물성 기호의 기호작용을 중심으로」, 『한국문예비평연구』, 한국 현대문학비평회(편), 1997.

김열규, 「근대문학과 전통」, 『한국문학의 전통과 변혁』, 이재선(공저), 서강대학교 인문과학 연구소, 1976.

김열규, 「韓國民俗信仰의 生生象徵硏究」, 『亞細亞硏究』, Vol.IX 통권 22호.

김열규, 『한국의 신화』, 일조각, 1978.

김영민, 「서정시의 새로움을 위한 求道-박재삼론」, 『문학사상』, 1988.6.

김영철, 「신동엽 시의 상상력 구조」, 『우리말글 학회』, 1998.

김영효, 『베르그송의 철학』, 민음사, 1991.

김완하, 『민족시인 신동엽』, 소명출판, 1999.

김용운, 『원형의 유혹』, 한길사, 1995.

김우준, 「서동설화의 신화적 성격연구」, 경기대학교 교육대학원(석사), 1999.

김종길, 「한국에 있어서의 장시의 가능성」, 『문화비평』 1969, 여름호.

김주연, 「신비주의 속의 여인들…詩? 詩-서정주의 후기시세계」, 『작가세계』, 1994, 봄.

김준오, 『시론』, 문장, 1982.

김준오, 「처용시학」, 『김춘수 시 연구』, 흐름사, 1989.

김지연, 「서정주 시의 상징 연구」, 『영주어문 제1집』, 1999.2.

김지향, 「서정주 시에 나타난 巫俗信仰的 特性-그 신화적 접근 試考」, 『한양여전 논문집』 8권, 1985.2.

김춘수, 『김춘수 전집-詩論』, 문장, 1986.

김춘수, 『김춘수전집 3-수필』, 민음사, 1983.

김춘수, 「유년의 바다를 건너 실존의 소용돌이와 역사를 체험한 처용」, 『문학정신』. 1992.3.

김태곤, 『한국 무속연구』, 집문당, 1981.

김현, 「김춘수의 시적 변용」, 『김춘수 연구』, 김춘수 연구 간행 위원회, 1982.

김현, 「시인의 상상적 세계-고은론」, 『김현문학전집3, 상상력과 인간·시인을 찾아서』, 문학과 지성사, 1991.

김현, 「신화적 인물의 시적 변용-처용의 의미」, 『문학과 지성』, 1970, 가을.

김현수, 「박재삼 자세히 읽기-<춘향이 마음(신구문화사, 1962)을 중심으로>」, 『한국문학연구 제21집』, 1999.3.

김화영, 「문학 상상력의 연구-알베르 까뮈의 문학세계」, 『문학동네』, 1998.

김흥규, 「千의 얼굴」, 『현대시학』. 1971.4.

나경수, 「신화의 개념에 대한 攷」, 『한국 민속학』 26, 1994.2.

남진우, 「남녀 양성의 신화」, 『시운동』, 1987.3.

노드롭 프라이, 『문학의 구조와 상상력』, 이상우(옮김), 집문당, 1987.

노명식, 『토인비의 문명사관-史觀이란 무엇인가』, 차하순(편), 청람, 1991.

데이비드 폰테너, 『상징의 비밀』, 최승자(옮김), 문학동네, 1998.

마르세이아 엘리아드, 『신화와 현실』, 성균관대 출판부, 1993.

말리노우스키, 『원시시화론』, 서영대(옮김), 民俗苑, 1996.

문덕수, 『현대한국시론』, 삼우사, 1975.

문혜원, 「김춘수론」, 『문학사상』, 1990.9.

미르치아, 엘리아데, 『이미지와 상징』, 이재실(옮김), 까치, 1997.

민병욱, 『한국 서사시와 서사시인 연구』, 태학사, 1998.

바슐라르, 『물과 꿈』 이가림(옮김), 문예출판사, 1977.

박민영, 「피와 꽃의 변증법」, 『현대시학』, 1990.6.

박재삼, 「특집 현대시의 계보」, 『심상』, 1976.10.

박재삼, 『너와 내가 하나될 때』, 문음사, 1977.

박종성, 「한국 창세서사시의 신화적 의미와 시대적 변천」, 서울대(박사), 1992.

박주현, 「전봉건 시의 역동적 상상력 연구」, 서울대(석사), 1997.

박진열, 「신화적 상징체계를 통한 서술적 표현에 관한 연구」, 홍익대 회화전공, 1996.

박호영, 『韓國現代詩人論攷』, 민지사, 1995.

백낙청, 『민족시인 신동엽』, 소명출판, 1999.

서대석, 「한국신화에 나타난 天神과 水神의 상관관계」, 『國史館論叢』 31輯, 1992.

서정주, 「무등 밑에서」, 『서정주 문학전집 3권』, 일지사, 1972.

서정주, 「역사의식의 자각」, 『현대문학』, 1964.9.

세르기우스 골로빈·미르치아 엘리아데·조셉 캠벨, 『세계 신화 이야기』, 이기숙·김이섭 (옮김), 까치, 2001.

소광희, 「시간과 시간의식」, 서울대(박사), 1977.

손보은, 「서정주 시의 시간성 연구」, 경북대(박사), 1995.12.

신동엽, 「시인정신론」, 『신동엽전집』, 창작과비평사, 1985.

신동욱, 「전봉건론」, 『현대문학』, 1980.9.

신상철, 「전봉건 시연구」, 경남대(박사), 1998.12.

신상희, 『시간과 존재의 빛-하이데거의 시간이해와 생기사유』, 한길사, 2000.

신춘호·민병기·한승옥(공저), 『문학이란 무엇인가』, 집문당, 1995.

신희진, 「캇시러 철학에 있어서의 象徵形式으로서의 신화적 사유에 관한 연구」, 한국교원대 (석사), 1995.8.

심재휘, 『한국 현대시와 시간』, 도서출판 월인, 1998.

알레브 라이틀 크루티어, 『물의 역사』, 윤희기(옮김), 예문, 1995.

오세영, 「고전의 시적 변용」, 『현대시와 실천비평』, 1983.

오세영, 「아득함의 거리-박재삼론」, 『현대시』, 1991.7.

오세영, 「장시의 다양성과 가능성」, 『현대시학』 1988.8.

오세영, 「한국 현대시의 두 세계-이상과 김소월의 이미지」, 『신화와 원형』, 신동욱(외), 고려원, 1992.

오윤정, 「신동엽 시 연구-물질적 상상력과 귀수성의 시학」, 서강대(석사), 1992.

오탁번, 「母性 이미지와 和合의 시정신-박재삼의 시세계」, 『고려대 교육학원 교육논총』 27, 1997.12.

오탁번, 「모성 이미지와 화합의 시정신」, 『현대문학』, 1977.8.

오탁번, 「母性이미지와 和合의 시정신」, 『고려대 교육대학원 교육 논총 27』, 1997.12.

옥타비오 파스, 『흙의 자식들 외-낭만주의에서 전위까지』, 김은중(옮김), 솔, 1999.

유성호, 「1950년대 후반 시에서의 '참여'의 의미-박봉우, 신동문, 신동엽을 중심으로」, 『민족문학연구』, 제10호, 1997.

육근웅, 「시와 원형-서정주시의 한 해석」, 『한양대 한국학 논집』 26, 1995.2.

이가림, 「만남과 同情-신동엽에 있어서의 '歸鄕'의 의미」, 『민족시인 신동엽』, 소명출판, 1999.

이경수, 「서정주와 박재삼의 춘향 모티프 시 비교연구」, 『고려대 민족 문화연구』, 1996.

이경희, 「서정주의 시 <알묏집 개피떡>에 나타난 신비체험과 공간: 달-바다(물)-여성 원형론」, 『이화어문논집 12권』, 1992.3.

이광호, 「폐허의 세계와 관능의 형식-전봉건론, 『1950년대 시인들』, 송하춘·이남호(편), 나남, 1994.

이남호, 「겨레의 말, 겨레의 마음」, 『미당 연구』, 민음사, 1994.

이명희, 「전봉건 시에 나타난 에로스적 상상력과 고향의식」, 『전후 시대 우리 문학의 새로운 인식』, 박이정, 1997.

이상숙, 「박재삼 시의 이미지 연구-초기시에 나타난 '물'을 중심으로」, 고려대(석사), 1993.

이상우, 「동리문학과 신화적 상상력-무녀도와 달을 중심으로」, 『문학의 구조와 상상력』, 집문당, 1992.

이성모, 「전봉건 시 연구」, 경남대(박사), 1998.12,

이수자, 「제주도 무속과 신화 연구」, 이화여대(박사), 1989.

이승훈(편저), 『문학상징사전』, 고려원, 1995.

이승훈, 「6·25 체험의 시적 극복」, 『문학사상』, 1988.8.

이승훈, 「무의미의 시」, 『비대상』, 민족문화사, 1983.

이승훈, 「시간의 부재, 그 고독의 매혹」, 이남호(편),『김춘수 문학앨범-고독한 무의미 시인이 낳은 빛나는 처용』, 웅진출판, 1995.

이승훈, 「전봉건론-6·25체험의 시적 극복」『문학사상』, 1988.8.

이승훈, 「추락과 상승의 시학」,『새들에게』, 고려원, 1983.

이승훈, 「히메로스와 페이소스」,『현대시학』, 1974.10.

이어령, 「꽃은 불이다」,『문학사상』, 1981.4.

이윤기,『이윤기의 그리스 로마 신화-시화를 이해하는 열 두 가지 열쇠』, 웅진닷컴, 2000.

이인영, 「김춘수와 고은 시의 허무의식 연구」, 연세대(박사), 1999.12.

이창민, 「김춘수 시 연구」, 고려대(박사), 1999.7.

이혜원, 「현대시의 욕망과 이미지」,『이혜원 시론집』, 시와 시학사, 1998.

임문혁,『한국 현대시와 설화』, 계명문화사, 1996.

임문혁, 「한국 현대시의 전통 연구-설화의 수용을 중심으로」, 한국교원대(박사), 1992.

자크 라캉,『욕망이론』, 권택영(옮김), 문예출판사, 1994.

전봉건,『전봉건 시선』, 탐구당, 1985.

전봉건,『전봉건 산문집-플루트와 갈매기』, 어문각, 1986.

전봉건, 이승훈, 「시와 에로스」,『현대시학』, 1973.9.

전준활, 「신화 비평의 고조와 한계」, <동의대학교 동의논집 제14권>, 인문사회과학(편), 1987.

정신재, 「한국 현대시의 신화적 원형연구」,『정신재 문학비평집』, 국학자료원, 1995.

정유화, 「<질마재 신화>의 공간구조에 나타난 매개항의 기능 고찰」,『국어교육』, 1995.6.

정유화, 「서정주 시의 기호학적 연구-이항대립과 매개항을 중심으로」, 중앙대(박사), 1996. 12.

정종, 「실존의 문제와 죽음」,『철학과 문학의 심포지엄』, 고려원, 1992,

정창범, 「정신분석고-비평과 신화원형비평을 중심으로」,『20세기 문학비평의 방법』.

정효구, 「물음, 허무, 자유, 삶」, 이남호(편), 『김춘수 문학앨범-고독한 무의미 시인이 낳는 빛나는 처용』, 웅진출판, 1995.

정효구, 「현대시의 진단-이야기 시의 가능성」, 『현대문학』 86.5.

조셉 캠벨, 『신화의 힘』, 이윤기 옮김, 고려원, 1992.

조현설, 「건국신화 형성과 재편에 관한 연구」, 동국대(박사), 1997.

주강현, 『주강현의 우리문화기행』, 해냄, 1997.

차호일, 「미당 시에 나타난 여인상 연구」, 경남대(박사), 1999.6.

채수영, 「순수주의자의 허무와 그리운 햇살- 박재삼 시집 「허무에 갇혀」를 중심으로」, 『비평문학』, 1994.9.

최하림, 「60년대 시인의식」, 『현대문학』, 1974.8.

캐스린 흄, 『환상과 미메시스』, 한창엽(옮김), 푸른나무, 2000.

쿠르트 휘브너, 『신화와 진실』, 이규영(옮김), 민음사, 1995.

클로드 레비스트로스, 『신화와 의미』, 임옥희(옮김), 이끌리오, 2000.

하희정, 「1950년대 시에 나타난 '부재 의식'의 형상화 양상 연구-김춘수와 김종삼을 중심으로」, 서울대(석사), 1995.2.

홍신선, 「꽃, 혹은 생명에의 원초적 집착」, 『현대시학』, 1974.5.

홍태한, 「敍事巫歌 <바리공주> 연구」, 경희대(박사), 1997.

후설, 『내적 시간의식의 현상학』(Zur Phanomenologie des inneren Zeitbewu $\beta$ tsens), Husserliana Bd, X, Haag, 1969.

Miecea Eliade, Myth and History, The Myth of the eternal Return, Princeton University, 1954.

N. Frye, 「third essay: archetypal criticism」, 『Anatomy of criticism』, Princeton University Press, 1971.

# 찾아보기

## 주제어

## 인명

# 현대시와 신화적 상상력

인쇄일 초판 1쇄  2003년 02월 20일
          2쇄  2015년 03월 23일
발행일 초판 1쇄  2003년 02월 28일
          2쇄  2015년 03월 25일

지은이 이 명 회
발행인 정 진 이
발행처 새미
등록일 1994.03.10. 제17-271호

서울시 강동구 성내동 447-11 현영빌딩 2층
Tel : 442-4623~4 Fax : 442-4625
www. kookhak.co.kr
E- mail : kookhak2001@hanmail.net
ISBN 978-89-5628-045-5  *93800
가 격 20,000원

* 새미는 국학자료원의 자매회사입니다.
*저자와의 협의 하에 인지는 생략합니다.